凉山纪

著 何万敏

广西师范大学出版社

·桂林·

出版统筹：廖佳平
策划编辑：邹湘侨
责任编辑：邹湘侨　张维维
营销编辑：李迪斐
书籍设计：徐俊霞　唐　峰　王玲芳
责任技编：王增元　伍先林

图书在版编目（CIP）数据

凉山纪 / 何万敏著. --桂林：广西师范大学出版
社，2021.9
　ISBN 978-7-5598-3636-6

　Ⅰ．①凉… Ⅱ．①何… Ⅲ．①随笔－作品集－中国－
当代②凉山彝族自治州－摄影集 Ⅳ．①I267.1②J421

　中国版本图书馆 CIP 数据核字（2021）第 032343 号

广西师范大学出版社出版发行
（广西桂林市五里店路 9 号　邮政编码：541004）
（网址：http://www.bbtpress.com）
出版人：黄轩庄
全国新华书店经销
珠海市豪迈实业有限公司印刷
（珠海市香洲区洲山路 63 号豪迈大厦　邮政编码：519000）
开本：787 mm×1 092 mm　1/16
印张：26.25　　字数：410 千　　图：176 幅
2021 年 9 月第 1 版　　2021 年 9 月第 1 次印刷
定价：108.00 元

如发现印装质量问题，影响阅读，请与出版社发行部门联系调换。

序

唯身与心均至处

方为人迹

蒋　蓝

　　五六年前，我写完长篇非虚构作品《踪迹史：唐友耕与石达开、丁宝桢、骆秉章、王闿运等交错的晚清西南》，是希望利用古人的空间踪迹和感情踪迹，来盘活晚清西南空间的断代史。我的基本观点：非虚构写作大于、高于新闻特写、纪实文学的最大特点，在于它强调的是以在场的方式呈现历史往事、现实真相，并将写作者的思想、情感、观点等隐藏于描述的细节当中。凸显大众而非强势集团的真实生活与情感，又成为非虚构写作的价值向度。所以说，非虚构写作就是典型的大地写作。

　　汉语非虚构写作经过十几年的发展，逐渐形成了它一些独有征象，具有五个典型特征：其一，作家全副身心的在场性；其二，具有正义价值观念的真实记录性；其三，构建独立的、具有个人文体意识的文本性；其四，富含多学科学识与思辨的跨文体结构性；其五，作家还需要钩稽历史通往现实的图像谱系性，由此构成文图互嵌的景观。

　　如果以这样的五个特征来看待何万敏的《凉山纪》，就会发现，他的笔触与方法论出现了与我心心相印的某种同构性。万敏兄与我均是新闻记者出身，职业记者的敏感与洞察力被他挪移到了非虚构写作场域，他不仅仔细拂去了历史表层的遮蔽物和龌龊的迷魂阵，还追踪蛛丝马迹找到了那些历史事件的原点，他抓起一把泥土，蛰伏在泥土里的远梦开始在光照下流出了眼泪……鲁迅先生说："世上本没有路，走的人多了，也就成了路。"有的人反其道而言之：世界上本来有路，走的人多了，反而没有了路。其实，前方有无道路并不是最为要紧的，唯有行者的身与心均至之处，方为在场，方为道路，方为人迹。

如此在探索历史真相的路上砥砺而行，摩顶放踵，孜孜以求，方有何万敏的《凉山纪》。

构成《凉山纪》的十个章节，看似孤悬，实则统摄一体：无论是古蜀王朝通达西南诸国的"蜀身毒道"，还是汉代通往南方偏远山地或海滨的西南丝绸之路；无论是翻越"横断七岭"的茶马古道，还是散播一路铃铛声的闰盐古道；无论是彝人漫长的迁徙之路，还是西方学者深入大凉山腹地的探险之旅，何万敏总是会从一个考察的事件基点出发，尽力追踪、复原历史存留在现实大地上的人迹，由此构成了他丈量大地的踪迹。

在我看来，历史即是由"人迹"铺成的，而重大的历史事件才成为"史迹"。近二十多年越发润物细无声的平民史观，让我们看到在个体生命与连续流动的历史关系中，探寻历史运行过程中，尤其是普通个体生命的"踪迹"，他们的恩爱情仇，很自然地成为微观史研究者的着手点，这恰恰是何万敏非虚构写作的立场与入口。

何万敏写道："沿着古道一路走来，我把注意力放在一个个举足轻重，又颇为有趣的'点'上，借用历史学家许倬云的眼界，汉朝'开发西南地区有一个特殊现象，就是行政单位叫作"道"。道是一条直线，不是一个点，也不是一个面。从一条线，慢慢扩张，然后成为一个面，建立一个行政单位……汉帝国的扩充，是线状的扩充，线的扩充能够掌握一定的面时，才在那个地区建立郡县'。尽管横断山东缘的群山叠嶂、江河湍急，形成重重阻隔，但对外界事物的好奇一直是推动人类持续寻路与探索的原动力。只要你有过在连绵的山峦或者无垠的旷野目睹道路网络般的延伸的经历，你就会对此深信不疑。"

在我看来，这是构成《凉山纪》一个非常重要的方法论。道路如线，草蛇灰线，伏延千里，何万敏追踪历史中的人迹，他的足迹与历史之道合辙、合股而绞缠，由此托举起扎实、丰满、感人、绵延的叙事。当叙事之道在他手中盘聚为一体，这就像彝族村寨里的多锭纺车"罗噜颇"一样。所以说，何万敏的《凉山纪》为我们呈现了一个以凉山为核心的锦匣叙事。

　　何万敏的历史视野与学术视野是非常开阔的。他注意到，早在1944年，著名学者林耀华在成都燕京大学校园完成了10万余字的人类学实地考察报告《凉山夷家》，为民族志的写作提供了绝佳范例。有鉴于此，他在多年前重走了洛克路，又逆着金沙江由北向南经过雷波、金阳、布拖到宁南等县，追寻即将消失的手工榨糖和人工溜索（这也是古蜀"笮"桥的遗存）。他在美姑县一个叫依洛拉达的地方，深入彝族聚居区，细心品尝彝族年的坨坨肉和泡水酒，观察寒冬中的人们如何建筑新房；他连续五次登上螺髻山、两次登上小相岭、四次进入甘洛大渡河大峡谷、十几次在泸沽湖畔踯躅……他非常注意百年之前的季候、山河、道路、驿站、植被、风俗与现在的对应关系，并从中寻找出那些失落的事体，由此凸显那个时空不再的事体的珍贵意义。优秀的非虚构写作一定不可能是宏大叙事，一定不可能是那种一心构建"历史体系"的蹈空之论。历史一直就蛰伏在大地上，历史与大众的生活血肉相连。而一些作家非要把历史像对待古希腊大神安泰那样，高举在高空，这形同扼杀……作家祝勇曾经这样对我坦承："其实历史是看不见的，某种程度上讲历史也是写出来的。历史可能只为现实留下了一个地名，一个渡口，一条山道，一个让人费解的山间空地……尽力打捞藏匿于其中的秘密，就是复活一段鲜活的历史。"

　　何万敏说："历史在我们的目光所能看到的范围之内，几乎就是那么几样东西：日、月、云、雨、山、水、土、石、草、木……"《凉山纪》里出现了很多凉山区域里的风物，纳须弥于芥子，藏日月于壶中，风物更蕴藏着一时一地民众的哀伤与眼泪。这恰恰是何万敏笔下"历史微观写作"的渊源与来历，也是他俯身大地精雕细刻草木虫鱼的文学结果。

　　何万敏的非虚构写作所彰显的价值尺度，是真实、自由、独立人格等特质，它着眼的文本价值在于让一切事实进入熔炉，炼就出文学的纯铁。一言以蔽之，这样的非虚构写作正是反虚伪的真文学。

　　面对过往，当代人往往以严苛冷峻之眼待之，还中气十足地自命为理性与中立。但陈寅恪先生却高扬"同情"的放大镜，他认为，历史研究对前人的种种情境与心态，必须抱有一份"同情之了解"，这也是钱穆所言的"温情与敬意"。以此观之，《凉山纪》体现出来的对这片土地饱含的深情，总是在字里行间萦萦而起。

　　我对何万敏的一段话颇有同感："大山无声地锻造着人的禀性，以坚韧与毅力诠释了另一种美景。它们的身影连同生命，与江河与大地融汇，尽管每一次的起点与终点，都需经过艰难的跋涉。凉山这片大地的魅力于我而言正在于此。还是这句话：我用行走的方式和凉山对话，语言也许粗陋却真挚坦荡；我用凝视的方式和凉山相守相望，避免陌生得互不相认，擦肩而过。"

　　何万敏写出这部连接历史与现实的凉山人文史和精神史之后，我寄希望他在将来写出一部更为丰厚的"凉山传"——因为他有这个责任和能力。

———————————　2020 年 5 月 10 日在成都

蒋蓝，诗人，散文家，田野考察者，中国作家协会

散文委员会委员，四川省作家协会散文委员会主任

何万敏

前言 ——

凉山，我的精神高地

一

采访的时候，边往笔记本上书写文字，边盯着采访对象的眼睛。作为记者，我知道这是起码的尊重与信任，我也知道透过眼睛时常能捕捉到心灵的波动。

时常，那双眼睛，那双惊魂未定的眼睛，浮现在面前。我怎敢久久凝视，低垂下头，内心浸漫无边的愧疚与自责……

扎在头上的蓝头巾和脚穿的绿胶鞋，都是美姑彝族妇女喜爱的，上衣一件藏青色西装外套，则显然是救灾物资了。27 岁的克什布西蹲在救济点不大的平坝上，怀抱着 3 个月的婴儿阿约石布。俏皮的孩子蹬开破旧的披毡，露出一只可爱的光脚。

克什布西瞥了我一眼。我看见了她眼中流淌出难言的惊悸。她移开视线，不知盯着什么，慢慢回忆起并不想再回忆的噩梦。

她是被狂风大雨惊醒的。丈夫远在他乡谋生，她在那个漆黑的夜晚，听着狂风的呼啸、暴雨的凄厉，骤然感到了从未有过的害怕——害怕房子垮下来，害怕厄运来掠夺幼小孩子的生命。但她还是被狂泻的泥石流推搡进翻滚的泥浆中，像一块顽强的硬石,腾跃与沉浮。出于求生本能、母亲天职,她拼尽力气紧抱着孩子,即使有一下孩子被甩出去,混沌与黑暗中她重又抓回孩子。母子俩可谓相依为命,在齐腰的泥泞中又煎熬过三场雨,直等到微明的天色中救援的人影变得越来越大、越来越清晰。

生命是偶然的。生命是坚韧的。生命是脆弱的。逃过灭顶之灾的生命一定是有福的。不可思议的生命奇迹!

眼里,仍笼罩惊吓、惧怕。那是心里的哀伤,那是心底的痛楚。

美姑县乐约乡特大山体滑坡事发后整整一个月,1997 年 7 月 5 日,我才姗姗来迟,面对逃离村庄的乡亲。

或许是离开故乡美姑县太久了,或许是待在喧嚣的城市麻木了,我为自己没有尽快赶赴现场,记录哪怕是零乱的废墟、恐怖的氤氲、哭嚎的同胞,而惭愧和自责。记者的疲惫会有借口,但记者的懒惰永远不会被正在发生的历史所原谅。

我不知道是否还能邂逅克什布西或者阿约石布。高原灼烫阳光下一双经历过黑暗肆虐的眼睛,不乞求,不奢望,又淳朴,又坚定。置身如此众多沉默的注视中,我唯有以山之子的身份,进出于大凉山中。

二

是的,我是芸芸众生中的一员,在一个自我的生活圈子里"旋转",疲于奔命,却对脚下的大地知之甚少;对凉山的历史文化、人文地理漠不关心,青春的冲动,使我更加向往外面的世界。

意识到凉山对我个人成长以及写作的重要性,为时已晚,而且我固执地以为必须要有岁月的淘洗和人生的历练。我很长一段时间的写作完全是随性而发,新闻写作属于记者职能,此外的散文和文艺评论是个人的兴趣爱好,细究起来不免杂芜,耗费了时间与精力,也无甚结果。某一天我幡然醒悟,书写凉山才是最该用心的事。

　　我很早便喜欢写作，但多是写些短小的新闻消息、散文和影评。我酷爱电影，又做娱记，追星十多年，挥霍短暂的青春；岁月无情，当数着老之将至的脚步，方知任何人的光环都只是昙花一现，遂转移关注视线和写作题材。十多年前，我沿洛克路从木里到稻城，穿越香格里拉腹地的"秘境"；包括在那以前沿着金沙江水由北向南逆行经过雷波、金阳、布拖到宁南四县，追寻即将消失的手工榨糖和人工溜索；连续十几年在美姑县一个叫依洛拉达的地方，深入彝族聚居区，细心品尝彝族年的坨坨肉和泡水酒，以及春节人们如何建筑新房；记不清多少次登上螺髻山、小相岭、大风顶，进入甘洛大渡河大峡谷、冕宁雅砻江大峡谷。我不断告诫自己，不要太过浮躁，不要走马观花，最有用的是细节。每到一地，当地人的从容不迫与吃苦耐劳，都成为我在旅途中收获的财富。

　　每到一地，如果时间不紧迫，我都愿意安心住下来，听当地人慢慢讲述，获得足够的细节和心灵感悟。每个人的人生际会都映照着风云变幻中的一些宏大叙事。人总是有故事的，无论欣喜或忧伤，都值得娓娓道来。

　　非虚构写作正合我意。困难的是我能够支配的时间早已经被碎片化，心静不下来，滋生的是源源不断的困惑。加之我爱好颇多，阅读杂乱，喜欢写文艺评论，担任美术策展人，欣赏古典音乐和追美剧，时间不知道都去哪儿了。总之，我计划的项目有许多，但是真正做起来的却很少。而要做一名非虚构写作者需要沉淀，得听听彼特·海斯勒（何伟）的老师、被非虚构写作界奉为宗师的沃特·哈灵顿给中国一位年轻的记者回信中的教诲："天资与勤奋是重要的，但新闻是一门手艺活，而匠人只有不断地磨炼和重复这门手艺活，他的技艺才能日益精湛，才有可能最终成为一个艺术家。"

　　其实我也清楚，"非虚构"也许是如我这样庸常的作家终究够不着的华丽"相框"，但我还是愿意向着那散发出迷人光亮的灯而去。我的这个意向来自小说《了不起的盖茨比》结尾的描述，当然，我希望它在这儿得到不一样的解读，与野心和欲望无关。

三

要认识 20 世纪初的凉山，读懂彝族，林耀华先生的著述《凉山夷家》堪称奠基之作，具有里程碑意义。

1943 年夏天，当社会学家和民族学家林耀华率燕京大学边区考察团进入凉山，他见到的是山脉连绵、峰岭重叠、交通不便的区域，估算有 20 万彝族居民，由恩札、阿着、阿洛、阿素、阿侯、素噶等家支把控，汉人踪迹罕至。这一年，林耀华 33 岁，刚从美国哈佛大学获博士学位回国两年，血气方刚，踌躇满志。

中国版图西南方向的凉山，因为林耀华的著作被掀开尘封已久的历史，引起不仅限于学术界的广泛关注。凉山彝族社会的现实图景，经由林耀华的考察，以家族为叙事主线，讲述了凉山彝族的地理环境、社会组织和内部关系，特别是彝族亲属制度、政治经济、语言宗教等文化特点，是当时最为详尽的实地考察报告，后来也被誉为"研究中国少数民族的代表作"。1948 年，美国哥伦比亚大学人类学博士胡先缙在《美国人类学家》上对其发表长篇评介文章，很快引起国际学界极大反响。

后生晚学，拜读大作还有一个故事。

2000 年夏天，我从《ELLE 世界时装之苑》杂志上，读到萧亮中的《"丈量"大凉山》，立即在我主编的《凉山日报·周末版》上转载，后来我还在 2002 年转发了其《隐喻的漫水湾》。那段时间，萧亮中似乎对凉山彝族相当感兴趣。正是 2000 年夏天，没想到我和萧亮中就在西昌相见。我们去街边随便找了家小餐馆，一起吃晚餐。他给人的印象是朝气蓬勃和充满活力的，他侃侃而谈，于是就顾不了吃多少彝家风味的坨坨肉，我们喝了几瓶啤酒，以示对他的欢迎和敬意。席间，他仍陶醉在田野调查的兴奋和乐趣中，他还说好像即将要调去商务印书馆做编辑。我顺便提起林耀华有本凉山的书。令人喜出望外的是，他从挂在椅子背上的简朴布挎包中，取出封面铺满墨绿色的精装书，白色宋体字为"凉山彝家的巨变"。

那时买书还不像现在网购这样便捷，它可是我仰慕、心仪已久的一本书呀！

"本来，我每次到凉山都会带这本书，随时阅读的，"他语气平稳，听得出内心有种不舍，"这样，我今天把它赠送给你，你肯定也用得着。"如今回想起来，我当时流露出的，一定是对一本遍寻不着的好书的急切和贪婪。

萧亮中生于云南省中甸，就是现在的香格里拉。他从中央民族大学民族学本科毕业，又考入该校研究生院攻读人类学专业，成为人类学家庄孔韶教授的弟子。庄孔韶又是林耀华先生的大弟子。这种师徒传承关系，萧亮中对林耀华的尊崇与爱戴，实在是情理之中。

令人痛惜的是，2005 年 1 月 5 日凌晨，这位在金沙江边车轴村长大的年轻人类学者，自然生态的勇敢守护者萧亮中，在北京一处清贫狭窄的出租屋中，因劳累过度猝然离世。其时，他刚调入中国社会科学院中国边疆史地研究中心，年仅 32 岁。

还有一位让我心生敬意的从未谋面的摄影家林茨（本名张谦）。2003 年，他记录凉山的书《百褶裙》引起我强烈的情感共鸣，让我在此后的一年当中阅读了三遍。我被他深受外国文学浸淫的讲述故事能力所吸引——事实上，他的文字应归于非虚构，他的图片属于纪实摄影，并且在我看来堪称经典，至少，那是我熟悉与喜爱的凉山与凉山彝族。我记得 2008 年深秋的一天，与林茨相识的凉山摄影家胡小平电话邀约，说林茨次日将从布拖县回西昌，可一起进晚餐，住一宿后他将赶赴泸沽湖。那时我听说他已经身患重病，坚持与所剩无几的时间赛跑，但恰巧我要回美姑县，心想人生何处不相逢，谁料他走得那么快，2009 年 11 月不幸病逝，生命永远定格在了 52 岁。在一篇文章中，他仿佛是在告诫自己："人类无法逾越生命的有限性，所以眷顾大地。"林茨明白无误地表达出内心的忧虑："当我们假全球化之威力，夷平城乡之间、地方之间、人物之间的差异，人的行为思想一并纳入现代教育的轨道，曾经启迪灵感、滋养心灵的一切差异性空间都归于消亡，尽管表面上未遭到任何征服，我们'在智识上'也将不得不'寄生于其他文明'。"

　　毫无疑问，林耀华先生，还有后来的萧亮中、林茨等诸多学者，对待学术的专注与诚实，对待生命的珍惜与信念，令人充满敬意。我望其项背，诚恳地追寻。

四

　　崇山峻岭、道路险阻、贫困人家，是我这样的山里人经常目睹到的景象。美国人托马斯·弗里德曼却不这么看。这位曾获普利策奖的专栏作家，在他著名的《世界是平的》中几乎是告诫："如果你想成为一位有成效的记者或一位了解当今世界事务的专栏作家，你可以做类似的努力。因为今天，政治、文化、技术、金融、国家安全和经济之间的界限正逐渐消失，所以想解释清这件事，不提及另一件事是不可能的，要想解释清整个事件必须涉及所有的事。"他要我们学会用"六维"看世界，懂得将以上提到的因素汇总在一起，有条不紊地联系在一起，来观察全球化体系，然后再整理出秩序。

　　这让我想起 2004 年深秋在木里县深山中的一夜。

　　那个夜晚的山雨实在是太大了，在荒野搭建起的帐篷根本无法遮挡风雨。幸好附近有一户藏族人家——是的，四周再没有其他房屋投靠借宿。

　　房屋中，火塘里的柴火熊熊燃烧，映红周遭，我蹲在火塘边，还滴着雨水的脸庞顿时感觉到温暖。这才看清屋里的陈设：简陋。一张低矮的床，除此以外已无称得上是家具的东西，黑暗中的电灯发出黄色的光，估计瓦数不大，我还是看清了它悬吊在屋中间。最惹眼的是一台 21 寸的老式电视机，外观红色塑料壳的那种，正播放着节目——声音有点沙哑，至少含混听不清晰，极像是外语；画面不时起一条横线，由下向上不停歇地缓慢移动。有人头缠着布巾，有人手举起冲锋枪，我定睛仔细看，嗬，是半岛电视台。这是我第一次看见这个台，我是从标识辨认出的。我听不懂节目内容，当然主人家也听不懂。后来我发现一直在忙家务事的扎西夫妇并未向电视机瞄一眼，画面和声音只是存在，或者说，只是一种陪伴。

据扎西说，他家的电视机只接收得到四五个台，中央电视台只能看到第四频道，遗憾的是效果欠佳。

那一次的木里之行，被我们称为"徒步穿越香格里拉"，因为在22天的行程中，竟然有19天是徒步。所幸我们花了大价钱租赁马帮一路相随，除了驮运帐篷、粮食、炊具以及行装，还有骡马跟随，实在提不起腿了就爬到骡马背上去享受颠簸与摇晃。当都市之间的往来已经有了时速达300千米的高铁的时候，协助在大山之中翻山越岭的马帮还是必不可少。

消弭寂寞的是天籁般高亢嘹亮的藏族民歌，在蓝天白云与深山峡谷间回荡。我目睹了一位少年骑马飞驰在峭壁高耸的羊肠小道上，惊心动魄。我从马帮们在河谷山脚烧起的炊烟里嗅到酥油茶的浓香；我从中感悟到人类为了生存所激发出的无畏勇气和力量。

正如山峰有的陡峭如削，有的如卧势缓；流水有时汹涌澎湃，有时静如处子；云朵有时翻卷腾跃，有时纹丝不动。简单与复杂，恰似一对矛盾，关键在于人们看到的是它的哪一面。

大山无声地锻造着人的禀性，以坚韧与毅力诠释了另一种美景。它们的身影连同生命，与江河和大地融汇，尽管每一次的起点与终点，都需经过艰难的跋涉。

凉山这片大地的魅力于我而言正在于此。还是这句话：我用行走的方式和凉山对话，语言也许粗陋却真挚坦荡；我用凝视的方式和凉山相守相望，避免陌生得互不相认，擦肩而过。

五

谨以此书献给我的父亲。当我独自在成都求学被重病击倒奄奄一息之时，他连夜挤上硬座火车，站了一夜，及时赶到搭救，鼓励我以后的日子还长；而他却没有等到我和弟妹们尽孝就撒手人寰，让我们抱憾终身。同样将此书献给我的母亲，她赐予我生命，并给予一家人温暖的关爱。

感谢我的妻子林红。我经常外出采写，缺乏对家庭的关怀，同样作为媒体编辑的她，不仅理解我的工作，还宽容和支持我所谓的事业，即使我一事无成也默默付出。记得有次她读罢我写的《走一回金沙江上"鬼门关"》，在评论区留言："到会东出差，他电话里说在凉山几十年，去会东无数次，还没去走过老君滩，要去看看。我也没在意，他喜欢去就去吧。回来带回家一根'讨口棍'，非说是救命恩人，我开玩笑，难不成我还要把它成天供奉起来。直到今天看了这篇文章，才赶紧从阳台角角翻出他的'救命恩人'，幸好当时没有丢垃圾桶。"抱歉，让你担心了。

书中的一些片段承蒙报刊编辑厚爱登载，我对他们都心存感激：《南方周末》地理版编辑杨嘉敏，《中国国家地理》社长、总编李栓科，执行总编单之蔷，特聘编辑刘乾坤，《中国科学探险》刘勋，《时尚旅游》编辑陆毅，《户外探险》执行主编何亦红，还有《中国国家旅游》张琳，《中国民族教育》张滢，《四川文学》牛放，《散文诗世界》龚静染，《华西都市报》杨莉、仲伟，《成都日报》钟山、萧易，《四川经济日报》文强，等等。

感谢蒋蓝先生作序，丘眉、南桥琴的跋，你们的溢美之词，我权当鼓励照单全收。感谢杨勇、邓邦敏、郭建良、邹森、阿牛史日、邓吉昌、黄剑、安纹忠、王伟，你们提供的精彩图片，为本书增色。感谢阿来、徐则臣、叶开、伍立杨、谢天开、陈羽茜、方竹欣、吉克隽逸、莫西子诗的赏识推荐。

　　还要特别感谢广西师范大学出版社以及本书策划编辑邹湘侨，当他听说我有这样一本书稿后，慷慨予我极大信任，并容我慢条斯理地进行了长达半年的补充与修改。他的细心和帮助，使得本书在出版困难的窘况下没有半途而废，看上去让人欢喜，赋予了一种全新的艺术境界。

　　对所有发生在岁月中的往事，我也在最后表达感激之情。如同凉山的宽宏大量，使我在神秘莫测的旷野心事重重，检点源自大地的审美意识，又一次目击了自己的生命过程。

————— 2020 年 3 月 20 日，春分，

于西昌北山

目 录

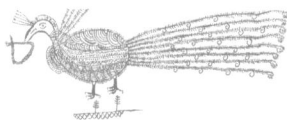

聪慧并懂得遵循自然的先人，囿于工具的简陋以及科技发明还迟迟未现，他们有力的双脚和身后负重的马帮，巧妙地选择出更协调的路径，就地取材修凿栈道、铺垫青石、搭建藤桥，行人和马帮经年累月在路上踩踏出浅浅深深的凹坑，天长地久形成了连接起驿站的古道。这样蜿蜒于山脊和河谷间的人文地理奇观，带动了彼此生活所需的衣帛、油盐、药材、粮种和珠宝的交流。

因为生长在凉山，每次到美姑县，我总是情不自禁地想到这片灵性之地，有大、小凉山分水岭——大凉山脉，有生长大熊猫、珙桐树等珍稀动植物的国家级大风顶自然保护区，还有不屈的民族精神的象征——巍峨挺拔的龙头山。每次看到龙头山，以及它周围远远近近的层层山峦，弯弯曲曲的美姑河在深山峡谷中流淌，一路跌宕流向金沙江，我的思绪就会被牵扯，悲欣交集。

凉山州境内的安宁河谷，在以西昌为中心的中游地区形成开阔的谷地，这就是安宁河谷平原，仅次于成都平原的四川第二大平原、川西南最大的河谷平原。换句话说，正是奔流不息的安宁河水给予了安宁河谷平原的人们以哺育和洗礼，应验了一方水土养育一方儿女的不老箴言。而到了西昌，最不能错过的便是邛海。

会东·老君滩 ——————

老君滩，位于会东县鹿鹤、普咩与云南禄劝县炭山乡之间，是万里长江第一险滩，人称"世界滩王"。当地人说，过去"滩王"的吼声远在5千米之外就可听见。待我们走近，果然名不虚传，如雷的轰隆声淹没人语，声音连绵不绝，犹如千军万马奔腾在前。

冕宁·锦屏 ——————

眼前的雅砻江大峡谷，给人以荡气回肠的雄伟之感。置身大自然当中的人总是渺小的，寻找了好几处位置，树木的枝丫不管不顾伸展开苗条的身材，遮挡住镜头的构图。我想尽可能站在高处，但是无路的陡坡并不遂人意愿。稀疏的树木之下，疯长的荒草覆盖着岩石以外的山体。

盐源·泸沽湖 ——————

在缺乏对摩梭文化本质理解的人看来，自己是现代的，代表着文明、进步、发达、富裕、自由、开放，而摩梭是传统、落后的，代表着封闭、蒙昧、贫穷、古老与僵化，连一点自由与开放都带有颜色。这样的结果是，摩梭人从一开始便失去了表述自己的权利，失去了话语的主动权，成为一个被描述的对象。而泸沽湖则成为一处外部形象，是附着摩梭神秘而光怪陆离色彩的符号。

普格·螺髻山 ——————

螺髻山是我国已知山地中罕见的保持完整的第四纪古冰川作用的天然博物馆。到处可见尖峭林立的角峰，薄如刀口的刃脊，宽坦如盆的冰窖槽谷，形若瓜瓢的冰斗，貌似涧槽的溪谷，叠形起落的冰坎，光洁滑润的冰溜面、羊背石……罕见的冰川锅穴集中在山螺髻北端溪谷的侧碛垅岗上。似乎这里的一切都是冰川运动的结果。我感觉到置身冰川世界，越往高处走，景观越奇异。

甘洛·德布洛莫 ——— 287

德布洛莫是一座山。比起这个正式的名称，彝族人的另一种呼更简洁、更广为人知——"鬼山"。在彝文抄写的经书典籍中，在毕摩喋喋不休的诵经声中，在寻常百姓偶尔的摆谈中，德布洛莫都是确凿的存在，神秘、诡谲、邪恶。它真实存在于凉山北部的崇山峻岭当中，却人迹罕至。即使民间专事祭司的毕摩也没有几人去过。为什么要去那个"鬼地方"呢？

凉山·高山 ——— 319

我更愿意在山中跋涉，翠绿的森林、烂漫的野花，坎坷的小路绕着陡峭的悬崖，生命凹凸的痕迹镌刻着说不尽的典故。因为有了彝人挥锄劳动，有了瓦板房上升起的淡蓝色炊烟，这样的山就多了几分活力，与别的山有了质的不同。它似乎成为人类意义上的标识，如彝家永不熄灭的火塘，温暖着人的灵魂，牵引着出走的人回家。

彝人之歌 ——— 353

从最早走出大凉山的曲比阿乌、苏都阿洛算起，到后来的山鹰组合、彝人制造、太阳部落，以及如今走红的吉克隽逸、莫西子诗、阿依洛组合……这是一份长长的名单。我在这份并不完整的歌手名单中，似乎找到了一条音乐的谱系。他们各有特色，却又有相同的底蕴——天高地远，群山浑厚。

凉山·古道

聪慧并懂得遵循自然的先人，
困于工具的简陋以及科技发明还迟迟未现，
他们有力的双脚和身后负重的马帮，
巧妙地选择出更协调的路径，
就地取材修凿栈道、铺垫青石、搭建藤桥，
行人和马帮经年累月在路上踩踏出浅浅深深的凹坑，
天长地久形成了连接起驿站的古道。
这样蜿蜒于山脊和河谷间的人文地理奇观，
带动了彼此生活所需的衣帛、油盐、药材、粮种和珠宝的交流。

横断山脉，即使放置于世界山系地理单元来讨论都堪称是最为独特的。与绝大多数横向伸展的山脉迥异，横断山脉的纵向阻断将青藏高原沿纬度绵延的大型山脉扭曲为南北走向，来了一个几乎呈直角的大转弯。

在横断山相对狭窄的空间中，山脉与江河并列相行的特殊地理构造，几乎早早地就为人类的交通埋下伏笔。无论艰难抗战时抢修而成的乐（山）西（昌）公路，还是多少次回转盘旋泥巴山的国道108线；无论被誉为世界铁路史上奇迹的西南大动脉成昆铁路，还是近年才贯通、首创有双螺旋隧道的雅（安）西（昌）高速公路，均以南北向穿山跨河，几无例外。

聪慧并懂得遵循自然的先人，囿于工具的简陋以及技术的限制，用有力的双脚和身后负重的马帮，巧妙地选择出更协调的路径，就地取材修凿栈道、铺垫青石、搭建藤桥，行人和马群经年累月在路上踩踏出深深浅浅的凹坑，天长地久形成了连接驿站的古道。这样蜿蜒于山脊和河谷的人文地理奇观，带动了生活所需的衣帛、油盐、药材、粮种和珠宝的交流。

在登相营

天空飘着密雨，云雾也遮掩了北麓高耸的小相岭。在97岁的王青美老人越来越模糊的印象里，登相营里的上北街和下北街好似一条扁担，两头挑起了她人生中炽热的青春与从容的晚年。她未满20岁时由越西嫁到深沟，先住到九盘营，后来迁入登相营。"从越西走到九盘营，走一天。"然而把家安定，她便把根扎在了登相营。王青美是小胡的外婆，小胡名胡宏嫒，那时在喜德县委宣传部工作，她说，外婆知道好多登相营的故事。

而我要讲的故事，也从这里开始。

今天我们俗称的"西南丝路"，古时候叫"蜀身毒道"。"身毒"是中国古代对印度的称呼，表明"蜀身毒道"的起点在成都，终点在印度，据说是阿萨姆邦。也有人认为这条丝绸之路的终点还可能延伸到伊朗，或者罗马，反正这是一条没有尽头的路。与另一条更加著名的丝绸之路一样，早在两千多年以前便串起了古代文明，并形成了交流。

从成都出发，"蜀身毒道"分东线和西线。东线经乐山、宜宾，进入秦时开辟的五尺道，过昭通、昆明、楚雄与西线汇合。西线经双流、新津、邛崃、名山、雅安、荥经、汉源、越西、喜德、冕宁、西昌，到达会理以后，折向西南，走攀枝花，渡金沙江至云南大姚，直达大理。

早在汉武帝元光六年（公元前 129 年）唐蒙通夜郎时，西夷邛、笮之君长就自愿比照南夷请求归顺汉朝。《史记·司马相如列传》记载：

> 天子问相如，相如曰："邛、笮、冉、駹者近蜀，道亦易通，秦时尝通为郡县，至汉兴而罢。今诚复通，为置郡县，愈于南夷。"天子以为然，乃拜相如为中郎将，建节往使……司马长卿便略定西夷，邛、笮、冉、駹、斯榆之君皆请为内臣。除边关，关益斥，西至沫、若水，南至牂牁为徼，通零关道，桥孙水以通邛都。还报天子，天子大说。

从司马相如和汉武帝的谈话中可知，邛都（西昌）、笮都（沈黎）、冉駹（汉嘉）这一条路线，秦时设置过郡县，道路也曾沟通，是秦末农民起义后群雄割据时无人过问才放弃的，现在要恢复它比通南夷容易。后来，司马相如出使西南夷，汉武帝在邛都设置了越嶲郡，辖十五县，属益州。

> 蓝天白云之下的登相营城垛。汉时，此地属"西南夷"。史书所载"西南夷"是对分布于云南、贵州和四川西南部广大少数民族的总称

　　在地貌与气候多变的崇山峻岭、湍急河流之间，一条漫长的驿路上，时而荡起马嘶欢歌，时而闪烁刀光剑影；脚步匆匆的商贾忙于贩卖蜀地的丝绸、盐巴，也不乏铤而走险贩卖人口的鸡鸣狗盗之徒。三教九流，形色各异，好不热闹。

　　当然，热闹的场景，是我电影画面般的想象。王青美似乎仍隐隐作痛："那时还在九盘营，穷得很，基本上忙于（找）吃的，找到啥子吃啥子。只有洋芋（土豆）、荞子（荞麦），吃得最多的是洋芋。"她说的是20世纪初的往事："妈死了，后来爸也死了，只剩下我和一个兄弟。"

　　中午时分，盛夏的山雨依然忽大忽小。没有手撑雨伞，我从城门走进唯一的主街，一条南北向的街道。两旁是低矮的土墙青瓦房，一些墙体的下半截是用石头堆砌而成，上半截的土墙因此显得稳固。但是看得出来，历经风霜雨雪，墙体表面的斑驳和脱落，默默沉积了时光的印记。有几户人家的房屋在外围砌起来高过一人的围墙。已经没有多少人居住了，即使置身其中，本该是一段热闹的时光，登相营里却十分安静，连一声鸟鸣都没有。

　　王青美老人生育有六个子女，二儿子杨洪明1942年出生。那天他穿了黑色上衣，头戴一顶深蓝色单帽；得悉我是专程来采访登相营的记者，杨洪明老人热心为我讲解他知道的一切，精神矍铄，不知疲惫。

　　"听老年人摆，去成都去西昌，马帮南来北往都要在登相营歇。那些马帮也不是像现在这样可以随便走，需要送哨，就是喊当兵的护送一起走，免得路途上遭遇不测。"他说，有五天送一哨的，有七天送一哨的，"每回送哨都要打仗，那些人看到毛瑟枪就吓得很。"一路的艰辛可想而知。

　　旧时，灵关道为驿道，道路艰险，全长500多千米。由成都到西昌有16个大的驿站，即使路途顺畅，人和骡马至少也要走16天。穿行在这条道路上的运输力量，一是人力，二是畜力，人力担负货运，在山区里用背架子背，在平坝地区则用肩挑。背，便于攀登履险，可耐长途跋涉，一个青壮年脚夫，背七八十斤，一天可行二三十千米。挑，疾走前行，速度较快，宜短程运输。货运也有用畜力的。著名的建昌马虽然矮小，但善负重爬山。一个马帮少则十余匹马，多则上百匹马，大商家进出货物，大多包给马帮运输。一般旅客多为步行，翻山越岭全凭脚力。富裕些的旅客可雇"溜溜马"，即客户租供旅客乘骑的马匹代步。这是一种短途客运，往往以一天的路程或某地到某地为一站。一个马夫管三四匹牲口，只在其家门所在的那一站从事客运。雇主与马夫讲好价钱，便可上马骑行，马夫步行尾随。如果行李过重，马夫还可为旅客代背。到站以后，第二天又须重新雇马。至于有钱的达官贵人，则多乘坐"滑竿"，这是一种长途人力客运，两个健壮的轿夫抬"滑竿"，日行也就二三十千米。

　　登相营当年就是驿站。因为地处小相岭南方，下行的道路更加陡峭艰难，附近还有九盘营、白石营、象鼻营、甘相营以守护商旅，历来经营这条路着实不易。在接连的七处营屯中，登相营规模稍大，厚实的城墙把营内居民的房屋围得严严实实，"城墙为条石嵌砌，依山势平面作椭圆形，开四门。地处高寒地区，城内无农业居民，只有旅店、铺房、驻军游击衙署……"当时东门名为水东门，西门名为西关大炮台。《喜德县志》记载，登相营驿站始建于明代初期，最初只有几户原住民在此经营小客栈为生。明成化二年（1466年），宁番卫（今凉山州冕宁县）建成"三关、两营、七堡"屯兵护路，登相营驿站从此正式屯兵。有心人实测过：现存墙高3米，宽2米，墙顶设垛眼，周长600多米。南城门至北城门道长265米，东城门至西城门170米。从高处看，登相营依山平面顺水而筑，呈鲫鱼状。如今，只有站在S208省道边，才能体会到登相营当年作为驿站的感觉。

　　传说，大名鼎鼎的诸葛亮南征时途经此地，并驻扎军队。他迎风而上，背着左手，伸出右手细心捋着下巴的胡须，疾步登高检视军情，登相营故此得名，当地人也称登相营石城、登相营古堡。

　　遍寻各文献，传说毫无来处，史书上写满的是历朝历代的大历史。

　　经历防不胜防的大地震、火灾的侵扰，登相营早已几番改变模样。在杨洪明孩提时代，登相营的东门、西门就不在了，只剩南门、北门。现在的土石房原先也多是木板房，居住舒适，隐患却也明摆着。"有一对老人早上起来吵架，女的把灶膛里的柴退出来就去掏猪草，11点过，没熄灭的火把房屋烧起来了。大家赶紧帮忙扑火。那女的冲进去，手头拿一个盆盆，想拿水浇火，也想浇灭自己身上的火。男的不拉她，她自己就烧死了。"

　　"房屋烧得多吗？"我问。

　　"火势太猛，上北街连到的一排木房都烧光了。"杨洪明瞪大了眼睛，仿佛火光还在跳跃。

　　"是哪一年呢？"

　　"1989年嘛。"

> 杨洪明老人在登相营南门为我们讲述它的历史和他的记忆

> 建昌马身材不高，体质结实、机警灵敏、性情温驯、负载能力强，尤擅长走崎岖山路，是凉山驮载
和乘骑的主要工具

> 登相营是南方丝绸之路上重要的驿站之一

> 登相营古城墙，现仅余 600 多米

　　这之前不久，登相营东北角还新建了一处庙宇，接续起了每年农历六月廿四日办庙会的传统。附近冕宁、越西、甘洛、西昌的香客远道而来，庙会期间每天聚集数百人，帮忙的、上香的，挤满了僻远的登相营，共享人声鼎沸的和谐时刻。

　　王青美老人以前逢农历初一和十五，吃素，上庙子。更久远的片段在老人的生命历程中，成了模糊的显影底片。

　　"耳朵不好，眼睛不好，哪儿也不想去了。"她的四女儿杨洪秀，即小胡的妈妈，退休后住到西昌去了，多次要接王青美老人过去，她前些年去过一回，不习惯城市里喧嚣的生活。采访当天我刚见到王青美老人时，见她太阳穴贴有一片绿色的树叶，她告诉我是用来明目的。进屋，我才发现她光着双脚。小胡解释外婆一年四季都不穿袜子，晚上睡觉脚都要伸出铺盖。老人笑笑："年轻时走太多了，脚烫得很。"她接着说："这儿的人不种庄稼，全部是开店的；天要黑了，赶马帮的就来了，叮叮当当的，热闹得很。"

　　城墙外，一段古道在青草的掩映中依稀可辨。杨洪明带领我们去寻找，一些青石上，仿佛还有马蹄踏凹的痕迹，以一种自然的方式默默记录着历史的生机和活力。

　　幸好还有登相营古驿站，成为灵关道上清晰的实体。

　　出登相营，我们顺河南行，直抵孙水河畔，方形的冕山兀然耸立于西方。

　　登相营在凉山彝族自治州喜德县 2 207 平方千米的版图内。喜德，彝语称"夕夺拉达"，意指制造铠甲的地方。因"夕夺"近似汉语谐音"喜德"，故在1953 年 2 月建县时经各族各界人民代表会议一致通过以"喜德"为县名。在这里，新石器时代遗址、大石墓、汉墓群的出土为古代灿烂文化增添了解读的密码；南方丝绸之路的灵关古道，曾留下司马相如进入凉山察访风土人情的记载；太平天国名将石达开率十万大军从此北上大渡河，惨遭失败，全军覆没；一代枭雄邓秀廷借此道称霸一方、威风一时；1935 年 5 月 20 日，中国工农红军左权、刘亚楼部率先遣部队经此道北上抗日，留下"回彝起来成立自己的政府"的宣传标语。

　　在奴隶制社会的漫漫长夜里，生活在这片土地上的人们，靠着火塘中的温热驱散寒冷与迷茫，靠着刀耕火种取得糊口之食，靠着自己的韧性与天灾人祸相抗争，顽强地繁衍生息。1952 年，迎来解放的喜德，终于翻开了历史崭新的一页。

走清溪道

南方丝绸之路的迷人曲线也是由北向南的，从今天的雅安市汉源县富林镇南下，走进四川省"凉山北大门"甘洛县。只是早在一千多年前的唐朝，这一段路因穿越清溪峡而取名为清溪道。

汉武帝在凉山设置郡县时，史书上还没有甘洛县的称谓，甘洛这方土地属越嶲郡辖，甘洛建县则是要到 1956 年 12 月 11 日。

河流成为方向，峡谷即是良好的通道，导引着人的旅程，避免误入群山的迷宫。

南方丝绸之路自古以来必经凉山的这一段，"从汉代历经唐宋乃至元明清，始终处于一种规律性开闭状态中，"凉山彝族奴隶社会博物馆副馆长邓海春如此描述，"中央王朝强盛时，道路能开城设驿保证畅通，一旦中央王朝到了末期或实力衰落，边疆少数民族势力强大后，又处于封闭阻隔状态。如此循环往复，一条古道，就会在不断的战乱湮灭于历史谜团中。"

不妨翻阅史书寻找蛛丝马迹。多年来，对清溪道城驿有过考证的邓海春认为，唐人樊绰所著《蛮书》中记载最为详细，并且又以向达校注最为确切。他拿出中华书局 1962 年版本，翻到这里：

自西川成都府至云南蛮王府，州、县、馆、驿、江、岭、关、塞，并里数二千七百二十里。从府城至双流县二江驿四十里，至蜀州新津县三江驿四十里，至延贡驿四十里，至临邛驿四十里，至顺城驿五十里，至雅州百丈驿四十里，至名山县顺阳驿四十里，至严道延化驿四十里。从延化驿六十里至管长贲关。从奉义驿至雅州界荥经县南道驿七十五里，

> 清溪道。自秦汉时就屡见于史册，唐时已是从四川盆地通向云南的重要道路

> 清溪峡流水淙淙，清澈见底

至汉昌六十里，属雅州，地名葛店。至皮店三十里，到黎州潘仓驿五十
里，到黎武城六十里，至白土驿三十五里（过汉源县十里），至通望县
木筻驿四十里（去大渡河十里），至望星驿四十五里，至清溪关五十里，
至大定城六十里，至达士驿五十里（黎、巂二州分界），至新安城三十
里，至箐口驿六十里，至荣水驿八十里，至初里驿三十五里，至台登城
平乐驿四十里（古县，今废），至苏祁驿四十里（古县），至巂州三阜
城四十里（州城在三阜城上），至沙也城八十里……

　　这段文字可能有些枯燥，但却明白无误地勾勒出遥远时代清溪道的走向。邓
海春解释，唐时的一里，约等于现今的 540 米，由此我们可以计算出各城驿之间
的大概距离。

　　古道依旧蜿蜒，正如时间的久远。

　　循着马夫的汗味与马匹的蹄印，2014 年立冬，我来到清溪峡南端的甘洛县
坪坝乡。"想去深沟，阿啵，我太熟悉了。"帅气的乡党委书记罗阿木执意要陪
我去。这位 43 岁的彝族汉子所说的"深沟"，就是清溪峡。他 1990 年 3 月应聘
到坪坝乡做计生专干，对这一带山水相当熟悉。他称自己"工作 25 年一直在坪坝、
前进、大桥"三个乡。由于坪坝乡远离县城，海拔较高，冬季十分寒冷，农作物
以土豆、玉米、苦荞为主，当时农民每年人均纯收入不到两千元，但他强调："老
乡很淳朴。"

　　罗阿木同样淳朴，帮我拎起摄影脚架就上路了。乡政府所在地是坪坝村三组，
一条古街径直连接着古道。说古街，其实不尽然，约两百米长的街道本是用混凝
土铺就的，但街道的两旁随意摆放着背篼、摩托车、作为燃料的干枯蒿草，加之
雨水流淌一地，给人零乱的印象。街道两边的房屋古意犹存：低矮的屋檐仿佛支
撑不起发黑又泛着天光的青瓦，斑驳的土墙与石墙脚底普遍因雨水侵蚀而附着一
层绿色的苔藓，家家户户的陈旧木门板多数门锁紧闭，若不是看见金黄的玉米棒
子垂挂在屋檐下，还有一些木门上贴着红底金色字迹的春联，我实在怀疑村庄已

> 坪坝在清溪道南端。此地民居土墙木房，简陋而古朴

是人走屋空。偶尔见到一位白发太婆坐在家门口的木椅上歇息，头戴绒帽，棉袄外罩着紫罗兰色上衣，双手向上摊着，手指似乎沾着什么，像刚做过家务事还没有来得及清洗，微笑着任我拍摄。我还见到一位年轻的母亲在洗涤一盆红色、粉色的衣裳，一旁幼小的孩子身背玩偶，手端彝族漆碗在吃午饭。村头以及街道中段许多处，扎眼的是已破败并遗弃的木屋、土房，默默守护那些曾经鲜活的故事。

经过一片开阔的草地，清溪峡就在眼前。

层叠的青山分列两旁绵延而去，伴随一条清澈见底的潺潺溪流，泛着光亮的青石闪露于绿黄色的草甸间，这就是清溪峡古道。耸立两旁挟持清溪向北奔流的山峦，所组构成的正是清溪峡。

走进峡谷，本来清洁的空气更加清冽，沁人心脾。由于天气寒冷，树木长不高大，茂密的植被覆盖着群山，季节正开始把明黄、橘黄和绛红泼洒上绿叶枝头，阳光透过云层照耀，亮丽而令人心旷神怡；行走在铺满深褐落叶的古道上，脚步清脆的窸窣声与流水声相应和，音乐般回荡于峡谷。当然，你也可以把这样的声音听成马帮铜铃的叮当，或者穿越时空的历史跫音，像一个幽灵在溪流上飘浮。绝壁处是凿空的甬道，行人得低头勾腰，不知道当初马帮怎么能够通过——难道好久没人从这儿过，沉重的山体又压下来一截了？有几处坡陡弯急，道路右下是悬崖，步步惊心，不敢大意。从崖缝中生长的小树，伸枝展叶，凸显坚忍顽强的生命力，也快要挡住人行走。愈往峡谷深处走，树木长得愈加浓密，仰望山顶的森林竟有原始的模样。如影随形陪伴着古道的清溪层叠而下的，是奔突婉转于巨石之间，跌落成乳白色，美得像刻意雕琢的风景明信片上的流水。一路美不胜收，只顾按动照相机快门，也就忘了疲劳和困顿。

徒步两个多小时，到一大跌水处，道路改行至右岸，我跃跃欲试，想跨越溪水继续前行。估计跳不过去，罗阿木也婉言劝阻，说若摔下撞到那几块快被水冲得光滑的巨石会很惨。脚下是河溪，左岸建有小型水电站的引水渠，据说已舍弃不用，此处原先搭建的便桥也不见踪影。石上依稀可辨马蹄印凹痕。我有些依依不舍，只得遗憾返回。《甘洛县志》有文："清溪关是唐贞元十一年（795年）

> 一位老人坐在木屋前，深邃的目光仿佛望断了历史岁月

>滴水穿石，马踏留痕。青石古道上马蹄印凹痕深陷，清晰可见

川西节度使韦皋为通好南诏所设关隘。清溪峡为南北走向，全长5公里，南起甘洛县坪坝乡政府驻地，北至汉源县的大湾。"此文明显有误。《资治通鉴》记载贞元十五年（799年）："吐蕃众五万分击南诏及嶲州，异牟寻与韦皋各发兵御之；吐蕃无功而还。"当天我走了6千米未到目的地，所以我觉得另有资料上说清溪峡甘洛段长约7千米，至大湾约10千米，比较可信。

在折返走出峡口的河滩开阔处，偶遇十几匹建昌马悠闲地在草地上吃草。这些建昌马中除有3匹为棕黑色，其余全都是棕褐色，嘴唇均为浅白色。它们背脊处两边各有两处鬃毛被磨得可见皮实，那是驮运物资长期摩擦的印迹。中国原生马种分为五大系：蒙古马、河曲马、西南马、藏马、哈萨克马。其中，西南马种身材最矮，建昌马又是西南马中最矮的一支，成年建昌公马平均体高为1.2米左右，也就差不多到成年人腰部。别看建昌马体格矮小，但它们吃苦耐劳、善于跋山涉水和长途驮运，也算赫赫有名。建昌马当仁不让地成为西南丝路灵关道上的绝对主力。

除了从甘洛县坪坝乡向北至汉源县大湾，清溪道更长的一段是坪坝乡一路南下至蓼坪乡白沙沟，全长达48千米。明清时，这一路段设有坪坝、窑厂（古新安城遗址）、尖茶坪、海棠关、镇西、清水塘、腊梅营、蓼坪等关、铺。如今，这些地名在1：200 000的甘洛县地图找不到几处，更不要奢望发现什么别的有价值的遗址。但我知道古道在等待着我，我没有理由不去走一回，即使从坪坝经海棠镇再到蓼坪乡的古道大多筑成了公路，也可以驾车在山间缓慢寻觅。虽然太多遗迹已随岁月散尽，但是所幸海棠古镇尚留有许多材料供我下一篇文章专门讲述。

在时间深处，古老的文明消失于星光闪烁的夜空。

2007年第三次全国文物普查时，现为凉山彝族自治州博物馆馆长的唐亮率领凉山彝族自治州和甘洛县组成的文物普查队，背着干粮和设备，沿途用GPS定位仪器测量，用数码相机记录，徒步5天，理清了一路的驿站、营房遗址、清代石桥、清代墓葬群等。"这就是全新的线性文化遗产，不是孤立的一个点，而是形成了一条线。"唐亮当时就按捺不住激动的心情。

所幸，文物保护工作者的心血出了结果。2013 年 3 月，国务院公布第七批全国重点文物保护单位，"甘洛清溪峡古道"名列其中。

在清溪峡古道南口，见到甘洛县政府置的大理石碑，碑文明确了古道保护范围及建设控制地带：南北从双石包至横岩子的水源、植被及青石板路面，全长 5 千米；东西方向以 20 米范围为界。建设控制地带为该范围东、西外延至峡沟两边山峰。

清溪峡古道升级为国家文物保护单位以前，零星有驴友慕名而来，体验悠远的清溪古风。据说南京大学旅游学院 20 多名师生来此调查，号称受富商委托搞开发前期规划。甘洛县城建和旅游方面也设想投巨资加以开发，但不菲的资金是一个大问题。

坪坝乡党委书记罗阿木担忧经济的增长。甘洛县是凉山黑苦荞种植基地，全县一万亩的种植面积，坪坝乡就占到一半。他成天焦虑脱贫攻坚战，还没有精力去"打古道的主意"，无法顾及古道上五颜六色、人来人往的浪漫想象。

歇海棠镇

从清溪峡古道进入四川凉山的第一个重要驿站，是现在的甘洛县海棠镇。

与都市的繁华喧嚣、灯火辉煌迥异，海棠镇的夜晚完全称得上寂寥冷清、静谧空廓。尽管这里离东南方的甘洛县城只有 35 千米，翻山穿过雅安工业园区上 G5 京昆高速石棉站口也不远，大为改善的路况缩短了交通距离，到达海棠的时

> 清溪峡古道是零关道留存最完整的一段，
  现为全国重点文物保护单位

间不再像以往那样接近饭点。车辆欢快地奔走，若不是为了采访，我不会留宿在海棠。

刚过立冬，天气立即给出冷峭的面孔，这里四面都是山，海棠镇依靠着一座山的半山，面前是山沟，寒冷空气由山顶压下来，不费吹灰之力。

梦回唐朝，当年穿越清溪峡古道走进凉山"北大门"，过坪坝一路向南 3 个多小时，赶到海棠镇已是人疲马乏，个个气喘吁吁，只想席地休整，哪管前路茫茫。店主掌出飘摇着火苗的豆灯，赶马人和建昌马都稀里哗啦地吃起晚饭，起劲的声响撑破暗夜，古镇睡眼惺忪地强打着最后的精神……

有一个春天，在两河乡秀水村采访完，天已近傍晚。我没有急着从正在扩修的近路折返县城，而是特意沿着坎坷的螺旋式乡间公路爬升至坪坝乡，因为之前我已三次造访海棠镇，知道从坪坝乡到海棠镇走的正是清溪古道的一段。

沿途可见山间坡地上覆盖着排列整齐的地膜，勤劳的农人播下一季的玉米，接近圆润的山顶处，零星的树木上端正浸染新绿。

俯瞰海棠镇，她呈长条形展现在看似平缓的台地上。云层厚实，天空开始暗黑，山色多了几分厚重，也显得踏实可靠。镇上的建筑多是几层四四方方的楼房，外墙除了白色就是黄色，跳跃明快。旧时的青瓦平房被拔高的楼房遮挡或打破格局，我从中极力去辨识古城，古城已然模糊得只剩一大块岁月的底色。

我去过西北方向拍摄海棠镇全景，从当时所处的地理位置看去，海棠镇显得更加明白一些。公路边的半截古城上新增了挡墙，上面附着藤蔓，如果当地人不说，根本不知道那是城墙。远望只看得出古镇的几处古旧房舍。建筑的主角毫无例外属于簇新生长并仍在增添的楼宇。

但海棠古镇的历史实在悠久，比如今甘洛的县名都早四百多年。《甘洛县志》有载，明洪武十七年（1384 年），督蜀的景川侯曹震令民开通建昌至海棠的古驿道。弘治年间在海棠设"镇西守御后千户所"。嘉靖四年（1525 年），建昌兵备道、观察使胡东皋修筑海棠土城墙。这就是说，海棠古镇的建城时间可确凿地认定为 1525 年。明朝时，海棠属越巂卫。唐《蛮书》称海棠为达士驿，彝族人称它"夏达铺"，直译是休息的地方，意为驿站，是清溪峡古道上的重要关隘，所以清雍正六年（1728年）在此设海棠都司府。民国时海棠区仍由越西县（古称越嶲）管理，直到凉山实行民主改革时，这里都还是越西县的第三区。

当然，我们今天看到的海棠古城并非初创时的模样。历史上，古城经过多次大规模的修整，一次在清雍正八年（1730年），另一次在同治二年（1863年）。太平天国翼王石达开部宰辅赖裕新余部从蓼坪南白沙沟至海棠，"海棠都司无力抗敌，纵火烧城而走"，后又修葺。而这笔账被今天的海棠百姓口口相传，记在石达开名下。

有关古城，《中国文物地图集·四川分册》记载：

> 海棠堡址，海棠镇，明至清，县文保单位。堡始于明嘉靖四年（1525年），时为土城，清雍正八年（1730年）补修，开北、西门，道光十八年（1838年）改筑砖石墙，增开东门。堡占地面积约50万平方米。城墙周长约800米，高4米，宽2.3米。条石砌基，条石长1.3米，宽0.34米，厚0.35米，上砌青砖，砖长0.33米，宽0.21米，厚0.15米，有的上有清道光十八年铭文。现存北门城门和南城墙约140米，北门城洞宽3米，深3.6米。

各地的古城大抵都有四门，为何海棠古城只有三门呢？那天带我去登高望远的蒋学尧老人顺口背诵早年的民谣："好个海棠城，四门开三门，独不开南门，气死越嶲人。"他说这其实是一句玩笑话。

蒋学尧说，道光十八年（1838年）改建海棠城仿照的是越西古镇，毕竟海棠属越西管辖，依样画葫芦实在正常。眺望海棠像个簸箕状，至于命名，有一种说法是明代时，都司府后园有一株奇艳的海棠花树，此地称为"海棠香国"，镇名由此而得。我想象，绿叶红花仿佛古道上的标识，南来北往的商贾旅人走到这里就该歇脚了。

　　蒋学尧是海棠知名人士，名不虚传。他家祖辈是这里的大户人家，家道几经兴衰，与海棠古城的兴衰变迁有许多交集。

　　由蒋学尧做向导，我跟着他游逛于古城，走街串巷，街巷中亲热招呼"蒋三哥"的熟人络绎不绝。蒋家有八兄妹，蒋学尧排行老三，人称"蒋三哥"。

　　"如果不是'文革'，我家是海棠最富裕的。"生于1944年的蒋学尧衣着整洁，背着双手边踱步边走进记忆的深处，向我娓娓道来。

　　蒋家祖辈都是海棠人，他还记得，爷爷蒋大观，字如章，家境殷实，1947年去世。父亲蒋炎，字康南，生于宣统元年（1909年），1975年去世。爷爷办私塾并教书，字写得好，画画得好。父亲降生那年设海棠小学堂，正是蒋家祠堂捐建的。书香门第的蒋炎受人尊敬，曾在田坝最有名的土司岭私塾教书，以后回海棠小学，桃李满天下，号称"海棠第一文人"。当年站在进东门不远的十字街口，掐指数大街、中街、马街、新街，就数蒋家、罗家、丁家、高家人丁兴旺。其中，蒋家是大家族，有五六十户，及至东门外尚有蒋家坝。蒋学尧至今记得自家园子："冬天里，雪下得越大，梅花开得越艳，好香呀！"

　　蒋学尧二三岁时，父亲即着手教他写毛笔字。他从小欢喜舞文弄墨，却没敢将此雅好一以贯之，那是后话。反正耳濡目染，唯读书为高。1957年，他背起行囊离家远赴越西中学读书，1963年高中毕业，成绩中等，虽考大学应不困难，但政审不过关，终究没考成，不久，"文革"就来了。腊月三十，鞭炮声迎新春，父亲乘着酒兴，提笔画下一幅中堂《好鸟枝头亦朋友》，区革委会秘书认不得"亦"字，歪解成"无朋友"，遂将蒋父打成"五类分子"。气急之下，蒋父命后人再也不准写字画画，将笔墨纸砚悉数扔弃。

　　蒋氏祖屋是一大院，木板房子，木格子的窗户白天撑开来采光，好让私塾学生上课。院子里栽种有松、竹、梅，私塾名曰"三友书斋"。蒋学尧把正直的父训铭记心间，蒋父教给他许多做人的道理："一是不能说谎，懂就懂，不懂就不懂；二是众怒难犯，专欲难成。"如此教诲，让他受用一辈子。

　　没有读大学，蒋学尧回海棠当了一辈子农民。"过往年岁，尤三四月间，青黄不接，没有吃的，饿得最惨，临街的商铺多，除了土产也没有啥卖的，甚是清淡。"加之地处山区气候寒冷，出产不好，交通不便，一时萧索。大家族中，人多米少，日子确实清苦。"蒋三哥，你还能干什么名堂？"别人这样取笑他。

改革开放解放了聪明人的思路。20 世纪 80 年代初，不愿受穷挨饿的蒋学尧开始做生意，到成都提百货来海棠卖，赚取差价，但这件事有力气的人都能干，没有发挥出自己能写会画的优势才干。"我一想，咋个不这样来发展？！"他远赴南昌学画瓷像，买回钻子，开始打碑。他打石碑与众不同，不仅刻字，还嵌瓷像，又把山水、花鸟、龙凤都雕刻其上，生意比谁都红火；做大了，又购买机器，从西昌拉花岗石来，一分钟打一个字可挣 1.5 元。画用粉笔起底稿，机器刻画，一通碑上有画 3 幅的，有画 5 幅的，每幅收 100 元，连字带画最多有收到 5 万元的。他成了闻名全县的"农民书画家"。1987 年，蒋学尧被甘洛县委组织部评为"农村优秀人才"，此后又被评为州级"土专家、田秀才"。"我说，太迟了，"蒋学尧感慨，"我这一生贡献给国家有好多用处哟！"

除却家世，蒋学尧还知道许多古镇史事。他带我去北方高山处，指点古城与新城的差异，"原先挨门对户是旅店和马店，"2013 年他曾爬上高处，"怕以后没有人知道，必须把历史遗迹画下来。"我们在垦殖的农地与荒野间摸索，忽然他提高了嗓门，几乎是吼起来："哎呀，这里还安埋着吉林省代理省长呢！"

吉林省，离西南四川那么遥远，代理省长，怎么也算是一个声名显赫的大人物，埋葬在这偏安一隅的大凉山中，有没有搞错？疑问按下不表，寻觅踪迹要紧。毕竟七旬老人的记忆力不佳，关键时刻置身野外不易辨识方位，试着踏勘几处，并未寻见踪影。

"哎，应该是附近嘛？"他扶正蓝色帽子，似在挠头搜索思绪。

"不急，慢慢找。"我怕他累着，示意放慢脚步，抓住稍纵即逝的线索。

他又四下张望，没再答话，径直向一块绿色林地走去。我跟紧脚步，预感有一个重大历史谜团即将被揭开。

果然，在一片松柏林深处，透过没有枝丫遮挡的树干看去，这里散布有三四座坟墓。走近，只见其中一座坟茔低矮的墓前有一块墓碑，上取圆弧下端长方，青石正面镌刻文字。蒋学尧像逢故人，自言自语"就是他了"，他扯起一把泛绿的青草，仔细擦拭历史的尘埃。繁体字像从黑色底片上显影出来，碑中正文"故吉林省政府主席诚公讳允之墓"，左侧落款"中华民国三十五年三月吉日"。

难道，这里真的安葬着一位大人物？重大的发现让我兴奋不已。

回到西昌后，我不断查阅《甘洛县志》人物词条，动笔写作前断断续续用了半年多时间，从书籍和报刊的字里行间详细梳理，大致勾勒出诚允命运多舛的人生轨迹。需说明的是，甄别比对众多材料比较烦琐，需综合考量当时境况和实地踏勘海棠古城才能得出较可靠的资讯，但并非不再存疑。比如诚允生卒年份，志书上的生年为空缺，只说是清同治初年，诸多资料记为1881年生，予以采信；而所有资料写明其1944年8月"病逝西康"，唯有县志记载为1946年3月。战火纷扰，一个人流落他乡乃至死亡，谁又会用心顾暇，既然是客死异乡，我更信海棠当地人。总之，诚允的情形大致如下：

诚允，生于辽宁省辽阳市的一个满族家庭，正红旗人，字执中，姓瓜尔佳氏，汉姓关，曾任吉林省代理省长、省政府代理主席等职。

东北沦亡后，诚允满腔希望落空，潜心佛学。1935年为回藏专使受命护送班禅回藏。有意思的是，今天我们还能看到诚允委托南京光华照相馆制作发行的"奉使护送班禅大师回藏纪念"照片。发黄的纪念照片为诚允半身正面像，面容端庄，目光炯炯，仪表堂堂。

查阅资料时，我还发现另外一张朴素的黑白图片，诚允站立中间，没有东北人的高大魁梧。那是1936年5月26日，作为国民政府护送班禅通藏专使抵达拉卜楞，当地保安司令黄正清设帐欢迎，国民政府蒙藏委员会参赞马鹤天陪同。图片刊于四川民族出版社2005年出版的《尘封的历史瞬间》中，出自庄学本之手。我还于《庄学本全集》查证到，1936年6月第116期《良友》刊发庄学本先生的《从西京到青海》："我这次随护送班禅大师回藏的诚专使西行，预备由极东边的上海，赴极西边的拉萨……"直到5月18日，"专使行署"得到"班禅大师定于5月

18 日离开塔尔寺，向拉卜楞进发的消息"，同日，行署官兵八九十人及骡马 300 多匹，"也离开兰州，向拉卜楞前进，以便和班禅大师在该处会合"。

遗憾的是，班禅大师行前即身有不适，一路又劳累过度，于 1937 年 12 月 1 日凌晨在青海玉树结古寺圆寂。

从那个时候直至诚允在海棠去世的漫长 7 年内，因其行踪无迹可寻而显得扑朔迷离。如果按照蒋学尧"可惜他到海棠才 3 年就病故了"的说法，至少他举家搬到海棠镇前 4 年的情况我们仍不得而知。虽说时局复杂，生活动荡，命运无常，但我仍然相信，流淌着英雄般烈性血液的诚允个性不应是怯弱的，也不会自甘沉沦。

《甘洛县志》记录了这么一段：在成都，诚允认识了汉源县的饶近如，将自己想找景色较好、气候与东北相似的偏僻之地安度晚年的想法告诉对方，饶便向他介绍西南方的西昌，让他看看择而定之。诚允率亲属随从 20 多人安居海棠。在古镇，他支持儿子诚轼麟出墙报宣传抗战，用木板放置在十字街头，每周一期，持续一年多。本想安度晚年的他，眼见此地农业经济相当落后，又创办了"种田实业两和公司"，积极垦种及买卖百货。因道路险阻，匪盗横行，凉山盐贵如金，他让公司尽力盐业，收益不小。然在离海棠约 10 千米的大坝垦荒，水源奇缺，气候严寒，不产粮食，蚀本不少；又去田坝菜子山开办铅矿，入不敷出，只得到河道（今石棉县）开办石棉矿，情况不佳，终亦停办。全家生活日渐清苦，随从各自另寻出路，只剩妻弟不舍离去。到了三天只能吃上一次大米饭，其余多靠玉米、洋芋（土豆）充饥时，诚允的身体也很快虚弱，终一病不起。

"（诚允）和我爷爷很好，文人嘛，"蒋学尧意犹未尽，"诚允死后，诚太太给我爷爷叩头，让派几个人把他们娘母仨（有两个儿子）送回成都。"据蒋称，诚太太为表谢意，送了 8 幅画给蒋学尧的爷爷，其中有几幅来自皇宫，是当年末代皇帝溥仪偷出宫带到长春，为拉拢诚允而送给他的。战乱年代，这些画连同爷爷祖传的字画散佚殆尽。提及那些曾经拥有的珍藏，蒋学尧咬牙："日本鬼子可恶。"

诚允究竟为何要远走大凉山，并选择在海棠古镇定居？去世后，其夫人和双儿又走向何方？半个多世纪过去，为什么再没有他的后人来拜谒或者迁骸回归故土？历史的空白，留下太多谜团有待解开。

蒋学尧老人是记得诚允先生的。伫立诚允墓前，他的内心五味杂陈。

绿色的松柏随春风轻轻摇曳，颜色一天天浓密起来。从半山往开阔的前方看去，海棠古镇层层叠叠的房屋拥挤在一起，那里曾经有诚允艰难的岁月。客死他乡，吉林已是远方。

出会理城

一大早坐在拱极楼上喝茶，因为还没有几个人，这里显得安静、悠然，仿佛是只属于个人的时光。放眼楼下的街道，两旁的店铺还没有开张，时间像是凝固了。我想象着古代南方丝绸之路上，达官、商人、"锅头"北来南往于这个重镇，人们擦肩而过，或者同桌而饮，便有了中华南北的文化共生。

这是会理县城，四川省凉山彝族自治州的最南端，不远处湍急的金沙江成为川滇两省的自然分界线。有人称它边陲，实在不想再挪动沉重的脚步；有人唤它边城，为自己走过那么远的勇气感喟。

与西昌一样，会理建县也是在西汉武帝元鼎六年（公元前 111 年），当时叫会无县，隶属越嶲郡（今西昌）。这一年，是汉武帝开拓西南夷道失败后的第 15 年。西晋时期，越嶲郡移至这里，时间长达 140 年。虽然此时的郡和西汉时期已经有了区别，不再是一级行政区划，但仍然可以看出会无在当时的地位。

唐高宗上元二年（675 年），会无县更名为会川县，隶属云南，一直到明朝洪武二十七年（1394 年）才再次归四川管辖。清雍正六年（1728 年）改称会理县。

有了那么悠久的历史，会理很容易得到"国家历史文化名城"的头衔。在 2015 年年底，会理古城荣升国家 AAAA 级旅游景区，这是在历史文化保护方面更加夯实底气的结果。

　　前去穿会理坝子平坦走，四望一片稻田。两边矮山脚下，散布有不少村子。穿坝行约五里（2.5千米），走过一道跨在会理城河上的有顶大木桥（名为"金带桥"），即到会理城郊……正午十二点，我们安全到达会理，由东门进城。

　　写下这段文字的人，名叫曾昭抡，系国立西南联合大学化学系教授。1941年7月，由他任团长，"乘暑假之便，组织川康科学考察团，经康省步行入川，作实地考察"。他们到达会理，还到了西昌，并从西昌步行进入彝族聚居区。这一趟历时101天，行程上千千米。尽管行程相当艰苦，他仍感慨这"半考察、半

> 会理的北门拱极楼是当地人休闲的好去处。品茗读书、乘凉聊天，已是当地人文景观

探险式的旅行"收获良多。

这一年 7 月 12 日，考察团一行 11 人抵达会理：

　　会理是一座典型的四川县城，虽则现在业已划归西康，从人物、街道、建筑、店铺、风俗，种种方面看来，我们的印象，都是如此。城不算小，大约有一公里见方。鼓楼一座，位在城的中心。从该处东西南北四条大街，向四个方向伸出去。城的东边流着一条颇大的河，名为"会城河"或"会川河"。西祥公路在此河东岸，靠着城墙，向北展出。紧贴城根，四周环绕着一道窄窄的护城河。

曾昭抡后来在《滇康道上》书中，详细描述了会理古城的模样：

　　会理的繁华热闹，真是当初意料所不及。原来我等心目中，以为这处逼近边陲的城市，必然相当冷落，和富民、禄劝相差不多。一到此处，看见如此热闹，大令我们惊奇。不独云南外县远比不上，就是四川腹地各处县城，赶得上会理的也并不太多。清时西昌是府（宁远府），会理是州。可是自来会理就比西昌繁荣得多。据说在滇越铁路未通以前，由上海及外国运到云南的货品，是由长江达重庆，然后由川省经会理达昆明。同时自会理西行到三堆子后，溯金沙江而上，为当时自宁属通往大理的大道，由大理可以通到缅甸。

尽管只停留短暂的两天半，曾昭抡似乎对会理印象很好。会理有四条大街和好几条旁街全部是用石灰三合土筑成，正街普通宽窄，路面异常光滑，需要当心雨后湿滑容易摔跤。巷子虽然较窄，但是大部分是铺得整齐的石板路。房屋建筑全部是旧式中国建筑，殊为整齐。各种店铺，当然是应有尽有，人气也就兴旺了。

特殊的地理位置，使会理自古以来就成为人们理想的栖息地。亚热带气候带来了丰富物产，潇洒的阳光褪去商人一路奔波的湿寒与倦意。人们开始习惯漫步大街，老茶馆也迎来了人声鼎沸。

现在的会理古城格局，自明初建立以来已有 600 多年的历史。全城南北长约 1 770 米，东西宽约 920 米，古城内城总面积近 25 万平方米，内城和外城分为若干规矩的街坊，布局严谨有序。内城主要街道以钟鼓楼为中心，呈十字形延伸到四城门，成为东街、南街、西街、北街四条主要街道，组成了"穿城三里三，围城九里九，以南北中轴线为中心的四街三关（即东关、西关、北关）二十三巷"的棋盘式格局。

城中七条大街，街宽 7 米。临街铺面为活动铺板。店铺多悬门匾，木柱梁枋为栗红色；沿街的店铺有 600 余间，均为一楼一底的木板楼房，木楼上有镂空雕花木窗；青瓦屋顶，瓦楞上有垂吊的百草和青苔，色调古朴，构成了高低错落、起伏有致的街景。现保存完整的小巷多为清代建筑，路面为石板铺砌，加上明代以来形式各异的民居院落，组成了古风依旧的历史文化街巷。

原先的小巷保留完整的还有 20 条：上巷子、中巷子、马王庙巷、钱局巷、明义巷、赵家巷、蒋家巷、东明巷、东城巷、会中巷、科甲巷、华兴巷、民主巷、胜利巷、和平巷、幸福巷、公园路巷、产生巷、节约巷和小巷。

令人佩服的是，内、外城的功能区分清晰：城西主要设置学署、文庙、公园等，属文化建筑群；城北是手工业者聚居区，是客栈、旅舍建筑群；城中七条大街就是商铺街市；城中巷道是乡绅宅院、民居古建筑群；西北面则集中了官衙行署、道观寺院、戏楼和广场等大型建筑。正如陪同我采访的会理县文化广电电视和旅游局局长祁开虹所说："会理古城的合理布局所体现出来的文明与科学，值得珍惜与重视。"

无论新城的高楼大厦怎样日新月异，会理的核心还是在古城，而古城的核心在钟鼓楼。

远远望去，钟鼓楼的琉璃瓦在阳光下闪耀出炫目的光彩，仿佛是要让人感叹它的雄姿。本来嘛，钟鼓楼又名"凌霄楼"呢！

此楼始建于清雍正十二年（1734 年），由当时的会理知州主持修建，到乾隆年间两次改修和补修。咸丰十年（1860 年）被毁，只有座基尚存。光绪三年（1877年），会理一位名叫马见田的致仕回家，一心想要修复。于是在进京时找人将皇家园林里的一个角楼描了下来，按图修建，终于建成了一座精美雅致而不失雄伟的楼台。

中国的古典建筑历来讲究风水。会理在清朝以前原本没有这钟鼓楼，为了弥补传统建筑文化上的"中轴空虚"，而在城中心的十字大街专门修建这一豪华建筑，形成了以钟鼓楼为中心的四面对称格局。

从 2012 年端午节开始，会理县又在钟鼓楼恢复了逝去近百年的晨钟报晓、暮鼓定更的传统仪式。每天早晚鸣钟击鼓，悠扬的钟鼓声响彻古城街巷，已成为会理古城焕发文化积淀的雅韵。

会理古城北门朝南的匾额上有"永固北辰"四个大字。《论语·为政》曰："为政以德，譬如北辰。"北辰即北极星，方位居中而众星拱之。同出此门的北面题写的是"望帝"，让人猜测是遥望皇朝的意思。会理城池的建立是以元初修建的黄土城为主体，就是今天的外城，后经过明清对外城的续建并修建东、西、北三关，才使这个由古道和大江交汇拱卫着的城池完全定型。

还有科甲巷、西成巷、金江书院、仓圣宫、天主教堂等，即使边走边看也有些目不暇接。

如果问一下会理人，值得他们骄傲的地方到底在哪里，他们都会看似漫不经

> 会理钟鼓楼，又名凌霄楼。楼上有太赤霞 196 字长联

心地望向那些古老的院落："去看看那些老房子，再去问问那些住在里头的人。"

现存的会理古城民居主要集中在南北大街和两侧的东明巷、科甲巷，而这三处的民居又有明显区别。南北大街均为前店后院，旧时，东明巷多属普通居民居住区，科甲巷则是官宦人家聚集区。

一天下午，我肩挎相机，沐浴着早春的阳光迈进胡家大院，一袭浓浓的古意扑面而来。堂屋外的大柱上贴着手书的春联，楷书字体中透着汉碑的遒劲古朴，绝不是那种花五元、十元随手可从街边买来的印刷对联。整个院子的居民源自同一祖先，历经 600 多年也未曾改变，不像其他院落换了主人或来了新的姓氏，这胡家就守着明代的门窗走过了数十代人的青春年华。在外工作或定居的胡氏后人，会在每年春节和端午回家祭祖，现在这院里年龄最大者已近九旬，而最小的还不满周岁，合了字辈的整整有五代人。

过节时，院子里数十人便一起吃家宴，传统的节日和喜庆的场面烘托出生活的幸福，可以想象其热闹的景象。后来听说他们家里还有清朝皇帝亲赐的"皇室旧影"照片，这常让他们津津乐道。

在科甲巷，固守着家园的人家还有许多。最大的要数吴家大院，它用四合五天井展示与众不同的风姿，今天还为 28 户人家提供开放与隐秘的空间，也让植物、猫狗与房顶一样享受阳光的抚摸。吴家的风光停留在一块题有"大夫第"字样的厚厚的木匾上，光宗耀祖的牌匾至今仍被主人视为珍宝，在节庆时成为科甲巷的一道风景。

古时的科甲巷走出了许多鼎甲、进士和举人。一条狭窄的青石板路的两边均是老宅旧居，大大小小的院落，无一例外有一进二进三进的纵深，处处皆是青石地、镂花窗、雕花梁，它们不仅是老古董，而且充盈着一种无形、慵懒、悠长的人文气息。

有时候，某个地方让人停留下来，即使远离他乡还很牵挂，一个很大的原因就在美食。会理人范竞马是中国少有的几个独步国际乐坛的男高音歌唱家，尽管已经离开家乡在北京生活多年，品尝了世界上无数的美味佳肴，但他最敏感的味蕾还是留给了家乡。"饵块是会理人的早餐，饵块的鲜汤原料是鸡汤，没有加一点多余的调味料……比起四川和全国来说，会理美食的做法和材料都比较单一，但它就是吸引着你，让你经常念想起那些家乡的滋味。"所以只要有机会，范竞马一定会回会理到处去寻找曾经的味道。

会理美食物美价廉，选料简单，做法随意，入口也是不急不慢的，人就在细嚼慢咽中体会由舌尖传递到身心的愉悦，渐渐感觉轻松起来。

因为地处川滇交界，云南的材料、四川的口味，或者四川的材料、云南的口味，成就了独一无二的会理美食。会理的厨师熟练地将云南特色的食材运用川菜的调料进行烹制，或者把传承于异乡的各色吃食大刀阔斧地加以改良，将汉族的烹调技艺和少数民族鲜活生猛的饮食习俗调和起来，把那些粗糙的原生态饮食精雕细琢成足以登上大雅之堂的菜肴。

鸡丝饵块，会理黑山羊汤锅，还有以猪排骨、羊肋条肉、牛肉牛杂等杂菜炖煮的铜火锅，都给喜欢美食的人以亲切之感，吃过然后深爱上它，也就真切地爱上了一个叫会理的地方。

会理人大多为外来迁入，北方忽必烈的后人、湖广填四川的移民后代，还有朱元璋从南京带来的兵士后裔。所以在会理，你会看见北方的戏楼和四合院、南方的园林厅堂、云南风格建筑的大象石雕，以及别具特色的江南小院。

会理是这样一个地方：资源富集，人们的生活相对富庶，不至于为生计而节衣缩食；优越的光热条件让这里拥有种类繁多的动植物，天上地下，飞禽走兽、果叶根茎、蕨薇菌蘑，几乎所有在西南地区出产的山珍都能在这里寻找到踪迹；发达的农耕文明和广袤的土地资源为这里的人们提供了丰厚的食材品类；自古以来较为便利的商贸交流，让各地的烹饪技艺在此交集融合，落地生根，为本地饮食文化的发达根系提供了肥沃的营养。

只是旅人的脚步似乎是停不下来的。由此继续北上的人，心中或许揣着去建昌城一探究竟的愿望；若由北而来的人想向南方迈步，渡过湍急的金沙江，由南方丝绸之路就进入云南地界了。

进建昌城

　　我供职的单位在西昌古城的中心，走不了几步就是古城往昔最为繁华的钟鼓（俗称四牌楼）。不过曾经是地标建筑的钟鼓楼早已灰飞烟灭，我只是从黑白老照片里一睹其风采。和许多小城一样，今天的古城与新城比较，古城往往意味着凌乱和衰败。出门即是北街，向南经过一个十字街口来到南街，再穿过大通门就算出城了。

　　记不清多少次，当我从城门洞下经过，往往产生一种时空穿越的奇妙感觉。曾几何时，凉山被一些外省人视为"不毛之地"，贴上封闭、落后、野蛮的标签。殊不知，它所处的特殊位置在地理上是陆地平原与边缘山地的一个交汇点，也是东方文明与西方文明碰撞的地点之一。从古至今，它还是许多驿道、马道、公路、铁路经过的要地，也充当了部分中原人出入云南，再出入老挝、泰国、越南、缅甸、印度等东南亚、南亚乃至西亚国家的必经之地。

　　通常，西昌天气最热的时候并非盛夏，而是 4 月底至 5 月初的十余天。因为在一年当中，这里的旱季和雨季几乎各占一半，夏天气温虽然总体偏高，但密集的雨水冲刷了热浪；反倒是经过冬春长达数月的干旱，春雨姗姗来迟的那些时日，西昌竟有超过盛夏的炙热。

　　我记得 2016 年一进入 5 月，"酷热"的不是天气，而是古钱币。西昌在复建古城墙时，偶然在大通门施工现场挖掘出大量古钱币，顿时引发民众哄抢。

　　那里离我工作的地方只有一步之遥，得知消息的那个傍晚我赶到现场，只见在工地挖出的泥土与石块之上人头攒动：有人手执电筒仔细翻寻泥土，有的则拿着战果——一串糊满泥浆的钱币等待买主，文玩商贩于人群中穿梭，生怕漏掉"大鱼"。随着后来几天媒体的报道，据说还有来自成都送仙桥的大佬星夜驰来一探究竟。我没有资本倒腾发财，只担心文物流失总不是好事，与西昌文物管理所的专家热线联系。对方说得明白，年号为乾隆、嘉庆、道光、咸丰的通宝收藏价值都不甚高，如果看到康熙、雍正年号，品相又好的话，可以考虑收藏。在渐渐暗

>建昌古城南街，古朴与现代融合

淡下去的黄昏中，我悻悻离开还在旋转的人流。

　　文物专家们也不敢怠慢，他们请警方封锁了现场，仍然清理出 187 斤钱币。后来从钱币上的满文得知，这些铜币绝大部分产于云南宝东造币局（东川），少部分产于云南宝云局（昆明）和四川宝川局（成都）。史书记载，光绪十七年（1891年）五月二十九日，西昌东河发洪水，冲毁城墙二十余丈，西街、顺城街、大巷口等数十条街巷顿为泽国。惠珉宫、五显庙、禹王宫、福国寺等庙宇荡然无存，淹良田二千余顷，田禾淤尽。出土钱币位于西街口打铁巷，专家分析"当年的钱庄或来不及撤离，最终被洪水淹埋"。

　　那段时间与此相关的还有两件事吸引着市民的好奇心。

　　一是随后不久"掏"出了一段明代古城墙。西昌古城墙依据上百年前建昌古城图修复，发现一段长达 800 米的明城墙。"城墙高达 8 米，超过了我们的想象"，西昌市文物管理所原所长张正宁，天天在工地现场指导，他认为东河经年的泥石堆积，造成我们今天站在城墙外看，似乎城墙是埋在地下的印象，"但以前肯定是远远高于地面的"。文物工作人员依此复建了由南门连通东门的古城墙，并对始建于明代洪武年间的安定门加以维修，重建了门楼和瓮城。

　　二是修复古城墙时不用水泥，而是专门熬制糯米灰浆，将三层不同材质的墙体接缝填充和粘连。第一层为鹅卵石，第二层为条石，第三层是按原先规格土窑烧制的青砖，共计 37 万余块。糯米灰浆钙化时间长达两年，往后时间越久，粘连度越强。工地上十口大锅下的熊熊火焰，蒸腾起翻滚的糯米粥。整个工程共用去约 50 吨糯米。

　　城池，是古代文明起源的标志，它的兴废和变迁反映了各个历史时期社会的变革、经济文化的兴衰。西昌境内遗留有 11 座古城和古堡遗址。时代最早的始于汉晋，最晚为明清。规模最大的是唐嶲州城，保存最完好者为明洪武建昌城。

　　邛海东北的开阔坝子，即如今的西昌市区，古城分布相当密集，明清的三座古城依稀可见。

　　高枧汉晋古城，在西昌市区以东的高枧乡中所村，当地人称为"孟获城"。

> 安定门城楼，为 2017 年新建

> 大通楼，矗立在西昌古城大通门上。大通门又称南门，建于明洪武二十年（1387年），
此后屡毁屡建。现楼重建于1998年，复原了砖石城墙，还原了瓮城，成为西昌一景

> 建昌古城中的街巷仍保留着旧时格局

古城北临姜坡山丘，东、西、南三面地势开阔平坦。据考古实测，古城呈长方形，南北长 373 米，东西宽 251 米，城墙为泥土夯筑，四墙相合。除了东城墙因修筑道路而局部受损坏，其余大致完好。城墙上尚存十余处城堞。城墙残高 1.8—3.6 米，厚约 5 米。发掘出许多汉代砖、陶器残片等物，纹饰多系绳纹、弦纹和斜方格纹。专家们认为，古城年代大约为汉晋前后，极有可能为三国时蜀汉大将张嶷任越嶲郡太守期间所筑。《华阳国志·蜀志》载：张嶷任越嶲郡太守时"讨叛鄙，降夷人，安种落，蛮夷率服。嶷始以郡郭宇颓，更筑小坞居之。延熙五年（242 年），乃还旧郡，更城郡城，夷人男女，莫不致力"，就是当时少数民族积极参与修筑郡城的写照。

唐嶲州城，是唐代初期在西昌设立的嶲州都督府。唐太宗李世民对西南少数民族实行招抚政策，鼓励发展生产，使西南地区的封建经济得到恢复和发展，社会相对稳定。在此社会背景下，修筑了规模宏大的嶲州城。这一古城至今尚陈布于西昌市区并跨越至郊区。城呈正方形，城墙为泥土夯筑，每边长约 1 750 米，残高 1—3.5 米，厚约 14.5 米，总占地约 306 万平方米。除了南城墙因历年基本建设所毁，余皆完整。嶲州城内残存着唐、宋、元各个时期历史遗物。明代建昌卫城又重建在嶲州的西北角上，占地面积约为唐嶲州的四分之一。

据文物调查，嶲州城内外尚存两处重要遗址。一是唐代瓦窑遗址。在东城墙以东数百米处，窑为马蹄形，生产的莲花纹瓦当与中原洛阳隋启官城内出土的瓦当别无二致。窑内发现唐开元通宝，证明此窑群属唐代无疑。瓦窑群生产的筒瓦、板瓦、瓦当等物，用于城内建筑。二是唐景净寺遗址。景净寺为唐宣宗时南诏国景庄王母段氏所建，位于唐嶲州城西北角，后改为白塔寺。《宋史》卷四百九十六"黎州诸蛮"条叙，"山后两林蛮"于开宝二年（969 年）六月"进贡"时，"由黎州（今汉源县）南行七日而至其地，又一程至嶲州。嶲州今废，空城中但有浮屠（塔）一"。今存白塔于清道光三十年（1850 年）遭地震毁后，重建于咸丰九年（1859 年）。塔为楼阁式七级砖塔，平面是八角形，底部周长 14.8 米，塔高 21 米，由基座、塔身、塔刹三部分构成，有无地宫不详。塔的第三层，八面龛内各有石刻佛像一尊，真像身披袈裟、秃头，脑后有背光，跏趺，神态端详，系唐代珍品。

据嘉庆版《宁远府志》载："明洪武中建土城，宣德二年（1427年）砌以砖石，高三丈，周围九里三分，计一千六百七十四丈。后据北山，前临邛海，左带怀远河，右潆宁远河。四门：东曰安定，南曰大通，西曰宁远，北曰建平。"

这是说，建昌城始建于1388年，距今已经有600多年。建昌城北与北山相接，西临西河，东有东河，东南为开阔平坝。与邛海相距5千米。明代建城时的北墙和西墙完全重筑在唐嶲州城墙上，走向亦相同。只是后来城墙东南角因遭东河水溢之灾，几经培修，边角略成弧形，故有人把建昌城形容为一把展开的折扇。

考古表明，该城在明代时为正方形，四墙各长为1 200米，占地面积144万平方米，现存占地面积约130万平方米。城为砖石建造，以条石垫底再砌以青砖。城墙底部最厚处达20余米，高11米。城开有四门，南北东西相互对称。除了西段城墙和宁远门早年被毁，其余三门尚存，城门上的年款为"洪武贰拾年四月吉旦立"。城墙上的纪年砖有万历、大顺、乾隆、嘉庆、道光、咸丰、同治、光绪、宣统等。城内街道迄今基本保持明代布局，即以钟鼓楼为中心，向四方辐射。其北称北街，南称南街，西称西街（亦称仓街），东称东街（亦称府街）。另外，城南有顺城街，城西有石塔街、三衙街、什字街，城东南有涌泉街。此外，各街之间又有20余条小巷相连，使各街巷纵横交错，构成一个四通八达的网络格局。

有意思的是，远在明清两代，政治、军事机关主要集中于建昌城东北部的北街和府街一带，故这一带的街道名称均与政治、军事相关。如"都司堂巷"，因明代四川行都司衙门建在此处而得名；明代建昌卫署和清初建昌总兵衙门建在北街（今四川省彝文学校）；清代宁远府署建在府街（今凉山军分区修械所），城中"中营巷""右营巷""后营巷"即清建制军事机构"营"（兼管土司土目）的衙署所在。明清两代的文化、宗教建筑，如久负盛名的景净寺、发蒙寺、关帝庙、城隍庙、云南会馆、陕西会馆、泸峰书院等，均分布在城西的石塔街附近。

明清时期，南街、顺城街为商贸、集市的主要街道，贸易的商品以银铃、锡锭、金银饰品、铜器、生丝、白蜡、药材、裘皮等为主。时光荏苒，今天的南街功能没有变，街道两旁的小商铺鳞次栉比，比过往更加人声鼎沸，尽管不如大商厦日进斗金，但眼见小商贩阳光般的笑容，也知道小日子很滋润。

从建城的手艺与匠心来看，先人的智慧一点不输当代城建师。

建昌古城在明清时期的引水设施比较完备，采取以引河水入城为主、掘井取水为辅，构成溪水长流、水井星罗棋布的引水系统。引河水入城工程主要有三处：城西北角白塔寺和城东北角千佛寺两处从北山引水入城，城东南角的涌泉街过水庵旁引东河水入城。今西昌市二中（研经书院旧址）尚存明代水仓遗址。明清时期，凡有水井者，官府统一规定在其大门上绘以"井"图样，利于发生火患时取水救火。较著名的公用井有北街明代梅花井、涌泉街明代豆芽井、石塔街大水井、仓街胡家井等，这些古井建造讲究，水源充足，水质优良，数百年不衰，沿用至今。西昌古城区排水系统沟渠纵横，依地势高低自北向南排水，主道为大水沟、苏家坡沟。

建昌古城是西昌历史的一个缩影。数百年来，各种重大历史事件无不在古城上留下痕迹。"大顺"纪事砖在古城上被发现，证明了明末农民起义军领袖张献忠于1644年在成都建立"大西"政权后，其部将刘文秀（抚南将军）却在西昌举"大顺"旗号据城数月，同时主持培修了建昌古城。城内曾发现记载太平天国翼王石达开过境的碑刻。北城墙上发现大量清咸丰元年（1851年）纪事砖，记载道光三十年（1850年）西昌遭受强烈地震，对古城墙造成了严重破坏，次年及时进行培修的史事。

走进建昌城，看到形形色色鲜活的生活。炽热的阳光既给人温暖，也把未来照得朗阔明亮。

沿着古道一路走来，我把注意力放在一个个举足轻重又颇为有趣的"点"上，借用历史学家许倬云的眼界，汉朝"开发西南地区有一个特殊现象，就是行政单位叫作'道'。道是一条直线，不是一个点，也不是一个面。从一条线，慢慢扩张，然后成为一个面，建立一个行政单位……汉帝国的扩充，是线状的扩充，线的扩充能够掌握一定的面时，才在那个地区建立郡县"。

　　尽管横断山东缘群山叠嶂、江河湍急，形成重重阻隔，但是对外界事物的好奇一直是推动人类持续寻路与探索的原动力。只要你有过在连绵的山峦或者无垠的旷野目睹道路网络般的延伸的经历，你就会对此深信不疑。

美姑·牛牛坝

因为生长在凉山，
每次到美姑县，我总是情不自禁地想到这片灵性之地，
有大、小凉山分水岭——大凉山脉，
有生长大熊猫、珙桐树等珍稀动植物的国家级大风顶自然保护区，
还有不屈的民族精神的象征——巍峨挺拔的龙头山。
每次看到龙头山，以及它周围远远近近的层层山峦，
弯弯曲曲的美姑河在深山峡谷中流淌，一路跌宕流向金沙江，
我的思绪就会被牵扯，悲欣交集。

　　在凉山，美姑县很有名，是上了彝族创世史诗《勒俄特依》的。据传，彝族的直系祖先古侯、曲涅两系由云南向凉山迁徙过程中，在美姑找到了居住地，世世代代在这里繁衍生息，也从这里走向四面八方。

　　现在的凉山既是一个地方的概念，也是一个行政区划的概念。而以前凉山只是一个地方的概念，没有行政区划的概念，以前的凉山分为大凉山和小凉山。

　　大凉山指现在以凉山彝族自治州为中心的地带。大凉山东北边有三个县被称为小凉山，即峨边、马边、屏山，与大凉山西南边毗邻的云南省境内还有三个县华坪、永胜、宁蒗，同样居住有许多彝族，也被称为小凉山。所以，并不是说大凉山就大，小凉山就小，这只是一个习惯的称谓。有一句谚语："大凉山山小，小凉山山大。"套用到地理概念，是指大凉山的山脉比较舒缓，其中还有一些山间盆地和高原坝子；相反，小凉山的山脉很陡峭，山体硕大，视觉上相当雄伟。因此一般人认为，大凉山就是凉山彝族自治州的象征，实际上，大凉山是四川省凉山彝族自治州地理版图上的山地主脉，在这一主脉的西边和东边分别南北纵向排列着太阳山（木里藏族自治县全境）、锦屏山（雅砻江大拐弯）、牦牛山、螺髻山、鲁南山、小相岭、小凉山等一系列短小山系，长度一般不超过 100 千米，宽度在 20 千米至 30 千米。这些山地组成了面积超过 6 万平方千米的全国最大的彝族聚居区——凉山。

横断山中大凉山

中国地形总体构造是西高东低，大多数江河依势自西向东奔流不息。但在东经 95 度至东经 105 度之间，却有岷江、大渡河、雅砻江、金沙江、澜沧江、怒江六条大江及其众多支流并肩自北向南奔流而下，一泻千里。湍急的水流将青藏高原东南缘的西藏东部、川西北高地和云贵高原西部一带，纵切出一条条深谷和南北走向的山脉，这一独特的地理单元就是闻名遐迩的横断山高山峡谷地带，也是地理学上通常所称的横断山脉地区。

有关横断山区的划分，历来有多种版本。有从山的角度划分的，如岷山、邛崃山、大雪山、沙鲁里山、芒康山、他念他翁山—怒山、伯舒拉岭—高黎贡山等；有从江的角度划分的，如岷江、大渡河、雅砻江、金沙江、澜沧江、怒江等。横断山区包括这些山脉和大江，一般对此并无争议。但是在这个范围外的山脉，还有大相岭、小相岭、大凉山、螺髻山、点苍山、哀牢山、无量山，以及独龙江、察隅河、雅鲁藏布江等大江。

高山深谷相间排列，是横断山区别于其他山脉的主要特征，带有这一典型地貌特征的地区，通常被称为横断山区的范围。2018 年夏天，《中国国家地理》杂志执行总编单之蔷先生为做横断山区专辑来西昌，我向他请教。"这样的标准比较强调地貌特征，尤其是强调峡谷的深度和山脉的起伏程度。但是无论是峡谷的深度还是山脉的起伏程度都有一个渐进的过程，强调这样的特征，会把一些向这个地区过渡的地区排除在外了。"他认为，"其实应该把高山深谷相间排列的这一地区称为横断山区的核心地区。由于科学家依据的标准是地壳内部的地质过程，而不是直观的，这样会给公众造成困惑。"我们通常看到与横断山区中的山脉并无区别的山脉、山峰，比如四川盆地西部、南部的大相岭、小相岭、大凉山等，甚至峨眉山、瓦屋山、大瓦山、螺髻山、玉龙雪山、点苍山、哀牢山等，就被挡在了横断山区的"门外"。

费孝通先生早年提出"藏彝走廊"概念："我们以康定为中心向北和向南大

> 横断山脉是中国独特的地理单元，被地理学家誉为"中国美景最密集的地方"

> 从高处看大凉山，群山层叠绵延，静谧安宁

> 大凉山脉在美姑县的一段。在大凉山主脉的西边和东边分别南北纵向排列着太阳山、锦屏山、牦牛山、螺髻山、鲁南山、小相岭、小凉山等一系列短小山系

体划出一条走廊，把这条走廊中一向存在着的语言和历史上的疑难问题一旦串联起来，有点像下围棋，一子相连，全盘皆活。这条走廊正处于彝藏之间，沉积着许多现在还活着的历史遗留，应当是历史与语言科学的一个宝贵园地。"

可见，费孝通先生的"藏彝走廊"是从甘青交界处一直到西藏的山南珞隅地区，不仅包括察隅，还包括雅鲁藏布江大拐弯地区。单之蔷先生具体举例说："四川、云南的民族学者研究民族问题，不可能排除大凉山、哀牢山、无量山；研究横断山区动植物的生物学者会把独龙江划进来；旅游者不会把峨眉山、瓦屋山、大瓦山、点苍山排除在横断山区外；那些喜欢户外探险、徒步的人，也会把螺髻山、雅鲁藏布江大拐弯包括进来……"他在《大横断专辑》中划出的"大横断山区"的范围是北至围绕阿尼玛卿山的黄河第一弯，南到云南德宏—大理一带，东到岷山，西到西藏山南市加查县附近。

地质学家杨勇童年在凉山彝族自治州金阳县度过，20 世纪 80 年代参加过长江漂流，长期研究自然地理，2015—2019 年，他沿着横断山区的余脉逐步深入考察，惊呼这里是"地球边缘"。

"为什么凉山给您'地球边缘'的感觉？"在西昌采访杨勇，我追问道。

"你可以先读这段文字，"他递给我一份打印材料，是即将发表的《"地球边缘"与"神奇秘境"——大凉山地理发现纪行》，指着开篇读道，"根据现代科学的定义，大凉山是青藏高原横断山脉南段边缘地带十分重要的地质地貌单元，作为中国东部湿润亚热带气候和西部干湿亚热带气候的（干热河谷）分界线，因山高气寒，所以有了这个'凉'字，但凉山这个词到了清代才开始在文献中出现。大、小凉山以黄茅埂为界，有着南干北湿、东润西燥、低热高凉、日照充足的特点。由金沙江下游深切峡谷隔断与云贵高原相望，金沙江出大凉山和连峰山对峙的深切峡谷海拔从近 4 000 米急剧下降到 300—600 余米后进入四川盆地，地质地貌从岭谷相间的纵向格局演变为纵横深切峡谷与高原面混合共生的形态，从青藏高原南下并流的金沙江、雅砻江、大渡河在大、小凉山的崇山峻岭中环绕，只有几百米的河谷侵蚀基准点与数千米高的地形高差形成了河流强大的侵蚀切割动

力，使大凉山地区地形地貌纵横交错，峡谷深邃，夷平面台地多级分布，景观和
植物呈立体分布。"

杨勇非常感慨："沿着横断山区的六条江河漂流徒步，顺着山崖攀登，空中
飞行时贴窗观察，我可以说是终于认清了大凉山这片峰峦相连、雪山逶迤、高山
巍峨、江河成线、湖泊点点的苍穹大地。"

我与杨勇的感慨一样，也是因为生长在凉山，每次到美姑县，我总是情不自
禁地想到这片灵性之地，有大、小凉山分水岭——大凉山脉，有生长大熊猫、珙
桐树等珍稀动植物的国家级大风顶自然保护区，还有不屈的民族精神的象征——
巍峨挺拔的龙头山。每次看到龙头山，以及它周围远远近近的层层山峦，弯弯曲
曲的美姑河在深山峡谷中流淌，一路跌宕流向金沙江，我的思绪就会被牵扯，悲
欣交集。

> 夏天，美姑县大风顶国家级自然保护区，野生鸢尾花已经盛开

记忆牛牛坝

牛牛坝在凉山彝族自治州腹地的美姑县。我曾向当地的老人探询它的语源释意，都说不清楚。所以我只能告诉你，彝语的"牛牛坝"非汉字字面意思的"坝"，因为在这里根本找不着平原意义上的大片有模样的坝。只见绵延的山峦拥挤着，美姑河蜿蜒奔流于山脚，河水劈开山体，给予大地更丰富的情感。如果还是要寻找一块坝子，唯有河谷两岸的平坝。

举目凝望，牛牛坝无疑是关隘要地。格俄巨普山、尔曲合普梁子、曲补沃切山高耸于北、西、东三面，唯有南流的美姑河段自成逼仄的峡谷。相传，一位名叫牛牛的彝族妇女最先定居此地，此后，匆忙的过往行人多在此歇憩，她的名字就成了难忘的地名。

牛牛坝在凉山大名鼎鼎。它的名气在凉山彝族传说及《送魂经》《招魂经》中都有记载。彝族从滇东北迁徙凉山，从云南永善县的大屋基渡过金沙江，逆美姑河而上，到达凉山中心地带的利木莫古（今美姑县）。尽管走得艰辛，古道，却联系起先民的生命。又因冤家械斗、清兵会剿等大事件积淀，牛牛坝早已闻名遐迩。只不过这段古道上没有残垣断壁、废墟遗迹，它只存在于一代又一代人的脚下。

应该提到的是，连渣洛河斜插而来，与美姑河交汇，相融入金沙江。

逆着连渣洛河走，经侯古莫、侯播乃拖。那里曾经有一群孩子，他们称我父母为"玛莫"。当年一群青春洋溢的师范生，刚走出校园就义无反顾地走进大山。婴儿时我由父母背着到侯播乃拖，后来他们调去县城，我仍留下来读完小学。无数次进出，每一次，都必经牛牛坝。只有走到了这里，才可以搭上汽车去县城。牛牛坝既是一个短暂的终点，也是另一段旅程的起点。我无数次接近它，又无数次远离它。每一次，心中都充溢莫名的感怀，仿佛那是一扇门，是生命与一方天地达成某种会意或默契的通道。

> 牛牛坝在整个凉山彝族自治州都很有名

> 美姑河从牛牛坝桥下流过

>牛牛坝，我的故乡，总是令我魂牵梦绕

　　但 20 千米山路不是轻易能走过的。黄泥小路起伏成线条穿插于山间，泛着光亮。沉重的双腿，粗重的喘息，无休无止的步子。我知道哪怕稍稍歇憩便再难抬步，就模仿大人们的样子，只能呆呆地往前赶……从渐渐沉稳的步履中，我饱览了望不尽的雄浑自然。

　　宁静与僻远的山峦莽莽苍苍，羊肠小道隐现于荒野与庄稼地，浮现出无尽生机。探望交错绵延的崎岖之路，很难猜测路的去向——它会把奔走的人牵引向哪个村落，哪一种生活，而哪一条又是牛牛坝古道呢？每当踏上牛牛坝，我总会热血沸腾地追问，脚下这条路，即是无数先民踩踏渐成的古道吗？

　　如同一条条路，牛牛坝在我心底，潜隐漫漫生命历程的饱满。或许这不同于后来采风的艺术家，他们把牛牛坝拍得美不胜收，印制成精美画册，我不敢轻言牛牛坝不美。整体而言，它融入了凉山的美，不张声色，却常常诱惑着有心人坠入梦境。我无数次穿越牛牛坝，它成为我生命旅程的中转站，伫立于我生长的候播乃拖乡与谋生的美姑县城之间。我走过许许多多的路，这条路却是我人生中最富有意味的一段。沿着绵长弯曲的小路，稚嫩的脚步踽踽而行。被山风吹拂和骄阳照射的通红脸庞，不知什么时候沾染了泪水，可如若谁提了牛牛坝，勇气霎时倍增，走得气喘吁吁，像是山里的彝族人。

　　彝族人应该才是山里的主人，很早以前，祖先迁徙到这里停下了脚步。彝族人成为原住民，开荒种地，繁衍生息。零星的简陋的住房构成了村寨，人在大地上行走不能没有方位，于是大地有了大地的名字，山有了山的名字，河流有了河流的名字。人们在路上相遇了，尽管互不相识，但都不妨客气地问候一句："你到哪儿去呀？"分手时又客气一句："行呀，你慢慢走！"

　　相似的面庞、身板、骨骼，相同的语言、习俗、根脉，彝族人很容易分辨出大山之中谁是彝族，谁是汉族，更不用说那些来自异国他乡的不速之客了。

　　布鲁克站立在寒风刺骨的牛牛坝，心中豪情澎湃。这位英国探险家沐浴着冬日的冷太阳，竟暂时忘记了高原的冷峭。他眯起大海浸淫的蓝色眼睛眺望，不知内心是否荡起孤独的恐慌。1908 年寒冷的冬天，这位 28 岁血气方刚的探险家怎么也想不到，他的生命会定格在这里。

布鲁克生于 1880 年 7 月，18 岁时即成为英国约克郡骑兵队成员，参加了英布战争；20 岁时成为奥尔德肖特第七轻骑兵旅的队员，随后升为陆军中尉。退伍之后，他一心想去世界各地探险。1903—1904 年，他与布里克、布内特尔班克、布朗一起组成著名的"四布探险队"，穿越了整个非洲大陆，回国后引起巨大的轰动，也因此被英国皇家地理学会看中，成为这个著名的自然科学机构的一员。1906 年，布鲁克进入中国，从上海出发西行，从藏北地区进入青藏高原，穿越了西藏，还成为最早受到十三世达赖喇嘛接见的英国人。1907 年，他第二次从上海进入内地，这一次，他把目标定在藏东地区、川西高原和横断山东缘的大凉山。

进入"神秘禁地"凉山探险，并不是布鲁克心血来潮。一年前，一位名叫多隆的法国探险家，受法国地理学会公开派遣，于 1907 年上半年，完成了从越南进入中国，由云南跨过金沙江，经会理到达宁远府（今西昌），穿越大凉山昭觉、美姑、雷波抵达宜宾的探险。就在法国少校多隆率领的探险队穿越凉山仅仅一年之后，布鲁克的探险队向大凉山深处进发。

在资讯相当发达和查询非常便捷的今天，要完全弄清楚布鲁克本人短暂人生的历险记或者来龙去脉，仍是困难与吃力的。简单如人名就有不同的说法，有说叫多纳·巴尔克（Dona Burk），也有说叫约翰·布鲁克（John Brooke）；还有他在凉山的死亡时间，按照多隆和以后中国学人曾昭抡、林耀华的记述为 1909 年。综合史料分析判断，我采信了福格森（Fergusson）的专著《青康藏区的冒险生涯》（*Adventure，Sport and Travel on the steppes*）的说法，这本 1911 年在英国伦敦出版的书，主要根据布鲁克的探险日记，以及与布鲁克同行的米尔斯的笔记写作而成。作者为英国皇家地理学会会员、英国内地会成都传教站的传教士。福格森在书中写明布鲁克遇害的具体时间是 1908 年 11 月 24 日。

对布鲁克遭遇的不测，福格森的描述颇为详尽：

看起来，他们在事先预付酬金问题上遇到了一点麻烦。布鲁克先生友好地一只手拍一拍阿侯头人的肩膀，另一只手放在他自己的口袋上，想以此表示到达下一个头人那里时肯定就会给他钱的。不知阿侯拉波是否理解了布鲁克先生的意思，也不知他是否认为是对他的侮辱，但是我认为，他为布鲁克先生的随便感到生气，因为没有一个人可以用手摸头人的身体或衣服。他立即拔出剑来，朝布鲁克先生的头砍去。布鲁克先生用左手挡住，被砍得很厉害。由于被这种背信弃义的进攻激怒，他拔出手枪向头人开枪。意识到发生了什么事情，他朝空中放了二三枪。头人的家丁都溜进树丛，消失了。他意识到很快就会被包围和抓住，唯一的希望是想办法跑到下一个头人那里去，因此叫手下人扔掉包裹，跟着他逃走。他们跑进和穿过峡谷，来到一条溪流边，跑了10英里（16千米），到达苏呷的屋子时，已经累得筋疲力尽了。

已经是寒冬季节，白雪覆盖了树木与花草的生机，山谷寒风吹彻，四下凋敝萧瑟。

尽管英国政府为布鲁克之死提出抗议，但清政府拒绝承担全部责任，唯一能做到的是约定送还这个不幸探险家的遗体，要付报酬。几经斡旋和交涉，驻扎在美姑东北马边的军官派人以800两银子（大约100英镑）带回了布鲁克的尸体，并让英国领事到那里认领尸体。福格森从嘉定府（今乐山）乘船至犍为徒步到达马边，此时已过去18天，但天气寒冷，尸体仍未腐烂。布鲁克随后被运到成都，安葬在城外一处外国公墓，基督教传教会的泰勒牧师主持了葬礼。

历史上或许还有其他探险家和冒险家悄悄来过这块隐秘之地，置身湛蓝的天空下，固执与傲慢、信念与毅力，都随白色的云团膨胀、消散。在上演过一幕幕轰轰烈烈悲喜剧的牛牛坝，只留下纵横的小道。依恋土地的彝族人一茬一茬收割

> 我走出了牛牛坝，牛牛坝却融进了我的血液

玉米、土豆与荞麦，旷野稀疏的枯草摇摆着，野花遍地盛开。

早晨的山野在薄薄的清冽中一片寂静。自然的世界是感知的世界。在一个感知的世界里，千千万万生命的伟大是知识无法告诉你的，恰恰是缄默的大地山河，随时给你显露启示，打动你，让你受用一辈子。我庆幸还在懵懂记事的年龄，就接触到人生本意的最初概念。

还是在牛牛坝。两河冲刷，岸边镶满洁净的卵石，透现出自然的原始底蕴。入夏，山水不规，携泥带石，汹涌咆哮，肆无忌惮。牛牛坝人由灾难奋起，几万彝族人从八方奔涌汇聚，人头攒动的河滩上尘土弥漫，呼啸喧腾，堤拦随即摆出阵势。正是在经验与教训的基础上，一片意大利白杨整齐地浓郁起来，翠绿与金黄交替装饰着季节，即使隆冬，风雪中的树干依然笔直排列，威严叱咤。近些年，这片林地也悉数不存，代之拔地而起的是楼群——该县最大的易地移民搬迁集中安置点，2020 年，来自附近乡村的 2 209 户上万人住进新房。

薄暮时分，踱过铁索桥，登高望远。牛牛坝的喧闹融进永远不息的流水中。朦胧的山间，有吆喝声碰撞而来，牧归的白羊与黄牛如晚霞飘动。

牛牛坝的彝族人忙碌着生计，日复一日。他们对生活的艰辛是淡漠的，对生命是珍惜且充满信任的。面对缓缓从天边滑落的太阳，他们从不曾娇柔地长吁短叹，许许多多拙朴硬直的身影，连同天菩萨下深邃坚韧的眼神，连同他们脚下的牛牛坝，就这样铭刻在我生命的旅程中。随着成年，见识和缺憾的积累，我愈加掂量出牛牛坝的分量，愈加领悟到那片土地的亲切。

而一旦真正置身于牛牛坝，我又无言以对。

彝族的主要支系

我生于美姑县巴普镇峨普村一个叫山岗的地方，两岁时随父母到侯播乃拖乡，在那里读完小学转至县城中学读书，直到考进大学才离开我的故乡——更是我的精神高地。即使后来多数时间奔波于西昌和其他更大的城市，然而时间愈长，美姑就愈清晰地呈现在我心中。

彝族从滇东北迁徙进入凉山，族群的两大支系很快在牛牛坝分手，古侯向东，曲涅向西，发散开去在大、小凉山定居下来。

云南大学文史系教授方国瑜先生，在《彝族史稿》中这样描述：

> 凉山黑彝家支，追溯古侯、曲涅为一世祖，《勒俄特依》载：古侯、曲涅自主主普迁至甘洛后，因争家财内讧，发生战斗，曲涅渡美姑河定居，后双方讲和，互通婚姻，二人各生九子，曲涅之六子向远方而去，

搭一座天桥互相来往，后因桥断，不通音讯了。黑彝家支自古侯、曲涅以下，父子连名的谱系（差次），口说流传，唯年代既久，不免彼增此缺，各家所说不尽相同，由古侯、曲涅至今之代数，亦颇不一致……

在此当提出，古侯、曲涅为黑彝的祖先，其后裔人口只占凉山彝族总人口百分之五，不能以统治家族的事迹，当作彝族全部历史，亦不能以古侯、曲涅的时代认为凉山有彝族居民之开始。

他考证，虽然如今在凉山早已打破东、西分住的界限，但就彝族家支的情况看，古侯在东、曲涅在西的分布还是依稀可辨。古侯系的阿侯、苏呷、马、恩扎等家支，大多数分布于东部的美姑、雷波、金阳及北部甘洛等县；曲涅系的巴且、瓦扎、罗洪、倮米、果基、倮伍等主要家支，则大致分布在西部的昭觉、越西、喜德、冕宁、盐源、西昌等地。

追问某一民族的起源，往大里说就是探讨中华民族起源的一部分。那么，探讨彝族起源问题，不单是研究彝族历史文化的一个重要理论课题，也可视为探讨中华民族起源宏大命题的组成部分，具有重大历史意义。随着历史漫长的推衍进程，各民族都存在迁移、融合、交会的错综复杂局面，真要去厘清，难度可想而知。但我仍然愿意翻阅了几乎所有能够找到的学术著作，借所读书中的观点，接近"不可能完成的任务"的边缘。

譬如，早先的彝族是从何处来的呢？

大多数学者认为，彝族是由外地迁徙而来。概略起来，有"古羌戎""古濮人""古滇人""卢人""卢戎人""越人""元谋猿人"和"马来亚人种""高加索人种"等说法。我较认同中国社会科学院历史所研究员易谋远先生的观点："形成彝族的来源不是单源的而是多源的。彝族是众多古代民族共同融合而成的，把它说成只起源于'Х人'的单一说，是失之偏颇的。"他认为炎帝、黄帝、蚩尤是彝族的祖先，彝族起源的主源即是以黄帝为始祖的早期蜀人：

> 建在山坡上的美姑县城

　　什么叫"早期蜀人"？这需要从"早期蜀文化"谈起。我们知道，"巴蜀"作为一个地域概念，是战国秦汉时才形成的。《史记·苏秦列传》载楚王称"秦有举巴蜀并汉中之心"，《史记·张仪列传》称"秦西有巴蜀"，足证。但是，在殷周之际则"巴""蜀"分称。《逸周书·王会解》："巴人以比翼鸟……蜀人以文翰，文翰者，若皋鸡。"说明在成周时，"巴""蜀"仍分别为族名或方国名。殷墟卜辞、周原卜辞和《王会解》所言之"蜀"地的中心在成都平原，这已为近年来考古发掘所证实……"早期蜀文化"的内涵，包含了四川盆地的土著族（濮人）文化和由蜀山而来的蜀人本来的文化两种文化因素。

　　易谋远在厚重、扎实的专著《彝族史要》中，列举了早在新石器时代，四川盆地即存在的"土著族文化"，已被证实与早蜀文化有关的两处遗址——绵阳边堆山和汉源狮子山采集到的石器和陶器，说明其"土著族文

> 彝族小伙

> 彝族人世世代代生活在这里，已经与这片土地融为一体

化"系统绝对年代或相当于龙山文化早期，甚至更早一些。从越来越多的考古材料看，既然成都平原早在新石器时代已存在一种濮人文化，自然要与由蜀山而来的蜀人文化和由西北而来的昆夷文化共同融合为一种新的青铜时代的文化，即"早期蜀文化"，这也就是我们认为的三星堆"早期蜀文化"的渊源。显然，这与今天的许多彝族学者相信三星堆具有某些彝族文化因子相吻合。他也特别提醒，并非凡是从蜀山而来的蜀人都是彝族的先民。但是大约在商末周初，彝族先民"自旄牛徼外入居于邛之卤"，则是由蜀山而来成都平原的一支与昆夷发生亲缘关系，"故我们有理由说彝族先民的父族为早期蜀人，母族为昆彝"（易谋远）。

夏、商、周三代已是有国家组织的阶级社会，而这三代的核心地区又均在黄河流域，可以说夏、商、周文明就是黄河文明。从旄牛徼外到邛之卤，地理环境的改变对彝族先民社会发展的影响甚为明显。从地形上看，旄牛徼外属今川西高原，邛之卤在今成都平原。这里的地理条件与世界四大文明起源的地理条件十分相似，且更有特色。

到杜宇（笃慕）在蜀地建国时，彝族先民已进入耕牧结合的定居生活，"彝族六祖"即笃慕的六个儿子由此分居各地，向西南发展的初期迁徙就从未间断过。笃慕长房生子慕雅切、慕稚考，向"楚吐以南"发展为武、乍两个支系，分布于滇西、滇中、滇南一带；次房生子慕雅热、慕雅卧，分布"洛博以北"，发展为糯、恒两个支系，在云南昭通和川西、川南一带，就是今天凉山的彝族之祖；幺房生子慕克克、慕齐齐，向"实液中部"发展，为布、默两个支系，为今云南会泽、宣威、曲靖和贵州毕节、六盘水及广西隆林等地的彝族之祖。

"彝族六祖"分支之后，这才有了古侯、曲涅两系由昭通地区进入凉山，以后沿着不同的方向在大、小凉山定居下来的事。

虽然曲涅、古侯两部是凉山彝族的主要支系，但绝不能把凉山彝族统统说成是曲涅、古侯两系的后裔。史实是，凉山彝族的来源不是一个，迁入凉山的路线不止一条，而迁徙的时间也不仅一次。1949年以前，

　　在沙马、阿都两土司掌权的安氏，就是清初由贵州水西迁来的阿者家土司的后裔，昭觉县的阿硕土目就是云南乌蒙家一支。仅从上述数例可见，彝族迁入凉山后，凉山原有民族被彝族部分融合或完全融合者，至少有汉、濮、僰、土僚、西番、纳西、羿子七种。

　　流传于凉山的彝族创世史诗《勒俄特依》，对人类起源充满想象："天上掉下一个祖灵来，掉在恩安吉列山，变成烈火而燃。九天烧到晚，九夜烧到亮，白天燃烧浓烟弥漫，夜晚燃烧闪烁光芒。天是这样燃，地是这样烧，为了起源人类

> 山道联系着外界与山村

燃，为了诞生祖先烧。"变化、发展，是世上事物前行的主旋律，因此我们很容易看到，彝族其实和各民族一样，在繁衍生息过程中始终与其他民族融合共存，这种文化多样性在当今世界中具有典范性，颇值得研究与珍惜。

消失的村寨

最该珍惜的，毫无疑问是人的生命。

一次罕见的特大山体滑坡灾害发生之后两周，我奉命踏上行程，忐忑的心在颠簸的路上无法平静。总编辑王万金带队，性格活泼的副总编辑马黑尔哈变得沉默，车辆里气氛压抑。写作的议题不用讨论，我们要去面对创痛。

持续的雨水，把熟稔而又亲切的景象冲刷得走了模样。面目全非的是原本就坎坷的黄土公路，坑坑洼洼，污秽四溅。减慢了速度的汽车一路摇晃，一路难行。

相随的美姑河泥浆翻卷，浑浊黏稠，奔流咆哮，扑打了一车人的话语。

从县城到目的地近百千米，汽车先是西行至牛牛坝，掉向南至洛俄依甘，再改向东至柳洪，乐约乡也就不远了。

每一处大折转都有90度，人在路上却没感觉出方位的大移动。眼前的一切有一种地老天荒的假象。我的思绪穿越时空，踉踉跄跄跌到那块土地上。乐约，彝语为槽形地的意思，位于美姑县东南隅，东与雷波县接壤，南隔美姑河与昭觉县辖境相望。全乡辖9个村，1949年以前，凉山这广袤的群山中无政权建制，唯有彝族人早已躬耕于此，劳作生长，艰难生息。

越是靠近乐约，路越是难走，加之地势陡峭，山岩险峻，车贴着内壁缓缓滑动，右车窗外悬崖狰狞。翻过"老虎口"，就见被两座大山挟持的索罗拉达沟冲出黑黝泥石，如撕扯开伤口，涂抹灾难深重的阴影。河沟上一座净空高度7米的石拱桥荡然无存，切断了行路。

不去近在咫尺的乡政府。顺着山沟往上，就是大毁灭的地方。

> 敦厚朴实的彝族汉子

> 放学路上的彝族小孩。孩子们的快乐总是那么简单纯洁

山上原先有 3 个村寨，山顶的是木乃合村，扎拉古村坐落在右山腰与左边的巴哈村呼应。在彝语中，木乃合意为高寒边远地，扎拉古意为黑泥湾，巴哈则是因为很早以前有个叫勒伍巴哈的人在此居住而得名。每个村庄之下，都是悬崖绝壁。

壮美的风景，包蕴生命与处境的抉择。

则租山底，索罗拉达河在海拔急剧降低的山谷里汹涌澎湃，与美姑河汇合。眼底，一浪浪都是狞恶的泥石堆叠。我怎敢想象两周前灾难肆虐的夜晚。那个惊心动魄的黑暗之夜，连同死亡的噩梦，嵌进乡亲们的记忆里。

1997 年 6 月 4 日。

晚 8 点，夜幕降下。吉克尔曲发现了耕地上弯曲拉开的裂缝，就去仔细察看。越看，他的眼睛越不敢相信，屋后的院坝上，什么时候也有了几条很大的裂缝！

正在这时，他遇见慌张而来的吉觉尔则。"下面的竹子在晃动，树根也崩断了。"吉觉尔则对他说这话时，脸吓得铁青。"不好！要垮山！"他们俩赶紧跑回村喊人。

吉克尔曲上气不接下气地跑回自己家里。他的妻子正在煮酸菜汤，准备晚饭。他大步上前夺下妻子手中的物什，急忙说："不能吃饭了！赶快把娃儿带走！快！"妻子不信，他强拉妻儿，跑出家门，把他们安顿到一个岩板上，叮嘱他们不要乱跑。他急转身赶到弟弟家，背起自己 70 岁的母亲就跑，边跑边喊："山要垮了，快跑！快跑！吉克日哈！吉克马史！吉列伟明！"他一家一家喊着："要垮山了，快跑到西边岩板上去，什么东西都不要了！救人要紧！人……"

吉克尔曲跑到吉克米米老爹家，急切地比画，让聋子老爹快走。聋子老爹也比画叫吉克尔曲帮助把埋在屋里的银子挖出来带走，急得吉克尔曲直跺脚："命都快没了，还挖银子干啥？我家里还埋着 9 砣银子，我都不要了。"可是，60 多岁的吉克沙罗也固执地说："我的财产都在屋里，我就死在屋里。"任凭吉克尔曲怎么喊叫，有 6 个老人就是不走。

木乃合村一组组长吉克约波也在四处喊人逃跑,他还组织民兵把人往山上送。

他把孩子送上山再下来时，发现原来约 30 厘米宽的裂缝竟扩大到 1 米了，缝隙深不可测，如同猛兽张开的血盆大口。

一组 27 户共 107 人，除 6 人不肯走，另有几人放羊住在山上没回家外，其余均逃到了两边岩板上，气喘吁吁，心神不安。隐隐约约听得见土地裂开的声音，树根撕扯的声音，就像凶残的魔鬼正撕咬着猎物，不肯松口，让人听得毛骨悚然，胆战心惊。

突然，乌云翻滚，狂风大作，电闪雷鸣。

深夜 23 时 30 分，暴雨越来越大。紫色的闪电张牙舞爪不断划破乌云，将一束束刺眼可怖的蓝光射向人间。但浓厚的乌云马上又弥合了被撕开的伤口，继续朝无辜的大地泼洒浑浊的脏水。紧接着，鹅卵石一般大大小小的冰雹铺天盖地，山间的树木被撕裂，房屋被打烂，庄稼被摧毁。只听见"轰隆隆"一声巨响，一道蓝光冲天，山崩地裂，石破天惊。泥浆搅和着岩石翻滚奔泻，一路又汇集泥石，凶残洗劫木乃合、巴哈、扎拉古等 4 个村寨。数吨重的巨石翻滚、碰撞、爆炸、飞扬，泥石流冲刷、呼啸、洗劫，奔流而下……

到了 6 月 5 日凌晨 1 时许，逃出来的人们目睹了这一切，木乃合村不肯走的老人被卷走了。

巴哈村梦境里的人们还不知道究竟发生了什么事，就被卷裹进泥石流中……

27 岁的克什布西是被狂风大雨惊醒的，她的丈夫阿约迭哈到甘洛县帮人挖铅矿去了，只有她自己带着 3 个月的孩子阿约石布。她害怕房子垮下来，便抱起孩子跑出门外，刚跑到屋后围栏前，就被什么东西猛推了一下，旋进泥浆中，身子随泥浆翻滚而下。她紧紧拥抱着怀中的婴儿，在泥石流中翻滚、沉浮，在混沌和黑暗中挣扎、求生，突然她感觉不再流动，她半躺在泥流中，双脚、头、手都伸向苍天求救，左手反背着不能动弹。"孩子呢？"夜里什么也看不清，她急得用右手在周围乱摸，终于摸到了孩子，她一把把孩子揽进手弯，紧紧搂着，不知过了多久，风雨冰雹停了，微微的夜光中，她看见黑乎乎的远处，有人影晃动，她使出浑身力气喊道："快来救我！快来救我！！"幸运的是，年轻的母亲和年幼的孩子都只受了轻伤。

30 岁的阿约典洛被山崩地裂的巨响震醒了。他三步并作两步冲到屋角，把母亲背起就跳出家门，往没滑坡的地方跑，放下母亲后，他又去背来吉觉妈麻，然后去找妹妹，还未等他回来，母亲和吉觉妈麻就被卷进泥石流中，幸亏被阿约索莫搭救。不幸的是，母亲和吉觉妈麻再次被冲走，阿约典洛赶来第三次才把她俩转移到安全地带。但阿约典洛的父亲却被淹埋了，母亲哭得死去活来。

那惊心动魄的场景从此就定格在许多死里逃生者的记忆里。天亮时分，熟悉的鸡叫声没有了，村庄没有了，炊烟没有了，到处是狰狞的岩石，四周一片死寂。男人们欲哭无泪，沉闷地吧嗒着旱烟。

美姑县委政府的抢险救灾火速展开，省州立即赶赴联动，财政部等及时拨款。

灾情调查组经过 3 天逐户核实，统计出令人触目的数字：山体滑坡使 4 个村 16 个生产组受灾，307 户 1 527 人中，80 户住房和 2 所乡村小学被埋没，死亡 151 人（其中乡外 12 人，外县 4 人），有 67 户 294 人无家可归，损坏房屋 307 间，牲畜 4 445 头（只），损失存粮 20 多万千克，造成直接经济损失 1 523 万元。

中国科学院成都山地灾害研究所、凉山彝族自治州地质环境监测站实地考察，该地区为金沙江流域深切割高中山地貌，相对高差极大。滑坡体附近无断层发育，周围均为沉积岩层，由老到新出露奥陶系、志留系、二叠系等时代地层组成，主要岩性为炭质泥页岩、粉砂岩、石灰岩等。其中，滑坡发生于志留系龙马溪组下部，岩性为黑色泥页岩、炭质页岩及中薄层粉砂岩。岩石节理发育，垂直或斜交层理的裂隙，节理密集，透水性能好，容易发生滑坡。滑体附近三面环山，上部为分水岭，下临切割达 500 米的深沟。整体处于一单面坡上，坡度 20°，与岩层产状倾向 320°、倾角 15°—25° 基本一致，即为顺向坡，对岩层滑动极为有利。滑坡性质为厚层超大型推移式顺岩质高速滑坡。滑动过程中能量极大，发生翻滚、冲撞，伴随火花及冲击浪。造成这次滑坡的原因，除了上述岩性特征，顺向坡，节理裂隙，当夜的特大暴雨、冰雹，都诱发了滑动面及上部开裂口的贯通。

雨后的洁净，使特大滑坡体的累累伤痕裸露无遗。顶端是血色般的塌岩，中部黑泥潭流成河，恣肆蔓延。滑坡体长约 5 千米，宽达 2 千米，泥石方量至少 4 000 万立方米。灼热的阳光下，泥腥味混杂着血腥味扑鼻飘散，成群的乌鸦盘旋降落。

深奥的地理学知识无从稀释人内心的承受。彝族人理解的是经历了千秋万世的崇山峻岭，留下过祖辈清晰可辨的汗水、泪滴与足印，积淀抚育生命的温暖、热爱与希冀。那里是他们可爱的家园。

为避免再遭灾难，灾民们搬进别的村庄，妥善安置。好在语言是相通的，情感深如手足。只是告别一份滋养的移民，要重新呼吸原野满盈的底气，蹒跚灌注振作的力量。

说是村庄，不过是一些木板房和人居稍多的地方。这样的村庄规模不大，散布在凉山各地的高山、台地、河谷、平坝上，简约朴素，不事张扬。对它的认知，只需要友善的眼睛、虔诚的心灵和勤勉的脚力。由于僻远与贫瘠，在中华文明的疾行中，彝族独特生存状态保持最多的恰恰是这样一些区域。

但是它的消失并没有引起外界更多的惋惜与哀叹，甚至起码的注视。当然，那个时候媒体也远没有今天发达。消失的村寨——木乃合、扎拉古、巴哈等，很快沦为过时地图上几处最小的黑字，光芒黯淡。

我把一次曾经采访、写作的大灾难再做简要的描述，并非特意要去掀开永远疼痛的伤疤。村寨的名字已经不在新出版的地图上，逝去的许多人连名字也没有留下，我只是想以这样的方式思念一个地方。大地上的事情从来不只有欢乐，也还有悲伤。

山上的依洛拉达

在大凉山深处的美姑县，依洛拉达是候播乃拖之后，我迄今为止所到次数最多的乡。十几年前，我供职的报社在那里扶贫，需要一个联系人。"我去吧！反正是从美姑出来的，对情况较熟。"我出生在美姑县，大学毕业后到西昌，一晃

30 年过去，所以话虽这么说，但没想到我其实对乡村已经相当陌生，即便在那里挂职，每年去几趟，感觉也只是名誉上多了一个"依洛拉达乡党委副书记"的职务。我对乡村感觉陌生，山里人面对我时感觉拘谨，甚至自卑。的确，依洛拉达其实就是一个普通的乡，无论农业出产还是地理风貌都没有太多特色，并且多数山民的生活只能以"贫寒"二字来形容。全乡总面积 24.27 平方千米，有尔合、依觉、且莫、库莫、母觉 5 个行政村，村下设有 27 个村民小组，这些基本数据都记在采访本上，许多乡村风景被我随手拍成照片储存进电脑。但是在情感或者理解上，乡村于我而言却仍是模糊的。

依洛拉达距美姑县城 18 千米，很近，一条省级公路线快到县城的地方便要分路往山上。"它在路上。"前任乡书记达则阿铁第一次告诉我依洛拉达所处位置的时候，叮嘱我注意分岔的路。他说的话很形象，仿佛依洛拉达不是具体的地名，也不是静止的，而是一个行走着的山里人奔走在路上。穿越昭觉县，通过俗称"大桥"的洛俄依甘乡进入美姑县境，沿美姑河向北刚过牛牛坝就向东行驶，从一条小岔路蜿蜒而上。短暂的 10 千米，尽是漫长的盘旋爬坡路。依洛拉达的彝语意思就是阴山中的水沟。汽车开始艰难行进在被河水切割的高山峡谷里，依洛拉达还在更高的山上。

眼前是逐渐隆起的巍峨大山，一旁的河流河面不宽，怪石嶙峋，河道两侧堆积的坚硬石头如同巨大的挡水墙。全部的石头都被暴雨裹挟泥石流从高山一路冲撞而下。每遇冬季冰雪天气，此路不通。换句话说，一年当中有近一半的时间到依洛拉达乡并不能选择乘车，否则冒险开车，即使车技再高超，也难免遇上车轮左右摇摆不听使唤，把司机惊出一身冷汗。

乡干部选择骑摩托车，为此，尼尼古火还特意买了一条黑胶皮做的长靴。有一次搭我上山，行驶到河边停下来，他忍不住叹息："路实在太烂了。"他指着长靴叫我看，及膝的长靴上溅满厚厚一层泥浆。尼尼古火是现任乡书记，算是我的"直接领导"，看他愁眉苦脸的样子，我只好打趣道："不让你在乡下磨炼，咋个有理由让你升官呢！"他摇摇头，把厚实的手套取下，去河滩挑了一块片石，用河水冲洗长靴上的泥巴。他精神抖擞，肤色黝黑，挺拔的鼻梁和轮廓硬朗的脸庞在蓝天下泛着油光。

更险峻的一段路还在前面。蹚水过河之后，道路更加陡峭，车头昂着，前窗向着蓝天，司机要伸长了脖颈才能看见前路，而且路面逼仄，轰着油门的车艰难爬行，排气管使劲扬起弥漫的尘烟，远远望去像是古代一队战马正在推进，就是接连十来个急转弯也可以不按响喇叭，对面下山的车辆早已找宽处等待避让。乡干部们抱怨这样的路难行，说本来路况要好些，"是因为载重的卡车把路压坏了，坑坑包包的"。但要不是近几年国家电网建设输电线路，这段公路更没有人管。卡车装载着铁架、水泥、砂石运往高山，再由人力或背或扛或抬上山顶。当铁塔

> 依洛拉达，静谧的乡村

在一个个山顶和半山之间矗立，高压电线像银丝般牵连起来，数百千米之外雅砻江上水电站的电力才得以输送至数千千米之外的长三角城市。

那些遥远的都市与山里人的生活没有什么关系。大千世界，万种风情，精彩各自不同。本质上，凉山彝族人与这片土地是合而为一的。你看这里的高山，高山上的村落，那些就地取土用力紧舂成土墙的房屋与山上的泥土同色，被高耸的树木包围着，色调是那么统一、协调。近年开始新修砖瓦房了，政府倡导的"新生活"运动——鼓励并帮助山上的彝族人过上更舒适的生活，包括用砖瓦代替泥土建造他们的房屋。很快，曾经的土墙又重新回归大地，还原为山地的颜色，待来年开春，泥土又可栽种庄稼，生长和季节轮回。汽车又爬上几个大坡，我看见了远处乡政府驻地的两幢两层楼房和中心小学鲜艳的红旗。

一天，为了拍几张彝族人修新房的照片，我背着照相机来到依觉村。村会计阿以日格是当地有名的精明人，开过瓦厂赚了一些钱，瓦厂拆了，现在又开小卖部。小卖部的窗口很小，对着小窗口的一面木柜上摆满廉价的糖果、饼干、矿泉水、方便面等。卖得最多的是啤酒，从县城批发价每件31.5元，他拉来单件卖35元，10件以上卖32.5元，50件以上卖32元。"差不多卖1 000元有70元利润，小卖部每个月能收入2 000元左右。"阿以日格人到中年，和我聊起来并不讳言："因为有两个儿子、三个女儿，超生两个总共'赔'了3万元，除了最小的儿子才1岁，其余4个都在读书，平常娃儿妈妈守小卖部。"人多，旧房子小了，修房是大事。"计划用11万元，"请了5个帮工，每天发一包烟加生活费，"13万元巴巴适适干完。"他也埋怨路不好走，运费高："在牛牛坝买一匹红砖0.55元，加运费每匹0.7元，4万匹砖，还要水泥、砂石，运费不少。"

往来的车辆仍然屈指可数，偶尔碰见载客的微型面包车，灰色，一看就知道它与在公路上正规运营的喷了绿漆的面包车不同。但如若不是遇了急事，许多人还是舍不得掏10元钱去坐，要知道，辛苦收种的土豆即使拉到牛牛坝的集市去卖，一斤也才值八九角。

路上的行人成了风景：有走亲戚的，更多的是人背马驮把玉米、荞麦等粮食

> 乡道上赶猪的人。在公路没有修好以前，人们赶集很少能够乘车

拿到集市出售，或者从集镇买到了生活用品和生产工具往回赶。遇到有车辆靠近，路人急忙将身子侧向一边，并用披肩的"察尔瓦"（披毡）遮住鼻子和嘴巴，避免吸入飞扬的尘土。有牵马的，他会小心伸手去稳住马头处的缰绳，并轻声安慰马匹稳定情绪。此时，千万做不得的是猛按汽车喇叭。"有一次，一个卡车司机没有经验，按了刺耳的喇叭声，刚好那匹马是从高山上下来的，平常没怎么听过汽车喇叭，吓到了，一下冲到岩子下。嗬，马儿摔死了哟。"尼尼古火极富感情色彩的话语，讲述那次"悲剧事件"："这下麻烦啰，马儿主人非要喊司机赔偿，司机也觉得委屈。但人家主人有道理，你不按喇叭，那马儿咋个会跳到岩下去摔死嘛。结果只得赔了几千块钱。"

尼尼古火说，一匹马赔偿几千元并不多。要知道，彝族农家有一匹马是怎样的宝贝，它既是工具，又是家中的一员。大山中的马是一种模样可爱、体形较小的矮种马。这种马既有驴子温良憨厚与吃苦耐劳的性格，又有玩偶般精细柔弱的外表，它脸庞较短，大眼睛，长睫毛，小嘴很柔软，马鬃长得出奇。在闭塞而不发达的农耕社会，马，还有牛、羊都是生活的良伴，包括家家都喂养的狗，它们通人性，理解主人的心思，它们同属大地上的精灵。

依洛拉达乡政府驻地尔合村海拔 2 100 米，"极度贫困村"库莫还得往山上走 5 千米。因为偏僻，这 5 千米路是 2013 年 9 月 20 日才修通的。我第一次去的时候还是徒步去的。这次还是尼尼古火书记带我，我们在年轻的村支书石一久林家的院坝聊天。久林相貌英俊，年方 35 岁，尽管只有初中文化，却在村中享有口碑。他的父亲石一达格 76 岁，是老支书。我说久林如今当上支书，算子承父业。久林不懂得客气，自我介绍："我 2003 年入党，2008 年打工回来。2010 年换届时，大家喜欢我，选我当村支书，我就不往外面跑了，实实在在帮村上。"他所说的"帮村上"，是指他最近个人花了四五万元，帮新建房屋的 40 户人家把饮水主管道安装好了。他恳求道："但分到户去的水管还没安好，就要请你们支持啰！"

到了库莫村，还没到山顶。"你看，"石一久林指着房屋背后，"库莫村的一组、二组在上面，还有 3 千米。"我执意再上去看看，终于在太阳即将落下的金色余晖中到达山顶。我还在喘着粗气，久林又指着一座看上去不是很高的山说："再翻上后面的梁子，就看得到黄茅埂了。"

云层已开始聚集，日光顽强穿过云层的缝隙，照射红色的山峦以及山峦上散布的零星房屋。那些年久失修的房屋依旧简陋，却在巍峨舒缓的山脉之上为居住的人遮蔽风雨，并未使它质朴的温暖受到减损。画面的色度是和谐而单纯的，房前屋后置放的锄头、背篓、石磨和屋檐下垂挂的玉米、辣椒，显得明晰、立体，充满细节。

黄茅埂山脊南北长达 98 千米，属大凉山的主脉，山势雄伟壮观，特别是其南端的主峰龙头山高大险峻，时常云雾缭绕。它的美名无数次引起我的遐想，我无数次在心底对自己说，我想到那山顶去……

> 马匹是农村珍贵的劳动工具，价格不菲

>山道上运送货物的马匹和它的主人

板诺洛村的模样

其实，牛牛坝不仅对我个人来说有极强的象征意义，对凉山彝族而言同样如此。那是一个历史的维度，漫长的时空序列，地貌上山川的岩石仿佛是现实中坚硬的部分，河流则以母亲般的善良与慈爱哺育子民。如此，山里人饱经风霜却磨砺出一股倔强的力量。

今天，从牛牛坝乡乘车跨过一座大桥，逆连渣洛河向北约 22 千米，就来到了侯播乃拖乡。通乡公路设计路宽 4.5 米，筑修时扩为 6 米，而且多数做了挡墙和排水沟，"不然早就垮了，"带我去采访的是美姑县政协主席吉古尔史，前任副县长，联系分管交通，对全县的交通情况较为熟悉，"可以说，现在全县的路比过去都好走了。"巧合的是，侯播乃拖也是吉古尔史的故乡，确切地说，他出生在板诺洛村，还是我父母亲的学生。20 世纪 70 年代，侯播乃拖区中心校办有两个耕读班，半天参加劳动种植玉米和土豆等粮食，以及莲花白、大白菜等蔬菜；另外半天上课，语文、算术还有政治，让野地上长大的孩子能够安坐在教室里。

通常，公路的走向大抵顺应河流的流向，连渣洛河两边是层叠的山峦，远远望去全是绿色——近处的玉米和半山以上的林木，在不时穿过云层的阳光照耀下闪烁着迷人的光亮，周遭一派生机盎然。山体的褶皱呈现出一种极富层次的美感，层层叠叠，没有止境。车在河谷中穿行，人在清新的景致中陶醉。

呵呵，侯播乃拖！我的童年时期，乡政府还没有搬迁到河边的拉呷，而是在山坡上的乃拖。儿时的记忆，合着眼前的山水，似真似幻。这个少被外界关注的角落，我知道它的真切。

从乡上再往北走约 5 千米是板诺洛村。侯播乃拖乡有 13 个村，板诺洛村是其中之一。从外乡来这里任乡党委书记的立立石体曾提供给我一组经济数据：2011 年，板诺洛村人均纯收入 3 350 元，人均粮食产量 1 450 公斤，分别比全乡人多 400 元和 650 公斤。虽然板诺洛村似乎显得要富庶一些，但是美姑县是国家级贫困县，要到 2020 年底才能够"摘帽"。

> 山峦、土地、房屋，仿佛油画一般的风景

　　脱贫，难度大，任务艰巨。包括美姑县在内的凉山彝族自治州的 7 个县，将是中国最后完成脱贫攻坚任务的地方。穷惯了的人们，哪怕一点一滴的财产的积累，都会化作心底的快乐。从阿侯娘娘的脸上，就时常看见这份源自心底的快乐。当然，我更乐意将此看作一个人性格的阳光与开朗，对任何困难保持积极应对，并且有着足够的坚毅与耐心。

　　阿侯娘娘是板诺洛村党支部书记，本地人，当村主任时间长，后来改任村支书，质朴、精神是他给我的印象。他觉得村支书应该不一样，任务肯定还要重一些。原先，这里的农民不种小春，清闲的日子从入冬过完彝族年就开始，男人们沉浸在烈酒的熏陶中忘记了时光，妇女们操持简单的家务，然后坐在一起聊天。同样清闲的是土地，一个冬季足以让耕地板结荒凉。阿侯娘娘先试种豌豆，再推广开来。多年下来，地不再荒，收入增多。小春的豌豆和大春的玉米套种，玉米收割后种圆根萝卜，天气再冷点又种光叶紫花苕。玉米每斤1.1元，但基本上都用来喂猪、喂羊、喂鸡了。豌豆则都出售，每斤2元，全村能卖5万斤，一年就有10万元收入。种土豆100亩，荞麦100亩，也是收入。

见到阿侯娘娘，我请他讲农村经济发展，但他更愿意给我讲另一件事。

一开始，阿侯娘娘似乎只能管11名党员。人和地都熟，乡邻也没有把他当回事。他记得清楚，第一次开大会，虽然只有11名党员，却都没有到齐。他气得做出规定：以后村上开会，每户18岁以上必须有一人参加，不来罚款5元。又一次通知开会，121户来了59户，还是有62户没有来。"但话说了就要兑现。那时白酒1.2元一斤，啤酒1.5元一瓶，罚款300元，买酒给参会的人喝都喝不完，把没有来参会的人气的……还有2户没有交罚款，各拿一只鸡来抵5元。"有了阿侯娘娘的认真，村民一下子看出了和以往的不同。他开心回忆："这个干得起，我胆子也大了。"他从中看到了效果，村上的事情也好做了。对那些棘手的偷盗、邻里矛盾纠纷，他想到"德古"。凉山彝族民间的"德古"，是那些德高望重、说理断事的能人。但是现在讲法治，能不能用村规民约来管事？先成立村调解委员会！委员会由13人组成，规定出面调解民事纠纷时，每次需要5人以上参加，同时涵盖3个家族以上。那么，调解还得有依据，由此制订出第一个《村规民约》。我看到那是3页纸，蜡版油印，纸已发黄，共11条内容，写得密密麻麻，我在采访本上抄录了其中两条：

第四条：文教卫生方面，为了确保正常地开展教育教学工作，每户人家如有7—11周岁3人，其中2人必须入校学习，如有7-11周岁2人，其中1人必须入校学习。

第十条：为了确保村民粮食增产、增产经济收入，防止牲畜破坏庄稼，如牲畜破坏庄稼被打死，不赔牲畜价。

随着认识的提高，还修订了版本。有一次，一男子买了东西去看生病的朋友，因去时已酒醉，到朋友家后与朋友的老婆发生争执，把人家老婆打了。那女的说自己有身孕，马上被送到县医院检查，证明没有怀孕。经调解由那男子给予赔偿包括误工费、检查费等。村调解后双方如不服还可在一周内向乡反映。结果此事得以解决，双方同意并按手印。但闹事调解要付出代价，2008年，《村规民约》就定了每调解一次需向村调解委员会付500元调解费，虽然以后没有再上调，但那时即有人嫌调解费贵了，一般的小事都自己去协商解决，也就避免了事态的扩大。村干部高兴的是从那以后，调解的事件数量每年都在递减。

从某种意义上，《村规民约》担当了民间"德古"的角色，而且调解委员会有村党支部和村委会出面，有代表性，又涵盖多个家族，再加上做事公平与公道，村民的行为准则就被规范在了《村规民约》中，成为大家共同遵守的信条。

肯动脑筋、为人厚道的阿侯娘娘很快在凉山有了名气，而且一直没有改变农民质朴的本色。2009年，他被评为州劳模；2011年，被评为省劳模，当选为凉山彝州自治州优秀基层党组织书记、凉山彝州自治州第十届人民代表大会代表。这些头衔或者荣誉对他似乎并不意味着什么。

那一天，阿侯娘娘上着深蓝色衬衣，挽着衣袖，脚蹬一双解放军式绿胶鞋，带着我走村进户，精神抖擞的。那时他才40岁，大抵因为是农村的劳动者，看上去比实际年龄要大些，黝黑的肤色，如土地的底色，也是风吹日晒的结果。"听说你干得好呀，书记！"我羞愧地用上了官方那套，走上去同他握手，如同和一位家乡的老朋友聊天。"哟，我们啥子干得好哟？"他微笑着，世面见多了，他也学会了客套，一双粗糙的大手与我相握。

他的家在公路边，家后边是连渣洛河，从他家向河对面看去，整个村落几乎尽收眼底——村委会是一个院落，旁边几排房子构成的更大的院落是村小学。这两处都升起五星红旗，随风飘展。从村旁的路往上走才是真正的村寨，板诺洛村的三个组就分布在浓密的核桃树之间，时而透出一面墙来，时而挑出一顶瓦来。反而是阿侯娘娘他们所在的公路边只有几户人家，显得没有那边的人家那么热闹。

> 站在河边的乡际公路上看去，整个板诺洛村尽收眼底。
村小学旗杆上升起的五星红旗，随风飘展……

原先，就在阿侯娘娘家门口出来有一座吊桥连接河两岸，有一年发大水，吊桥被冲毁了。我站在被冲掉了的桥口的一小块平地上，看到右手边河上游几十米处新修了一座公路桥，只是桥刚修好，水泥尚未完全凝固，还不允许车从桥上驶过。

像庄稼一样在那块土地上成长起来的阿侯娘娘，自然懂得乡野民情。数十年的相处，哪一家的家底，哪一户人的脾气，都不陌生。他要按他的办法，把村里的事担起来。

发展经济还是重点，收入增加了，农民才没有那么烦躁。2012 年，农网改造，板诺洛村有安电户 175 户，按规定每户需交给电力公司 168 元，阿侯娘娘一拍胸脯："这里一分钱都不收了，村上统一解决。"也在那一年春天，板诺洛村的村道上居然安装了路灯。"每到夜晚，走路太不方便，特别是老年人，打起电筒晃来晃去也看不到，曾经有人从吊桥上摔到河里去。"村里花了8万多元，安装了45盏路灯，平时开20盏，有红白大事和节日就全开。"哎哟，在山上走着看，像城里面一样，灯光亮得很。"他有点自得。

得益于脱贫攻坚的推进，板诺洛村2017年11月入选全国文明村镇。

脱贫攻坚的艰难，让凉山的许多人几乎"脱了一层皮"。有全国脱贫攻坚"最后的硬骨头"之称的凉山，尽管已经实现累计减贫超过80万人口，但艰巨的任务落在了2020年。这一年，凉山的美姑、布拖、昭觉、金阳、普格、越西、喜

> 乡村小学，打篮球的彝族孩子。随着教育设施的改善，校园篮球、
　足球、棒球队点燃了孩子们的体育热情

> 小树林、玉米地、清溪水，这是我心心念念的家乡侯播乃拖

> 入冬了，圆根萝卜大丰收。圆根萝卜学名叫蔓茎，根茎圆形，适宜高山种植，是西南高寒
　山区少数民族偏爱的一种蔬菜

德共七个县必须"摘帽",涉及贫困人口 17.8 万。千百年来的绝对贫困终将历史性地得以解决。

有一年,阿侯娘娘到西昌参加州人民代表大会,我去邛海宾馆见他。黑底衣服的胸襟用紫罗兰、橄榄绿、湖蓝和浅蓝等颜色丝线绣出花草纹样图案十分鲜艳,也非常抢眼。如此精神抖擞的状态,方便采访会议的电视摄像记者捕捉镜头。阿

> 放养在山间坡地的山羊,这是凉山人重要经济来源之一

侯娘娘有点拘谨，至少不像他在村庄时那么自如。"我还是有点不习惯。"我正在猜测他所说的"不习惯"到底是指身着崭新的衣服还是指不常处的环境，他直截了当："我对板诺洛真的有感情。不说我的爸爸妈妈在那儿把我带大，才来几天，我觉得就想了。"一套衣服能改变什么，他并非要炫耀，只是要庄重和正式。这种不自在的体验我也有过，所以我对他的话怀有情感的共鸣。

在日益膨胀的城市待久了，或许对土地的感受就会衰减。好在凉山足够广袤，大地的整体性雄浑也还没有支离破碎。站到高处去俯瞰群山，反而会获得踏实的安全感。像凉山山中的村庄，春风吹拂，板诺洛也迎来桃花盛开，粉红色开始挥洒在新绿的大地上。那一片粉红，成长为果实；那一片绿，沉浸为浓郁。

西昌・邛海

凉山州境内的安宁河谷，
在以西昌为中心的中游地区形成开阔的谷地，
这就是安宁河谷平原，
仅次于成都平原的四川第二大平原、
川西南最大的河谷平原。换句话说，
正是奔流不息的安宁河水给予了安宁河谷平原的人们以哺育和洗礼，
应验了一方水土养育一方儿女的不老箴言。
而到了西昌，
最不能错过的便是邛海。

谁能想到，在大凉山周遭的崇山峻岭当中，会有这么大一块平地。1942 年出版的《西昌县志》开篇明义：

> 繄西南之古邑，控邛筰之中枢，山脉之干五，川流之派四；有纵有横，有顺有逆，有直有曲，有分有合。平湖曲沼，雄关厄塞，以弋以渔，以游以运，以战以守，以税以邮。高原平原，荒可垦也，熟可耕也，沟洫可灌也，道路可行也。

西昌四面环山，中间是平原，沿安宁河南北延伸。邛海是一个意外，湖边飞峙的泸山又从视觉上把两块大坝子隔离。

西昌段面积为 424 平方千米，包括了地理书上的"安宁河谷平原"和"邛海湖盆平原"两大块：前者面积 306 平方千米，长 82 千米，中间宽阔而南北狭窄，北起月华，南至黄水；后者面积 118 平方千米（含邛海水域），形似长条状，长约 20 千米，宽为 5—8 千米。

在大山之中，这偌大的平原是怎样形成的？ 1996 年出版的另一本《西昌县志》给出了答案："是在上新世（纪）之前断陷而成的断陷河谷，原是一个大湖（有第三系湖相堆积层），安宁河沿断裂冲出后，大湖逐渐缩小形成今邛海及平原。由于泸山所阻，分为安宁河谷平原和邛海湖盆平原，总称为西昌平原。"上新世（原文可能多写了一个"纪"字）距今约 530 万年—180 万年。

原来我们放眼所及的自然景观，无一不是天造地设之作。

"天府之国"的"袖珍天府"

　　"天府"一词最早见于《周礼》，本是一种官名，但后来在历代文人学者笔下，"天府之国"逐渐变成了四川盆地的代名词，终成为一条家喻户晓的地理常识。

　　在 2008 年，一项关于"新天府"的评选惹得众多媒体沸沸扬扬。活动的始作俑者正是《中国国家地理》杂志，他们欲扬先抑的策划手法，首先刺痛了四川民众，翻阅这个省发行量最大的两份都市类报纸《华西都市报》和《成都商报》，媒体上众声喧哗，从中即可领略新闻炒作的阵仗。尽管随后出版的"十大新天府揭晓"专辑，封面标题为醒目的《为何成都天府之冠地位难撼？》，但当初该刊以《"天府"是四川盆地的专利吗？》诘问，还是惊出了许多四川人的一身冷汗。正如编者所言：天府几乎是人尽皆知的概念，但从天府诞生之日起，却从未有哪个机构对何为天府、谁是天府进行过认真的讨论和评选。

　　也是在 2008 年，突如其来的汶川特大地震和在期盼中迎来的北京奥运会，两件大事似乎都指向一个主题——重识这片河山，再提人与自然和谐共处。经济社会发展的要义，是要有清新的空气、绿色的环境、健康的体魄、尊严的生命、和平的理念和欢乐的精神。

　　西昌平原被资深评选专家学者誉为"袖珍天府"：在人们的传统视野里，天府应该是那些有着巨大人口承载力和富饶物产的大型平原，比如成都平原和关中平原。事实上，一些小平原同样拥有丰富的物产和美景，像四川西昌平原，云南丽江坝子、大理坝子和海南万泉河流域，它们也能承载人们追求的精致生活，难道不能称作"袖珍天府"吗？

　　有一句著名的歌词："谁不说俺家乡好！"我们生活在这块美丽、富饶的土地上，家乡的好早已融为情感的自然流露。还是人家的眼光独到，所见的西昌平原"不乏精彩与妖娆"——有阳光、流水、富饶的土地和丰富的物产，甚至还有悠久的历史和文化——就像民间隐藏的小家碧玉一样，西昌完全就是精致生活的福地。

> 邛海，烟雨氤氲

       前面说到的西昌平原，事实上是安宁河谷平原的中心地带。安宁河，尽管有洪水泛滥的时候，但在久远的岁月里，安宁河还是一条宁静、温婉的河。作为雅砻江的支流，它发源于蜀山之王贡嘎山南麓的冕宁县北部山区，全长351千米，长麻吊线地流到攀枝花，在那里与金沙江汇合奔向长江。凉山境内的安宁河谷，在以西昌为中心的中游地区，形成了开阔的谷地，这谷地最窄处几千米，最宽处达20千米，面积7 000多平方千米，这就是安宁河谷平原，仅次于成都平原的四川第二大平原、川西南最大的河谷平原。换句话说，正是奔流不息的安宁河水

> 山水城人融为一体。宽阔的河谷孕育了特殊的自然禀赋：温度、空气湿度、海拔高度、农作物优产度、空气洁净度和森林覆盖度"六度"皆宜，四季瓜果飘香，月月花朵盛开　摄影 / 邓邦敏

给予了安宁河谷平原的人们以哺育和洗礼，应验了一方水土养育一方儿女的不老箴言。

有这样一条鲜活的河流不稀奇，哪一个城市不喜欢挨着河流呢，关键在西昌城的旁边活生生有一汪硕大而清澈的湖泊，名叫邛海，面积有 34 平方千米，当仁不让成为四川省第二大湖，相当于现在 5 个杭州西湖还要多一点。20 世纪 30 年代，邛海面积为 42 平方千米，所以我们经常会听到西昌人自豪地对朋友说，邛海比西湖大多了。大是一方面，邛海的水质也经常被当地人盛赞，说是比昆明滇池清澈多了。因为西昌自来水公司有一处取水点是直接从邛海取水来供应给城市居民饮用的，他们定期会在当地报纸上公布水质抽样调查的结果，邛海水质完全达到饮用水的标准，让大家放心饮用，一些宣传文字深情地称邛海为"母亲湖"。

造物主的鬼斧神工塑造的大地、山川、江河、湖泊，令人类科技文明和文化文明之外的一切奇思妙想都相形见绌，看见过越多的山川风物，体会就会越深。开怀敞抱的安宁河谷平原上有一座海拔 2 317 米的泸山突兀拔地而起，树木成林，郁郁葱葱，松涛滚滚，众鸟啁啾，与邛海相呼应，共同成为渐次扩张城市的"双肺"，调节高原山地干燥的气候，吐故纳新，与灿烂阳光和河谷风带一道给予西昌城冬暖夏凉，一年四季如春天般舒畅。"一座春天栖息的城市"作为西昌的城市口号，与其说是对外产生某种效应的宣传策略，还不如说本身就是这座城市的内在品质和科学发展定位。

安宁河流经西昌市境内，长 85.6 千米，流经 18 个乡镇，流域面积 2 460 平方千米，两岸有耕地 20.31 万亩，人口 21.05 万人，历史上就是四川著名的粮仓。由于平原两侧均为突起的山脉，河谷干热，全年日照时间长达 2 600 小时，冬无严寒，夏无酷暑，再加上安宁河和邛海丰富的水资源，这里简直成了农业资源最独特、最丰富、最具优势和开发潜力的地区之一，适宜农耕，就意味着适宜人居。单是蔬菜，西昌平原现在种植的就有 100 多种。当四川其他地区及周边省份还处于严寒笼罩之中，田野里的蔬菜还是尖尖小苗时，西昌平原出产的蒜薹、胡豆、番茄、青椒、春笋等已经带着春天的气息冲州撞府。至于荞麦、土豆、玉米和水稻等诸多粮食作物，产量长期以来更是居于四川领先地位。与粮食和蔬菜竞相生长的是花卉，从春天到冬天，一年四季都有开不完的鲜花，无论你什么时候来到西昌，首先映入眼帘的总是各种知名或不知名的花朵。

花期最长的三角梅，一簇接着一簇绽放艳丽的花朵，可以盛开好几个月，开得红红火火。三角梅算不得名花，它非常好养活，用手去撇下枝来插进湿润的土里并注意保持一定的湿度，埋藏泥土里的枝茎便生出根须来，上面的枝干慢慢发叶开花，这样随便地繁衍一气，西昌的园林、绿地、大街小巷、高楼住户的防盗栏铁笼子里，到处是红艳艳的三角梅，一点不稀奇。倒是成都人来西昌很容易被红艳艳的三角梅惹红了眼，他们不辞辛劳，连盆带花地把三角梅请回成都，活还是容易活，只是不怎么开花，甚至有些干脆只是长绿油油的叶子，问题就出在成都缺乏阳光照射。三角梅的红色、紫色、黄色、白色，其实都是强烈的阳光"打扮"出来的颜色，高原太阳辣，阳光"凶"，光照强，叶子都晒得打卷卷了，花朵正抖擞着精神妖冶迷人。

"天府"必备的要素是"自然条件优越，物产富庶丰饶"。但是从农耕文明发展到今天，人们在充分享受经济高速增长带来的物质膨化时，反而开始追求田园牧歌似的"世外桃源"。

舒适的生存环境，孕育了西昌人的平静祥和、悠闲放松、乐天安命。茶楼和农家乐无一例外不是麻将声声，与"天府之国"成都人的爱好如出一辙。凉山属于众多民族融洽共生、和睦团结之地，西昌人生性的淳朴善良、耿直豪爽、热情好客。西昌人还喜欢午后去火把广场附近散步，骑一辆自行车绕邛海一圈，节假日早晨登泸山呼吸新鲜空气，远一点就去普格、喜德泡温泉，自驾车走高速路北上成都乃至西安，或者南下到丽江、大理逛一大圈，千姿百态、生龙活虎，注重体验。

所以我觉得幸福指数较高的体现，就是以简单的生活、内心的愉悦追求"天人合一"的境界。

山河造就的"温室"

平原的好处是田垄平畴，水旱从人，早先是以农为主的富裕之地。但一览无余的平原如不是从空中看，总觉得缺少一些气势，没有几番层次。你看香港、重庆，楼宇因为依山势而矗立，气势非凡而不尽压抑；但在上海、成都就显得平面化了，除了对望上海外滩或者从四川省展览馆向人民南路远望，任一建筑的外形都被身边其他的建筑粘贴了。

在西昌城，泸山算是飞来峰。

尽管泸山主峰纱帽顶海拔才 2 317 米，却比邛海海拔足足高出 800 多米。这一来，西昌城多了生机与活力。如果想暂时离开闹市，呼吸畅快，从泸山山门牌坊走路一小时，通过密林中爬到卧云山；再从山上下来，就到邛海边的月色风情小镇了。

游客登临泸山，一般除了去免费的凉山彝族奴隶社会博物馆浏览一段历史，还会进得光福寺燃香祈福。人们哪里会发现，左边不远处飞梁寺和蒙段祠内陈列着冰冷的碑碣，隐藏着无声的秘密。

西昌地震碑林，号称"中国四大碑林"之一，名气虽在陕西西安碑林、山东曲阜孔庙碑林、台湾高雄南门碑林之下，却是唯一收集、陈列历史地震碑刻最多的碑林，对研究地震历史具有十分重要的价值。1980 年 7 月，西昌地震碑林被列为四川省文物保护单位。

91 通石碑上，详细记载了明嘉靖十五年（1536 年）、清雍正十年（1732 年）、清道光三十年（1850 年）西昌地区三次大地震发生的时间、前震、主震、余震，受震范围及人畜伤亡、建筑破坏的情况。

石碑上记载的三次大地震，分别是 1536 年 3 月 19 日，西昌新华 7.5 级地震；1732 年 1 月 29 日，西昌南 6.75 级地震；1850 年 9 月 12 日，西昌与普格间 7.5 级地震。据四川凉山彝族自治州博物馆编，文物出版社 2006 年出版的《西昌地震碑林》一书综论："凉山在历史上就是一个多地震的地区，根据《西南地震简目》《四川省地震目录》统计，从 624—2003 年，凉山境内发生过大于 4.7 级的地震 72 次，其中，5.0—5.9 级的 38 次，6.0—6.9 级的 10 次，大于 7.0 级的 3 次，最大的为 7.5 级。"

尽管西昌城市处在一块很大的平原上，但山地才是整个西昌市地貌的主体。如果按面积来算，平原（包括台地和水域）只占到西昌市总面积的两成。

站在西昌青山机场向西望去，那一列重叠的山脉正是西昌最长的牦牛山脉。这条长 46.5 千米的主山脉，北自冕宁县泸沽、里庄贯入西昌境，一直向南逶迤至磨盘乡，与同是南北走向的磨盘山相连接。这条横断山脉两侧伴有东西向的沟谷切割，谷坡陡峻，成为西侧雅砻江和东侧安宁河的分水岭。牦牛山脉的海拔在 3500—3900 米，因为偏隅银厂乡西北，在西昌城见不到。向泸山的背后远望，螺髻山最高峰以海拔 4 359 米雄峙，成为西昌的最高山峰。

西昌四面环山，带来的好处是冬暖夏凉。我国气象部门划分四季的标准为 5 天平均气温稳定在 10℃以下称为冬季，22℃以上为夏季，10℃—22℃就是春秋季了。西昌虽然海拔在 1 500 米以上，1 月平均气温仍高达 9.5℃（此平均值为 1951—1990 年统计资料。本地气象学家认为，随着全球变暖趋势，以及本地城市的扩容、人口的增多、工业的生产等因素，局部地区平均气温应有所上升）。"西南地区海拔高而冬季气候反暖的原因，主要是地形的作用，即巨大的青藏高原及其东坡阻挡了西伯利亚南下冷空气的入侵。"气象学家林之光在《世界 1 月 10℃—22℃的避寒区》中写道："没有了冷空气，低纬度强烈阳光自然会把当地晒得很暖和。"

北部磅礴的青藏高原和大相岭、小相岭像巨大的挡风墙，乌蒙山、哀牢山等重重山脉则是东侧的强大屏障，这些"屏风"挡住了从北方、东北方和东部来的冷空气。从局部的地势上观察，东部的大凉山山脉和螺髻山脉与西部的牦牛山脉和磨盘山脉，形成了强大高效的挡风墙，山脉下堵，西风气流上阻，天地合力，终于把冷空气拒于这小高原之外。再加之地处在中低纬度上，川西高原强烈的日照作用，"冬无严寒春温高，夏无酷暑秋凉早"，西昌便成为全国年均温变幅最小的地区之一。

　　冬季几乎天天都是大太阳的西昌，比号称"春城"的昆明还暖和不少。这在6万多平方千米的凉山也算是特例，弄得凉山人——无论是从东面的布拖县、昭觉县来的，还是从西面的木里县、盐源县来的，乘车下得高山驶入平坝，还在车内就觉得有什么东西绑住了手脚，非得脱了臃肿的毛衣、羽绒服和毛皮靴不可。

　　毕竟是省会城市，昆明的名气更大，"春城"之名如雷贯耳，谁知道还有一个一年到头气候更加巴适的西昌。视线开阔了，人们突然发现西昌才是名副其实的"春城"。或许因为在城市边上都有一泓湖水的缘故，许多人还乐意将西昌与杭州比较，谦虚地说，杭州厚重的文化底蕴是西昌难以望其项背的。但如果只是单一地拿湖泊来说事，那么冬日的杭州西湖是阴冷潮湿的，而西昌邛海却和风习习，泛舟湖上，真还有江南仲春之感。从泸山高处鸟瞰邛海，一池茫茫碧波，湖畔湿地萦绕，近百纵横小岛星罗棋布，与湖泊水域浑然一体，自然和谐。

　　大山阻滞了冷空气，西昌宛如一个封闭的"暖盆"。这和四川盆地一样，盆地北有秦岭，南有云贵高原，西有横断山脉，东有巫山等，所以气象学家称四川盆地属海洋性气候。西昌处于温带大陆性气候带上，又属于亚热带高原季风气候区，这就给人们许多的温暖了。

　　更重要的是，这里雨、旱两季分明。冬半年受极地大陆气团影响，高空为南支西风气流控制，西风气流本身水汽含量少，加之西风气流越过西部横断山以后的下沉增温作用，使得西昌冬半年空气干洁、云雨稀少、晴天多、日照时数多，在河谷平原形成了局地温暖。

　　严冬时节，北国大地寒风刺骨，冰天雪地，草木凋零，西昌却艳阳高照，风和日丽，山清水秀，温暖如春。盛夏时节，大江南北酷暑难当，西昌又是天朗气清，凉爽宜人，成了避暑的好地方。当那些候鸟般远道而来御寒避暑的游客，对西昌四季如春的气候"羡慕嫉妒恨"的时候，西昌人正悠闲地享受着天赐的福分。早些年，我在写道西昌的"温室效应"时用到了"春天在此栖息"的小标题，后来，有人将它发挥提炼成了西昌的城市形象口号——一座春天栖息的城市。

> 湖边栈道

马可·波罗眼中的大汗建都

　　无论是如今交通便捷、旅游资源丰富，还是数百年前路途遥远、外人罕至，西昌，都称得上是一块不可多得的宝地。打开凉山的地貌图一望便知，在红褐色所覆盖的群山当中，一片绿色紧紧依偎于青藏高原东缘，在南北向耸立的横断山脉和奔涌的江河间，显得惊艳、宁静和妩媚。

　　穿过高山峡谷，眼前豁然开朗，万仞千山围裹之间，安宁河谷平原竟是四川第二大平原。许多人涉千山万水抵达西昌，马上就会沉醉在金色的黄昏中。朗阔的平原之上，村庄散落于沃土；索性站上一高处瞭望，可见泸山脚下碧绿的邛海，像一颗翡翠，泛着绿光。古邛海的范围肯定比现在更大一些。入夜之后，千盏渔火、万顷波鳞，令人不饮而醉。

　　远道而来的马可·波罗，肯定也被眼前的景色所陶醉。

　　他在后来那本著名的《马可·波罗游记》中写道：

　　　　建都是西向之一州，隶属一王。居民是偶像教徒，臣属大汗。境内有环墙之城村不少。有一湖，内产珍珠，然大汗不许人采取。盖其中珍珠，若许人采取，珠价将贱，而不为人所贵矣。惟大汗自欲时，则命人采之，否则无人敢冒死往采。

　　　　此地有一山，内产一种突厥玉，极美而量颇多，除大汗有命外，禁人采取。

　　　　……

　　　　至其所用之货币，则有金条，按量计值，而无铸造之货币。其小货币则用盐。取盐煮之，然后用模型范为块，每块约重半磅，每八十块值精金一萨觉，则萨觉是盐之一定分量。其通行之小货币如此。

　　　　境内有产麝之兽甚众，所以出产麝香甚多。其产珠之湖亦有鱼类不少。野兽若狮、熊、狼、鹿、山猫、羚羊以及种种飞禽之属，为数亦伙。

> 西昌,《凉山之鹰》的雕塑

其他无葡萄酒,然有一种小麦、稻米、香料所酿之酒,其味甚佳。此州丁香繁殖,亦有一种小树,其叶类月桂树叶,惟较狭长,花白而小,如同丁香。其地亦产生姜、肉桂甚饶,尚有其他香料,皆为吾国从来未见者,所以无须言及。

此州言之既详,但尚有言者:若自此建都骑行十日,沿途所见环墙之城村仍众,居民皆属同种,彼等可能猎取种种鸟兽。骑行些十日程毕,见一大河,名称不里郁思,建都州境止此。河中有金沙甚饶,两岸亦有肉桂树,此河流入海洋。

> 西昌四季如春，不负"一座春天栖息的城市"之美誉
摄影 / 邓邦敏

《马可·波罗游记》第 116 章《建都州》写道的湖，就是西昌的邛海。西昌市文物管理所副研究员张正宁解读，早在西汉，司马相如出使邛都，打通零关道后，西昌就设置郡县，开始采铜铸造铜币，并开采铁矿和盐矿，成为南方丝绸之路上铜、铁、盐等资源的输出重镇和贸易集散地。

汉、唐、宋、元、明、清历代都在今天的凉山一带先后设置过郡、州、司、府，以及路、卫、厅、县等。

可考证的是，西昌一带发掘过许多汉砖和汉阙。1988 年 9 月，西昌市文物管理所与四川大学联合对黄联镇东坪村的汉代冶铜铸币遗址进行发掘，发现了大量木炭、炉衬、耐火砖、风管、坩埚、铜锭、陶范、陶器、五铢钱、铜镞、铜刀、铁锸等文物。从遗存的 11 座冶铜炉和数十万吨矿渣来算，至少还可冶炼出 2—3 万吨铜。该遗址面积达 18 万平方米，算得上是目前我国发现的最大冶铜铸币遗址之一，出土的五铢钱和钱范，精美规范，工艺水平极高。此与《汉书》上"邛都，南山出铜"相吻合。从那时算起，元代已经是 1 400 多年以后了。

元世祖忽必烈曾经"元跨革囊"南攻大理，是历史上唯一足迹远至云南的皇帝。元王朝统一西南时设立行省，行省下设为路、府、州、县，后又在行省和路之间设置了宣慰司。那时候，即在今凉山地区设置了罗罗斯宣慰司，隶属云南行省。

《元史·地理志》记载："至元十二年，析其地置总管府五，州二十三，建昌其一路也，设罗罗斯宣慰司以总之。"建昌路：辖建安州（今西昌）、永宁州（今西昌东郊）、隆州（今西昌南部）、泸州（今西昌西南）、礼州（今西昌北部）、里州（今普格县）、阔州（今宁南县）、邛部州（今越西、甘洛县）、姜州（今会东县境）。德昌路：辖昌州（今德昌北部）、德州（今德昌）、威龙州（今德昌南部和米易北部）、普济州（今米易县西北部）。会川路：辖武安州（今会理）、黎溪州（今会理西南部）、永昌州（今会理南）、会理州（今会东县境）、麻龙州（今米易县西南部）。以上共三路十八州，尚差两路五州。学者考证元代有关文献认为，可能是因为设置时间较短，一般只有三路十八州的记载。

《马可·波罗游记》原名《寰宇记》（*The Description of World*），共为四卷，第一卷记载东游沿途所见，以到达大都为止。第二卷记载蒙古大汗忽必烈及其宫殿、都城、朝廷、节庆、游猎，以及自大都南行至杭州、福州等地看到的元朝风貌。第三卷介绍日本、越南、东印度、南印度和非洲东部等。第四卷记载成吉思汗后裔鞑靼宗王的战争等。每一章叙述一件史实，全书229章，书中记述的国家城市地名100多个。

1275—1292年，马可·波罗在中国并为蒙古大汗忽必烈工作。在中国的17年中，他曾踏上南方丝绸之路，一行人从大都出发，经成都，沿灵关道到建都（今西昌），渡过不里郁思河（今金沙江），进入哈刺章省（今云南），再西行永昌道经金齿（今保山）出行缅甸。

马可·波罗出生于威尼斯的商人家庭。1271年，他随父亲和叔叔的商队出发时年仅17岁，经过长达4年的跋涉才抵达中国可失哈耳（今新疆喀什），以后经沙州（今甘肃敦煌）沿河西走廊东行至元上都，再到大都。最后，借护送阔阔真公主远嫁波斯返回欧洲。不幸的是，他在随后威尼斯与热那亚的海战中被俘。1298年在狱中，他向来自比萨的狱友鲁思梯谦讲述自己奇妙的东方之旅，后者记录并加以整理成书，即《马可·波罗游记》。

书中记载了许多奇特的风物与事情，就像是古怪的商人笔记，满足了相当多的读者对这个大千世界的好奇心。比如，他对建都州某些妇女的生活，尽管描述细微，却让人觉得匪夷所思。

本地的文史研究者张正宁将相关内容解读为摩梭人先祖的生活风俗，有关风俗或许是母系氏族社会的一种遗存。据考，宋元时期，摩梭人是一个古老而强大的族群，居住的范围很广阔，他们曾遍布金沙江、雅砻江流域。

西昌城南的邛海和川滇交界处的泸沽湖都是大湖，但要发挥历史的想象力，把摩梭人的生存也放到邛海，仍然缺乏坐实的依据。正如美国汉学家史景迁的研究：

在波罗公之于世的长篇故事中，中国有着仁厚的独裁统治，幅员广大，礼仪烦冗，贸易繁荣，高度都市化，商业往来独出心裁，作战方式落后。这些记载是真是假，至今仍是个谜。

史景迁还发现：

马可·波罗早期的读者，著名的要数哥伦布了，他深受波罗书中感官描写的震撼，也强烈感受到了其中隐藏的商机。现存波罗第一批印刷成书的作品，采用的是 1300 年代的拉丁文手稿，于 1485 年出版。哥伦布展开 1492 年的探险前，想必已熟知该书内容。

当然，史景迁也表达了他的许多疑惑：

波罗似乎不认识任何中国人，他书里的中国名字，很像阿拉伯旅行家游记中所用的名字……波罗从未提到茶叶或书法，以他居住中国十七年之久而言，这倒是匪夷所思。他也没有提到鸬鹚捕鱼法，或评论中国妇女的缠足，或谈到对长城的印象。

长久以来，马可·波罗是否真正到过中国，一直争论不休。史景迁就在著作《大汗之国——西方眼中的中国》第一章以《马可·波罗的世界》为题专文讨论。他指出：

书中掺杂了待证实的事实、信手得来的资料、夸大的说法、虚伪的言辞、口耳相传的故事以及不少全然的虚构。同样的情形其实发生在本

> 美姑县，楚楚动人的彝族女孩。彝家传说中的绝色美女甘莫阿妞就诞生在这里

银装素裹

> 板诺洛村党支部书记阿侯娘娘。他是四川省第十二届人大代表

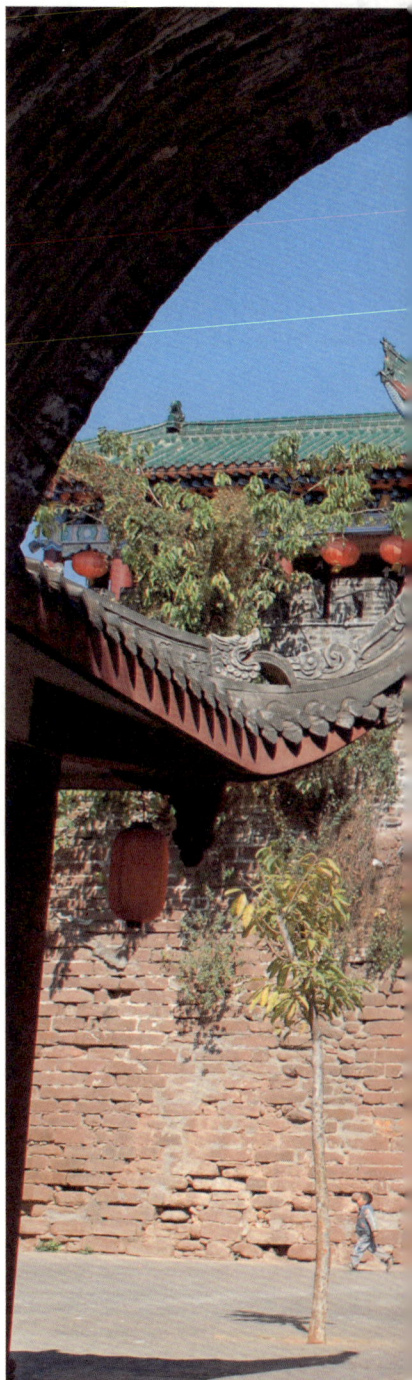

> 西昌古城。西汉元鼎六年（公元前 111 年），汉武帝以邛都为
越嶲郡，辖十五县，属益州，郡治邛都，即今西昌

> "箭"在"弦"上，点火发射

> 安宁河谷平原是四川省第二大平原。广义上的安宁河谷平原，也把安宁河中下游两岸的河谷平坝，包括攀枝花市米易县、盐边县等地计算在内，面积约 960 平方千米

> 朝霞漫天，眼前的邛海和远处的泸山交相辉映
摄影／邓吉昌

> 金沙江老君滩　拍摄点在会东县鹿鹤办事处黄草坪村，对面为云南省　摄影／黄剑

> 雅砻江大河湾，长 150 千米，是中国三大河湾之一　摄影 / 安纹忠

> 狮子山下，泸沽湖畔，摩梭人村寨

> 一座造型优美的桥将草海两岸连在
一起，不仅方便人们游览，如今还
成了载满故事的"情人桥"

书之前与之后许多作品里，但是波罗的书却与众不同，因为他是第一个宣称深入中国的西方人。

在复旦大学教授葛剑雄看来，马可·波罗的游记充满了对中国的想象和推理。如果把他的书和后来一些明朝来中国的传教士的记录对比，即可发现传教士是如实记录。当时的大都哪有那么发达？但是马可·波罗不大可能根本没有到过中国，完全根据资料来写。南京大学陈得芝教授干脆具体举例，指称书中南行的很多地名都是凉山的地名。

可以断定，西昌作为城市诞生的历史应该追溯至汉代。尽管它实在是一个遥远的地方，一个在中华版图西南方向的天空下面目模糊的地区，但不难想象，马可·波罗驻足这片土地时心生的感慨。

西昌平原从不缺少精彩与妖娆——这里有灿烂的阳光、肥沃的土地、奔腾的河流、温婉的湖水——但是，她不像大平原那般张扬、恣肆、狂放，而是像一位隐居民间的小家碧玉，用勤劳、灵巧的双手塑造着简约的田园生活。

"藏彝走廊"上往来的民族

站上山头，费孝通放眼眺望。层叠的山脉由深渐浅地铺排开去，近处的松林在凉山灿烂的高原阳光下苍翠欲滴；解开夹克外套的拉链，露出白色的衬衣，迎来一阵乡野的微风。已是80岁高龄的费老，精神矍铄，眯起了双眼，内心浮起的依然是对"乡土中国"的热爱之情。

这是1991年6月的凉山，春天的脚步刚刚走过去，杜鹃花还在枝头摇曳。眼前景色宜人，大家心情舒畅。集社会学家、人类学家与民族学家于一身的费孝通先生，此行之后提笔写下长文《凉山行》，分3期刊发于《新观察》杂志，畅谈开发大西南话题，提出开发大西南思路。"一点、一线、一面"的发展构想，回应着他十余年来有关"藏彝走廊"渐行渐近的种种探索与发现。

　　"藏彝走廊"大体就在横断山脉地区。这里是藏缅语族诸部南下和壮侗、苗瑶语族诸部北上的交通要道。藏、彝、羌、怒、白、傈僳、普米、独龙、哈尼、纳西、阿昌、景颇、拉祜等十余个少数民族部落在这里世代繁衍、交往、迁徙，为后人留下大量古老文化信息，日积月累形成了一条特殊的历史文化沉积带。

　　在这条悠远漫长的"走廊"上，四川的藏彝民族片区是目前我国民族文化保留完好、历史积淀丰富但同时又留下太多疑惑的地区，是古代北方草原文化、南边百越文化与巴蜀文化相遇的要塞，是"神秘的文化宝库"。"走廊"很大一部分至今仍然以原生形态存在。譬如在泸沽湖畔的摩梭人和鲜水河流域的藏族族群扎巴人中，至今还保留较为完整的母系社会形态；北端的高原，不仅保留藏传佛教现存的所有教派，而且还存在西藏地区已完全消失的觉囊派，甚至藏传佛教传入以前最古老的苯教在这里也保存得较好；南端的纳西族，在俄亚大村蜂窝式建筑令人叹为观止的图景中，仍然保留迄今为止世界上形态最原始的"东巴文"象形文字系统。缤纷各异的民族文化，把今人引入斑斓的文化迷宫。

　　西昌北接蜀地，南通滇黔，物产丰富，道路虽然崎岖不便，却是四川通往西南边疆的重要通道，为历代政治家、军事家、经济家所瞩目。

　　据史书记载，具有两千多年历史的古城西昌，汉以前属西南夷的一部分。被称为"土城"的旧迹，就是汉代邛都故城遗址，在西昌东南高枧，曾发现许多汉砖和汉阙，其中一汉砖上有"元初三年"字样。

　　"清风雅雨建昌月"，说的就是南方丝绸之路上的三个重镇：清溪关风大，雅安城雨多，西昌城月明。古称"蜀身毒道"的丝绸之路，尽管在汉代时官方没有全段打通，分段却是畅行的。这条丝绸之路以四川成都为起点，向南分为东、西两条主道，即东夷道和西夷道。

　　西夷道出成都南门万里桥后，经邛崃、雅安、荥经翻越大相岭至汉源，历大渡河、穿清溪关后进入今凉山彝族自治州境，顺安宁河谷南下至西昌，再沿河而下翻越川滇交界的方山后直达大理，其大部路段与今天的川滇公路西路重合。西夷道又称零关道、灵关道、牦牛道，唐称清溪道。至今，在越西县丁山乡丁山桥旁的岩石上，还可见斗大的"零关"二字。

其实，这条翻山越岭 500 多千米的道路为古驿道。由成都到西昌有 16 个驿站，即人和骡马要走 16 天，全凭脚力。可以想象，有了这一条古道，有了南来北往走动的人群，西昌这座古城也就有了许多生机和活力。每一处盆地所在，都形成了一些或大或小的聚居区；穿过高山峡谷，眼前豁然开朗，会发现西昌是安宁河流域串珠状盆地中最大也是最重要的一块盆地。如果从城东南约 1 千米的大坟堆村古邛都县遗址的土台上瞭望，可见到邛都向东南延展，海滨村落散建在低平的水边沃土之上。

追寻着先人的足迹，"藏彝走廊"概念提出 20 年后，费孝通先生还惦记着：

> 六江流域天然的河谷通道，民族种类繁多，支系复杂，相互间密切接触和交融。对这条走廊展开文献和实地田野考察，民族学、人类学、民族史学家能看到民族之间文化交流的历史和这一历史的结晶，从而对"中华民族多元一体格局"有一个比较生动的认识。

他告诫：

> 对走廊的考察研究，有助于我们从特定地区内部认识"和而不同"的民族文化接触历史与现状，担当"文化自觉"的历史使命。

事实上，"藏彝走廊"上的许多文化事象至今未见公论，许多谜团尚存于史籍的空白处、泥土的掩藏下——光阴通过"走廊"，但未完全打开。

邛海国际湿地的惊艳

　　如今到西昌旅游，最吸引人的路线就是在邛海湿地公园里纵横交错的大路小径上穿行。湿地间的观海路，也被旅游者们评选为"四川最美街道"之一。在水草丰茂、鸟语花香的湿地中悠闲地漫步或骑行，已经成为外地游客与西昌市民共同的最爱——这样炙手可热的人气，只用了几年时间便聚集起来，如此可观的速度，是环抱邛海的湿地公园大受欢迎的注脚。

　　邛海湿地，邛海之屏障、市民之庭院、游人之新欢——近年以新秀身份迅速崛起，成为邛海与泸山之外，西昌城区第三大旅游版块，也成为西昌近年来最抢眼的旅游资源之一。

　　邛海，古称邛池，属更新世早期断陷湖，至今约 180 万年。过去距西昌市区 7 千米，随着城市的扩张，建筑物已经离湖边越来越近。山、水、城相连，这是西昌得天独厚的自然禀性，但也因为城区紧邻邛海，给邛海带来了极大的危害。西昌市历经数年，将邛海泸山国家 AAAA 级旅游景区的一部分，分期建设成 2 万亩邛海国际湿地，成为目前全国最大的城市湿地，使邛海水域面积恢复到鼎盛时期的 34 平方千米。

　　邛海是四川省第二大天然淡水湖。可以说，到了西昌，最不能错过的便是邛海。从成都南下，沐浴过雅安的雨，迎面清溪的风，幻化成西昌的月，流露的诗意与地理学家的解释如出一辙。安宁河谷的西昌空气清新，阳光明媚，春意盎然。邛海湿地可谓西昌环境天然的过滤器。它净化邛海水质，吸收大量的二氧化碳气体并放出氧气，有效调节大气成分。同时，储蓄的大量水分，通过植物蒸腾和水分蒸发源源不断地送回大气中，增加了空气湿度，调节着局部小气候，为西昌构筑重要的生态屏障。

　　但当地对邛海历史稍有了解的人都知道，这份"大自然珍贵的赠予"遭遇过一场严峻的生态危机。20 世纪 60 年代末开始，大量围海造田、填海造塘、无序

> 春天的邛海湿地美不胜收　摄影 / 邓邦敏

开发和入湖河流带来泥沙淤积，导致水体污染和水土流失加剧，邛海水面面积不足 27 平方千米，水质从 Ⅱ 类降至 Ⅲ 类，部分区域 Ⅳ 类，近三分之二的湖滨湿地遭到严重破坏，滩涂和原生湿地植被基本消失。

　　想要保护邛海，首先是要恢复周边湿地。湿地是重要的国土资源和自然资源，是陆生生态系统和水生生态系统之间的过渡性地带，享有"地球之肾"的美誉。1997 年 9 月，《凉山彝族自治州邛海保护条例》正式颁布，对邛海开始实施最严格的保护，先后打了五场攻坚硬仗，持之以恒推进邛海生态保护。当地政府科学优化顶层设计，探索形成"立法保护、规划引领、政府主导、全民参与、合理利用"模式，对邛海实施湿地资源"抢救性保护工程"。2002 年，西昌市委托云南省环境科学研究所编制《邛海流域环境规划》，完成了邛海湖滨带恢复与建设、邛海流域森林生态建设等十四个子规划，通过采取切实可行的措施，控制邛

> 邛海湿地面积达 2 万亩，是目前全国最大的城市湿地。这里还是深水游禽鸟类、浅水涉禽鸟类、
林灌鸟类"三栖息地"为主的科普教育生态基地　摄影 / 邹森

海生态环境日趋恶化的势头，恢复和改善邛海生态环境，基本形成人与自然和谐相处、以保护邛海水质及生态平衡为核心的生态功能保护区。随后，凉山州政府和西昌市政府在此规划基础上提出湿地恢复总面积 2 万亩，并由中国城市规划研究院、上海同济规划设计院进行湿地专项规划，共分 6 期实施。

以四川省第二届冬季旅游发展大会 2006 年年底在凉山举办的契机，让邛海湿地建设乘势动工。当年，规模只算小型的观鸟岛湿地公园让大家眼前一亮。也是这一年，西昌市以高分获批中国优秀旅游城市，邛海泸山景区通过国家旅游局验收成为凉山第一批国家 AAAA 级风景区之一。

地方决策者认为，"要把自然风光、生态田园、休闲度假与民族特色深度融合，实现品牌战略，打造精品线路，提高知名度，扩大影响力，实现旅游经济与生态、文化保护的共同发展、和谐发展"。西昌市以湿地恢复建设为重点，坚持"湿地建设与旅游产业发展相结合，湿地建设与村民居住环境改善相结合，湿地建设与景区基础设施建设相结合"，始终坚持自然、生态、和谐理念，实施退田还湖、退塘还湖、退房还湖的"三退三还"工程，坚持植物本地化，坚持自然景观和人文景观有机结合，注重挖掘提升景区文化内涵，成为融景于城、人与自然和谐相处的典范。

从 2006—2015 年，湿地建设一刻也没有停止。西昌市持续投入 50 多亿元，实施了共 6 期湿地恢复工程，"退耕还湿、退塘还湿、退房还湿"，完成了环邛海 46 千米的截污管网建设，恢复湖滨带 32 千米湿地生态系统修复工程，建成了环湖 37 千米的自行车健身步道，湿地生态功能逐渐展现，为水鸟及相关鱼类、昆虫、微生物的栖息繁衍营造了良好的生态环境。

"邛海湿地是我国保存较为完整的高原断陷湖泊湿地，更是长江上游生态安全屏障的重要组成部分。"西昌市邛海国家湿地公园保护中心副主任、高级工程师杨军对邛海湿地如数家珍。他说，邛海湿地现在生态非常好，已经是多种珍稀鱼类、鸟类的栖息地，其中，目前共有鸟类 182 种，国家一、二级保护鸟类便达11 种。

整个湿地注重"显山露水，突出自然生态，具有田园特色"。当 81 个小岛屿和众多的花草树木、珍禽候鸟出现在人们眼前时，引来的是一片惊叹。邛海湿地部分免费向游客开放，每天都有人来这里游玩。生活在西昌市的市民，更乐意与这片天然氧吧亲密接触，每天都有上万人来散步健身、徜徉休闲，人们亲近的是那份自然与恬静。如今，湿地既成为集游览观光、体验刺激、感悟文化、品味生活等功能为一体的滨水景观、生态动感走廊，还是深水游禽鸟类、浅水涉禽鸟类、林灌鸟类"三栖息地"为主的科普教育生态基地。

每年，当地政府和其他机构都会围绕邛海湿地举办许多休闲、文娱活动，其中，最热闹的要数国际马拉松比赛了，每届都会吸引两万名以上运动员和群众参与。由于赛事的赛道绕邛海一圈，长跑爱好者在参赛的同时，可领略邛海湿地美景，这条美不胜收的线路被誉为"中国最美马拉松赛道"。

2012 年 4 月 28 日，期盼已久的雅（安）西（昌）高速公路通车，成都至西昌行车时间大大缩短，只需 5 个小时。随后西昌旅游真正呈现"井喷"式发展，并且持续刷写新的数据，西昌市迅速跃升为川内最活跃的旅游市场之一。

更好的消息是乐（山）西（昌）、西（昌）昭（通）、丽（江）攀（枝花）、宜（宾）攀（枝花）等多条高速公路建设已经提上日程。这些高速公路不仅是一条条旅游通道，也是串起小香格里拉旅游环线的重要路段：成都—雅安—泸定—康定—新都桥—理塘—稻城—香格里拉—泸沽湖—西昌—雅安—成都，西昌将成为这条黄金旅游通道的一个重要中转站甚至大门。

由西昌四下散发开，无论是"东方女儿国"泸沽湖、被美国人洛克钟情的木里、留存完好的纳西古寨俄亚，还是第四纪古冰川地貌发育丰富且典型的螺髻山、宗教文化寺庙冕宁灵山、凉山彝族火把节之乡布拖和普格，都变得近在咫尺。

当初，湿地间的观海路被评选为"四川最美街道"，像是推动了第一块多米诺骨牌，各种各样的奖牌接踵而至，美誉已经多达数十项。

2016 年 2 月 26 日，在北京召开的 2016 年全国旅游规划发展工作会上，国家旅游局向四川省邛海旅游度假区等 17 家首批国家级旅游度假区授牌，标志着

> 围绕建设"攀西地区现代化国际性中心城市"总目标，积极融入"一带一路"建设、长江经济带发展、成渝地区双城经济圈建设，西昌正加快城市建设步伐，日新月异　摄影 / 邓邦敏

邛海泸山景区获得又一块体现旅游服务业水平的金字招牌。

转型，是近年来西昌提得最多的关键词。西昌市政府认识到，从西昌的可持续发展来讲，经济转型是必须攻克的一道难关。以整体提升邛海周边生态环境为抓手，西昌逐步走上了一条可持续的生态发展道路。"2017 年，我们的三产首次超过二产，取得历史性突破；本级财政收入、城乡居民人均可支配收入增速，均远高于 GDP 增速，发展质量进一步提升。"一位官员说。

关键产业成为经济发展新的"动力引擎"，催生了一批环保、科技、休闲观光、康养、文化等产业，带动形成新产业发展的一池活水。

2017 年最后几天，央视《魅力中国城》节目第一季圆满收官，凉山西昌获得"十佳魅力城市"荣誉。通过参加竞演，凉山西昌有力展现了城市精神，宣传了旅游文化，让全国人民感受到了凉山的魅力，见证了西昌的发展速度和潜力，同时唤起了每一个人对家乡的那份最真挚的情感与最质朴的感动，以及对美好生活的向往和憧憬。

一片呈椭圆形的生态湿地，细心呵护蔚蓝的邛海，浓墨重彩地描绘出西昌生态文明建设的崭新图画。

"嫦娥"奔月，西昌搭天梯

2009 年 3 月 1 日 16 时 13 分 10 秒，嫦娥一号卫星在北京航天飞行控制中心科技人员的精确控制下，落于月球东经 52.36 度、南纬 1.50 度的预定撞击点，实现了预期目标，为中国探月一期工程画上了一个圆满的句号。据了解，嫦娥一号卫星在轨运行一年中，共传回 1.37TB 的有效科学探测数据，获取了全月球影像图、月表部分化学元素分布等一批科学研究成果，圆满实现了工程目标和科学目标，为中国月球探测后续工程和深空探测奠定了坚实的基础。

3 月 1 日当天，新华社援引国家国防科技工业局消息称，嫦娥一号卫星于 2007 年 10 月 24 日在西昌卫星发射中心发射，11 月 7 日进入 200 千米的环月工作轨道，至 2008 年 10 月已成功在轨运行一年，完成预定探测任务后状态良好。为了充分利用嫦娥一号卫星在轨的宝贵资源，为后续任务开展有关验证试验，积累数据和经验，探月工程领导小组决定按照"轨道从高到低，风险从小到大"的原则，应用嫦娥一号卫星开展了卫星平台有关技术试验和卫星变轨能力、轨道测定能力等 10 余项验证试验。验证试验从 2008 年 11 月 8 日开始按预定计划顺利实施，卫星轨道由 200 千米圆轨道降到 100 千米圆轨道，继而降到远月点 100 千米、近月点 15 千米的椭圆轨道，再升回到 100 千米圆轨道。同时，开展卫星部分系统的技术试验和可靠性试验，取得了一批有价值的技术试验数据，为探月工程二期积累了技术和宝贵的工程经验。

　　时光飞逝，此后，西昌卫星发射中心成为世界上少数发射深空探测器的航天发射场之一。特别是随着嫦娥一号从这里升空，上百家新闻媒体记者云集西昌，向外界报道发生在青山环绕中的西昌卫星发射中心的一切，西昌再一次蜚声海内外。

　　持续半个月的雨水终于停歇，深秋的余晖不时伸出云层，浅浅洒向起伏的峡谷，让出自书法家启功先生之手的"西昌卫星发射中心"几个字更显金黄锃亮。远处的 3 号发射塔架矗立在鹅黄层染的山峦间，如一幅凝重静谧的油画，令人丝毫不能察觉一场惊天动地的卫星发射正在逼近。2006 年 8 月 11 日，西昌卫星发射中心发射测试站正在重建 3 号发射塔，灰蓝色发射架静静矗立，红色塔吊正不断往上吊运钢架，增加它的高度。"9 月底完成主体结构后进入设备安装，2007 年年初测试，3 月投入使用。"发射测试站副站长李本琪告诉《凉山日报》记者。在此之前的 7 月 25 日，中华人民共和国国防科学技术工业委员会副主任、国家航天局局长孙来燕在北京透露，预计 2007 年，中国探月计划首颗绕月探测卫星嫦娥一号将在西昌卫星发射中心发射升空，执行绕月飞行任务。他还说，未来 5 年，西昌卫星发射中心进入高密度发射期，将承揽 30 多颗中外卫星发射。西昌，注定成为热点；西昌，注定引起世界瞩目。

　　远远眺望，两座钢铁大厦巍然矗立在峡谷尽头，这就是被人们称为"通往宇

> 世界闻名的西昌卫星发射中心，创造了一个又一个世界航天"首次"

宙大门"的 2 号和 3 号发射塔。

　　在西昌卫星发射中心采访，记者发现一个奇怪的现象：2 号和 3 号发射塔巍然屹立，却没有 1 号发射塔。一打听，才知道个中缘由。当时，也就是国家在西昌布点时，还有一项"秘密计划"：在中心建立飞船发射工位，同时还精心挑选、培训了第一批宇航员。两项工作秘密进行，宇航员不知道发射工位建在哪里，西昌也不知道国家在秘密培训宇航员。但由于受综合国力、技术条件、交通运输等因素影响，航天发射工位论证后一直没建起来。

　　如今，在离 2 号发射塔 2 千米处，当初意欲建航天发射工位的地方为飞船发射准备的 3 个隧洞、5 千米铁路线仍搁置着。但梦想还在，1 号位场坪依然保留着。

3 号发射塔始建于 20 世纪 70 年代，它用长征三号火箭发射了 17 颗国内外卫星创造了三个"中国第一"，被航天人誉为"功勋塔"。但 20 多年过去，其技术可靠性、适应性差了，只能发射 1.5 吨同步轨道通信卫星。而在国际航天市场，商业卫星、国内卫星发射任务越来越重，需要同时发射两颗卫星，这就意味着要有 2 个发射塔保证接踵而至的卫星发射，于是 3 号发射塔被拆除重建。

改建后的 3 号发射塔比原来高了 10 米，可发射的卫星增加到了 2.6 吨。李本琪介绍，这些变化主要是为了适应嫦娥一号运载工具长征三号甲运载火箭。当然，最主要的原因还是为了适应高密度的发射任务。2、3 号轮换，每年可发射卫星 10 颗左右。

发射人造卫星，是人类征服地球引力、开发利用外层空间资源的一个巨大进步。1957 年 10 月 4 日，苏联第一次将人造地球卫星送上天；赓即，美国的第一颗卫星探险者 1 号于 1958 年 1 月 31 日发射升空。

飞向太空的这两颗卫星在中国引起很大震动。1958 年 5 月 17 日，毛泽东主席在党的八届二次大会上表示："无论如何，我们也要搞人造卫星。"他风趣地说："我们要抛就要抛大的，要干就要干一两万公斤的，也许要从较小的抛起，但我们也要从一两千公斤开始，我们不干美国鸡蛋大的。"20 世纪中叶，新中国的航天事业开始起步。在苏联的帮助下，中国第一座实验基地在甘肃酒泉建立。但是不久，中苏交恶，1969 年底，中央决定再建设一个新的卫星发射基地。国防科工委很快成立了一个专家小组，开始筹划对新厂场区的规划选点。

新发射场的建设要求高、规模大、投资多，既要考虑长远发展，又要便于保密和施工。因此，场区的选点至关重要。1969 年 12 月，中国人民解放军第二十训练基地（即酒泉卫星发射中心）精选了一支由将军和专家组成的 40 余人选场勘察小分队，在副司令员乔平的率领下，从茫茫戈壁出发，开始了漫长、艰难的勘察工作，走遍了滇北、黔东北、豫西、鄂西、川南、晋东，以及洞庭湖和鄱阳湖等 9 个省 25 个地区的 81 个县。历时 3 个月，他们空中飞行 32 架次，航程 26 000 多千米，徒步行进 56 000 千米，共预选了 16 个预定方案。

1970 年 3 月 13 日，第二十训练基地将预选的四川越西、滇北、黄陵三个方案，呈报给国防科工委。为慎重起见，中央指示对上述地区再次复查，要求选出最佳的地点。于是，刚刚归营的勘察小分队，又沿着横断山脉踏上征途。勘察小分队 6 月来到西昌。在成都军区和四川省委、省政府的大力支持下，他们很快完成了对西昌地区的地理位置、地形、气候、地震、战略地位、技术要求等方面的考察论证，认为在西昌建设场区更理想。

1970 年 7 月 29 日，第二十训练基地向国防科工委、中央军委呈报了《请求变更地地导弹，卫星、飞船实验场位置的报告》。10 月 14 日，中央军委批示同意，其代号为"7201"工程，意思是在 1972 年前完成主要工程，准备执行任务。

车出西昌，由 108 国道线行驶 60 千米，进入一个神秘、幽深的峡谷——沙坝，西昌卫星发射中心就坐落在那里。

这座现代化的高科技卫星发射中心，为什么要建在山沟里呢？ 1977 年，大学毕业后就进到"沟里"的西昌卫星发射中心技术部高级工程师李代兴介绍，归纳起来主要有四个方面的原因："一是海拔高、纬度低。发射场地处东经 102 度，北纬 28.2 度，平均海拔为 1 500 米。由于卫星轨道倾角与发射场的纬度有关，纬度越低，离赤道越近，就越可以充分利用地球自转的离心力，又可以缩短地面到卫星轨道的距离，从而节省火箭燃料，增加火箭的有效负荷，避免一系列复杂的技术问题，简化火箭制造工艺，还可以满足将来发射大小倾角卫星的要求。二是峡谷地形隐蔽，地质结构坚实。牦牛山脉南北走向，形成一条山谷，而且多山间小盆地，有利于发射场的总体布局，对地面发射设施、技术设备及跟踪测量、通信的布网有利，能满足多个发射场的建设和今后的发展。三是气候适宜，气象条件好。西昌地处亚热带高原季风气候区，年平均气温 17.1 度，是全国年均气温变化最小的地区之一，且雨、旱两季分明，日照多达 320 天，几乎没有雾日，年试验周期和允许发射的时间较多。四是交通和通信便利。发射场距成昆铁路和 108 国道都比较近，离西昌机场仅 40 千米，方便所需物资和星箭产品的运输。"

2007 年，执机发射嫦娥一号的新 3 号发射塔于 2006 年 12 月底在老 3 号发射塔原址上退后 2.3 米建成。新 3 号发射塔高 85.5 米，塔台的右半部分为灰色的 13 层固定平台，是航天人员的工作空间，自上而下书写着"西昌卫星发射中心"8 个红色大字；左半部分是蓝白相间的 13 层回转平台，它可以像大门那样打开，并沿火箭所在的轴心向后转 180 度。在新 3 号发射塔周边还分布着 3 座尖尖长长的铁塔，各高 160 米左右，是用来为火箭保驾护航的避雷塔。

改革开放使中国逐渐找到信心与尊严。1985 年 10 月，中国政府宣布西昌卫星发射中心正式对外开放，神秘的峡谷终于掀开面纱，令世界刮目相看。中国航天从这里开始步入国际视野。

1988 年，中国长城工业公司与美国休斯公司洽谈发射美制澳大利亚卫星，这惊动了美国白宫和美国国会中的一些人。一篇题为《让中国发射美国卫星？》的文章中说：允许中国利用受政府补贴的火箭以倾销价格与美国火箭工业抢生意，"将有害于振兴美国太空工业的全部努力"，而且会导致"美国先进的航天技术单向转让给中华人民共和国"。同年 8 月，航空航天工业部部长林宗棠向新闻界发表谈话郑重声明：外国用户的卫星运到中国发射，技术安全是有保障的；中国的对外发射服务只是对世界发射服务市场的一种补充，是对用户提供的一种新的选择，决不会构成对西方公司的"威胁"；中国发射服务的价格比较优惠是由综合因素决定的，事实上根本不存在"受政府补贴"和"倾销价格"之说。

1989 年 1 月 23 日，中国长城公司与香港亚洲卫星通信有限公司在北京人民大会堂正式签署了用长征三号火箭发射该公司委托美国制造的亚洲一号卫星的合同。12 月 19 日，布什总统宣布批准了包括亚洲一号在内的 3 颗通信卫星的出口许可证。

1990 年 2 月 10 日深夜，亚洲一号卫星于当天晚上 6 点半离开洛杉矶，途中在夏威夷加油，于北京时间 12 日凌晨 3 点 30 分到达中国北京。而在此之前，美方已收到中方的电报：西昌条件完全满足，卫星可以起运。

熟悉 1990 年我国第一颗国际商务卫星亚洲一号发射过程的人，一定不会对吴传竹这个名字感到陌生。

　　吴传竹，中国航天气象领域的传奇人物，出生在大巴山的黑脸汉子。1970 年，我国在酒泉发射第一颗卫星时，他就是气象预报组组长。西昌是全国的强雷暴区之一，气候瞬息万变，难以捉摸。吴传竹带领气象系统人员，提前两个月分析历年来场区的气象资料和上千张云图，提出 4 月 5 日发射最适宜。美方人员听后报之一笑，认为当时世界上最先进的技术也只能预报半个月的天气，而且准确率只有 60%。就此，他们和西昌卫星发射中心原主任胡世祥"赌"了一只烤鸭。但事实很快击碎了"蓝眼睛"的傲慢。4 月 5 日晚，晴空万里，验证了中心预报的"最佳发射时机"的准确性。而美方选定的 4 月 7 日，却雷声大作，阴雨连绵，迫使火箭推迟起飞。这时，吴传竹做出惊人预测，科学判定当晚 21 时前后，发射场上空将出现一块云空。果然，21 时 30 分，火箭腾空而起，从不大的一块"窗口"中穿过，直刺苍穹。

　　发射后的检测数据表明，亚洲一号的拥有者之一美国休斯公司打了 80 多颗卫星，这是入轨精度最高的一次。中国，由此成为继美国、法国之后，第三个打入国际航天商业发射领域的国家。

　　1990 年 4 月 7 日晚，在西昌卫星发射中心，大凉山峡谷中的发射场热闹非凡，成千上万的各族群众以及来自 17 个国家和地区的 200 多位嘉宾，聚集在这里，争相目睹我国首次承揽的亚洲一号通信卫星发射升空的壮举。

　　时隔近二十年之后的"嫦娥"奔月，更是被广为关注。

　　月球是地球的近邻，自古以来人类就对之遐想不已。1969 年，美国的"阿波罗"飞船成功登月曾经让人类激动不已。相隔近 10 年后，当一块 1 克重的月岩样品作为美方礼物送到北京后，一分为二，当时 43 岁的科学家欧阳自远拿到了 0.5 克。早在 1962 年，中国人就开始了对月球的探索，其中的艰难和曲折却很少有人知晓。由于历史原因，中国的研究机构只能收集研究国外公开的数据资料，"非常苦闷"，欧阳自远说。1994 年，中国科学家的探月构想正式提出。在将近 10 年的过程中，围绕"探月有没有必要，是否可行"等问题科学家们进行了反复的论证。

　　2000 年 10 月，国家航天局局长栾恩杰在"世界空间周"庆祝大会上宣布："在空间探测方面，将实现月球探测。"这是中国高层首次向外界表露了探月的决心。

2003年，"嫦娥工程"正式实施。4年以后，世界的目光汇聚到了中国西昌。在这个有月亮城之称的川西小城，"嫦娥奔月"从传说成为现实。

"这是中国人第一次离开地球，因为以前所有的卫星都是地球卫星。对人类来说，地球是最重要的，但对地球来说，月球也是重要的。"2007年10月22日下午，几经努力，《凉山日报》记者才终于对中国科学院院士、中国绕月探测工程首席科学家欧阳自远进行了专访。尽管已经是72岁高龄、两鬓染霜，18日进驻西昌卫星发射中心后就非常忙碌，可他依然精神矍铄。

谈起"嫦娥奔月"，欧阳自远侃侃而谈："我们人类总是希望拓展自己的生存和发展空间，从陆地扩展到海洋，再扩展到大气层，发展了航空。然而人类不满足这一点，希望能够去探测更遥远的空间。"

他感慨，中国已经在航天的领域里面实现了卫星的应用，这已经对各个领域产生了深远的影响，对提高人们的生活质量也发挥了很大的作用。"但现在毕竟还没有离开地球，还在绕着地球转。所以我们要离开生我养我的家园，迈向更遥远的空间，去探索人类未知的空间。"欧阳自远自豪地说："我们国家的月球探测的整个战略，先要实现月球探测，叫探月阶段；第二实现登月的步骤，实现居留在月球上，再向更遥远的空间迈进。"

会东·老君滩

老君滩，
位于会东县鹿鹤、普咩与云南禄劝县炭山村之间，
是万里长江第一险滩，人称"世界滩王"。
当地人说，过去"滩王"的吼声远在5千米之外就可听见。
待我们走近，
果然名不虚传，
如雷的轰隆声淹没人语，
声音连绵不绝，
犹如千军万马奔腾在前。

凉山彝族自治州首府西昌市到会东县，几乎就是一条由北向南的纵线。人们喜欢把这里称为"金边银角"之地，取金沙江边和满银沟盛产铁矿之意形象联想。顺着这样的思路，我更愿意把会东唤作"边城"——无论是对凉山彝族自治州，还是整个四川而言，它其实都算得上处于最南端，渡过金沙江，就是云南省地界了。

到会东县数次，"边城"给我的印象：山高水长，日照充足，矿藏丰富，物产多样，尤以铁矿、甘蔗、烟叶知名。借用当地人的话来说，会东人的禀性纯善，有一股犟劲，吃苦耐劳，还有一点冒险精神。只是以我当时所见，交通不便、地处山区的县城，在城市建设规模化方面与我熟悉的凉山东五县相比，一样普通小气。这些年，彩虹桥飞架带动整个新区高楼拔地而起，如每个县城一般大同小异的街道布局和楼宇造型引不起我的兴趣。这一次，我决意要去往真正意义上的边地——与云南省交界地的金沙江老君滩。

霓虹缤纷的繁华都市和人头攒动的名胜景区对我都缺乏大的吸引力，我宁愿逗留在博物馆聆听远古的呼吸，踯躅在古迹处触摸历史的尘埃，或者去穷乡僻壤的地方游历，在陌生而美丽的景色中填充履历。我不确切记得是从何时伊始，或者由何事幡然领悟，总之，我对"现代性"逐渐失去从前的热情，反而对"原初性"表现出莫名的向往——不是回溯到旧时光里，而是去拣拾起曾经丢失的"钥匙"。最近我两次去杭州都没有进市中心，前一次直接从萧山机场往返，后一次学习会后只踏上西湖畔吴山拜访《湖上》杂志同道。2013 年年底在深圳受邀参加壹基金组织的媒体高端峰会，抽空去参观了艺术博览会，体验了马拉松"迷你跑"。今次徒步金沙江回来后，老总奖励我飞往内蒙古巴彦淖尔，在黄河"几"字形弯的左上角喝上几口黄河之水。

所谓的旅游胜地去过不少，多半留下"到此一游"的纪念照后便再无甚美妙的回忆。要不是人生苦短及在现代环境下我们不得不将大部分人生耗费于生计，以使自己和家人按通常的标准"体面"活下去，我倒是希望以徒步或借助舟楫完成期待的漫游。正如已故摄影家林茨所言："我们漫游的方式愈原始，愈少依赖机械和技术，展现给我们的世界就愈博大、愈丰富和愈有人情味。"如果不是时间紧迫，我更愿意安心住下来，去听当地人慢慢讲述，获得足够的细节和心灵感悟。我不断告诫自己，不要太过浮躁，不要走马观花，最有用的是细节。每到一地，当地人的从容不迫与吃苦耐劳，无疑都成为我在旅途中收获的一笔财富。

比流淌的血液还早的河流

金沙江属长江的上游，长江江源水系汇成通天河后，到青海玉树县境进入横断山区，始称为金沙江。它流经云贵高原西北部、川西南山地，到四川盆地西南部的宜宾止，全长 2 316 千米。而宜宾以下，才正式称为长江。

人们把从云南省丽江市纳西族自治县石鼓镇至四川省宜宾市新市镇划为金沙江中段，长度约 1 220 千米，江水奔流在四川、云南两省之间。过凉山境会理、会东、宁南、布拖、金阳、雷波六县这段正在其中。

金沙江过石鼓后，流向由原来的东南向急转成东北向，形成奇特的"U"型大弯道，成为长江流向的一个急剧转折。石鼓以下江面渐窄，在攀枝花下方左岸汇入金沙江最大的支流雅砻江。由此流量倍增，河道转向南流又折转东北，先后纳右岸勐果河、左岸普隆河至皎平渡口，接着金沙江有一向南再向东的弯转，继续东流即进入金沙江中段最大的险滩老君滩。距滩尾处右岸有普渡河汇入，过东川市因民镇，金沙江折转北流，过巧家纳左岸支流黑水河，过白鹤滩纳左岸支流西溪河，至大凉山麓左岸纳美姑河，再经雷波、永善间的溪洛渡水电站坝址北流

70 余千米，即达宜宾市新市镇。

这段金沙江的大部分河段均流经连续的"V"型峡谷，两岸山地海拔 1 500—3 000 米，而峡谷底宽一般为 150—250 米，水面最窄处也就百米左右，因此这段金沙江峡谷气势都十分雄伟。

地势上，黄草坪比野牛坪要低一些，那里离金沙江更近，确切地说就是在江边，所以设有黄草坪渡口。渡口处的江面稍显宽阔，水流也不再那么急迫，一条人力划桨木船斜着在江面上吃力游弋，方便会东鹿鹤和禄劝炭山两地人们往来。偶尔也放船顺江而下，只行一小段水路，画出一条弧线，依势绕过伸出的山堡，得赶紧于小野牛坪靠岸，因为再略往下，即是人们谈水色变、波高浪涌的老君滩。

按淌塘区域协调办党组书记杨和海的计划，我们的行走路线正是由鹿鹤沿山脊而下，直到黄草坪，然后乘渡船顺江至小野牛坪。这样的线路，一是可以多看黄草坪和小野牛坪两地，二是从鹿鹤走黄草坪比走野牛坪路程稍短，三是坐船行水路既省体力又添情趣……如此优化的方案，我求之不得。俯瞰金沙江奔腾千万年切割出的河床与两边雄峙的大山形成壮观的峡谷，整个流域两侧群山叠嶂构成另一些逼仄的峡谷，群山之间布满无数山高水长的河流与湖泊，水系流入江中，与冲动的沙砾、巨石一起，每天都改变着金沙江乃至长江的模样。每一条支流或湖泊同样形成一个个小流域，生存着各种各样的物种，滋养当地的居民。

9 月，汛期未完，加之前几天连续暴雨，江水积攒了更大的能量。做事认真的杨和海一再给乌东德镇镇长赵学宽电话，询问从鹿鹤下黄草坪的路是否好走，最重要的是备船的每道工序，确保安全地从黄草坪顺江而下至小野牛坪。赵学宽了解情况后仍不放心，干脆请黄草坪村主任上山到公路尽头来接应。

我才知道他们口中的"野牛坪"和"小野牛坪"都是真正的小地名，在行政区划上其实是黄草坪村三社，不是地图上标示的野牛坪乡。

乘越野车从会东县城驶往淌塘，全程几乎是柏油路。我们一车 4 人，司机张俊红、县委办的黄剑、县委宣传部的贺盛和我。除了司机，我们 3 人都喜欢摄影。刚出县城，黄剑提议不走那条柏油路，从一处新辟风力电场的山头绕行，那里风

> 野牛坪。如今许多人离开了家园，房屋几乎废弃

光更美。但现实是好几段烂泥路使轮胎打滑，车辆调至四驱模式才勉强通行。遗憾的是一路云雾缭绕，能见度只十米开外，大煞风景。时间有所耽误，中午抵达淌塘，杨和海已让食堂备好饭菜。

杨和海，当时人称会东县"最年轻的书记"，2011 年任淌塘镇党委书记时 37 岁。2012 年年中，会东县调整行政区划建制，淌塘区域协调办管辖淌塘镇、岩坝乡、新田乡，原属下鹿鹤乡划归乌东德镇，又把普咩乡划给淌塘镇，杨和海又任淌塘区域协调办党组书记。有关这次乡镇调整，地方干部褒贬不一，我在会东采访数天，每天都找人去厘清以免弄混。地方干部时常在邻近乡镇走马上任，对基层工作相当熟悉，彼此也有往来。交代背景，这就好理解尽管鹿鹤已不归淌塘管辖，杨和海、赵学宽还是亲如弟兄，"相当纯善"。

我和杨、赵曾在西昌小聚，算是认得。随我们一同赶到的，还有次日上午县委召集会议的通知，且不准告假。带着些许遗憾，杨安排文书刘茂文全程陪同，叮嘱由他全权负责我的安全。从淌塘到鹿鹤的 29 千米全是山路，连续不断地回旋着从山顶下行，落差上千米。朗阔的视野中，群山重叠，层次分明，令人心旷神怡；俯瞰众山，近处树木的浓绿已开始泛黄，间有一片缓坡也被垦为土地种上庄稼，那点农田在广袤大地上所占的比例微不足道。最远处的山峰裸露崖壁，参差不齐勾勒出天际线。

"那下面就是金沙江。"

我查资料，金沙江在会东县为 153 千米。自县西南部与会理县芭蕉乡交界的龙树乡芦车林村入境，曲折东流于汪家坪转折向北，至与宁南县华弹镇交界的大崇乡大花村出县境，流经龙树、可河、洛左、新马、鹿鹤、淌塘、普咩、岩坝、新田、黄草坪、野牛坪、溜姑、鲁吉、大崇共 14 个乡（村）。

虽没有去成老君滩，但杨和海对金沙江不陌生。他生长在大崇乡烟棚村，那里离江边只有 800 米。

"小时候贪玩，每到夏天，都会跑到江边去，在沙滩上拿沙子盖在身上烫身子。江边长大的娃儿，七八岁都学会游泳了，连女娃儿都一样。"根本还不见金沙江踪影，心倒是离金沙江近了，杨和海谈兴甚浓："上游多林区，伐木顺江漂放，一河都是木头，这下好，江边修房子都靠它。"

"你常去江边游泳？"

"有一年，下午 4 点学校放学，我们三个十三四岁的娃儿，都在初一读一个班，下水骑到漂木上。哪是人该玩的，一下被冲到云南那边江岸，吓惨了，三个人一起被冲过去。又没有船，江面有两百米吧，只好又游过来，筋疲力尽瘫倒在沙滩上，至少 3 个小时。"

"幸免于难！"

"天晚了才回去。父亲气得凶，抽起桑树条来打，黑黝黝的身上被打起紫红的条子。"

杨和海在家排行老五，上有一个姐三个哥，他后面还有一个弟一个妹。"祖辈生活在烟棚村，听母亲摆，那个地方种鸦片好，地主把鸦片收了，她们去把烟杆杆用刀子划开，接点。"很快，父母的主要农活变成种玉米、红苕、甘蔗、花生等，吃是没有问题，但种玉米就只是吃玉米，村里缺水种不了水稻，所以"小时候最盼望过年了，过年才吃大米"。真正的出路还是读书，初中读凉山八所农业中学之一的会东县大崇农中，高中去了会东中学，以后委培在四川大学学习应用电子技术。至于工作，"农村娃觉得在乡上工作是多好的"。杨和海现在把年迈的父母接到县城住，自己则在新街区红岩乡当了四年副乡长，随后调淌塘任主任、书记。

借用老君滩名气，他有想法，2010年曾去工商局注册"老君滩"，结果该名早被湖北人抢注。他又想，"下一步能否把新田、岩坝合并成老君滩乡，乡政府设在新田"。

那时我还根本没有看见梦寐以求的老君滩，连金沙江的侧影也没望见。目睹到老君滩暴烈脾性是后面两天的事，假如早知道，我定会劝人打消开发的念头，中国可旅游的地方多得是，老君滩一带肯定不富庶，风光也非旖旎，还不通公路，有什么旅游优势？

说话间，一场大雨不期而至，幸而它来得急也去得快。雨中，赵学宽早已备

> 黄草坪村，坐落在金沙江边，它的下游即使声名显赫的老君滩

车等候在鹿鹤，黄剑和贺盛换乘其车，张俊红独自原路返回淌塘，以备另日到普咩再接我们。

　　显然，这支队伍在不断扩充，我觉得惊动太大，热情的乡干部难得见有记者来又生怕照顾不周。两辆越野车缓慢地在狭窄的毛路上移动，不可会车更无法调头，以老牛拉破车的速度踽踽而行，终于走到路尽头，车辆小心地在缓坡处调转回程的方向。黄草坪村主任肖宗兵和他邀约的蔬菜种植大户杨光平迎来与乡干部交谈，大家互相一阵握手。

　　哪知现实处境比原先计划的要困难许多。江水实在湍急，肖当面问过船工，对方直摇头不敢把舵，倘若停靠不去小野牛坪，几十米开外的老君滩就是血盆大口，人仰船翻，必死无疑。毫无把握，也不值得冒险。大家一听这阵仗，心都收紧几分。杨和海像个镇定的指挥官，临时部署改变线路，放弃走黄草坪渡船，沿山谷走一条小路直奔野牛坪，估计天色向晚也不要再往前赶，就投宿野牛坪。几人又是分头用手机联系，一一安排妥当。

　　终于见到金沙江了！当时我们站立的位置是在峡谷的小山头，俯瞰金沙江深陷于两侧高山的挟持间，浑黄的江水如飘带舞出迷人的曲线。它仿佛从天边而来，从远处的山间成"S"形来到我们所处的山谷底，又往下游甩头而去。对面属于云南省的山体向我们正前方伸过来很大一块，特别是山体冲积扇形成的台地，大有截断江河的气势。

　　夜宿野牛坪潘友明家，他和黄草坪村主任肖宗兵讲的故事使我夜不能寐。

　　第二天清晨，老君洞村会计周加权做向导，刘茂文、黄剑、贺盛和我用了半个小时，终于抵达老君滩前。

　　老君滩位于会东县鹿鹤、普咩与云南禄劝县炭山村之间，是万里长江第一险滩，人称"世界滩王"。当地人说，过去"滩王"的吼声远在5千米之外就可听见。待我们走近，果然名不虚传，如雷的轰隆声淹没人语，声音连绵不绝，犹如千军万马奔腾在前。

　　唯见大浪起处，上端江面，从黄草坪村边流淌下来的江水，虽然水流加急并看得见多了漂移的漩涡，但仍显平缓而温顺。却是在一刹那，江水急剧跌落，流速剧增，遇乱石阻挡，水流猛然翻滚腾挪，浪涛卷涌，水花飞溅，汹涌澎湃。巨大的轰鸣亦由此发出，震耳欲聋，惊心动魄。站在岸边，整个人的背景充满惊涛骇浪，浊黄色千变万化，迷乱了双眼。我坐在一块岩石上，凝望咆哮不羁的老君滩，竟生出不由自主向右方快速移动的恍惚。仰望两侧高山，凌空绝壁，刀劈斧砍一般险峻巍峨。

书载老君滩的形成不足百年，是因地震、山体滑崩，大量泥石推入江中，逐渐淤高河床而形成的。老君滩全长 4.63 千米，可见七个梯级险滩，总落差 41.3 米，平均坡降 9.4‰，最大流速达 9.7 米 / 秒，属常年出现的特等险滩。遇此难以逾越的障碍，阻挡了攀枝花市以下金沙江航道的通行，却让斗士有了激流勇进的英雄气概。

体会了老君滩桀骜不驯的气势，领会了金沙江一泻千里的畅快，我们依然在金沙江左岸四川会东县一侧，向普咩方向而去。

在平均海拔超过 3 000 米的金沙江峡谷老君滩段，单调的景色一直充满着我们的视线，耸峙的山峰将天空的线条撕碎，艳阳高照，天空中大部分时间漂浮着灰白色云朵，投下无数阴影，光线反差十分强烈，使得山体的颜色深浅不一。这些间杂着草绿色、黄褐色的山体，因干燥的谷风和飞动的泥石，生命在此变得岌岌可危，像是一片禁地。

以老君滩滩头为新起点，我们掉头向山坡上爬去，因为太过陡峭，我几乎是手脚并用地爬行着。很快，众人都气喘吁吁，呼呼的心跳催促着迟滞的脚步。"不急，路在上头，到那儿就好走了。"周加权帮我挎着沉重的摄影包，话语从身后传来，头也不回自顾在前领路，但我们脚下其实根本无路可走——细碎的砂石，间或有荒草，只是顺着一个陡坡吃力向上窜动。稀疏的野草，试图遮掩荒凉得令人心悸的山体，这也是那天七八个小时或更长时间中所能看见的唯一景观。刘茂文略为体胖，行走起来汗如雨滴，又帮我背着脚架，他说离老君滩那么近，如果不是陪我们，可能还不会走来。黄剑、贺盛也是头次。县城人多半不解，天高地

> 老君滩是万里长江第一险滩。随着下游白鹤滩水电站 2021 年年中蓄水发电，险滩也将消失
  摄影 / 黄剑

远的老君滩有啥看头。我承认是自己想来看看，冲着金沙江"滩王"的名号，就
该一睹精彩，哪料到一路凶险埋伏。

"哎呀，走错路了！"周加权这句话如一颗滚石给我们后面的四人猛烈一击，
他跨步站稳，右手叉在腰间，用疲惫的姿势告诉我们"噩耗"。登山 40 分钟，
原先熟悉的山路迟迟寻找不着，他见情势不妙，遂掏出手机问路，方知山体滑坡
早已摧毁了山道，现在只得重新下山，走江边另一条小道。有两年多未走，残酷
的现实将经验化为泡影。他心好，"上头的路要比下边那条好走"。这意味着更

大的困难还在前方虎视眈眈，听罢此话，我率先垂头丧气。"先又不问好，害得我们走冤枉路。"气得刘茂文对他一阵责备。俗话说，上山容易下山难。何况这上山已经很不容易，下山几乎就只有坐着砂石往山坡下梭这一招管用。需要注意的是，不到万不得已别伸手去当刹车杆，这样容易磨破手掌并造成翻滚，还需要注意适度调整方向，尽量绕开陡峭的岩石避免摔伤。雄伟的金沙江河谷，默默给予了我勇气，并护佑我等安全降至谷底。

事实上，老君滩有七道滩，就意味着其左岸或右岸有小峡谷造成泥石流日积月累冲刷巨石于江中。当天一路七八个小时，我们经过了七八处大型山体滑坡，每小时都遭遇体力与意志的双重考验，走得人人直唉声叹气，累坏了筋骨，瘫倒在地，再也动弹不得。

临行前渴望欣赏到"原始风景"的冲动，此刻被峡谷的高大傲岸与江水的奔流不息消解得偃旗息鼓。拖着尚能支撑的双脚，行走在山川江河间。

硕大的滑坡体迎面扑来，满眼眶、满脑袋里堆积着砾石，我只想怎样才能尽快翻越而过。山脚下依然是湍急的江水，我向下瞪了一眼，约有百米高，滑坡体笔直伸入水中。倘若稍不慎失足滑跌，人会直落江中，没有滩涂没有岸，连一根救命的稻草也没有。要命的是我不会游泳，但即使是游泳健将不幸坠江，本能使然可能挣扎几下，也必死无疑。抬头向上望，高过千米的大山压顶，让人喘不过气来的惊悚，即使如乒乓球大小的飞石，都能置人于死地，还得警惕随时可能出现的松动。死亡的恐惧袭来，我悄悄做最坏的打算，保护自己的意识从来没有如此被高高地悬在心里。没有路，小心踩在往下滑动的沙砾上，本想轻如飞燕，脚却像灌注了铅般沉重。一犹豫，前脚滑得更凶，双手十指抓向陡坡，以减轻脚力。多数时候只能摩挲着缓慢移步，像一只弱小的壁虎，匍匐着在悬崖峭壁上。好几段4人都分开行进，既可看清前人的步伐探寻踏实的落脚点，也可避免万一失足不再连带他人造成更大的伤亡。看得见的危险无处不在，步步惊心不敢去触碰随时可能的塌方。有好几次，我已经挪动不了步伐，刘茂文跨步在我前要伸手接我，两手够不着，他便探出一只脚蹬了几下，掏出一脚坑，示意让我的脚踏靠

> 老君滩堆积着砾石的硕大的滑坡体，百余米高的坡底下便是湍急的江水

在他的脚上——我的好兄弟！感谢你无私的相助，如此举动好比救命之恩。我几乎绝望了！求生的欲望迫使自己不断呼出长气，镇定神情，还是不忍踏过兄弟的脚足，摸索着缓慢挪过。可以说，行走在这般羊肠小道上，简直就是对人耐力的极大考验。路途再累，由不得停下来歇息过久，否则一坐下去就不想再站起来了。无论路途有多险象环生，也容不得选择后退之路，每退一步都和向前迈步一样艰难，天注定还是要往前走。

　　比我悲催的是黄剑，因有恐高症，他一直在最后吃力追赶，及至最后那道泥石流，怎么做思想工作鼓动他和我们一起走完，他始终摇头，宁愿顺山脊绕道也再不肯冒险，这一走，他比我们多花了近一个小时。

　　沿途仅有一个村庄，是老君洞村三社，中午在社长周加春家吃中午饭。听说我是首府来的记者，非得要我帮助反映当地缺水的窘况。"老君洞村普遍缺水，主要是上面的三家企业用大水管把水截流走了。几百亩土地没有办法才种苞谷，农民是靠天吃饭呀。"他问我："村里四个社都用这水的，现在都干了。我一年找镇政府多次，都是说下来解决，但是现在还没能解决，你说咋办？"镇政府的刘茂文在场，容不得我插嘴。我们又上路，朝着普咩方向走。

　　多么漫长的路，多么漫长的一天。后来经黄剑测算，那天行程约 7 千米，但当时我把它想象成二战中诺曼底登陆"最漫长的一天"，虽然没有血雨腥风的惨烈，但是得到烈日炎炎、汗如水滴的洗礼。精神层面的煎熬与其说是不期而至，还不如说是当头棒喝——没有人愿意走第二次，至少我是如此。当地人如若不是生活必须，也不会主动找罪受。所以，我相当理解为什么有"一家一家地走了好些人"，并对他们无可奈何地背井离乡，深表同情。

　　有"黑人民族的桂冠诗人"之誉的美国人兰斯顿·休斯，在《黑人谈及河流》中吟诵："我知道这些河流，这些和世界一样古老，比人类长河里流淌的血液还早的河流……我知道这些河流，古老的、忧郁的河流，我的灵魂像这些河流一样，深沉地生长。"

说多了就是传奇

　　早在 1984 年，美国著名的职业探险家肯·沃伦就申请到中国首漂长江，他以 85 万美金向中国购买首漂权。但由于尧茂书抢在前面，特别是尧茂书遇难的消息报道出去后，肯·沃伦在香港的两个华人赞助商撤销了赞助，致使他当年首漂长江的计划泡汤。

　　次年，肯·沃伦又召集了 20 名世界一流的漂流探险家再次以 35 万美元向中国购买首漂权，并和中国国家体育运动委员会组成"中美长江联合漂流队"，在

　　美国集训一年，雄心勃勃要完成"地球上最后的征服"。

　　首漂长江应该由中国人自己完成！

　　血气方刚的西南交通大学教师尧茂书，正是稍早前闻此消息，在经过短时间的体能训练和简易的物质装备之后，只身一人首开长江漂流，不幸在通天河溺水身亡。

　　呜呼哀哉，壮士未捷身先死。然而，在那个国门刚开、改革风起的20世纪80年代，敢于冒险、勇于拼搏的精神却唤醒了更多的热血青年。

　　尧茂书牺牲的消息经中央人民广播电台播出，"生活的节奏在一个平常的清晨被打破"。整整20年后，吉胡·阿莎在她同名的书中清晰回忆："就是这么一条消息，使我心里一动：这真是好，挺有刺激性的……不管怎么说，反正，一种坚信自己就应该属于这种活动的念头产生了。"

　　那本书的副书名是"我要做我想做的一切"。20岁的阿莎以凉山彝族人骨子里秉持的果敢与坚韧，在1986年自愿加入到长江漂流探险队，作为其中唯一一名女性，首次全程漂流长江，完成了人类探险史上的一次壮举。而"长漂"亦淘洗与磨砺了吉胡·阿莎的生命意志。她后来进入中央民族大学中文系新闻专业学习，并于1989年留学法国，1993年前往英国剑桥求学、定居。自称为旅行家的阿莎在国外18年间游历了上百个国家和地区。因与丈夫感情破裂，2006年回国在凉山西昌邛海湖畔开始田园般的生活至今。

　　"可以说，给我人生带来最大变化的事，莫过于'长漂'。"2014年夏天在西昌，身着黑色无袖上衣、花色长裙的阿莎坐在我对面，语气中依然有一种坚定。

　　其时，1986年"长漂"有两支队伍，吉胡·阿莎参加的中国长江科学考察漂流探险队，是官方组织的；另一支叫洛阳队，由民间自发组成。许多人并不知道，在这支民间探险队伍中也有一位来自凉山的女队员，她叫谢军，现在是会东县委办的一名会计，那年她也刚满20岁。

　　花样年华，谢军原先叫谢心，其姐叫谢冰，皆因在糖厂工作的父亲特别喜欢冰心作品为此取名，母亲是参鱼中学老师，姊妹的成绩都还好。如果不是中专录取在先，谢军就会去凉山大学读法律，那是她自己喜欢的专业，谁知随便一填的四川邮电学校先招收了她。1985 年秋，到成都读中专后不久，她从报纸上读到有关尧茂书的报告文学，又从收音机听到国家组队的消息，在"本身就不是很愿意读邮电校"的情绪之下，她密切追踪着"长漂"前的消息。很快，她向校方递交了一纸退学申请书。

"能够一起漂就好了！年轻人，应该去做有意义的事。"千里之外的父母尚不明就里，谢军已悄悄成为洛阳队中两名女性之一，开始了"长漂"。她漂流了两段，"一是从新市镇漂到宜宾，又从宜宾下头一地漂到重庆"。或许是出于对女队员身体素质的考虑，两段水路并无多少刺激，谢军也就没有感受到多少惊险，"重庆过后，江宽水阔，更没有挑战性"。当队友往下时，谢军和另几位队员重新折返甘孜藏族自治州巴塘县，补漂了其中一段，她做随队后勤。补漂完后，队员们在洛阳会合。她就此留在洛阳，去《世界经济导报》驻洛阳记者站工作了 5 个月。

一路不是没有吃到苦。洛阳队在金沙江上游段翻山时，人随驮物资的马后，晚上下起大雪，视线很差，马走失蹄了，压住了谢军。1.6 米的身高，50 公斤的体重，哪里经得起偌大压力，谢军腰部受伤，只得一边在很遥远的小镇疗伤六七天，一边筹备物资。队友上船时写下遗书，生离死别的场景谢军至今都还记得真切——"这种事情一辈子都记得到！"凶多吉少，前途迷茫，果然，来自云南的龚志强，却"艰难的一段都过了，结果在白鹤滩不算最险的地方，死了。可能大意了"。

那天坐在谢军的办公室，听她讲述"长漂"，仿佛她是在讲一个身边很熟悉的朋友的故事，不慌不慢，不急不躁。"除了年轻气盛，其他都要平平淡淡，"谢军感慨"长漂"对自己个性的改变，"经历过那些生离死别，现在好像（对事）显得淡然；活着不容易，什么都没有必要争。"

当初，邮电学校的同学都觉得"我这个人离经叛道"，对她的辞学摇头不解；"长漂"完后，她却被邀请回校做了一场报告，受到英雄般的欢呼。但在今天的谢军心中，同队的王茂军、贺学义、龚志强等，"他们才是真正的英雄"。

"特殊的时期，一帮年轻人聚集在一起，又是很特殊的环境，让人体会到不一样的东西。唉，只有个中人才能体会其中滋味。"谢军语气平和，换了角度去理解"能释放个性，不再受禁锢"的年轻。

"长江全长 6 300 余千米，总落差 6 000 多米，金沙江段的落差高达 600 米，特大甲等、乙等险滩 700 多个，只有将这些险滩一个个漂过才能打破日本著名探险家植春木直在世界第一大河——亚马孙河创造的世界纪录。" 吉胡·阿莎在书中道出她彼时的心情："对我来说，危险是肯定的，但没有危险与刺激怎么会有激情呢？……我只觉得就好像舞台的幕布刚刚拉起，轮到我表演的时候到了，这样反而还有了激情。""为什么要'长漂'，这是我常常要面对的问题。爱国主义，确实过于高调，虽然我确实要争当第一，而且要代表中国战胜美国。但是，当每次回想起牺牲的那 11 个同伴，爱国主义就显得苍白了一点，毕竟，生命的脆弱可见一斑。"

落选"敢死队"，错过了漂流虎跳峡的阿莎勇敢无比。"金沙江，还留着一个'滩王'，如再失去这个机会，干脆回家。"她继续写道："攀登珠穆朗玛峰有妇女，到南极考察有妇女，漂长江既然有妇女参加，同样也应该和男队员们一道施展自己的能力，体现当代妇女特有的风采。何况，老君滩在凉山彝族自治州境内，我作为凉山唯一的代表，全州人民都在关注着我，我非漂不可！"

吉胡·阿莎告诉我，整个漂流过程中最难忘的正是漂"滩王"老君滩。她第一个进入一团漆黑的"中华勇士号"密封舱，里面是浓烈而刺鼻的橡胶和胶水气味。"好像要被活埋了一样，巨大的恐惧从四面八方袭来。"幸运的是，在跌水和岩石的猛烈碰撞中，在胃里翻江倒海和耳边天崩地裂、雷鸣般的吼声中，一行三人的小分队漂过了巨大的旋涡，也躲开了锋利的岩石。胜利的消息迅速传遍全国：整个"长漂"过程中最可怕的"滩王"被征服了！

后来，那种黑暗中的恐怖甚至延续了许多年，她不敢乘坐电梯、地铁，就连在高楼里也总觉得它要坍塌下来，被活埋在黑暗中的噩梦时常让她半夜惊醒。这种状况直到她后来在法国出版了法语版纪实体小说《扬子江的女儿》后才得到改善。

在历经 170 多个昼夜的漂流中，11 名漂流队员遇难，多名队员先后退出，死亡也数次和吉胡·阿莎擦身而过，但她坚持了下来，成为一名英雄。直到今天，她仍觉得这是一个奇迹。"有人死了，我活了下来，这并不意味着我比他们更强，而是我得到了更多命运的眷顾。"

她坦言："如果是今天，我恐怕无论如何不会去漂了，有什么能比生命更加宝贵的呢？"

本来，英雄莫问出处。吉胡·阿莎、谢军都堪称某种意义上的英雄，至少在那个特殊的年代，至少在许多同样年轻的人眼里……

现任会东县水务局局长宋顺福至今记得 1986 年 9 月 29 日，这一天，吉胡·阿莎写下"女人的名字不是弱者"，第二天即去漂老君滩。宋顺福曾在解放军第四十七军当过 4 年兵，今年 51 岁。我忘了问他是怎么记得这句话的，因为我后来又将《吉胡·阿莎》一书中"长漂"的部分仔细阅读，遍寻不见出处。

"长江漂流，那时候在县上非常轰动，同学们都约起想去看。我们几个同学，其中有 3 个女同学一起，有个同学的哥在淌塘邮电所工作，我们想从淌塘下到金沙江谷底；从县城坐班车近 5 个小时赶到淌塘。住在淌塘，听那个同学的哥说，到普咩的路很难走就更别说到老君滩了，说是人根本站不起来行走，人简直就是在梭。女同学吓住了，男同学也没执意赶去看，大家就在淌塘耍了 4 天，回到县城。"此事印象太深，杨和海说的是细节。

有些记混了的是向导周加权，作为老君洞村的会计，本来对金沙江老君滩段比较熟悉。他仔细回忆："那时在淌塘中学读初二，听老师说长江有个漂流队，学校统一放假，同学可去看，但要注意安全。长漂队怕密封船出事故，是用车子拉到淌塘的，然后由人工扛到五丘田。学校头天放假，我们随扛船的人一起走。他们 8 个人一组，3 个组共有 24 人，换着扛船，到了老君滩位置。第二天看到给密封船打气，把船扣起来，在沙滩上放人进去，把船推到江中……船漂下去，从滩头到滩尾有 22 千米。"

　　周加权向我做这番介绍时，是在野牛坪潘友明社长家中。夜晚，隐隐约约可听见老君滩的涛声，屋里的灯并不明亮，我们坐在昏暗中，我几乎是凭着感觉在采访本上记录文字，周加权平生第一次接受记者采访，努力并认真地在脑海中搜寻数十年前的印象。写作本文时我才发现当中可能的混淆或者模糊。因为周说他生于 1967 年，2014 年 47 岁，这肯定没有错。那么 1986 年"长漂"时，他已 19 岁，按常理不会才读初二，就算他读书较晚可能会是在读高二吧？还有他说老君滩长 22 千米，但多数人说是长 10 千米，书上记载仅有 4.6 千米，可能计算终点的地方不一，得出的结果有差异。

　　相比而言，周祥辉讲的故事更像传说。这个故事是他父亲在他十四五岁时讲的，他转述："国民政府时期，有一支洋人组织的漂流队来的时候，把大木船从黄草坪放下来，到滩口，找老百姓抬至老君滩。大概是到老君滩第三道滩时，船刚放出去，还没到江中心船就遭打烂了。船上的人全部落水，几个洋人葬身江中，最远的一个漂到磨炉（地处云南东川）尸体才被打捞上来。当时给洋人开船的船工是黄草坪的殷顺支老者，他没事；后来还跑到会理去会红军，帮助红军渡过金沙江。"周祥辉 1966 年 8 月生于老君洞村一组，其父 20 世纪 70 年代"为集体耕种的 26 亩水稻田，在那儿看（管）水"，"父亲如果现在还在有八十六七岁了"。周祥辉在淌塘中学读书，以后就没有回家，1994 年到普咩乡即现在淌塘镇普咩办事处当畜牧员，全家 11 人中现在只有二哥在那儿。他讲的第二个故事据说是亲眼见到的：20 世纪 80 年代，从攀枝花要放六艘铁船到宜宾，先放了其中的两艘，到老君滩前就担心水流湍急，用钢绳把两艘铁船绑在一起。船上的队长姓邓，他站在甲板上，双手紧紧抓住船头的栏杆指挥掌舵。结果船开到第四道滩，仍抵不过水急浪高，钢绳被挣断，两艘 30 米长的船也被撞开。船翻了，所幸人全被救出，船长死死抱着船烟囱捡回一命。

　　如果两个故事都当真，那么漂流长江是早就有了的行为。一条充满激流险滩的江水，究竟有怎样的魔力吸引人不顾生命危险而来？即使后面的事并非探险，只是想顺水推舟淌出一条水路，其中不也蕴含诸多奇思妙想吗？

反而是对时间更近一些的"长漂"，周祥辉三言两语，缺乏任何细节。几天前，当地人就向我推荐他，说他知道老君滩的事最多，"算是老君滩通"。

"'长漂'过老君滩时，你去看了吗？"

"长江漂流队？我去看漂流成功了，就回去了。"他主动说有一副县长也去看了。

"具体位置在哪儿？"

"橡皮船从鹿鹤抬下去，把船密封起做探险船，还有抢险船（做接应），结果抢险船翻了。"

"看到船漂下去了吗？"

"以前水大，浪花在四五丈高。现在浪没有那么高，白沙坡年年垮坡。"当地的常识，不用想。

"浪高，水声大落啰？"

"那个时候声音大，像在歌厅头震，"周祥辉似乎喜欢此话题，"1994年来到乡上，还不习惯，太安静了。"

人的记性并非完全靠谱，何况还有许多事情是道听途说来的呢。比如吉胡·阿莎在她的书中这样写道老君洞："靠云南方向，老君滩的二道滩下有一个老君洞，洞口比密封船大5倍，三分之二的江水被它吸进……万一进洞，生还的机会几乎为零。"事实上，老君洞并不在江边，而在老君洞村半山上，高出江面几百米。有水流出，其水来自淌塘河，经很长一段暗河流入老君洞。这不是阿莎在编造，我想，她那时和队员们一心准备漂流，围观的当地人七嘴八舌，漂流队员不可能去实地踏访，也就误以为老君滩边有老君洞了。

种种传说之下，老君滩被外界赋予了诸多神秘的色彩。人们愈是不容易靠近，就愈增添了某种遥不可及。

像江中一直被冲刷的石头

　　傍晚时分，陡峭高山的巨大投影早已遮挡了金沙江峡谷，老君滩的涛声仿佛正融入长夜。轰鸣的声响，也许有村落中厚实土墙房庇护的作用，白天汹涌的咆哮暂时歇息了。头天夜宿野牛坪，第二天离开村庄，穿过一片刚收割一半的稻田和长势茂密的高粱地时我才看清楚，村中横竖紧邻的房屋处在一大块台地的角落。房屋背后是渐次隆起的山坡，山坡上有一片茂密的树木，零星的果树杂生，山坡连着的便是巍峨的高山，晚上看上去黑黝黝地随时会压倒下来似的——不用说，危险并不夸张地存在着，这在我们一行刚进村口时从一处墙上钉着的"地质灾害警示牌"得以印证，牌子下方留有潘友明的电话。若遇暴雨或会引发泥石流等自然灾害，包括冬春干风季节飞沙走石引发的山体滑坡隐患，他都会以吹口哨的方式，催促邻居撤离或者躲避。

　　为什么非得靠近山坡而不到更为开阔的地方建筑房屋？峡谷中山高坡陡平地难得，为生计得把更好的土地用来栽种粮食以养家糊口。简单的答案依然让人对生存的选择肃然起敬。地理学上的台地，本来就是山峦冲积某处日积月累形成的，台地来之不易说明自然力量的巧夺天工，而人类的伟大在于即使在这般僻远的山中，生命照样能够顽强延续，传宗接代，繁衍生息。

　　从情感上，我能理解哪怕只有立锥之地，天长地久，同样会生发故土难离的惆怅。只是从居家条件来说，我常常会凝望那些大山深处、高山之巅，往往稍显孤独的一两处简陋房屋，心生困惑，他们非得踞守在外人看来毫不起眼的家园吗，又需要怎样的理由才能让人背井离乡呢？那个难眠的夜晚，一番长谈之中，潘友明告诉了我。

　　潘友明，会东县乌东德镇鹿鹤办事处黄草坪村人，三社社长。刚进村庄，他走出来迎接。小路紧贴着一家房屋的外墙，另一边就是悬崖了。房屋的背后是小片树林，他站在路的拐弯处，身着一件大红色T恤衫，与周遭暗淡的光线、深重的绿色形成对比，色彩十分强烈。乡间农民为何喜欢艳丽的着装，从远处眺望或者俯瞰，裸露在大地上劳动的身影仅仅成为一个点，容易被亲人看见？当然，这是我的猜测，挑选一件什么颜色的着装对他们来说可能没有那么费心思。

我们一行7人，徒步两个小时乘着夜色踏进潘友明家，这原不在计划内，好在潘友明家早做了准备。

开饭。"可能你们都饿了。"晚上8点，主人悉数将菜肴端上桌：清炖鸡（自家粮食喂的正宗土鸡）、腊肉（有点肥，还有点哈口）、烩四季豆（煮熟后用油盐烩成）、白水四季豆（算汤菜）、炸荞丝（下酒菜，我是第一次吃到），还有辣椒蘸水。丰富的一桌，最好的菜已和盘托出。无酒不成席，上来两种酒，用高粱煮开花撒上酒曲子十天自酿的小灶酒，还有买来的小麦王罐装啤酒。

潘家共有7人。32岁的潘友明，小他4岁的妻子李明香，他的父亲母亲，还有38岁的兄长潘友才，9岁的长子在鹿鹤小学寄宿读书，小女儿4岁，看见来了许多生人一直嚷着让妈妈抱。那天在场的还有李明春的奶奶，不顾74岁高龄过金沙江从云南来看外孙女："还走得起山路，过来，耍个把月。"

可口的美味出自贤妻李明香的巧手，她不时从厨房到主屋添菜，出于对客人的尊重，潘友明陪我们一桌并斟酒招呼，家里的其他人则都去厨房吃晚饭。潘友才帮厨后独自拿起长竹筒做成的烟枪抽起水烟，"弄累了就想整两口"，他的神态很享受。房梁吊挂两盏节能灯，都不明亮。兄长坐在角落，光线几乎只勾勒他棱角分明的轮廓，高鼻梁、深眼凹、唇线饱满、下巴硬朗，呼应颧骨的厚重，加之头发在左侧典型的三七分，晃眼一看像哪部外国电影中的明星，保卫萨拉热窝的瓦尔特或者仗义侠客佐罗。

潘友明也相貌堂堂，而且精神抖擞。他个子中等，有一张驯良恭顺的脸庞，与我聊天时目光非常慈祥，笑容满面。2014年春天他当了社长，这一政府最基层的头衔对他意味着什么我不知道，但能得到肯定并不容易。

要从江边的野牛坪去鹿鹤，唯一的山道是顺着褶皱的沟底逐渐往上爬，"本来路就很不好走，哪知2007年垮岩，大半壁岩垮了，基本上断道"。采买必备的生活品用骡子驮，孩子上学咋办？夏酷冬寒，种庄稼没有多少收入，生活条件恶劣，渐渐地，有人把房门锁了，走出去，过年都不回来。全社 37 户 128 人，如今只剩 12 人，包括潘友明家 7 人在内。淌塘在山顶，鹿鹤在半山，野牛坪在谷底江边，尽管有道路可行，却"难于上青天"。

　　转眼临近 2013 年春节。腊月前后冬闲，潘友明起了横心，默不作声，肩扛锄头，向山走去。云层低缓，江雾未散，妻子跟出来，望着慢慢变小的那团火，操起家什撵上脚步。兄长稍后也加入。关于这个想法的简短交流，则是在晚饭时。就着辣椒豆瓣，潘友明吞下两大碗干饭，"路不整不行了"，话像是在对自己心里说。母亲的话温暖如初："修路早点回来吃饭就是了。"从那天算起，一连 40 天，每天吃过早饭 9 点出门，三人筋疲力尽直到下午 6 点才回家，用父母做的热腾饭

> 下野牛坪村的山路，因垮岩被阻，是潘友明家人用 40 天才勉强修通的

菜补充耗散的精力。"修路比干农活累多了，"潘友明轻描淡写，内心却浮起不易察觉的成就感，"好在媳妇还是心甘情愿。"他笑逐颜开地冲妻子看去。李明香腼腆地低头跨出门槛，又端来煮熟的新花生。

李明香是由云南嫁过来的，那个叫韭菜地的平坝子，其实也是台地，与四川这边的野牛坪就隔着一条金沙江。当天下午，我们从鹿鹤下来进野牛坪时，隔江望见那块面积要大许多的坝子，一片绿色，郁郁葱葱，植被与眼下黄草坪和野牛坪相差无几。同样忍受交通不便带来的困扰，韭菜地地处半山，但据说四川这边的生活条件比那边要好，这边几个村落海拔更低，干热的峡谷带来更丰富的产物。

只是土地不可多得，这即是野牛坪，包括我们第二天去的老君洞村以及未去的黄草坪等地至今贫瘠的原因。峡谷山峰耸峙，山坡陡峭且多岩石，哪容庄稼生根。细碎的砂石夹杂丛生的荒草，交织着壮丽与荒蛮的原始风景。

收成意味着艰辛的劳作。潘友明全家种地 3.5 亩，大春种水稻、玉米、高粱，小春种大麦、红薯，蔬菜主要种四季豆、小白菜、莲花白，家里也养猪、养鸡。一年四季忙里忙外，自给自足。进主屋的房门右边堆放着几大袋毛大麦，主屋上方搭了大半截，相当于楼层，由左边斜着的木梯上去，楼上置铺，也囤放粮食。木梯下排列 5 把躺椅，木架框已有些年头，上、下两端的绷布用化肥口袋替代，没有弹性，我初坐上去还以为屁股掉到地上，深陷其中。边听讲边专注做笔记，后颈背处突然有一软绵绵的虫子，用手拈来看是蛆虫，潘友明忙说："不怕，是粮食长蛆。"他让我换个地方坐，继续采访。

潘友明家原先住土掌房，"天一下雨屋就漏雨"。现在的房屋是 2003 年花 1.5 万元从一郑姓人家手中买得，"郑家人搬到德昌县去了"。正房 3 间，厨房 1 间，厢房 3 间，这样的住户在野牛坪算中等。他记得，1986 年郑家人修房用了五六千元。

花钱不算多，因为木料是金沙江水送来的。"那时河头兴漂木，漂木被冲到岸边，两个人去抬上来，拿去改成长 3.3 米长的寸板。"潘友明和他哥都去抬过漂木，他指给我看上方，毫无例外"房子的梁子就是漂木"。

小路终于修好，仍旧爬坡上坎，通了几处捷径，去鹿鹤由三个半小时缩短为两个小时，当然，这是山里人的行程。潘友明直言，这"方便在屋里的农户"。令人深感欣慰的是，潘家的孩子长大读书了，潘友明高兴地购买了一辆"钱江150"摩托车，平时存放在通公路的马颈子处亲戚家，周五去把娃儿带回来，周一早上7点出发，去亲戚家取摩托车，都赶得着升国旗。

家中的电灯2011年才正式接通。以前点煤油灯，1997年大致花1 000元买胶管、电机，"水沟走头上过来，自己发小水电"，1千瓦，总算让夜晚明亮了许多。

一座与世隔绝的村庄，藏匿于金沙江峡谷接近谷底的一块干热台地。四周林木组成某种屏障，庇护着村里越来越少的农人，适宜耕种的土地，种植所需口粮。摩托车、电灯，还有未见打开的老旧电视机，如果将它们视为文明的符号，我才把刀耕火种的劳作方式与现代社会联系起来。不妨再想，潘友明倘若不是与李明香在2004年3月结婚成家，他要么会像至今未娶的兄长那样有一种被岁月的沧桑消磨出的萎靡，要么会义无反顾远走城市打工不再回故乡。所幸俩人早在10余岁时便相识，"那时我在昆明打工。渡过江去，就在对面，一个叫则黑的地方，她上则黑赶场，"年轻的心相互吸引，摆谈起来，两人老家住得近，"只隔着江，鸡叫都听得到。"潘道出内心中对姑娘爱情的渴望。涛声依旧，尖起耳朵听见的其实是澎湃水流的轰鸣。舟楫往来，两颗奔突的心愈加靠近，最终花开连理，幸福美满。潘友明沉浸在甜蜜的时光里，眼中光芒闪烁，喃喃地说："时间是有点久了。"

夜已黑尽，不知不觉过了凌晨时分。潘友明和妻子不知从哪里拿出来七八双五颜六色的新拖鞋，扯掉商标牌，端几盘热水让我们烫脚，说烫一下舒筋活血，可以缓解脚的疲劳。在僻远的他乡，简陋的村落，领享亲人般的呵护与关怀，我究竟有何德，内心泛起的感动竟让我连"谢谢"两字都难以启齿，因为随口而出的词语与妥帖的举动相比显得苍白无力。

李明香进左边卧室抱出熟睡的小女孩，引得一阵啼哭。右边那间卧室横竖挨着两张大床，其中一张是石块当床脚上铺木板再放简易席梦思的床，被我们4人霸占：黄剑和贺盛睡一床，我和周加权睡席梦思床。刘茂文、肖宗兵和杨光平爬梯子上楼睡去。潘友明一家余下的4人只得临时打地铺，难为主人只得席地而卧。

> 潘友明一家合影

　　仿佛刚睡得踏实，周加权的手机设定的鸡叫声凌晨 5 点半就响起，那时，潘家老父潘朝云已早起为我们烹熬稀饭。天还蒙蒙亮，肖宗兵带杨光平等不得吃早饭就往黄草坪走去。我们匆匆吃过早饭也上路了。

　　与潘友明一家告别前，我想起应该给江边淳善的这家人照个合影。屋檐下的光线还暗，而且退不开，放骡子的父亲和摘猪草的母亲还没有回来。潘友明和抱着小女儿的妻子跟我们走到房屋外一开阔处，稍等片刻，只见母亲背着一大背篼红薯藤慢慢走来，后面跟着驼背的父亲。大哥潘有才一早就没有见其身影。不等了，一家人迎着天空渐渐明朗的晨光，站立在几棵树和杂草前，应我的要求靠拢。

黄剑、贺盛和我都端起相机拍摄。他们似乎显得有些不自在，根据我们的要求，不同组合站立让我们拍摄一家人难得的合影。

挥挥手，与他们告别。潘友明还要送我们到下老君滩的路口，李明香抱着孩子也跟着。眼前终于出现了一大片地，地埂当作小道从土地中间向前方伸出：左边一垄高粱，约有一人高，穗子饱满，有的已经泛出红褐色，有的还是米绿色，几乎都压低了头；右边一厢水稻，成熟的正待收割，金黄色敷设在高度齐整的面上，有收割了的一列，稻草扎成堆散落摆放，尽头的脱谷机似乎刚才停歇下来，辛勤数月的收获给人舒坦的愉悦。这是新一天的开始，也是一年当中最忙碌的季节。

我觉得这样的环境，给潘友明留个影更能够表现他们与土地的联系。他们同意了，没有摆什么姿势，和日常生活里无数次从那个地方经过一样。我按下了相机快门，自然而不做作、生动而不呆板的影像会随文章发表出来，让更多的读者看见。我还会好生保存，每当想起这次徒步金沙江老君滩难忘的经历时，把图片拿出来。他们已如我的亲人。

更加轰鸣的奔腾声，一江浑水急速而下。离金沙江更近了，所见江河水不及头一天的绵延，水面倒是宽阔许多。潘友明走在前面，到了一处坡坎边，指向下方，提高了嗓门："那就是老君滩！"

那就是金沙江老君滩。那一刻，我内心的激动确实无法抑制。潘友明或许不明白，老君滩有什么可看的。几个城里人成天坐在办公室，不晒太阳不淋雨，大老远来是看什么？老君滩在自己眼皮下，看了多少个年头，也没有觉得有什么好看。

而如果，我傻乎乎地讲解一番人与自然相依为命，自然风景对人心灵的陶冶和净化，保持自然般的质朴与本真是多么难能可贵，我们早已经被现代病所污染等，这些言辞无异于充满"小布尔乔亚"式的迂腐。面对高天白云、深山峡谷、江河奔涌、淳善兄弟，我默默被全部的感动彻底征服。

无疑，经历金沙江峡谷严酷的生态环境和徒步一路的历险，重新回到自己居住的城市，一日三餐，牛奶水果，按部就班，当然要舒适许多。我平静地写下毫无浪漫色彩的山里人的故事，记下一段普通人的历史。他们饱尝苦难，却无以言说。

冕宁·锦屏

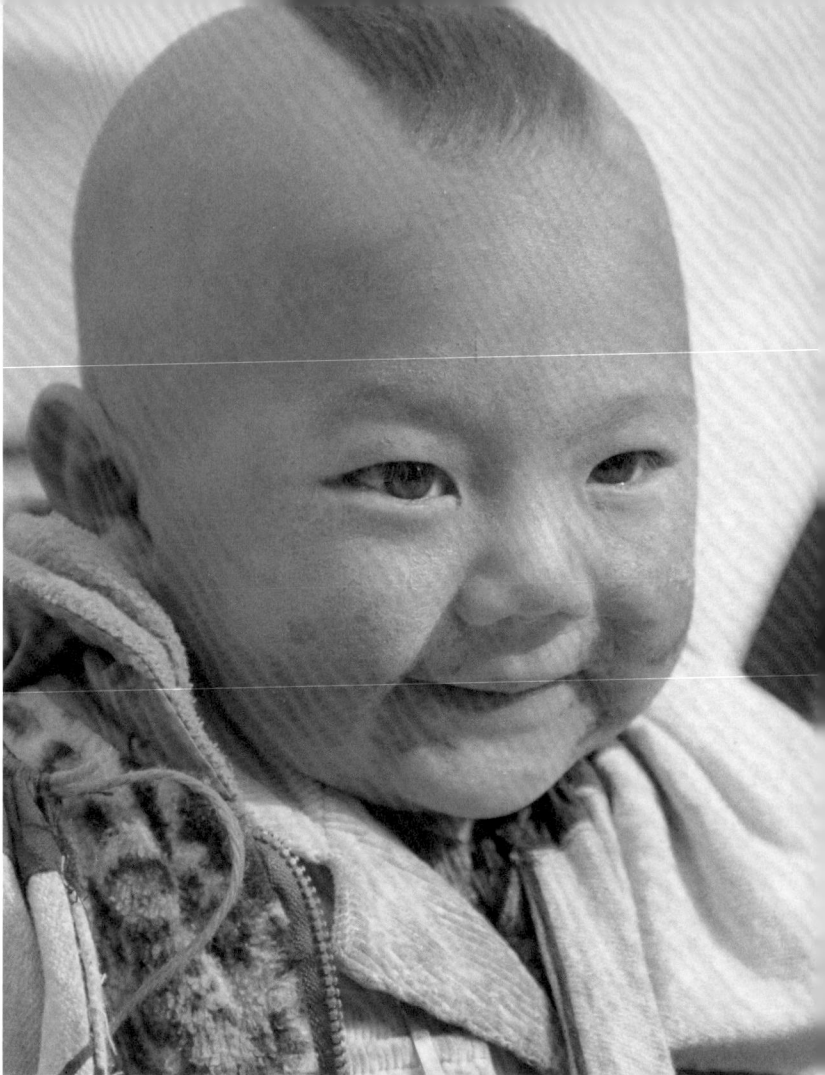

眼前的雅砻江大峡谷，
给人以荡气回肠的雄伟之感。
置身大自然当中的人总是渺小的，
寻找了好几处位置，
树木的枝丫不管不顾伸展开苗条的身材，
遮挡住镜头的构图。
我想尽可能站在高处，
但是无路的陡坡并不遂人意愿。
稀疏的树木之下，
疯长的荒草覆盖着岩石以外的山体。

　　阳光下，王仕明略显凌乱的头发，没能遮挡额头上早已沁出的汗水。黑色毛衣和蓝色牛仔裤的搭配，显现出这位年轻人的干练，左手不停地拣拾起砖块，右手持砖刀熟练地抹灰砌墙，戴着红色乳胶手套的双手、协调的动作，传递出欢喜却沉稳的心情。

　　沐浴在阳光下的农民史玉芳老人的心情也很平和。"我就喜欢这个地方，气候好，空气好！"他坐在院坝的木凳上，慢条斯理地打整带着泥土屑的青菜，几块蔬菜地几乎围绕房子。"蔬菜都自己种，喂牛、喂马，还喂了三头猪；青菜、莲花白、葱和蒜苗，种了两亩地，只有三个人，人就吃点菜心心。"他把菜心丢在一边，这让城里人觉得可惜甚至不可思议的"绿色生态"，在这儿却如家常便饭。

　　卢富屿顶着中午的太阳，骑着借来的摩托车赶过来见面，似乎还有些腼腆。我的内心却是饱满而真切的，卢富屿说这里民风淳朴，看看农民房前屋后都没围墙就知道了——白天农户家的人都去地头忙活了。这番话仿佛明亮的光照，把人心照得通透，也把人心照得温热。

　　这里是四川省凉山彝族自治州冕宁县锦屏镇。高原的阳光倾泻下来，把湛蓝天空下的景色都照得明晃晃的，一览无遗。光线实在太强烈了，阳光之下在田地里劳作的人们，无一例外眯缝着眼睛。村庄的上方是巍峨的锦屏山，坚实地呵护偌大台地上的村落。巨大山体下的大块土地成为缓冲带，再往下去便是蜿蜒奔流的雅砻江，一条绿色的彩练勾画出褶皱的优美曲线。只是冬季上游水电站早已闸坝蓄水，这一段的河床袒露出来，视觉的美观程度大打折扣。

特殊的地理条件，峡谷两侧耸立的大山可以抵御寒冷，东侧的牦牛山和西侧的锦屏山比肩并列，干热的峡谷又可以堆积起温暖，冬无严寒就成为这里最大的气候特点。

有了温暖的眷顾，这里的春天早早就来了。

早春一月

温暖的土地，温暖的天气。1月，刚刚过去半个月的新年，日历上的节气明白无误地徘徊在寒冷之中，结束采访的这天恰好是农历大寒，天空终于有了云朵。但是之前，高耸的峡谷中艳阳是天空的主角，把土地上最钟情于阳光的油菜花温暖开了。麦苗向上拔升，绿色泛润，嫩黄的油菜花在青绿的麦苗衬托下随风摇曳，层层波浪起伏，一片生机盎然——春色悄然流淌。只有地埂上的桑树，尚在固执地酝酿情结，因为剪除了所有不必要的枝条，主干的结节处，造型千姿百态。各种果树也蓄势待发，风吹来，抖擞身姿，并期待更暖和的日子如期而至。当地人看我们成天肩挎照相机四处拍照，热情邀请："现在有啥子好看的嘛，等春节一过，杏花、李花、梨花、桃花开了，那才叫漂亮哟！"色彩缤纷的峡谷，花瓣纷飞的峡谷，阳光辉映的峡谷，美不胜收的峡谷。

王仕明现在修的新房，占地面积100平方米，共有三层。顺着楼梯爬上正在砌砖的第二层楼平台，我感觉面积比想象中的大，或许这是墙没有砌起来，也没有盖房顶的缘故。

站在这一平台上，可以看到另一旁的老房子，据说是20世纪60年代的，当然显得陈旧了。34岁的王仕明有三个子女，年老的父母和他们一起住，老房子比较局促；眼见村里不少邻居修了新房，他觉得也应该改善居住条件。事情就这样做起来。他一边砌墙一边和我聊，没有停下来休歇的意思。他把头探出墙外，朝楼底下的弟弟喊话搅拌混凝土。

弟弟刚从部队转业回来，手脚麻利，是好帮手。但要修一幢三层楼的房子，也不如想象中那么容易，况且还是技术活。一起上阵帮忙的有王仕明的妻子、父亲和姑爷。他们齐心协力，从农忙之后，就开始了修新房这件大事。王仕明估算，"要干到今年四五月份，才差不多干得完"。听说修这么一大幢楼房，竟然没有用图纸施工，我不免有些担心，能保证房屋的质量和安全吗？王仕明心里当然有数，他之前去邻居修新房的工地上帮忙，学到了一点技术，看架势，像模像样。

他的心中，应该矗立着一座他自己叫家的房子。

忧心的是高昂的运费，每多出去一分钱都让人心疼。"红砖从冕宁县城买来，一匹砖买成 0.43 元，运费还要 0.3 元，100 匹砖光运费就要 30 元。"仅此一项，王仕明修房买砖的钱超过 10 万元。

过日子的农民没有不精打细算的，因为知道钱的来历、钱的分量、钱的价值。而从使用钱的方面能大抵看得出主人操持家务的能力，以及对生活的态度。

事实上，从我简短的采访与观察中，也能看出王仕明并非吝啬之人。比如为了使新楼房看上去富有现代感，底层进大客厅处的门柱用的是挑高 3.2 米的罗马柱，成品柱子毫无例外也是从冕宁县城购得运输来的，一根柱子就花费一千多元。对西式风格洋房的追求，即使在偏远山中的农村也是一种时髦。那些天，我在峡谷中找寻拍摄地点，没少四处乱窜，所见新建民居大致相同，多为洋房造型，或气派的罗马门柱，或弧形的落地玻璃窗，或洁白的雕花栏杆。墙面浅色的瓷砖，在高原强烈的光线下，煞是引人瞩目。这已经不是视觉的审美范畴，对告别了土墙青瓦旧房的农民来说，住进新房，住进像电视机里城市人喜欢的别墅那样的新房，才是他们在这个时代生存的标志。

为此，农民所要付出的代价是一般城里人难以想象的。

卢奎松，宝元村党支部书记，30 岁，只比王仕明年轻 4 岁，算得上是同龄人，对此感同身受。眼看着这些年村民们接二连三地修房，他知道这是经济殷实起来的必然结果。但是，建筑材料的奇缺让不少人望而生畏。"除了砂石可以就地取材，去雅砻江边取运，水泥、钢筋、红砖等其他建材全部都要到县城拉。"他证实了王仕明所称运费与红砖几乎等价的说法，而且用略带欣慰的口吻说："这还是 2016 年从锦屏镇到宝元村三千米水泥硬化修通之后哟。原先,骑摩托车上山来都恼火,汽车逢雨季更是上不来,太泥泞了。"即便如此艰难,卢奎松统计,新修住房的农户数量还是占到三分之一。

锦屏镇共有 9 个行政村,红岩、金光、宝元、海泉、二寺营、盘山、秧田、新荣、五里。这些村庄与雅砻江和锦屏山在这里的南北走势一样,散落在南北向的半山上,东面隔着滚滚的雅砻江,西面是紧相依偎的锦屏山。

锦屏镇的 29 个村民小组有 5 000 多人。镇政府所在地二寺营,海拔 1 940 米,在峡谷中不算高,在田间地头仰望,后面的锦屏山显得很高。锦屏因为年均气温较高,农作物生长有优势,所以尽管交通不算方便,但是像史玉芳一样的老年人

> 农村新貌

还是愿意生活在这个空气更加洁净、又能吃到绿色蔬菜的地方。他们不像年轻人有精力和能力出去闯荡，宁愿厮守锦屏终身，颐养天年。

晴朗的日子，东方的太阳光总是跃过牦牛山慢慢把锦屏山映红，又慢慢普照村庄、大地和农人。有时候，经过一夜黑暗，江面会沉郁集起一层白雾，白雾袅袅飘浮在山腰间，站在高处往峡谷瞭望，峡谷两侧高耸的山峰层层叠叠伸向天空，近处的野草和树木新鲜欲滴，唯有半空的雾幔聚散缥缈，仿佛仙境。

宝元村是锦屏镇的大村，四个组有164户661人，其中，建卡贫困户有31户106人。因其位置紧依锦屏山脚，坡地上山林成片，是锦屏蚕桑主产区。蚕桑树多，核桃、青椒、樱桃也比较多。全村耕地面积960亩，全部是旱地，不像其他村有水田可以种水稻，旱地只能全部种植玉米。收获的玉米用来喂猪，也用来换购大米，粮食解决了，冬月间多数农户杀两头猪，一年的肉食也基本解决了，蔬菜自己种。这样的日子像流水线，多少年来循环往复。

"要说到新闻媒体感兴趣的亮点，我也能说上这么几件。"当选村支书刚一年的卢奎松，之前有过三年村主任的工作经验，说话不慌不忙，条理清晰。

"你看那些修房子的，大多数都是去打工挣到的钱，光靠在土地上使蛮力还不行。每年全村约有160人次外出打工，多数是去工厂或者工地，把力气花在那儿能挣更多的钱。他们也不走出四川省，因为农忙时还得赶回家中务农。"

挣钱的门道，有些比较特殊。"这儿松林多，松露就多，一般九月到次年元月采集，刚上市时可卖到150元一斤，前段时间才降到80元。这儿的松露一般大小在三两到半斤，个别大的有一斤多的。价格高，吸引人都去林中找，全村一年估计能卖10万元。刘世普最'凶'，上一年采松露得到2万元。"

采松露是碰运气，栽果树就靠勤快了。"这儿的樱桃由于气候热，成熟时间早，比德昌县还早，3月出产，外地商贩来收，在本地就卖成8—10元一斤。但是外地商贩每次来都抱怨路远又不好走。"

这一条公路，究竟有多难走？这是一条可由冕宁县通往甘孜藏族自治州九龙县的省级公路S215线。从冕宁县城一路向西南方向，经回坪、森荣、麦地沟到江口，

> 锦屏田间的桑树。蚕桑是这里的传统农业

> 棉沙。从这里过江可上锦屏

然后逆雅砻江左岸向北，经南河，跨过雅砻江向西即可到达锦屏镇，路程94千米。现在除了从棉沙到锦屏7千米路况较差，其余87千米均为柏油路。查阅1994年版《冕宁县志》，1979年11月底江口至棉沙段，1984年新划为省道乾（宁）冕（宁）路的组成部分。道路虽然贯通，路况却差强人意：本来就是土路，沿江山高坡陡，经常遭遇飞石和泥石流，隔三岔五被阻断。我记得1990年坐越野车从西昌出发去九龙县，耗时长达16个小时，从早晨坐到深夜，一路的颠簸早已让我等翻江倒海、口吐黄胆、奄奄一息。

更加艰难的，是那些通往散落在大山中的村庄的道路。

如今交通便捷，冕宁发往锦屏的客运班车每天两班，中午11点和下午2点从县城发车往返，票价30元，车程大约3小时。毕竟还是山中的公路，弯道多、路面不宽是普遍的情况。

在雅砻江两岸深切的高山峡谷之中，这些蜿蜒的道路令人不寒而栗。锦屏镇下设的9个行政村，有4个贫困村，宝元村是其中之一，另外3个是海泉村、金光村、五里村。

锦屏镇党委书记黄东一度将交通放在工作的着力点，经年发力，成效明显，出行难得到较大缓解。仅2017年，全镇新修通村入户路70余千米，其中贫困村占了大半。"路难行，确实是阻挡发展的一道难题，"刚退休的锦屏镇政府干部耿金祥并不讳言过往的泥泞与艰难，前两年硬化通村路他是责任人之一，哪条路他都熟悉，倾注的心血可谓非常多，"现在方便多了，是给农民的实惠。但硬化路还是窄。"恰恰是言语的朴实，道出了生活的本真。

2016年6月，副镇长卢富屿考调进锦屏镇，此前，他在后山乡工作了19年，是以事业编制人员身份经过全县公开考调来到这里的。他清楚记得2011年年底随朋友接亲第一次到锦屏的情景："那时棉沙到锦屏的大桥还没通车，把汽车停放在棉沙，走吊桥过来，然后坐农用车上锦屏。新鲜，也没有注意车窗外的景致。第二天一大早下山时才吓到了，早晨光线迷蒙，下面的江水很大，农用车头是往下冲的，手都抓紧了。"他同样记得，"当时楼房根本没有几幢"，而在他到任时"通村路正在开挖毛路，到处稀烂的"。两相比较，卢富屿再三感慨："变化真是太大了！"

脱贫攻坚，新村建设，凉山各地农村最大的变化发生在近些年。

2018 年 1 月，冕宁县第十六届人民代表大会第二次会议如期召开。《政府工作报告》中特别提到"围绕基础设施攻坚"：在雅砻江大峡谷的悬崖峭壁上打通并硬化新兴等 8 条通乡公路，取得全县通乡公路全覆盖的历史性突破；大川毫、姑鲁沟等 41 个贫困村穿越云端的天路建成通车，实现乡镇和贫困村两个"百分之百"通畅目标，有效解决了群众出行难问题。

天路，蜿蜒在大山之间，盘旋在云雾之中，给人以遐想和希望。

消失的金矿县

眼前的雅砻江大峡谷，给人荡气回肠的雄伟之感。置身大自然当中的人总是渺小的，寻找了好几处位置，树木的枝丫不管不顾伸展开苗条的身材，遮挡住镜头的构图。我想尽可能站在高处，但是无路的陡坡并不遂人意愿。稀疏的树木之下，疯长的荒草覆盖着岩石以外的山体。时值隆冬季节，干枯的荒草一点也不吃脚力，不敢贸然踏步，冒险意味着可能摔下峡谷粉身碎骨。而角度决定了观看世界的方式。摸索了一个多小时以后，我随摄影师安纹忠移步到一处山体凹地，那是他连续几年在锦屏镇一带拍摄寻觅到的"理想点"。还是逼仄，等他先拍了换我上去，我们相互侧身，跨出去一步时我完全忘记身后斜背着的沉重摄影包，与山体的抵触把我向前推搡了一下，刹那间，我的头皮像遭到电击似的发麻，心跳加速，幸好脚底踏实。屏息静气，少安毋躁，我快速摁下相机快门。

即将落下山尖的阳光朗照，天空浩渺，由远及近的蓝色山峦深浅层叠，两侧巨大的山体挟持形成的雄壮峡谷，上有冷峻的雪山，下有炽热的河谷，大色块协调却缺乏夏季或者秋季的千变万化。天空如果有白云衬托，山间如果有云雾缭绕，

> 雅砻江

村庄如果有炊烟袅袅，田野如果有牧童笛声，满脑子的视觉思维，为美而想。

让摄影家陶醉的时刻，通常在夏末或者初秋。有好几年，耿金祥会在头一天夜里打电话给冕宁县文学艺术界联合会主席安纹忠。摸准了天象脾性的老耿问："有得空不，明天肯定有搞头哦！"凌晨的星光还在头顶眨眼睛，安纹忠邀朋友驾车从县城出发了。车灯沿着雅砻江峡谷画出一条美丽的光线，随后在熟悉的拍摄点耐心地守候——等光来。有了光，相机的快门声此起彼伏。

2018年最初的几天，尽管时节不佳，我还是按捺不住内心的"小确幸"，去了几个理想的拍摄点过了一把瘾，尽情把锦屏那一段的雅砻江峡谷收进美好的记忆里。

> 江边人家

　　锦屏原来是泸宁区所在地。凡到锦屏镇采访，无一例外，耿金祥都是向导。他1960年2月出生，从此生命便与这片土地紧密相连。岁月的积淀与阅历的增长，及至退休，让他几乎成了"泸宁通"，江河奔流，山川风物，似乎没有他不知道的。他喜欢读文史资料，也写一些短小的文字，喜欢打听又爱摆谈，书本知识加上他自己的即兴发挥，故乡泸宁，在他笔下，更在他的话语中鲜活生动。

　　当地人还是习惯把锦屏叫泸宁。

　　冕宁县城开往锦屏镇的客车，玻璃上的红字标示"冕宁—泸宁"。泸宁是一个确切的地址，搭上车的人知道他们的目的地。

　　史书记载，明万历十五年（1587年），在此设定蕃堡，清雍正十一年（1733年）设泸宁营，清末撤销。

　　历史，不仅躺在史书中，还淌在人的血液中。

　　耿金祥是最好的向导，我采访的几天要了解什么话题，访谈对象选谁合适，他都一一安排妥当。一杆接一杆的旱烟刺激，精神不知疲惫，就在我们离开锦屏的前一天，他却感冒了，"没事，吃点药就好了"，他伸出右手在空中摆了摆，手上必不可少地夹着燃烧的香烟，咳嗽几声，又沉浸在思索中。几天朝夕相处，我也大致掌握了他谈话的特点，知识点多但是比较散，涉及面广但缺乏必要的细节，尤其对我写作需要的细节，他只能端出线索。

回忆，上了一点年纪的人都喜欢回忆。有时候，愈久远的事情愈清晰，发生在最近的事情反倒显得模糊。但回忆呈现的是不是都真实可靠呢？耿金祥谈起往事的口气，都是肯定式的不容置疑。我的任务是听他讲，记录。记者职业多年的训练，我知道甄别并筛选。

耿金祥的祖籍在越西，祖爷是越西县城厢镇青龙嘴人。祖爷家三兄弟耿少金、耿少坤、耿少林做茶包生意，到了甘孜藏族自治州，就安居在了雅江县和九龙县。三兄弟都跟当地藏族姑娘通婚，现在九龙县还有一个家族，有一期《九龙文史》记载过耿家的历史渊源。

爷爷生长在九龙，父亲也生在九龙。父亲后来到泸宁并结婚育子，和前妻有5个子女、后妻有3个子女。耿金祥为后妻所生，排行老二。

清代前，这儿属藏族聚集地，基本都是外来人。沿着雅砻江，这里也是一条进藏的必经之路。泸宁海拔不到2 000米，山上山下呈立体气候，雅砻江边有亚热带气候特征，高山部分比较寒冷。锦屏山日积月累冲积下来的巨大滑坡体堆在中间，田地物产足够养活勤劳的人们。

整个泸宁片区现有3万多人，锦屏镇约5 000人。山高地远，交通实在不便，子女出去工作就再不肯回头，以后又把父母接走，所以多年来人口规模变化不大。

1984年耿金祥参加工作时，是农村"八大员"之一的电影放映员，后来还做过蚕桑技术辅导员。他说，冕宁县的蚕桑，泸宁占到半壁。

今天的二寺营是一个村名，是曾经的泸宁区政府和现在的锦屏镇政府所在地。时事促成名称更迭，泸宁营、泸宁特别政治指导区、泸宁设治局，提示着一个地方格局的轻重。1950年3月28日，冕宁县解放，4月10日成立冕宁县政府，全县暂分五区，第五区政府驻泸宁，辖泸宁镇，以及和爱、南屏、新兴乡。

然而不到两年，一个新县在这里诞生，运行 7 年。

1952 年 4 月 30 日，中央人民政府政务院批准设置金矿县，县址驻泸宁，11 月组成金矿县各族各界人民代表会议筹备委员会，12 月 16 日召开会议选出政府委员会，于 1952 年 12 月 21 日正式成立金矿县民族民主政府。1954 年，金矿县驻地迁里庄。1959 年 6 月 1 日，金矿县撤县。原所属泸宁、罗锅底区划归冕宁县，瓜别区划归盐源县。

简言之，当时的金矿县范围包括泸宁、罗锅底、瓜别三个区。

要在一个地方设置行政级别，主要考量政权行使、地理位置、人口密集度、经济融合与分流、必备的物质基础，以及交通情况，其次才是气候条件，还有历史认同等，总之考量的因素繁多，也还要取决一时一地的需要。

金矿县为何从冕宁县新政权中分置出去"另立门户"，为何将驻地先后选择在泸宁、里庄，又为何在 7 年后撤销县治，重新归入冕宁和盐源两县的版图？戊戌年（2018 年）春节前后的两个多月，我试图在众多的资料和档案中探寻答案。

我只能通过蛛丝马迹，一边考证一边推测。

金矿县，望文生义，此地出产黄金，这一说法可能性最大。金分岩金和砂金两种。雅砻江沿线，采金的历史悠久。据 1939 年资料统计，金矿县有产金点 29 处，分布在北起冶勒经宁源、马头、南河、里庄、金林、腊窝等乡的矿脉带上。清光绪年间，曾设"麻哈金矿局"开采岩金。20 世纪 80 年代，攀西地质大队等在里庄探查出菜子地、茶铺子和机器房等多处金矿。《盐源县志》又说，这里砂金开采可追溯至元代，清代盛极一时，仅 1906 年产量即达 183 公斤。1278 年于瓜别区的洼里乡立金州，后降为金县，清末又设金矿局、金厂，富藏砂金矿，以产巨金块而声名远播。我还查阅到一篇《清代西藏矿业史初探》，其中，记载晚清政府官员欲在西藏推行西方现代采矿技术，查办大臣张荫棠 1907 年提出在西藏设立矿务局时就提议："由于四川宁远府盐源县瓜别金矿有熟悉矿务之老矿工，建议招来试办或电川督调派来藏。"另一篇更早的论文《西康盐源县窪里金矿床之研究》，1942 年发表在《地质论评》上，作者为地质学家茹廷锵，文中写道："洼里金矿为我国西南重要金矿之一，位于西康省盐源县瓜别土司辖境内，自正式设厂开办以来，已历四十余年，曾产砂金数十万两，最盛时期金夫达二万余人，现因大部分砂层已被挖空，矿业不振，仅余金夫约五百名。"

两万多人采金的场面，即使放在今天的大型矿区也堪称蔚为大观。这让我记起了很多年前在盐源县采访时听说的一件"轰动"旧闻。1909 年，一块出自洼里金山的重达 15.5 千克的巨型自然金块被分割后，其中最大一块 1913 年被送往巴拿马，参加 1915 年在美国旧金山开展的"庆祝巴拿马运河开航太平洋万国博览会"，据说至今还收藏在那里。

传说很多，我也没当真。

如淘金一般，最近在浩瀚的资料中翻寻证据，确实有两处收获：

1940 年 9 月，上海《良友》画报第 158 期刊出"新西康专号"，封面照片"凉山刺绣的女子"出自著名摄影师庄学本之手，内文中一幅"西部开发"的图片同样是他拍摄的："宁属金矿分山金、砂金两类。山金以冕宁麻哈为最著名，次为紫古。砂金以盐源洼里、龙达、麦地龙、郎兵等最著名。"我收藏有两大本《庄学本全集》，仔细查找，知道庄学本曾在雅安、成都、重庆三地举办"西康影展"，其中一幅《金矿之发掘》图说这样写道："西康省有黄金遍地之称，日从事于挖金工作者有千万人，年产金约二万两，于抗战时经济上颇多贡献。雅砻江下游名打冲河，为产金最旺之河谷，故通称曰金河。"

另一本专著《西南与西北》，由国民出版社于 1943 年出版，作者王燕浪，在《西康——中国的新省》章节中，把西康的各种资源进行了分类统计，指出"西康的金，生产在二万两左右"，还十分详细地介绍了当时全国西南和西北地区的资源可开发情况。

种种迹象都直指当时西康宁属金矿分布最广，开采规模最大，产值最高。抗战初期，国民政府经济部与西康建省委员会合办西康金矿局，双方各出资 25 万元，将西康省金矿分为四区管理。其中，宁属的盐源、冕宁就是四区之一，当地人旧

> 消失了的金矿县，曾经人丁旺盛的老房子保存完好

有"以斗量金"之说。

闪烁着诱人光芒的黄金，光泽等同财富的象征。设置金矿县，主要出于经济领域的把控？如果还有另一种解读的话，我以为即是"地缘政治"的需要了。

凉山彝族自治州原金矿县民族传统文化研究会在云南民族出版社 2014 年出版的《欢腾的雅砻江》前言中，认为置县是"为了贯彻党的民族政策，实行民族区域自治，解放和发展生产力"。类似一般官方文章开篇的"帽子"，不失为某个观察的角度。因为就在这本书中，收录有曾任金矿县县长杜正发撰写的文章《我的金矿历程》。杜任县长的时间是 1956 年 12 月至 1957 年 11 月， 1956 年调金矿县时任公安局副局长。文章不长，从四个分标题即可看出他"历程"的重点：一、团结县委一班人；二、参与瓜别区民主改革；三、平息叛乱的胜利；四、惹呢木呷俄落网及惩办叛首。民主改革任务当中的平息叛乱，令作者不能忘怀。首巴工作队被围、大杉树血战、窝普马头山一战、瓜别区老庄子决战，无不带着硝烟与鲜血。正是"干部职工上刀山，下火海，都会努力去完成任务"，才达到"全县的平叛、民主改革、经济建设、人民生活提高等各项工作都做出了显著成绩"。

和平的来之不易，力透纸背。

一个县份的消失，表面上意味着中国版图上那一点的被修改。但是它本已留存在一代人的生命历程中，并最终被记录在历史的浩繁卷帙中，存档。

大河湾

一条江太长了。我的视线慢慢从地图上顺流而下，感受到某种酣畅淋漓或者跌宕起伏。江河滋养了山川，更养育了沿途居住的子民。江河的方向几乎就是文明的方向，流动乃至积淀同样昭示力量。

2018年一开年，我来到冕宁县锦屏镇，沿着雅砻江溯流而上，在大河湾的一段流连忘返。我听到峡谷的风打着呼哨，碧蓝的天空没有飞鸟翱翔，江水一改夏季狂野奔放的脾性，像河塘倒映着巨大山体的静穆无声。

有人说，雅砻江是一条野性的江。它纵贯四川西部高原，在攀枝花注入金沙江，是长江最长的支流。因其源远流长，水量浩大，曾被古人误为长江的正流。特殊的地理环境和奇特的气候条件，造就了雅砻江丰富的自然资源，其以水能、生物、矿产三大资源著称。四川多山，尤其西南部，几乎就是山的世界，在横断山区崇山峻岭与悬崖峭壁的双重挤压下，造就了雅砻江桀骜不驯的狂放野性。

也有人说，雅砻江是一条女性的江。它有温婉与轻柔的曼妙时刻，也有江河孕育的文化。藏学家任新建说，《唐书》里记载的东女国范围就在今天川、滇、藏交汇的雅砻江和大渡河的支流大、小金川一带。走婚制度是女性文化的标志，雅砻江流域当年很可能被这样的婚姻制度所主宰。但绵延的走婚文化带最终与东西向的汉藏大通道——川藏线相遇了，大通道的非走婚文化淹没了走婚文化，最后只剩下两座"孤岛"——鲜水河、泸沽湖。

还有人说，雅砻江是一座深藏不露的水能"富矿"。1991年，地质科学家杨勇和杨欣历时 4 个月，用上游漂流、中游骑自行车、下游徒步的方式，全程穿越了雅砻江干流。2003 年，杨勇在《中国国家地理》撰文，诗情画意般勾画雅砻江"深藏不露，却最清澈、险峻和富于神秘气息。它先是通过四川面积最大、海拔最高、气温最低的石渠县，然后经过甘孜县，在连绵不断的峡谷中咆哮而去，在盛产良木的木里县锦屏山，它绕了个 270 多度的大急弯，越过'钢城'攀枝花市，投入金沙江的怀抱……"他认为，正是川西的崇山峻岭，蕴藏了中国西南的三座水能"富矿"——金沙江、雅砻江和大渡河。而他没有想到的是，这三条奔腾的江很快都被层层梯级开发，成为"西电东输"的策源地。能源专家对此进行过排位，雅砻江在中国十三大水电基地中，位列第三。

雅砻江，古称若水、泸水。它还有许多别名，是因为不同流域的人有不一样的叫法，比如诺矣江、奴诺水、诺江、匝楚河、东泸水、打冲河，还有雅龙江、鸦龙江、夹龙江，以及黑惠江、纳夷江、金河、大金河、小金沙江。其中"小金沙江"之称的由来，是因为它酷似金沙江。

雅砻江正是金沙江的主要支流，它给予了金沙江充沛的水量，而它自己，也在一路欢歌中，接纳了丰富如网状的支流的倾注，汩汩奔流而下。

严谨的地理学家，把一条曲折蜿蜒的江河划分为上游、中游、下游。甘孜藏族自治州新龙县乐安乡以上为雅砻江上游；乐安乡至无量河口为雅砻江中游；无量河口以下为雅砻江下游。

上游段：雅砻江发源于青海省称多县巴颜喀拉山南坡。上源称扎曲，很长的一段为四川省与青海省的界河，在石渠县附近进入四川境后始称雅砻江。质朴、纯净、苍茫，雅砻江源头水系造就了石渠宽广的高寒草甸牧场，水网平缓地游荡在海拔 4 200 米的大草原上。涓涓细流汇聚，无论是在德格还是在甘孜、新龙县境，江水悠游散漫，直至即将进入高山峡谷。

中游段：过理塘、新龙，入雅江，到木里，曾经蹒跚学步的幼年，仿佛一下青春激荡起来，在高山峡谷间左突右撞，渐渐蓄积起蓬勃的朝气。在历练出刚毅的秉性后，愈加放浪不羁，山呼海啸。入盐源县境，右纳大支流无量河，中游段即止于此。在这里，江面达 100—150 米。由于下切剧烈，谷狭坡陡，滩多水急，落差集中，水量十分丰沛。

下游段：雅砻江急转北偏东绕锦屏山形成一巨大河曲，是为雅砻江大河湾。北至洼里，过麦地坪，为木里与盐源、冕宁二县界河；过健美，又为九龙、冕宁二县界河；转向南偏西，过棉沙镇、里庄镇，右纳磨房沟，为西昌市与盐源县之界河；于金河镇折而向东，为盐源县与西昌市，又为盐源与德昌二县界河，南流为盐源、米易二县界河。在米易县小得石，左纳大支流安宁河，转西南入盐边县境，越过攀枝花市，投入金沙江的怀抱。

雅砻江全长 1 570 千米，天然落差 3 800 米。其中，在四川境内长 1 375 千米，特别是在四川西南部的凉山彝族自治州环绕锦屏山，形成了一个长度达 150 千米的大河湾。雅砻江大河湾的这一段气势最为恢宏，变化最为奇幻，风光最为震撼。

锦屏山脉属于横断山脉，跨越四川的木里、冕宁、盐源、盐边四县，与云南省宁蒗彝族自治县接壤。北东至南西最长 223 千米，北西至南东最宽 111 千米，平均海拔 4 200 米。锦屏山位于冕宁县境西部，呈南北走向，境内长 52 千米，雄踞雅砻江河套。换句话说，锦屏山的西、北、东三面环绕雅砻江，就是因为它拔地而起的巨大身躯，阻挡了雅砻江几乎是一路由北向南的俯冲。锦屏山脉气势磅礴，直上云霄，海拔 4 000 米以上的山峰有 35 座之多。最雄伟的山峰位于锦屏镇，海拔 4 193 米，岩壁矗立似屏，景色壮美。

雅砻江在这里沿锦屏山脚拐了一个"Ω"形的大弯。雅砻江大河湾长度占雅砻江全长的十分之一，连同雅鲁藏布江大拐弯、怒江第一湾，成为我国三大河湾。

高耸入云的两山夹峙所形成的雅砻江大峡谷，长 99 千米，是冕宁县境内最长、最深的峡谷。雅砻江环绕锦屏山湍急奔流，江面海拔最低点 1 700 米，与峡谷两岸高山的相对高差达 2 000 米左右，风光壮丽，不逊于三峡。虽然水道礁石密布，不能行舟，但沿锦屏山一侧谷底山坡上的马帮小道徒步或骑马行进，另有一番景致，具有震撼人心的观赏效果。

只是，当看到"Ω"形的两端最短距离只有 17 千米，而水头落差竟达 310 米时，水电专家以其敏锐、专业的眼光,发现了天然的筑坝条件。

筑坝,意味着截断自然江河。

早在 1956 年,成都勘测设计院与中国科学院"南水北调"综合考察队合作,就开始对雅砻江及主要支流进行了全面的普查,编有《雅砻江流域水力资源及其利用》。1964—1965 年,上海勘测设计院、四川省勘测设计院、水电部工作组等多次踏勘完成了《复勘雅砻江大河湾(锦屏)》。

对能源资源短缺的中国来说,大自然赐予的条件是珍贵的。千百年来,如此巨大的自然财富"白白流淌",在这个大山深处的险峻峡谷中,山民们却祖祖辈辈过着艰难、贫穷的生活,这成为后来开发者利用能源最重要的理由之一。

四川是中国水电资源最为丰富的省份,水电资源约占全国五分之一,可开发量接近一亿千瓦。仅雅砻江流域可开发容量就有 3 000 万千瓦,年发电量约 1 500 亿千瓦时,占全省 24%,约占全国 5%。从技术角度而言,与全国其他河流相比,雅砻江落差集中、水库淹没损失小、经济指标优越。2003 年,国家发展和改革委员会授权雅砻江公司(原二滩公司)对雅砻江流域进行阶梯式滚动开发。

见证奇迹的时候到了——2005 年 11 月 12 日,雅砻江锦屏一级水电站正式开工。这是继二滩之后在雅砻江上修建的第二座大型水电站。

雄心壮志的施工者选择了潘家铮院士提出的"截弯取直"这一前所未有的施工方案,即在雅砻江大河湾的西端修建装机容量为 360 万千瓦的雅砻江锦屏一级水电站,通过 4 条平均长度为 17.5 千米的引水隧洞把水从左侧引到右侧,利用 310 米的水头落差,在东端建设装机容量为 480 万千瓦的雅砻江锦屏二级水电站。

2014 年 11 月 29 日,雅砻江锦屏二级水电站最后一台机组正式投产运行。至此,我国"西电东送"标志性工程、拥有世界最高拱坝、世界最大规模水工隧洞群的锦屏水电站 14 台 60 万千瓦机组全部投产。

雅砻江锦屏一级和二级两座水电站,被形象地誉为雅砻"双子星"电站。

据雅砻江锦屏电站工程技术人员介绍,雅砻江锦屏水电站具有"五高一深"的特点,即"世界最高混凝土拱坝、高山峡谷、高边坡、高地应力、高压大流量地下水和深部卸荷裂隙"，被国内外水电界公认为建设管理难度最大、施工布置难度最大、工程技术难度最大、施工环境危险最大的巨型水电站，是世界电站大坝建设和引水发电隧洞建设的里程碑。

建设者沉浸在拥有多项"世界之最"的水电纪录之中。但是也有一些反对的声音。21世纪前后，一些财大气粗的企业竞相上马、跑马圈水和无序开发，导致水电行业的社会形象一落千丈，中国水电遭遇了前所未有的诟病。在生态文明建设的必然趋势之下，不同的声音或许会愈加得到重视。

江水的流动缓慢下来，像在喘息，弯曲的河床祖露出砂石的底色。冬春枯水季节，雅砻江大河湾在上游电站截流蓄水以后，直接通过隧道把水能传递给下游电站继续使用。在两头迈过的这一段河湾里，"残汤剩水"显得浮皮潦草。当然，我知道雨季这里的河湾又会找到它当初可爱的模样。

雅砻江锦屏水电站闸水以后，雅砻江大河湾的生态变得和过去不太一样。耿金祥说："主要是气候有点变化，锦屏镇这段雨水没有原先充沛，但雨季时下暴雨的时候多些。过去冬春季没有什么风，现在风比原来大了。"

雅砻江大峡谷依然壮观。站在谷底仰望，我仍然要赞美江河，如同赞美大地对自然的塑造，对土地上生存的子民的养育。

茶马古道

大山上，蜿蜒的小路令人心惊胆战。优美的回旋曲线泛着光亮，给人以远方的遐想。

温暖的冬日照着，迟迟没有寒冷的迹象，只是早晨和傍晚有点凉，身上多加一件毛衣，并不臃肿。时节还在一月，早春的怀抱，把喜欢温暖的客人留了下来。

有一对六旬开外的老夫妻，整天穿着运动装和软底运动鞋，漫无目的地走在村道和田坎上，胜似闲庭信步，说是专门来亲近大自然，好像他们居住的城市不在大自然之列。高楼大厦用钢筋水泥把人与外界相隔离，有时候连呼吸都显得局促。这对老夫妇是儿子开车送来的，偶然听人说起附近的锦屏镇冬季温暖，索性跨过雅砻江上山，来山中观看雅砻江锦屏水电站的高昂大坝。他们下榻茶马古道宾馆，房价便宜，干脆定了 45 天，待春节前才返回成都。耍惯了的老人确实会耍，玩的是"不走寻常路"，孝顺的儿子听凭父母心情，自由职业的最大好处是对时间的支配，每天泡茶翻书发呆，乐得清闲。

四川省凉山彝族自治州冕宁县锦屏镇，这个新地名源于矗立的锦屏山脉。而旧地名泸宁营，似乎更能看出历史的刻痕和兵马的背影。锦屏山每天早晨被阳光的橘红色渐渐渲染，它与对面的另一列牦牛山呼应，形成峡谷，就是有名的雅砻江峡谷中的一段。

镇不大，主街一条，除了逢集热闹，平常的日子里新面孔很容易被认出来。零星的游客让锦屏镇的干部感到格外高兴，他们得意于锦屏宜居，是冕宁"后花园"。这番蓝图虽然既不现实，又还遥远，但至少在每个地方不谈旅游似乎就显得落后的今天，有此念想不外乎是对发展的一种冀望。

可开发的旅游资源呢？当地党政干部遍地寻找，唯有茶马古道似乎可做文章。

就在锦屏山下，有一仙人洞，现在当然谈不上是什么景点。山洞旁边，立有一块全国重点文物保护单位"茶马古道·凉山段冕宁雅砻江古道·仙人洞保护点"的石碑，碑上文字标示，石碑为四川省人民政府立。背面的文物简介由冕宁县文物管理所撰写，"茶马古道·凉山段冕宁雅砻江古道"，由于线路长、面积广，文物管理部门根据当地实际情况，征得文物保护专家和当地政府部门意见，将"冕宁雅砻江古道"的保护分为"三段一点"进行重点保护。一段：南河段，二段：锦屏段，三段：新兴段，一点：仙人洞保护点。碑文还详尽描述了"古道"的经纬度和海拔。

附近确实有一条小道，道路上的凹痕，当地人毫不含糊地指认为马蹄印。我也不敢否认，毕竟风雨侵蚀本是悄无声息的雕刻师，时光的打造可以让一切面目全非。试着探寻下去却发现道路连贯不起来了，曾经连通的"古道"，历经岁月的沧桑，如今只留下依稀可辨的段落。只是可以想象在遥远的古代，马帮清脆的铜铃声，茶叶清爽的香味，弥漫在一条条山间小道上。

直到现在，对生活在广袤康藏地区的山民来说，牛羊肉、酥油、糌粑、奶类制品仍然是他们钟情的主食。高寒地区，海拔多在三四千米以上，摄入高热量的脂肪既是饮食习惯，也是抵御严寒、强身健体的食物保证。只不过仅仅依靠高能量的肉食，过多的脂肪在人体内不易得到分解，而糌粑又燥热，此时需要蔬菜类的维生素。蔬菜就地不得，茶叶就成为既能够分解脂肪、降低燥热，又便于运输和储存的不二之选。

一种高原上的高级饮品——酥油茶应运而生。这种可口的饮品将酥油和浓茶融为一体，具有御寒、提神醒脑、生津止渴的作用，流传已久。但受地理环境所限，藏族聚集地不产茶叶，房前屋后连各式蔬菜的绿色都鲜见。而在内地，民间役使和军队征战都需要大量的骡马，良马难得还供不应求，藏族聚集地和川滇边地的良马便吸引着寻找的目光。聪明的商人一拍即合，具有优势互补性质的"茶马互市"满足了双方的实际需求。这样，川滇及内地出产的茶叶、布匹、盐、日用器皿等和藏族聚集地及川滇边地出产的骡马、毛皮、药材等，在横断山区的高山深谷间南来北往，川流不息，并随着社会经济的发展而日趋繁荣，形成一条声名远播的茶马古道。

任乃强是著名的康藏史专家，他对西南地区的历史地理学、民族学等方面的研究著述颇丰。他在《康藏史地大纲》中专有一节细数"茶马市易"：

> 蕃人嗜茶如命，一日无茶，社会为之不安。往时以马易之，清代不复市马，而蕃地贫瘠，缺乏商品，乃不得不转运印度、伊朗等处奇珍之物及汉商说嗜者，发之炉城，以兑茶叶。故打箭炉虽山陬小市，而山海各货咸集，交易之盛，冠于西陲。

文中的"打箭炉"，即今天的甘孜藏族自治州康定县。任先生历数"茶马互市"的脉络：

> 锦屏山段的雅砻江大峡谷

> 隐埋在荒草落叶下的茶马古道

北宋时川陕与蕃人交易茶马，主于黎州（今雅安市汉源县）；明太祖知茶禁足以控制蕃人，更定茶法，令商人于采茶地买茶，纳钱请引，每引输钱 200，茶引不相当，即为私茶，出境与关隘不稽者并论死；清朝兴于北方，不假蕃马，遂以川茶与江南所产同征税课。然其限制边引数额，严禁私茶，以制蕃人之意不废也。

他还考证："清顺治时，川茶共 10.612 7 万引，额征课银 1.312 8 万两余，税银 4.594 2 万两余。"到了"嘉庆时，川茶边腹共 13.935 4 万引，课银 1.74 万余两，税银 5.87 万余两"。直到清末，官营茶马交易制度才终止。历经近千年岁月，在茶马市场交易的漫长岁月里，吃苦耐劳的商人在西北、西南连绵的山野中，用自己的双脚踏出了一条崎岖的茶马古道。

茶马古道主要有三条线路：青藏道（唐蕃古道）、滇藏道和川藏道，在这三条线路中，青藏道兴起于唐朝时期，发展较早；滇藏道形成的时间最晚；川藏道在后来的影响最大，最为知名。

在第三次全国文物普查中，四川多地联合对茶马古道四川段做了专题调查，于 2010 年年底由四川省文物局推荐申报。2013 年 3 月，茶马古道被列为第七批全国重点文物保护单位，跨的省区包括四川、云南、贵州三省。

茶马古道涉及四川境内的成都、雅安、凉山、阿坝、甘孜等地，在这些地区发现了大量的遗迹。例如宋时名山茶马司隶属于成都"都大茶马司"，负责名山县和百丈县"名山茶"筹集上缴事务。鼎盛时期，输出的茶叶占官方统筹茶叶的半数以上。

在雅安，发现有卖茶的茶号遗址、旧址。荥经县严道镇民主路的公兴茶号旧址可算是其中较早的一个。据说，公兴茶号创办于明代，商标藏名"仁真杜吉"，茶品在藏族聚集地享有很高的声誉。因为主要销往藏族聚集地，所以雅安各茶号销售的茶品均有藏名。

川藏道实在崎岖难行，开拓十分艰巨。由雅安至康定运输茶叶，少部分靠骡马驮运，大部分靠人力搬运，称为"背背子"。行程按轻重而定，重者日行十几千米。途中歇息，背子不卸肩膀，用丁字形杵拐支撑背子歇气。杵头为铁制，每杵必放在硬石块上，天长日久，石上留下窝痕清晰可见。

马帮运输，尽管赶马人没有负重那么辛苦，但一路也是万般艰难。特别是攀登陡峭的岩壁，涉过汹涌咆哮的河流，风雨侵袭，骡马驮牛，以草为饲，驮队均需自备武装自卫，携带幕帐随行并架帐夜宿，每天行程也仅三十多千米。2004年秋天，我和几位摄影家到木里藏族自治县徒步，雇了两队马帮做了详细的采访。出门在外，荒原野岭中马帮像一支训练有素、组织严密的军队，赶马人各司其职，按部就班，兢兢业业，每天从早到晚井然有序地行动。每一队马帮都有一名俗称为"锅头"的首领，我们则亲切地叫我们的"锅头"为"马队长"。"锅头"既是经营者、赶马人的雇主，又是马帮运输的直接参与者。一路上，他要负责全队人马的业务、开支及安全等。

外人以为浪漫，其实危机四伏。

川藏道热闹繁荣时，又可大致分为由雅安、天全越马鞍山、泸定到康定的"小路茶道"；由雅安、荥经越大相岭、飞越岭、泸定至康定的"大路茶道"；再由康定经雅江、理塘、巴塘、江卡、察雅、昌都至拉萨的"南路茶道"；由康定经乾宁、道孚、炉霍、甘孜、德格渡金沙江至昌都与南路会合至拉萨的"北路茶道"。

锦屏地处凉山和甘孜交界地带，换句话说，这里也是通往藏族聚集地的通道。据冕宁县文物管理所的人介绍，冕宁"雅砻江古道"三段的具体走向为南河段：从江口渡江到西岸全长 5.5 千米，一般路面 1 米左右，宛若一条山间的飘带，沿江北上到满江沟的九道拐，古道最窄处 0.7 米，有些地方离江面超过百米，走起来惊心动魄。锦屏段：为东西走向，从锦屏出发过仙人洞到金光村，再到大校场过吃水沟翻宴彝卡到放马坪，5 千米的路程都是行走在高山褶皱之间。新兴段：从北方的火石堡下山到雅砻江边的老船码头，长 1.6 千米，路段陡峭，落差很大，是一条完全由马蹄和赶马人脚步踩踏出来的羊肠小道，山路弯弯、曲曲折折。

1994 年版《冕宁县志》"交通卷"有记载：

> 三垭古道，唐代是吐蕃与巂州中间通道，元、明、清为连接明正土司辖区（今甘孜州）的马道……自泸沽经冕宁、大桥、苏州坝、燕麦地，越牦牛山至九龙县的三垭，长 100 公里。

翻山越岭、渡江过河的蜿蜒小道多因崎岖难行而很快被大路所边缘化，直至废弃不用。沿雅砻江的公路通行之后，汽车立即取代了马匹，一切交往与流通都更便捷易行。依靠土地，农民的汗水换来的是微薄的经济收入。缓解城乡差别的现实焦虑是如何从传统农业的沉闷中，开拓新的增收方式。在锦屏镇的公路边可见一块巨大的广告牌，"打造千亩枇杷基地"的大字十分抢眼。30 岁的张海波是锦屏人，这些年在外地做建材生意攒了钱，精明能干的小伙子与成都上古农耕公司联手，先试种枇杷，结果后口感、水分、糖分、品质俱佳，便定下主意。上古农耕公司背靠省农业科学院，有技术支撑。镇政府也支持，聘请州农校讲师培训农民一个月，从栽植、嫁接、修枝、整形、施肥，每项技术都教。公司把农民的土地收储起来，按每亩种植 60 株的标准，2017 年完成栽种 700 多亩，2018 年开春后完成余下的 300 亩。前三年没有产果，公司向农民支付每亩 400 元的补贴，相当于种粮食的补贴，农民去栽种枇杷的工钱照开，待挂果后按总收入的 20% 分红，并且以后每年增长 5%。

经济林果既是农业增收的路子，又关涉乡村旅游。副镇长卢富屿畅想："三年见效后，那时和申通快递联营网上订购，再让农民开'农家乐'，在枇杷树下养泸宁鸡，美食吸引人，自驾来耍的应该多哟。"

在 78 岁黄宝昌的记忆中："泸宁马脚店多得很。那时候，群管站就是管马帮的。因为要给骡马供应饲料，所以牲口要上户口。国营的运输队，由有骡马的个体组合而成。"黄宝昌讲的故事，发生在 20 世纪五六十年代。在泸宁，他当过食堂事务长、会计和蚕桑站辅导员，现任锦屏镇党委书记黄东是他的儿子。生命就是这般延续，每一代人有不同的际遇。即使耄耋之年，黄宝昌也还去地头劳作，他不抱怨微薄的退休金，双手才是有力的保障。

马帮故事的激情澎湃，更多流淌在血脉偾张的传奇中。远方传来的声音，是清脆的铜铃声悠扬地回荡，是成群结队的马帮行进在静默的大山与密林中，是马帮在河谷山脚燃起的炊烟，还有酥油茶的浓香，是人类为了生存所激发出的无畏勇气和力量。

锦屏镇宝元村二组农民王仕明的新房即将大功告成。他每天都累得筋疲力尽，正好踏实睡个好觉，睁开眼睛，迎着新鲜的阳光。

黄东年富力强，这位生于1972年的镇党支部书记不敢松懈。"现在的干部压力都大呀，生怕没有把事情撵起干。要让老乡们收入一再增加，大家只有拼哟。"

锦屏镇政府刚退休的干部耿金祥辛苦了一辈子，愉快地开始了他的退休生活。我没有忘记给他打电话，每一次他都邀约"你来耍嘛"。我知道他手不离烟，但还是劝他少抽一点。

锦屏山的岩石被阳光染红了。雅砻江水在这儿由南往北再由北向南转了一个大大的弯，奔流到长江的怀抱并归入大海，生生不息。

盐源·泸沽湖

在缺乏对摩梭文化本质理解的人看来，
自己是现代的，代表着文明、进步、发达、富裕、自由、开放，
而摩梭是传统、落后的，
代表着封闭、蒙昧、贫穷、古老与僵化，
连一点自由与开放都带有颜色。
这样的结果是，摩梭人从一开始
便失去了表述自己的权利，
失去了话语的主动权，
成为一个被描述的对象。
而泸沽湖则成为一处外部形象，
是附着摩梭神秘而光怪陆离色彩的符号。

作为四川人，甚至是离泸沽湖很近的凉山人，我第一次去泸沽湖却是从云南省进入的。

似乎有很长一段时间，毗邻四川省的云南省在旅游开发方面常常抢先一步，从丽江古城"一夜之间"闻名遐迩，到突发奇想把中甸改头换面叫香格里拉，热闹的局面大有无云南不旅游之势，而旅游开发的前提就是道路的通畅与舒坦。早在1988年，今天的泸沽湖镇还叫沿海乡，虽然从盐源县城到沿海乡只有数十千米，但是只有类似拖拉机机耕道一般的土路，得在路上耗费4个小时。为了完成次年的毕业创作，那一年的4月底，我和四川美术学院绘画系的同学廖磊、崔虹、刘蜜、左志丹等十几个人一道，由毕业创作指导教师龙全率队，从重庆踏上了南下的列车，取道攀枝花换乘长途客车至云南省宁蒗彝族自治县进泸沽湖。

尽管从西昌市经盐源县城到泸沽湖为258千米，而我们当时宁愿多绕行240千米的唯一理由是四川这边的路本来就不好走，那时又正当受阻。通行的障碍显然给游客带来了不少困难，于是出现了后来被新华社记者戏谑为"云南日出四川雨"的鲜明对比——同守一湖，云南那边游人如织，四川这边门可罗雀！这一景象，直到2007年的"五一"和"十一"长假才得以扭转并由此改观。从2001年8月开始的通县油路建设工程，大大改善了S307省道由西昌市通往盐源县城段的交通状况，全部路程行车只需要6小时左右。后来，从盐源县城到泸沽湖的公路作为四川省委书记联系分管的工程，几经改道修建，既优化了线路，又缩减了里程。

> 美如处子的泸沽湖，位于川滇两省交界处

当时，我们的指导教师龙全刚从英国留学归来，极不习惯重庆灰蒙蒙的天气，一心向往自然，泸沽湖就成为他非常好的选择。对成长在大凉山腹地的我来说，也正好到高原呼吸一番久违的清冽空气。和着泸沽湖的春上时节，湛蓝的天空高远，洁白的云朵缥缈，葱绿的树木繁茂，粉红的杜鹃艳丽……一汪清澈幽深的湖水，给人一丝悠远而神秘的感觉。

至今我都还能想起来，在泸沽湖疯狂迷恋法国后印象主义画家塞尚并模仿他涂抹油画颜料的惬意。眼前的泸沽湖，无论明暗、体积、层次还是空间，都保持着和谐、寂静、平衡，完全不同于其他任何地方的自然世界，而像是一个境界超凡的艺术世界。从任何角度看出去，构图简洁、画面明亮、色调和谐，光线与空气都充满色彩的斑点，实在美不胜收。

美丽、壮观、宏伟的山水，就这样在我的心中有了崇高的位置和亲切的回忆。在一些旅游专家的眼里，泸沽湖是具有世界级旅游价值的景区。他们认为，泸沽湖景观包括自然景观和人文景观两大类，尤其是人文景观，以其独特而丰富的内容、鲜明而突出的特征和深远的内涵，在全国乃至全球都具有唯一性和不可替代性。

从绘画的意义上，泸沽湖"瞬间的印象"具有"永恒的价值"。只要到过那里，虽然置身其中觉得有时空的距离，但是身居他乡的时候又仿佛时时感知到某种诱惑。

只顾着绘画，一周时间很快就过去了。当泸沽湖重又变成葫芦形的明镜般越来越小的时候，才突然发现关于摩梭人的一切都还没有来得及打开，像大部分来去匆匆的游客，所有的问号依旧是问号。带着无奈的疲惫，我知道一定还会去到泸沽湖，聆听她缠绵的涛声、浪漫的情话、蔓延的温馨……

不承想，再次相见竟要等到 12 年之后。

2000 年，是我到凉山日报社当记者的第九个年头。那时，我已经跑遍了凉山这个全国最大彝族自治州的 17 个市县。其间，几次到过盐源县城，都与泸沽湖擦肩而过，不过，有关泸沽湖的资料却在书房里堆积得越来越多。

> 美丽安静的泸沽湖

湖光山色的诱惑

漫天雪花飞舞，银装素裹中的泸沽湖更加深邃。

2000年第一场雪翩然而至，我久久待在洁白与静谧的湖畔。纷纷扬扬的雪一连下了四天，摩梭老人说泸沽湖好久没有下过这样大的雪了，现在让我给赶上了，以后的日子就是一生顺利。

远远望去，只见格姆女神山以及更远处绵延的群山上，泸沽湖畔还有湖中的小岛全裹上了银色的素装，连天空飘逸的云头也如同没下完的移动的雪堆，与银山、银岛一同倒映在蓝色的湖面，蓝天与银色是整个世界的主色，宁静而美丽！这是我见过的最清雅美丽的湖光山水。当清晨的太阳出来时，又是一番景色，远处的雪山之间忽悠飘洒的云雾，上面一层外轮廓慢慢染上橘红的色彩，随着橘红的全面泛滥，太阳的光芒占据了天空，寒冬开始被温暖、舒适的阳光照耀成一张张灿烂的脸。

轻柔的雾霭，如同天幕，开启、遮蔽着景致，似真如幻，偶尔有摩梭女孩天籁般的歌声随风飘来，宛如人间仙境……说起泸沽湖的季节，摩梭人如数家珍：阳春三月，周围的桃树、梨树万花盛开，争奇斗艳，湛蓝色的湖水净如明镜，青松绿树连峰映湖中，全然一幅世外桃源的景象；炎热的夏天，湖水碧绿，波光粼粼，雨后烟雾缭绕，周围黛色丛林中间杂着盛开的红白杜鹃花，景色宜人，凉爽无比，好一个避暑胜地；金色的秋天，湖中几个岛屿与周围山峦的树林都呈现出斑斓的色彩，赭红、橘黄抖落于沉郁绿色的边缘，放眼看去，风景油画般色彩饱和、精致静谧，湖畔错落的杨树摇曳多姿，树叶在高原炽烈的逆光中黄澄澄的，晶莹剔透，闪烁跃动，随风飘洒而下，铺展在湖面、沙滩与湖岸上。

他们还说即使仅一天光景，泸沽湖也像孩子般的脸，各有变化：清晨，山峦晨雾，湖罩青烟，隐隐浸红霞，曙光下，湖面寂静，波光闪闪，不时有猪槽船儿穿梭于湖面轻纱般的晨雾里，时隐时现，静穆中，偶尔传来悦耳的山歌声；午间，微风轻拂，层层泛涟漪，轻舟如叶飘；下午、晚风一派寂静而神奇，缥缈而恍惚。

> 轻雾如纱，似真如幻

　　远处的格姆女神山依然忠诚地守候着一面湖水，滩头和临近游湖码头的水面上停泊着几条小木船，船上空无一人，轻轻晃动的声响如呢喃的情歌忽隐忽现……眼前的泸沽湖空气洁净、阳光灿烂、湖光云影、鲜明生动。

　　说到泸沽湖，就不能不说到草海和草海桥。草海是泸沽湖的子湖泊，泸沽湖有四个大小不等的草海，碧绿地点缀在母湖——泸沽湖的周围，相互映衬，相互呼应。草海主要分布在泸沽湖的北面和东北面，滇、川各有两个。云南省境内的草海很小，而四川省境内的却很大。人们说到泸沽湖的草海一般就是指两个大的，

> 静谧的泸沽湖，令人不忍大声说话

这两个草海大的足有 5 平方千米，小的只有 2 平方千米，分布在四川省盐源县泸沽湖镇两侧。

　　草海之美是泸沽湖的一大景观。草海有草美、海美、水美、鸟美、桥美、人美之称。先说草美，高原上的人总爱将高原上的湖泊叫作"海子"，"草海"就是指长满草的高原湖泊，很有特色。每当春夏时节，草海里绿绿的，先是嫩嫩的绿，从水面上慢慢地冒出来，渐渐地变得绿油油的，逐渐长高，让人以为那是一望无垠的草原，只有看见猪槽船在草里轻轻地滑动，才会明白那就是有草的湖。到了秋冬时节，阳光下黄灿灿的草轻轻地倒在湖面上，与蓝天白云倒映，让人觉得这是一个非常神秘的湖泊。

  草海的鸟美，说的是草海里鸟儿极多，秋冬季节候鸟来到草海过冬，来得最多的是野鸭。寒冬季节，翠色苍茫。一日当中水色多变，黑压压的水鸟，在那里随波逐流，草海成了水鸟的乐园。我听摩梭老阿妈讲：草海可是一个聚宝盆呀！不仅鱼虾多，而且在那芦苇丛中处处可以拾到野鸭蛋。她回忆起 20 世纪 60 年代初期，没有粮食吃，周围的人们就只有到草海去捞鱼虾、拾野鸭蛋，以此度过了荒年。一天大早，我骑上村民备好的马向草海进发，也想碰碰运气拾到几个野鸭蛋！到了草海的三分之一处，从那芦苇丛中延伸出来一座"鹊桥"，微风一吹，扬起纷飞的花絮。走近一看，一座长为 300 米的木桥（现为重建的仿木桥）穿过芦苇丛，直达对岸，是泸沽湖村民的交通要道。一条猪槽船从芦苇中划出来，我看见渔网就放在船头上，那网上还放着白晃晃的野鸭蛋，还有鱼、虾在船舱里活蹦乱跳。

> 一只狗走过夕阳下的湖岸

> 猪槽船，泸沽湖沿岸摩梭人的交通工具。最早的猪槽船
  是由一根圆木掏空中心做成，因形似猪槽而得名

草海盛产裂腹鱼、鲤鱼、草鱼、鲢鱼等 18 种鱼类，是一个得天独厚的天然养殖场。每到冬季，浅海处芦苇茂密，花草簇簇，各种鸟类成群结队在此栖息。据有关专家观察，越冬水鸟已达 11 目 24 科 42 种，有数万只之多。尤其是国家一级珍禽东方白鹳、黑鹳、白尾雕、白天鹅、鸳鸯，以及世界唯一、中国特有的高原"神鸟"黑颈鹤，都在这里越冬或安家落户。随着盐源县野生动物保护措施的加强，爱鸟护鸟成了人们的一种自觉行为，成群的鸟儿越来越多，甚至出现"人来鸟不惊"的场景。

草海的桥也美。一座草海桥将草海两岸连在一起，也将草海一分为二。早些时候建成的那座草海桥用木板搭建，因为年代久远，加之水位升高几近淹没。现在的草海桥长 300 米，宽 2.5 米，桥墩为钢筋混凝土框架结构，桥面仍然用木板铺设，整个桥面还设有三处观景台。当地人和游客们来往于草海桥，使草海的桥充满诗情画意。穿过情人桥，沿着走婚桥尽头的路向右拐，便是新修成的环湖公路的一段。从这里直到云南省洛水村都是柏油路，沿湖还会穿过几座村庄，每一座村庄都古朴宁静。

如一位诗人的诗句："只有梦中，或是爱之瞬间方能被人看见。"因为在外界往往失焦的观察中，很容易对泸沽湖滋生出离奇的传说和偏向的误读。说到摩梭文化，我总是会想起美国人爱德华·萨义德热衷的"东方学"话题。从这位当代后殖民主义文化研究代表的理论阐述中我们知道，"东方学"是西方人站在西方文化的文场与角度描述与假设的结果。在西方人的眼里，东方遭遇成为一个"他者"，是封闭、神秘、愚昧、不开化的世界，自古以来就代表着"罗曼司、异国情调、美丽的风景、难忘的回忆、非凡的经历"。在缺乏对摩梭文化本质理解的人看来，自己是现代的，代表着文明、进步、发达、富裕、自由、开放，而摩梭是传统、落后的，代表着封闭、蒙昧、贫穷、古老与僵化，连一点自由与开放都带有颜色。这样的结果是，摩梭人从一开始便失去了表述自己的权利，失去了话语的主动权，成为一个被描述的对象。而泸沽湖也成为一处外部形象，是附着摩梭神秘而光怪陆离色彩的符号。

被误读的走婚

川、滇两省交界的泸沽湖边和永宁坝子的摩梭人，因实行母系大家庭和走婚，以"女儿国"闻名于世。在特定的历史环境下，"母系""走婚"等曾经被误认为是摩梭人社会需要"进化"的标志。最不幸的是，受极"左"的思潮影响，在 20 世纪 60 年代的民族识别和少数民族社会历史调查中，依据古典社会进化论导引，摩梭人独特的母系大家庭和走婚被定义为原始社会的残留，徒让本来最具本民族特点的文化变成了需要强制改造的"落后现象"。调查者们忽略了摩梭母系大家庭从古至今都比周边其他民族家庭更富裕。摩梭人的走婚也有着强大的同化能力，譬如普米族人是实施一夫一妻制，但跟摩梭人生活在一个区域的普米族甚至部分汉族也走婚。

1991 年，泸沽湖迎来了一位特别的客人——全国人民代表大会常务委员会副委员长费孝通，他到云南宁蒗视察工作期间，听取了关于"摩梭族"的报告。在中华人民共和国成立之初，官方文件中多把摩梭当成一个独立的民族，但后来因为种种原因，云南宁蒗的摩梭被归为纳西族，四川盐源的摩梭被归为蒙古族。正是费孝通，这位新中国民族识别和民族社会历史调查工作的亲历者和重要智囊，在他晚年的一次学术会议上提出了"中华民族多元一体"的本土理论，为后来者指明了方向。从此，在不可分割的"一体"前提下，每个民族的独特性越来越被民族工作部门尊重和重视。在云南，民族独特性的经济价值在 20 世纪末兴起的文化旅游中发挥到了极致。

大量游客或者是外来人员的到来，给泸沽湖畔周围原本平静的摩梭村庄带来了喧嚣乃至无形的压力。"许多男游客经常会半真半假地问我们是否愿意和他们走婚，还有些游客会问我们有没有父亲，"几个摩梭女孩在与我聊天时说，"这些话其实让我们很反感。"语气中有几分愤怒，还有几分无奈。

由我陪同去采访的来自全国各地的新闻记者，有些也会忘了我之前善意的提醒，和许多好奇的游客别无二致，不厌其烦地向摩梭姑娘询问走婚的习俗。

初次听到询问走婚的摩梭女孩一定羞红了脸躲闪一边去，听得久了，摩梭人干脆不予理睬，只有少数会应付着开玩笑一味地说，是呀。不堪其扰的摩梭女性，也知道那些寻找"浪漫"的男游客多数是在过过嘴瘾。事实上，当代摩梭人走婚对象趋向稳定，并且都有男伴到女家拜锅庄、孩子出生的满月酒等确认亲属身份的礼仪。害羞，是摩梭文化的重要内容。当亲戚在一起，摩梭人不能谈论任何与走婚、性关系有关的内容；摩梭人尊老，在祖母屋，不同性别和辈分都有相应位置；火塘是家庭信仰的核心，有诸多禁忌。她们也曾经耐心地对游客讲解自己生活的诸多方面，但据我的观察，没有多少人用心倾听，更不要期望有所理解了。

夜晚，泸沽湖边的博树村，我从篝火晚会上溜出来。几天前刚认识的扎西多吉也跟着我从跳甲搓舞的场子出来，执意要陪我返回客栈。这个有着像藏族人名字的摩梭小伙和篝火晚会上摩梭艺人的热烈相比显得腼腆，始终保持在我左前方半米的位置。他说，这里其实很安全，就是不要理喝醉了酒的摩梭男人。

草海附近的摩梭人面对的不仅是形形色色的游客，还有来自当地为发展旅游业而制定的各种规章制度。博树村出台了许多新的村规民约，刚成立不久的泸沽湖景区管理局也向村民传达了新制定的景区规划和泸沽湖保护条例。回想起白天在湖边看到的回收橡胶制造而成的劣质塑料盆、数十年恐怕也难以消解的塑料袋，我能感受到现代生活就在洁净的湖水边蔓延。

> 篝火旁与游人共舞的摩梭姑娘

对扎根在传统农业生产中的摩梭母系大家庭来说，要以一种商业方式包装摩梭文化去赚取好奇游客的钞票的确艰难。然而他们必须走出这一步，才能面向未来。

走得最远的摩梭人当属杨二车娜姆了。凉山人对她不陌生，一是因为她生长在四川这边的泸沽湖，二是她作为凉山歌舞团演员考进了上海音乐学院，但她一走，就走到了国外。有一段时间，杨二车娜姆身着艳丽的服装、头戴鲜艳的大花朵，经常出现在全国各地卫视娱乐节目中，却遭到一些摩梭人的唾骂，认为正是她让外人觉得摩梭人只知道走婚。泸沽湖畔的摩梭人承认，初期到这里旅游的"一半游客是她带来的"，不过她在书中热情奔放的描写尽管是出于让图书畅销的目的，却让游客们误以为每个摩梭女孩都可以随便走婚。"娜姆离家出外时才13岁，她出版《走出女儿国》时，已有14年都市生活的经历，因此她对传统摩梭的认识和理解是局限和片面的，"香港学者周华山说，"娜姆把独特个人经历误作为摩梭文化特质，正反映了她对摩梭文化的误解。事实上，不少摩梭年轻人像她一样，对自身传统是一知半解的。"杨二车娜姆出版过两本影响很大的书《走出女儿国》和《走回女儿国》，销量均很可观。"《走出女儿国》由她口述、汉族作家李威海笔录；《走回女儿国》尽管标明是杨二车娜姆著，但实际上是由我执笔整理的。"摩梭学者、作家、云南省社会科学院副研究员拉木·嘎吐萨在昆明向我讲。明星请人执笔写书不算什么新闻，但在周华山看来，"摩梭人鲜有学者和研究者，长久由外族学者和作家代言，主体发声的空间非常有限，令主流文化对摩梭文化更加误解"。拉木·嘎吐萨说："在众多的误读中，有一种浪漫的误读过分美化和神化了摩梭文化，把异文化想象得十分神奇美丽。好像摩梭人都不食人间烟火，只会喝酒、唱歌、跳舞，躺在云彩上谈恋爱，和游客任意走婚。"在众多对摩梭文化的误读中，一些导游的讲解也起到了推波助澜的作用。"从西昌到泸沽湖路上的五六个小时里，导游都要给游客讲很多如何走婚的故事，哄游客高兴。可是游客到了泸沽湖，发现根本不是那么回事。有的游客还说是我们摩梭女孩儿欺骗他们。"一个摩梭女孩抱怨。令研究者担忧的是，外界对摩梭文化的误读反过来也影响了摩梭人对自己文化的理解。淳朴的民族文化被庸俗地滥用于市场，原来卓有特色和尊严的地方文化正逐渐失去魅力。当地一些人把走婚当作摩梭文化的核心来招揽游客，一些迎合低级趣味的"伪民俗""伪文化"旅游内容也由此产生。夜晚，在不同客栈一场场打着"走婚"招牌的篝火晚会上，姑娘们戴在头上的塑料花越来越刺眼了，她们还学会了职业演员的微笑——左手叉腰、右手扶肩、回眸一笑，竹笛声引领，踢踏的双脚伴着歌声的节拍，嘻嘻哈哈的人们围着篝火转了一圈又一圈，互动的甲搓舞后，摩梭姑娘腾出肩膀给游客合影五分钟。

时间正是如此，有时漫长，有时短暂。在不同的概念和感受中，变化却无时不在。

初夏的傍晚，落日余晖把盐源县泸沽湖镇扎窝洛村镀上暖暖的金色。40岁的李均在看书，她来自遥远的新疆，但她不是一名游客，而是在泸沽湖大酒店工作。她毕业于吉林大学计算机专业，来到泸沽湖旅游之前曾经在大连、深圳工作。她喜欢泸沽湖，同时被家住盐源县泸沽湖镇博树村二组的喇次尔丁爱上。

在一个有着36位成员的摩梭母系大家庭中，喇次尔丁排行老七。换句话说，母亲喇翁机玛育有七个子女，老四喇小兵玛娶了本地的藏族姑娘，老五喇泽翁嫁给了本村唯一的汉族小伙，在盐源县泸沽湖景区管理局工作的老六喇英颇为自豪："虽然不同民族生活在一起，但大家基本都遵照摩梭人的生活习惯。"然而起初李均并不习惯。尽管肉香扑鼻，但每顿都有的猪膘肉让肠胃一下难以适应。每天两顿饭之间，负责农活的老大喇松龙打猪草回来，母亲喇翁机玛要用茶罐煨一壶茶，添上糖果，让全部在家的人坐在一起吃茶。"感觉一天都在吃，吃完饭吃茶，吃完茶又喊吃饭了。"李均懂事，她称喜欢这份来自家庭的温馨。

早先，家里人对这段感情的结果不抱希望。姐姐喇英坦言："家里人都想，外面一个优秀大学生，又在大城市工作，可能是逗起玩的哦。后来姑娘辞职跑到泸沽湖来找弟弟结了婚，我们才信了。""我觉得这里好。人简单，没有太多的要求。"李均话才说到一半，谈到远嫁而来的理由，丈夫喇次尔丁抢过话："人最开心、最快乐的事是亲人在一起。我们可以在这儿懒洋洋地生活，房子是有的，孩子也有那么多人带。"2014年,中华全国妇女联合会评选全国100个"最美家庭",喇次尔丁摩梭母系大家庭榜上有名。

如今,像喇次尔丁和李均一样办理了结婚证的摩梭人越来越多。时间会告诉每一个家庭,不管有没有那个证件,人生应该追寻的是相守的幸福。李均已经被高原阳光晒得黢黑,笑脸像花儿一样自然绽放。

遥远漫长的迁徙

是的,全部的审美都是由外及里,再由里及外的。只要走进泸沽湖,人们就会被她的美貌所深深吸引。

那些天,我要么流连在湖边,要么围坐在摩梭人的火塘旁,与摩梭朋友聊天摆谈。

知名学者、台北故宫博物院副院长李霖灿先生,早在国立西南联合大学读书时,因为研究东巴文追踪来到泸沽湖,写下散文《为君清丽写泸沽》,称赞泸沽湖三绝:

> 第一绝是"湖上之舟"。白雪的山岭上长满了苍翠的云杉,砍伐下来,把中间挖空,略加斫治,便树形宛然地推下了碧海,变成了上穷银汉的槎船。坐在这种原始型的独木舟内,使我们横生无穷遐想,恍然身在"刳木为舟以济不通"的洪荒太古时代中。又使人想到了汉代张骞乘槎船穷河源的神话,世界上还有比这更美丽的故事么?一下子人都沉湎在怀古之幽情中。
>
> 第二绝是舟上之人。永宁号称"女儿国",家族世系,母女相传,是我国古书上"只知有母,不知其父"的现实标本,所以在这一带活跃的尽是女孩儿们,湖山钟秀,那天为我们荡桨的人儿婀娜多姿,都是人间秀色。

> 每时每刻，泸沽湖的山水云天都变幻着奇妙的景观，令人陶醉

一缕歌声，悠然飘上了水天无际虚空，这是泸沽湖的第三绝——湖上之歌。我们都由梦中惊醒，只见船头荡桨的女郎，对着湖光山色的美景，合着划桨的拍节，高歌一曲，暂行樱桃破。我因调查过纳西人的语言，所以听得懂这曲歌的意思是"死者不能复生，活的时候及时行乐吧！"这真是一曲好歌，充分反映出边疆上健康的人生观。

这些年，我读到很多有关摩梭人的文章，也听到很多朋友绘声绘色地描述这个充满神秘色彩的"女儿国"。但能够真正沉下心来，认真对摩梭人和泸沽湖做一番学术研究的人却屈指可数。记得 2000 年 11 月彝族年假期，我第二次到泸沽湖，在云南省宁蒗彝族自治县洛水村，许多接待游客的民居、茶馆和酒屋里陈列出售的书好几本都是出自拉木·嘎吐萨之手，还有一本是盐源县作者李达珠和李耕冬合著的《未解之谜：最后的母系部落》。一年后，我趁在云南省楚雄彝族自治州开会之机，专程绕道昆明，拜访了拉木·嘎吐萨，在对他两次共长达 7 个多小时的采访中受益匪浅。我承认，时至今日，我知道的有关摩梭人的基础知识与那两次采访的收益分不开。

"在很多人的印象中，说到摩梭人就以为都住在泸沽湖边上。实际上，摩梭人除了围湖而居的，还有住在坝区农耕的，甚至还有一部分，大约七千人住在金沙江河谷。"拉木·嘎吐萨深情地介绍："摩梭人的家园，有宁静柔美、祥和隐秘的，也有刚烈奔腾的。"一份早期的统计资料显示，摩梭人总人口四万多，四川盐源有两万五千人，云南宁蒗有一万五千人，其余散居在各处。

为什么偏偏是这些高远之地、寂静湖畔，成了摩梭人"宁静柔美、祥和隐秘的"家园？学术界一般认为，摩梭人的祖先是"古羌戎"的一部分，夏、商、周时代主要生活在河湟（今甘肃、青海）一带，这是一批"逐水草而居"的牧羊人，"子孙分别各自为种，任随所之"。公元前 4 世纪，秦国强大，极目天涯，把"笮"地纳入统治范围，并设置郡县进行管理，迫使羌人向南方迁徙。古笮人的牧笛随远古的历史渐渐消隐，部落沿川西走廊南下，一部分进入四川大渡河以南、金沙江以北。

古羌人居住的河套羌塘（绛塘）一带地势高，气候冷，同时受到其他族群的压力，即逐步向四面八方迁徙。其中，向南迁徙到四川岷江上游、雅砻江流域的一支是"牦牛羌"。"牦牛羌"又分三部分：甘孜南部的"白狼羌"，笮部（汉源）的"笮羌"，越嶲的"越嶲羌"。到了汉末，在"牦牛羌"中出现一支"么些"。《华阳国志·蜀志》中记载，越嶲郡西定笮县境内有"摩沙夷"。"摩沙夷"在另外的史书中写为"摩挲""么些"或者"末西"，而定笮就是今天的盐源。这就是说，远在汉代盐源就已经有"摩沙夷"了。可见，摩梭人最早在青海河湟地区，后来迁至四川甘孜，又沿峡谷南下，到了凉山和云南的西北部。如此算来，摩梭人已经在泸沽湖一带生活大约两千年了。

在盐源的这一部分人，在崇山峻岭、溪河密布的生活环境中，善于用藤竹造桥（古称为"笮"）。于是，"笮"便成了族名、地名和部落的名称，史书上的"古笮人"，就是盐源先民的称谓。

从 20 世纪 60 年代起，凉山的考古工作者在盐源的属地上先后发掘出一大批令人惊讶的文物。这里面有旧石器时代古拙的石斧，新石器时代钻孔的石刀和印着绳纹的陶片，战国直至元代的大量青铜器、陶器、铁器，其中的三叉青铜短剑、几字形纹图叉钺、双柄铜刀和螺纹双耳加柱的陶罐，在"四川省文物普查成果汇报展览"中，以别具一格的地方民族文化特色引起专家们的啧啧称奇，认为是"川滇考古新发现"。摩梭人在秀丽的湖光山色中孕育出的绚丽文化，一直吸引着外界关注的目光。但是如今摩梭母系文化能否成为世界文化遗产被彻底保护起来，还有待观察。

可以肯定的是，即使现在，各民族文化仍有必要通过交融互补来走向共建民族文化的目标。当各民族文化进入到全球化中，首先要做到的便是彼此尊重。一方面要充分认识与努力领会彼此文化中的思想精髓，另一方面要正确对待各种民族文化存在的差异。文化交流的目的显然不是要完全消融二者的分歧从而走向一元化，而是取彼之长，为自身文化的发展增加活力。在中国社会的发展和时代的进步中，"中华民族多元一体"的新论得到广泛认同，独特的文化成为摩梭人对外界开放的资源和发展的契机。进入全球化的旅游市场，不仅给摩梭人带来富足、多彩的生活，也给民族文化带来冲击。自信起来的摩梭人，开始寻找自己发声的方式，保护和发展自己的文化。正如爱德华·萨义德指出的，一个民族，尤其是第三世界的弱小民族，必须积极参与和全球化语境所制造的种种"他者"对话，有了这些对话，才有自己民族定位和发展的参照，这也是摆脱民族本质主义对自我束缚的必由之路，唯其如此，民族和地域本身才会具有全球化的价值。

爱情的含蓄表白

千百年来，在庞大的母系部落中，摩梭人实行着走婚制，直至今日，摩梭儿女仍然乐此不疲地走在那条古老又甜蜜的走婚路上。

每到黄昏，夕烟的余晖铺在女神山上，晚霞闪耀在天边，归鸟的翅膀驮着湖光山色飞倦了，层层山峦拉伸开巨大的影子，夜晚即将笼罩蓝色的梦。渐渐地，在山边，或者在湖畔弯弯的山路上，会看见那些骑马赶路的英俊男儿。他们戴着礼帽，脚穿皮靴，腰间别着精美的腰刀，跨着心爱的骏马，怀里揣着送给姑娘的礼物，也揣着足够的自信和一腔不忍触破的情思，朝情人家悠悠走去。

不过别以为他们可以大摇大摆地进入女方家的木楞房内，拴马、喂马，然后来到火塘边，那是会被人笑话的，因为时机还不够成熟。果然，他们只能在村边的草地上放马、遛马，等待黑夜来临。

当夜色浓浓地笼罩大地，群山间的夜鸟东一声西一声啼鸣，虫鸣声声在草丛里，月儿弯弯挂在树梢，星光在天穹稠密起来，村里的狗不再狂吠，人们都进入了甜蜜的梦乡，属于情人们的时刻才刚刚来临，骑马的汉子才能走近姑娘的花房。但如果姑娘很痴情于小伙子，并早有约定的暗号，那进入花楼就简单多了，但是如果双方的恋情还不到火候，姑娘为了表示自己的毅力或考验男子的本事，是不会主动开门的，有本事你就来吧，门闩和顶门杠，可能还加了码。那么，小伙子要进入恋人的住所就困难了。一般摩梭家都是四幢木楞房拼成的四合院，如果没有办法进去，小伙子就只能当一条大壁虎整个人贴在姑娘家木楞壁上，那道走婚的门，始终不为他敞开。

走婚习俗，被四川这边的摩梭人形象地称为"翻木楞子"。

如此这般，摩梭人恋爱关系的建立较为自由，主要以感情为基础。在劳动中，在朝山、转海等节日中，在相互帮助的交往中，因对方勤劳、诚实和品格产生了爱慕，或因对方俏丽的容貌、活泼的性格感染了自己，便可向对方表示自己愿意结交友爱的心愿。一般是男方向女方赠送诸如花头巾、衣服等礼物，如果对方乐意接受，便从男方身上"抢"走一块手巾或者一个空烟盒，或者主动赠送自己绣的腰带、做的食物，如果双方乐意，就可以建立关系。还有一种形式，是必须先由男方请人履行一种当地人叫"佐佐嘎"的手续（意为互换东西）：当一个男子看中一个女子后，男子要请媒人带着给女子衣裙、腰带、鞋子、茶叶等物品，到女子家给女子的母亲说明来意，母亲征求女儿的意见，如果同意，当即收下礼物，回赠一条女子亲手制作的麻布腰带。男子在首次走访女子时，必须邀上媒人或自己较亲密的男友一人，随身带着茶叶、糖果等，女子家中则盛情款待，同时将男子带来的茶叶、糖果分送给本村相邻的人家或亲族，表示自己的女儿已有了男友。入睡时，由女方母亲或姊妹将男子送到女子的卧室——花房。

男女青年恋爱时，先是秘密的，随着感情的加深，才公开往来。一旦公开往来，就不必再像前面提到的那样守夜，在黄昏时就可以进入女方家，共进晚餐，还可与她的家人一起劳动。

经过一段时间相处，双方如果觉得性格不合，感情淡漠或破裂，无论男方或女方都可以结束这段关系。一般情况是假若男方不愿再维持情人关系，只要给女方说一句"人以后不来了"就行了，或者长期不走访女方，关系自行解除。如果是女方不愿意，就可以当面告诉男方"你不要来了"，或者在男方走访时面带难色或拒绝进入花房，男方就会理智地退出。

在周华山看来，"摩梭文化的核心不在走婚，而是家族和谐，没有比这更重要的价值观"。他进而分析，摩梭文化尊母而不贬（损）妇女的关键原因，就是女性置身私领域的主导位置，并建构着本身已相当狭小而有限的公众领域。摩梭独特的家屋亲属结构，令两性呈现与主流社会截然不同的权欲关系。传统的摩梭家屋只有祖母（们）、母亲（们）、舅舅（们），没有父系成员，女人的身份不是妻子或者媳妇，而是母亲或者姐妹，男人的身份不是父亲或者丈夫，而是（侄）儿或者兄弟。整个家屋的核心，便是母亲与（侄）儿女的纵线关系，以及姐妹兄弟的横线关系。这种母系亲属结构令父系男权体制难以开展，传统摩梭家庭没有强势的父亲与丈夫角色，也没有弱势的媳妇与妻子角色，因此女性极其受到尊重。

即使舅舅在家庭里地位崇高，绝对不可批评或者背弃——因此有"娘亲舅大""舅掌礼仪母掌财""不要啃舅舅的骨头，不要在火塘上擦鼻涕"的说法，但是舅舅的尊贵地位并不代表男权或父权，也不是以打压女性作为基础，所以"舅权"与男权绝不能混为一谈。舅舅的地位，实际上是母系价值体系的一部分。

摩梭人看重的是两相情愿的感情生活，走婚是一种生活方式，根基是家庭生活的和谐和社会交往的真诚。

泸沽湖养育的摩梭女儿，个个美丽健壮、勤劳善良、情深似海。她们在属于自己的花房里编织少女的梦，实现她们情真意挚的爱。她们不会做金钱、物质和权力的奴隶，只会由着质朴的本性，由着心灵的指引，劳动、生活、恋爱。在母亲湖的湖光山色中最大限度地展示自己纯朴的本色，在摩梭人最隆重、最热烈、最欢乐的节庆中尽情地唱，尽情地跳，尽情地享受生活的甘甜。

在那片灿烂的星空下，在泸沽湖清波的荡漾中，人们仍在歌唱历史，歌唱爱情，仍在夜幕中情意绵绵，在黎明时各奔东西。因为只有在那里，才能生长出那样的爱情——泸沽湖，永远是一个爱的乐园。

因此，泸沽湖一带的人们常说：摩梭家庭"以母为尊，以女为贵"。

大多数摩梭人家庭是以女性为中心的母系大家庭。母系大家庭中的成员，少则十几人，多则几十人，一般都在十人以上。这些家庭成员均系一个或几个外祖母的后裔组成。

在母系大家庭中，男不娶，女不嫁。夜间，女人在家中接待来自另一家庭的男阿夏，而男人则外出与另一家庭的女阿夏偶居。所生子女皆属女方，血缘按母系算，财产按母系继承。

摩梭谚语说："妇女是根种，缺了就断种。"生男不生女就意味着绝嗣。在缺乏女继承人的家庭里，为了维系母系大家庭，必须设法过继同一母系血缘的一至数个养女，续接"香火"，以免断了"根种"。

家庭由一个最能干、公正而且有威望的妇女安排生活、组织劳作、管理财产和金钱、分配食物、接待客人、处理日常琐事等，摩梭人称这人为"依杜达布"，

> 泸沽湖养育的摩梭女儿，个个美丽健壮、勤劳善良、情深似海

或简称"达布"。"达布"是母系大家庭的一家之长，负责一切内外事务，家庭成员都要绝对服从"达布"的安排。"达布"往往是自然产生的，不需经过选举和仪式。

摩梭人的母系大家庭成员，无论姨表兄弟姊妹，均视为一母所出。家庭成员十分团结和睦，视攒私房钱、闹分家等为耻辱。她们共同劳动，有事共同商量，民主气氛浓厚，尊重集体意见；她们尊老爱幼，尤其对老弱病残者给予特殊照顾和尊重，无婆媳、妯娌之类的矛盾，彼此很少发生吵闹、纠纷。

在母系大家庭中，长期以来形成了一套约定俗成的传统观念和道理规范，即抚养儿女是母亲及其姊妹兄弟的共同责任，晚辈应尽赡养母亲及其姊妹兄弟的责任。如不守"古规"便是没有"良心"，会受到社会的批评和谴责，甚至惩罚。

最亲的人是母亲和姊妹兄弟，生父（母亲的男阿夏）则较为疏远，没有必然的联系，也无明确的供养责任和义务。家庭中的男性成员认为"家里有姐妹，有外甥，不怕断根了"，因此也无必要娶妻，以免造成母系大家庭的分裂。

家庭中不分男女，将自己的生母、生母的姐妹一概视为"母亲"，亲切地称呼"阿咪"。最富文化特色的是，所有中年妇女，不管未婚还是已婚、曾否生育，一律称作"阿咪"，同时将生母的兄弟、生母及其姊妹的男子皆视为"舅舅"，统称"阿乌"，也有的将后者称"阿波"，即叔父。

泸沽湖摩梭女性不但担任母系大家庭中的家长，还主持家中的宗教祭祀活动，并且是生产劳动的主力军。妇女当家做主的"女儿国"，在这里是名副其实的。

由于过去摩梭人有三分之一的男子当喇嘛，三分之一为土司服役和从事赶马运输，所以农业生产以女性为主。在摩梭人中，没有排斥女性从事劳作的禁忌和谚语。当你漫步在泸沽湖畔，可见山野之中摩梭女子在辛勤地劳作，很少见到男子的身影，因为重体力活如赶马帮、建新房才是属于男人的事。

> 摩梭谚语说："妇女是根种，缺了就断种。"

王妃岛已无王妃

　　王妃岛在泸沽湖湖心的山弯处，远远看去像一个盆景，四周静谧，山花烂漫，在湛蓝天空和碧绿湖水的簇拥中，仿佛仙境。摩梭末代王妃肖淑明，当年就住在这个岛上，度过了一段拥有太多欢声笑语亦沉潜几分惆怅的难忘日子，那时她才十七八岁，正值韶光年华。而当历史走过几个大大的弯道之后，大历史中的小人物多舛的人生命运，足以几番艳丽或者凋敝。今天的"王妃府"以崭新的面貌呈现出恢宏的气势，摩梭末代王妃肖淑明却悄然作别，只留下一段传奇故事和一双看了一辈子泸沽湖并被多情的湖水浸润得非常慈祥的眼睛。

　　这是泸沽湖边的一个村落。

　　一个木楞子房小商店。

　　2005 年初冬，为与凉山知名剧作家黄越勋先生合作创作电视连续剧《风云泸沽湖》剧本，我再次到这里采访。在泸沽湖镇多舍村一处不起眼但写着"末代王妃府"牌子的院落里，已近八旬高龄的肖淑明老人静静地坐在一把椅子上，晒着冬日的暖阳养神。

　　一条可以过汽车但更多的时候是过马车的公路，从主干道分路去草海桥的是一段向东南方向斜伸出去的乡间泥路，在这条路上行走不多远，便可看见路下边有一处围成三面的木楞房，这就是泸沽湖摩梭末代王妃肖淑明的旅游接待房。几年前，肖淑明从雅安回来后，用光了自己不多的积蓄，还贷了款，才修了这样一点设施搞旅游接待。肖淑明不好意思将自己的旅游接待房与镇上各处新建的高大宽敞的旅游接待房相比，只把自己这点设施谦称为"小小的农家乐"。

　　"小小的农家乐"只供接待游客，而肖淑明自己居住的老房子就在她的旅游接待房对面，中间只隔着那条几米宽的乡间泥路。推开一道低矮的木栅栏，顺着一段短短的巷道上去，有一道正门，进门向右略拐便是一个院坝，四面都被木楞房围住。西边的一幢又矮又旧，房顶盖的是一块块长长的黄板，黄板约半寸厚，已被风雨侵蚀得发黑，黄板上面再用一些石块压住，这幢房子是正房，肖淑明在里边生活了 20 多年。其余三幢成色比较新，比正房多了一层，比正房装饰得漂亮。南边的是经楼，东边和北边的是花楼。肖淑明说自己信佛，但烧香敬佛都是儿孙们去干，自己心中有佛便是了，烧不烧香都是一样的。另外，她年岁已高，爬经楼的楼梯已经很不方便。

游客到这儿来都是冲着她来的。景区管理局为她量身定做设了一个为游客讲述她传奇人生的上下班制度和每人次 20 元的收费标准。然而，这一制度在实际

> 新建的"王妃府"，仍然讲述着摩梭末代王妃肖淑明的故事

中不太好用，游客什么时候来并不听从管理局的指挥，20 元的收费游客不太接受，主人家也不好操作。倒是后来她在这里签名卖一本根据她口述实录的书，才引得一些游客愿意掏钱。

"末代王妃"的传奇经历，肖淑明自己重复了千百遍，连她自己也渐渐失去了讲述的激情。况且这么多年来她的故事早已被人们熟知，游客到她这里来，无不是行色匆匆，没有时间也没有心思去细细听她讲故事。游客见了她，照了相，或略坐一坐，便离去了，能够住下来的只是极少数。我记得有一天清晨，一批外地的摩托车骑士们风尘仆仆赶到肖淑明住处，提出要见一见肖淑明，媳妇见一大批人涌了来，急忙把厨房关上，站在门前紧紧地守卫着不让进。她的意思，大概是要见，只能在旅游接待室的会客室里相见。骑士们一见阵势，就拿着相机在院坝里到处瞄，其中一位发现了正房墙壁镜框里的"肖淑明"，兴奋地叫道："我见着肖淑明了！"大家拥过去看，之后又一阵风似的转移了……听说外面有客人见她，肖淑明还是挺着急，早饭还没有吃完，便让孙女喇华英牵扶着出来接见客人。等到老人急急穿过院坝来到大门处向外一看，骑士们早已消失得无影无踪，老人怔怔地出了那么十几秒的神，才又闷闷地回到里屋坐下。

进入 21 世纪，盐源这边泸沽湖景区开发和设施建设好了，遇了黄金周长假，各地涌来的游客还真不少，让肖淑明一家人应接不暇，一批来了，又一批接踵而至，肖淑明老人一直处于兴奋中。但是末代土司喇宝臣的后人们、"末代王妃"的传奇经历引起人们多少兴趣，老人也许并没有想过，老人还是在重复她昨天的故事。

我也记不清是第几次来到她的身边，听她讲述具有浓郁传奇色彩的坎坷人生。

矮矮瘦瘦的老人，挺拔的鼻梁，深深的眼窝，虽然皱纹布满面颊，但是嘴角总是牵着笑意，让人看出风韵犹存。装束是习以为常的摩梭女子打扮，蓝灰色的衣服，黑色的长裙，头戴一顶褪色的蓝咔叽帽，脚穿橡胶雨鞋，平常而且普通。肖淑明拥有一个摩梭名字"次尔直玛"，却不是摩梭人，而是一个地地道道的汉族女子。

让我佩服的是老人不俗的谈吐，清晰的记忆，仍旧显露出当年"校花"的风采。

肖淑明 1927 年生于成都，12 岁随父到雅安。父亲肖曾元是国民党第二十四军军需中校处长，母亲曾丽群出身于书香门第。1943 年，一个 32 岁的男人来到雅安，从此改变了她的命运。

这个男人叫喇宝臣，是摩梭人泸沽湖左所大土司，拥有泸沽湖一带 36 个伙头 48 村百姓。为镇抚山民，当时的西康省主席刘文辉召喇宝臣到雅安，授枪加勋。春风得意的喇宝臣在办完公务之后，欲娶一位才貌双全的汉族女子为他打理山寨，协助他管理土司政务。经人介绍，喇宝臣见到了当时在雅安明德女子中学读高中的学生肖淑明。一见之下，喇宝臣大为倾心。喇宝臣快人快语提出请求，刘文辉也支持这门亲事。回忆起穿着校服的美好学生生活，肖淑明至今十分怀念："做学生好！做学生好！我当初只有 16 岁，还在读书，什么也不懂，太小了，太小了。"嫁给一个比自己大 16 岁的外族土司，常人难以接受。当时肖淑明是怎么想通的，她自己似乎也不愿提及，倒是很自豪："我年轻时很漂亮，是明德女子中学的校花，被喇宝臣一眼看中。但是，我不喜欢他。母亲听人说，喇宝臣上马有人捧，下马有人扶，人参不离口，不穿布衣服，终日花天酒地，不知有好发财，糊里糊涂地点了头。"

那一年，"腊月初十那天，喇宝臣送聘礼到我家，我躲到叔叔家去了。第二天，满城的人都知道我要同喇宝臣结婚，我莫名其妙。原来是喇宝臣在报上登了结婚广告。我正准备看电影，喇宝臣又来了，这一次躲避不及，只好顺从了父母，换下了童子军女装，到鸭绿江饭馆举行了婚礼。我哭了一夜"。

张灯结彩，喜结良缘，在当时的西康省上流社会传为佳话。婚后三天，肖淑明坐着滑竿骑着马随喇宝臣离开雅安，翻山越岭两个月来到泸沽湖。这一来，就再也没有离开。

她说："当时交通闭塞，出雅安，翻二郎山，过泸定桥，途经康定、九龙、木里、盐源，走了将近两个月才到。" 出嫁之路的艰难，令这个"天府之国"的富家闺秀终生难忘：二郎山大雪纷飞，晚上雪地里搭帐篷，砍下树枝当床铺，三块石头支口锅做饭取暖。

按摩梭人习俗举办完婚礼，肖淑明被土司要求换装。穿上摩梭服装后，她得到了两块黄铜大印，老印是元朝皇帝给的，新印是清朝皇帝给的，恩赐这个家族世袭左所土司。她清晰回忆："当时我刚出中学校门，但土司说，你必须掌印。然后，他就什么事情也不管了。"

喇宝臣是土司，是必须结婚的。本来他已有一名摩梭人夫人，肖淑明去了以后只能算是二房。二房就二房吧，肖淑明也不以为意。然而，已有两房夫人的喇宝臣却依然要出去"走"，出去"翻木楞子"，惹得肖淑明很是生气，好在日子长了也就看惯了。只要不带回家来，睁一只眼，闭一只眼，罢了。

到了泸沽湖，生活习惯与汉族完全不同。摩梭人喝的酥油茶她喝不惯，摩梭百褶裙要用一丈布，走路也不方便。穿上裙子，包上头，肖淑明当起了土司夫人。除了喇宝臣，没有一个人会说汉语。肖淑明就在日常生活中学摩梭话，用了一年的时间终于学会了。从此以后，她为土司管理账务，井井有条。

肖淑明从此成为泸沽湖地区的实际"执政者"。她回忆，左所土司共管辖48村，盐源县政府、盐源二区保安司令部、盐源县及周边地区的11家土司之间公文事务往来频繁，还挺忙的。当时的泸沽湖地区处于半原始状态，土司迎娶有文化的汉族女子，也是因为自己识字不多，不堪文牍之苦。

泸沽湖是美丽的，而青春更美丽。年轻的肖淑明爱上了骑马打枪，还训练了一队亲兵。她喜欢穿上摩梭姑娘的红衣白裙，骑着黑骏马，纵情驰骋于泸沽湖畔的山水之间："见到野鸭，我左边拔出毛瑟枪，啪！右边拔出左轮枪，啪！鞍边抽出卡宾枪，啪啪！百发百中。"她边说边比画着，活脱脱的"三枪姑娘"。每逢夜晚，思乡的时候，肖淑明一边弹着风琴，一边轻声吟唱。月白风清，湖水漾漾。尽管喇宝臣温言有加，但总是抚不去那越来越浓的乡愁。直到后来，肖淑明最爱唱的歌还是《松花江上》：哪年哪月才能回到我那可爱的故乡……

肖淑明出嫁时，从雅安带来了50册小学课本，又从成都辗转搞到一台脚踏风琴，在当地发展教育。她教的第一个学生就是她的丈夫。后来，她又找雅安的同学寄来初中、高中语文课本。她想教书，但这里连学校都没有，怎么传播汉文呢？她把这个想法告诉了她的丈夫喇宝臣，不到两个月，学校建成了，一共 5 间房，是土墙，木结构，盖小青瓦，这算是摩梭人的第一所学校。她招的第一批学生共 45 人，都是 7—12 岁的孩子。"兴高采烈的喇宝臣还专门在海堡（博瓦岛）上为我修了别墅。喇宝臣每年春夏住海堡，秋冬住土司衙门。后来，我在海堡上生了 4 个儿女。如今，他们都已经长大成人了！"

日子过得很快，解放军说来就来。喇宝臣审时度势之后投靠了解放军，和肖淑明一起帮着解放军平叛。1950 年，泸沽湖地区和平解放，6 年后，宣布废除土司制度。

土司和王妃顺应了时代潮流。肖淑明说："我们拥护民主改革，拥护共产党。我们把仆人遣散了，把衙门的枪支弹药和财产、珍宝全部上交了，两块大印也交给了民改团长。"但土司衙门和王妃岛上的家园被烧毁一空，肖淑明一夜之间沦为贫民。被说是"剥削、压迫农民的地主婆"，肖淑明遭多次批斗，1959 年被逮捕，判刑 8 年。在西昌某农场改造期间，她学医、搞统计、当保管，刑满时留队，直到 1972 年才重回泸沽湖。后来她分到一块土地，自己学习耕种，供养儿女读书，成为自食其力的劳动者。

1956 年民主改革时，喇宝臣当了盐源县政协副主席、四川省民委参事、左所区区长。后来调四川省民委工作，直到 1976 年病逝于盐源县医院。

做土司夫人，只是南柯一梦。肖淑明一生好日子没有过上许多，磨难却遭受不少。肖淑明自己评价，要不是自己意志坚强，换另一个人，怕早"转去"了。随着喇宝臣政治命运的沉浮，肖淑明也经历了由贵族到干部夫人再到泸沽湖镇多舍村阿奴社普通农民的角色转换。好在这时候两儿两女都已长大，在当地成家立业。几十年的风风雨雨，肖淑明完全融入了泸沽湖摩梭人的生活，平静地生活在泸沽湖，生活在摩梭人中间。

1996 年初夏，玉米地刚锄二遍草，肖淑明家来了一个名叫李安庆的中年人，表示愿意资助肖淑明回一趟老家成都。李安庆是成都一家企业的老总，在得知肖淑明的身世后，基于商业宣传的需要，专程来泸沽湖接肖淑明回成都。

2001 年，在出嫁 58 年之后，肖淑明第一次走出泸沽湖，回到自己的出生地成都市文庙后街，肖淑明热泪长流。这里高楼林立，车水马龙，再也找不到当年灰瓦低檐的小巷。今非昔比的成都，肖淑明已完全生疏了。家里的亲人早已相继去世，只剩下几个远亲。变了，一切都变了，修葺一新的望江楼，缓缓流淌的府南河，鳞次栉比的高楼大厦和春潮般奔涌的人流……在肖淑明眼里，58 年前灰暗的旧城如今变成了一座繁华的大都市。

改革开放，旅游开发。肖淑明传奇的经历和坎坷的人生被好奇的人们从泸沽湖底"打捞"出来。雅安市政府和碧峰峡旅游中心把她请回故乡，肖淑明大出风头。然而碧峰峡虽好，却不是她可以长久依托的地方。她的根，已经深深扎在了泸沽湖的土地上。那儿，有她逝去的青春岁月，有她遭受的种种磨难，有她的亲人，有她最后的梦想。

晚年的肖淑明四世同堂，有两儿两女，共 17 个孙子，18 个重孙。儿孙们都穷，土地没了，"只有找点其他的门路"。儿女长大后都各自分开过日子，肖淑明后来只挨着小儿子喇翁都生活。小儿子年轻时走婚，因为家里缺少人做家务，便把他的阿夏杨友姆娶进了门。对着泸沽湖，肖淑明生活在她熟悉和喜爱的摩梭人中间，也会在遥远的记忆中流连忘返。"我的一生都陪伴着泸沽湖，喜怒哀乐，酸甜苦辣，什么味都尝够了。"说到这里，肖淑明感慨万千："现在好了，不再担惊受怕，生活一天比一天好，社会也安定。1989 年公路通车，1995 年公路又翻修拓宽了，年轻人都出去上学打工见世面了，进来耍的游客越来越多，泸沽湖也越来越热闹了。"

2008 年 10 月 30 日，肖淑明因病去世，享年 81 岁。按照摩梭人的习俗，家人为她念了 10 天经后，于 11 月 9 日举行了火葬。遵照老人的遗愿，将骨灰藏在王妃岛上。一位传奇人物轻轻地离去，把曾经的记忆带回到那震撼人心的风雨春秋中。

"她饱经风霜，思想却与时俱进。"时任凉山泸沽湖景区管理局副局长、盐源县泸沽湖镇党委书记喇江湖对肖淑明评价积极，"对摩梭人来说，我们失去了一位可亲可爱的老人；对景区而言，我们失去了一道最靓丽的人文景点。"投资400万元新建的"王妃府"，设计时充分尊重了肖淑明的意见：会客厅、餐厅、火铺（卧室）、书房的布局，甚至家具摆设都参照当年的情景。当年肖淑明栽种的柏树，以及烧香拜佛的玛尼堆都保留在那里。清风阵阵，仿佛仍在讲述那个曾经美丽而又曲折的传奇故事……

达巴诵经声中的信仰

初冬时分，泸沽湖畔村寨的夜晚来得越来越早，也来得宁静，除了偶尔游荡的几声狗吠和远山上闪烁的星光，静得使人听得到自己的心跳。然而，在打发达巴家那幢小木房里却传来一声顿挫的经声，这声音在沉沉黑夜中，在零星的狗吠声里，显得深邃而又寂寥……很多年以前，我看过一部电视纪录片，记述了摩梭达巴在开放的社会遭遇的困境。

摩梭人普遍信奉原始的达巴教和藏传佛教，但在藏传佛教传入之前，达巴教是摩梭人信奉了上千年的驱鬼除邪、祭祀祈福的原始传统宗教，达巴教既有巫的成分，也有教的成分，可以说它是介于巫术与宗教之间的一种。达，是"砍"的意思；巴，是砍后留在木头上的痕迹。用摩梭话来解释，达巴教就像斧子砍木头一样，一斧砍下去就会出现一个痕迹。如此一下一下地斧斫，一节一节地念诵，天地山川及祖先就会看见，妖魔鬼怪也就一节一节地被砍断。达巴是摩梭人对自己传统宗教神职人员的总称，即达巴教的祭师。

这个摩梭达巴老人名叫打发，看上去有60多岁。他倚靠在一张陈旧的卡垫上，肤色黝黑，额头上皱纹层层叠叠，微微闭着双目，他儿子恭敬地坐在火塘下方。父亲念一句，儿子跟着念一句，他们在教达巴经中最重要的一本口诵经《哈那古》，这也是许多学达巴经的人首先要学会的一本经：

远古的时候

达巴祖师出远门

从黎明前的夜中出走

他不得不出走到远方

虽然没有什么行囊

只要怀揣希望上路

……

这无疑是讲述摩梭人远古先民迁徙途中经历的一部经典，应该说是口诵的摩梭史记。达巴一字一顿，儿子跟着父亲念念有词，可是，这十来句经文，教了十多遍，儿子仍记不住。打发达巴顿时火起，痛骂了儿子一通，从儿子的表情看得出来，他对达巴经没有兴趣。

达巴经的经典教义完全是靠师傅带徒弟式的口授心记传承，经文全靠背诵记忆，属于口承文化阶段，一般是舅传甥，"传男不传女""传内不传外"，家族内世袭达巴。

听摩梭人介绍，达巴分三种：第一种为查达巴，专为传授宗谱，为死者送到祖先发源地，主持礼仪；第二种为补达巴，专门主持祭祀；第三种为汝达巴，主持死者的各种仪式。达巴通晓部落沿革及氏族宗谱，所做的法事活动又能够驱鬼除邪，令人敬畏。达巴没有寺庙，也没有统一的组织，在帮人诵经做法事时从不计较报酬多少，颇受摩梭民众的尊重。达巴是摩梭人的巫师，掌握着摩梭人历史、文化、古典哲学、地理、天文、医学，以及部族世系祖谱、迁徙路线等。逢过年过节、婚丧嫁娶、为死者灵魂归宗引路、主持成丁礼等各种祭庆礼仪，均由达巴主持举行。

打发达巴的儿子36岁，已经是两个孩子的父亲，原来在乡供销社当过一段时间的合同工，后来单位不景气，他被辞退了。工作辞掉以后，他又到林场打工，并在那里工作一年余，学会了开大货车。他最大的愿望并不是学会达巴经，而是

> 泸沽湖金色的秋天

> 每年农历六月廿四日，是凉山彝族盛大的传统节日——火把节

> 龙头山下"张家界式峰丛"地貌　摄影 / 杨勇

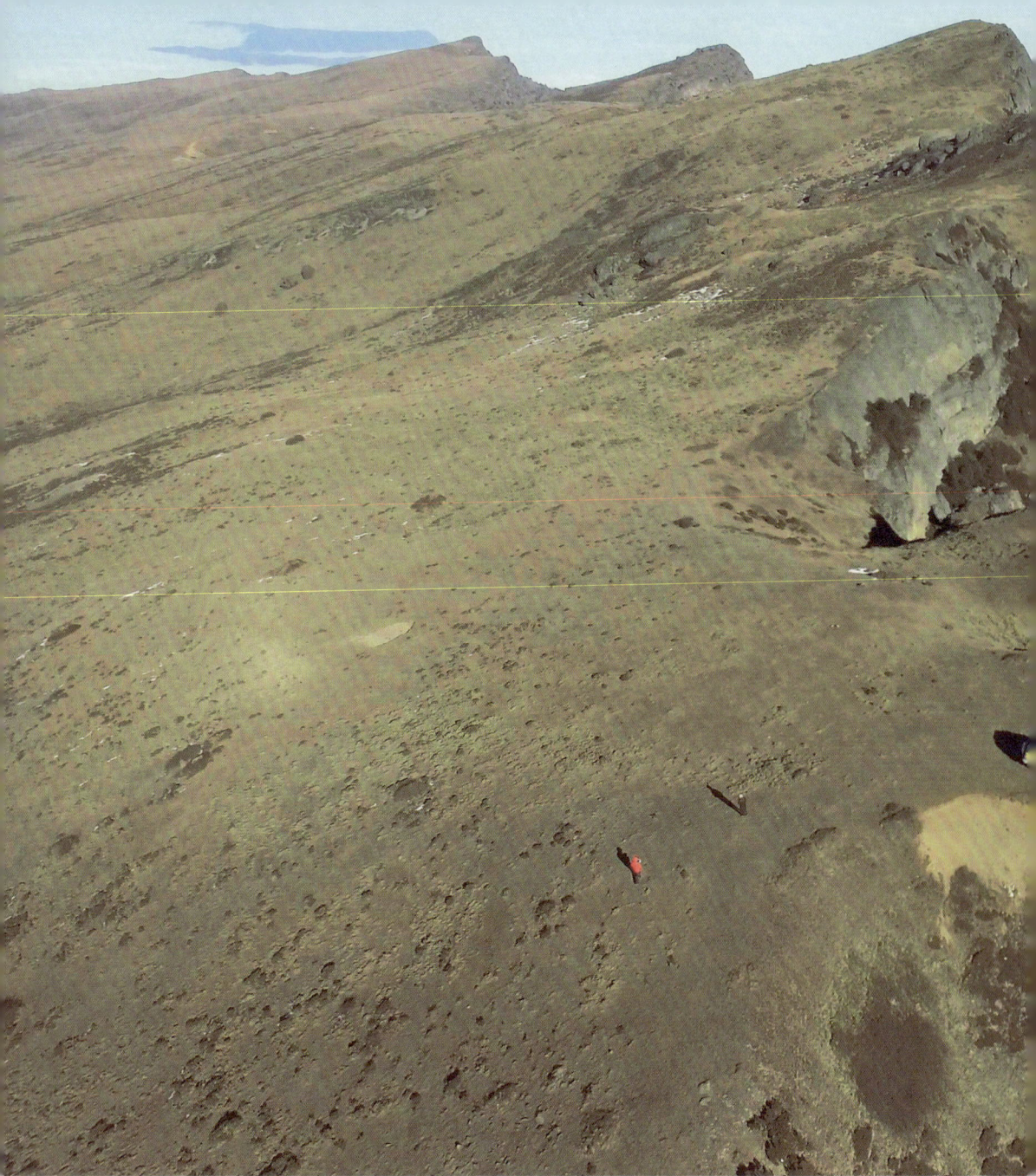

> 地质学家杨勇，第一次把越野车开到了雷波县的龙头山顶　摄影 / 杨勇

> 在龙头山顶看云海 摄影 / 杨勇

> 俄尔则俄，云端上的处女地
摄影／郭建良

> 农民冒着春雨抢种烟苗

> 送灵归祖，喜迎吉祥　摄影/阿牛史日

> 夏诺多吉雪峰：夏诺多吉海拔 5 958 米，是凉山彝族
自治州最高峰。它和央迈勇、仙乃日一起，构成了甘
孜藏族自治州稻城亚丁最美的景观

买一辆属于自己的东风车，用他的话说："我迟早要买一辆柴油东风，开着那辆威风八面的车，戴一副墨镜，那才叫安逸呢！"打发达巴对儿子的这番理想却嗤之以鼻，他说："我这儿子在做梦，下辈子吧！东风车是多少钱？他以为是买一匹骡子那么容易。再说，开一辆车又有什么威风嘛，还不是像过去的赶马人。"

父子俩实在是说不到一起了，父亲对儿子的言行举止看不惯，儿子对父亲的那一套老古董看不顺眼。父亲无奈，只好强迫他学，他也只能勉为其难。为了达巴的一件护身符，父子俩几乎大打出手，原因是打发达巴有一件珍贵的护身符，而这件珍贵的文物被儿子卖给了一个外地生意人，幸好打发达巴发现及时，追到永宁才物归原主。打发达巴对着镜头说："这个败家子，好像没见过钱，2 000元钱就差不多断送了我十九代达巴的衣钵。"为此，打发达巴一直耿耿于怀："唉，我不想把祖辈传到我心里的东西带走，那我会成为罪人的，我想办法把口诵经留下，那么，我死能瞑目了，可是现实并不像我想的那么简单。"他说："达巴有自己的家室田地，平时要干活，只有别人邀请才去帮忙布道，报酬少，渐渐地，学的人愈来愈少。人们只有在死人的时候才想得起达巴，因为人死后达巴要送灵魂回到他祖辈跟前。一般老人能听懂达巴经，学过的人都知道自己念的是什么，因为这是我们的语言，是我们的根呐！"

那一夜，打发达巴在火塘边喝着酒，什么话也没有再说。他闭目诵经，敲着鼓，摇着铃。他是在与大自然对话，还是对人间诘问？是一种总结，还是一种预言？是对往昔岁月的追忆，还是对未来人生的祈祷？反正，打发达巴一个人深深陶醉在达巴文化营造的那份梦境中。

文化之魂如风飘逝，如果真的消失了，那是一座活博物馆的坍塌，考古也无法考出来，因为那不是埋在地下的文物，是与人的血脉、泪水、呼吸、灵魂相连的无形的宝藏。

达巴虽然在摩梭人的精神世界中地位显赫，但起居饮食、服饰打扮与其他人并无二致，平时一样耕种劳作、放羊打柴，住在自己家屋。在自我介绍时，如摩梭人一样把家族名字放在自己名字的前面。达巴也像其他摩梭人一样走婚，其他人不会认为这样有何不妥。达巴，只是在进行宗教祭祀时扮演着达巴的角色。

　　藏传佛教后来居上，从传入泸沽湖一带开始即对达巴造成极大的冲击，更不用说现代文化带来的深远影响了。今天，虽然达巴教留存在这里，但由于达巴口述经文很难学，师傅带徒弟式的背诵记忆，几个学生中可能只有一个能学成。再者，由于喇嘛的收入远远高于达巴，很多小孩子都不愿学习达巴，致使现在达巴教的处境岌岌可危。随着老达巴渐渐离开人世，要找一个达巴来做一场法事已经是一件需要提早邀约的大事。据不完全统计，在目前的盐源和宁蒗两县能念诵并能解释口诵经的达巴只剩下十几人了，并且他们当中多数年岁已高，还几无传人。

普格·螺髻山

螺髻山是我国已知山地中罕见的保持完整的第四纪古冰川作用的天然博物馆。
到处可见尖峭林立的角峰，薄如刀口的刃脊，
宽坦如盆的冰窖槽谷，形若瓜瓢的冰斗，
貌似涧槽的溪谷，叠形起落的冰坎，
光洁滑润的冰溜面、羊背石……
罕见的冰川锅穴集中螺髻在山北端溪谷的侧碛垅岗上。
似乎这里的一切都是冰川运动的结果。
我感觉到置身冰川世界，越往高处走，景观越奇异。

每一个早晨起来，只要天空晴朗，从我在西昌城北山五楼的住所向南望去，黛绿的泸山由一片层叠的群山衬托，煞是显眼，仿佛背景的那一片群山轻描淡写般只顾逶迤而去，直至与天际相接才作罢。我知道，那就是螺髻山。

或许是见惯不惊，即使无数次从一座座大山脚下踽踽行走或者驱车赶路，生长在这片土地上的不少人也没有多少兴致登上螺髻山去观山赏景。如同我那早已逝去的外婆，遇了特别好的天气，躬身地里劳作间歇伸腰挥汗时，远远地竟能看见峨眉山顶，乐山市的夹江县与峨眉山近在咫尺，可她一辈子也没有去过那里。

则木河穿过普格县螺髻山镇，划破了两侧对峙的高山，构造出落差很大的河谷。高山海拔超过了4 000多米，而河谷最低处的海拔仅有数百米。尤其当你登上螺髻山俯瞰河谷时，感受大山的气势，不由为巍峨的景象感叹。

当地人却对这些习以为常，因为他们的家园通常就在高度适中、被称为"二半山"的台地乃至坡地。这些被彝族人开辟为村寨的地方山道相连，我们前往任何一座这样的村寨，唯一的办法是步行，这意味着艰苦、漫长的跋涉。直到近些年，随着脱贫攻坚的推进，入乡到村的公路逐步开通，摩托车和五菱荣光小面包车才奔跑在山路上。

据说山下一带过去都是茂密森林，加之山高坡陡，想要在这里开垦成片的土地几乎是奢望。村寨周遭的土地大大小小，星罗棋布般连不成片，却由于种植的作物不同，如同把五颜六色铺设在了大地上，巧夺天工。是的，无论土豆、荞麦还是玉米的耕种，千百年来，彝族人样样在行。后来在河谷的平坝引种烟叶，高

> 彝语称螺髻山为"安哈波"，意为五百里峰和五指山峰

原的光照和温润的气候慷慨给予勤劳的人们更加富裕的回报。表面上他们仍然保留原始的刀耕火种，事实上，因为土地的珍稀和多变的气候条件，他们的耕作技术远比人们想象的还要复杂和成熟。

　　彝语称螺髻山为"安哈波"，意为五百里峰和五指山峰，气势磅礴，雄伟壮观。形似倒置的青螺，貌如古代少女的玉髻，因而得名螺髻山。

"螺髻山开，峨眉山闭"

走进茂密的林间，我的眼睛一刹那就被染绿了。

川滇冷杉和长苞冷杉树冠层叠，浓浓的酞菁绿与墨绿混合的色彩在飘来又散去的雾霭中显出高原的神秘气息，据说树林里面生活着精灵。高大的冷杉林中穿插着杜鹃，大片艳丽的花朵在七月里悄悄谢幕，只留下零星的一点红、一点黄、一点白，与泛着孔雀蓝的杜鹃树叶做最后的告别。淡绿的松萝毛茸茸的，披挂下来，在树枝间编织着柔软的帷帐。

七月，许多城市已经酷热难当了，螺髻山的夏季才刚刚开始。"这是螺髻山最美的季节。"下方传来日海补杰惹喘着粗气的声音，当时，他是凉山彝族自治州螺髻山景区管理局局长。有这位彝族朋友陪同，一路上多了不少话题。在一处陡坡歇息的时候，日海指着起伏的群山说："你看，这个季节的植被最丰富，而且很茂盛，让人感觉到一种蓬勃的生命力。"说起来，凉山人在谈到螺髻山时往往是很乐意提及峨眉山的。因为早在明代万历年间，进士马中良即在他的《螺髻山记》文中写下"螺髻山开，峨眉山闭"的赞语，他感慨："孔子登泰山而小天下，余登螺髻山而小蜀山。"

据记载，螺髻山之名得来确实与峨眉山相关。所谓"峨眉山似女人蚕蛾之眉，螺髻山似女头上青螺状之发髻"。西昌"泸峰书院"主讲、清末举人颜汝玉撰写《螺髻山赋》云："认烟中之宝髻，尚觉模糊；分雨季之青螺，偏多秀媚……景或异夫峨眉，名可齐乎姑射。"原民国政府中央大学教授朱契在《螺髻山探胜记》中，把螺髻山称为"胜地""奥区"，认为它兼有黄山、泰山之雄奇，衡山、华山之峻峭，庐山、峨眉山之秀美，盛推螺髻山与这些名山比齐。后来，不少文人骚客大肆褒扬螺髻山，竟得"西子浓妆，峨眉淡抹，螺髻天生"的美誉。当地彝族人传说，螺髻山是仙女居住的地方。美丽的仙女常在山上翩翩起舞，那忽来忽去的云海就是她们衣袂飘飘、襟袖摇摇，而她们起舞时不小心掉下来的珍珠，便成了森林中的一个个海子……

太多的美誉，给人带来的只是想象的盛宴。务实的今人已经不耐烦空谈，而是用赏景、探险、科考融会贯通的现代旅游开发模式，让螺髻山呈现出从未有过的光鲜活力。

因为多数游客上螺髻山只能选择乘坐缆车，距凉山彝族自治州首府西昌市约40千米的螺髻山镇，借2006年冬在凉山举办四川省第二届冬季旅游发展大会契机，一改以公路为街拥挤零乱的旧貌，新修了一连串彝族风格浓郁的建筑群"彝寨"，以接待纷至沓来的游客。建筑外墙贴满的各色瓷砖敲掉，换作彝族传统的纹饰图案，为打造"彝族风情第一寨"铺垫了基础。开发者寄予的不只是比美名山大川的现代胆识，还有地方经济跨越的愿景。

稍显遗憾的是十多年过去了，螺髻山镇并没有迎来想象中的旅游热潮，绝大多数游客选择在一天当中完成游览，毕竟，螺髻山镇距离更繁华的西昌不远，累了一天了正好去大快朵颐。还有游客抱怨螺髻山是"一个坑爹坑妈坑全家的不成熟"景区。若论人工修建的旅游设施，这里的确较少，本来，螺髻山的可看点或者说优势正是冰川履痕处处，实在不可多得。

如同凉山境内的许多山系，螺髻山南北矗立，纵跨西昌和德昌、普格三市县。唯普格县近年抢先一步，不仅将拖木沟区改为更响亮的螺髻山镇，还引资两千万元铺架了旅游索道，方便登山与下山。山高路陡，多数游客都选择坐缆车上山，但是早期的索道运行缓慢，单程需要45分钟，一个车厢里又只能搭载两人，遇到大假可就惨了。螺髻山单日游客承载量为1 600人，许多慕名而来的游客兴冲冲地赶到螺髻山景区大门口，却被告知"没有门票"了，这一尴尬的局面到了2014年才得到改观。投资1亿元新建的进山索道开始营运，上山的行程缩短到10分钟以内，日均游客接待量可达到6 500人，完全能够满足游客的需要。此后，平常游客稀少反倒成为景区管理层头疼之事。

对喜欢户外探险的人来说，螺髻山实在广阔。南北长64千米，东西宽35千米，总面积2 240平方千米的山地，全景状如葫芦，其中，主要景区面积达1 083平方千米。即使气喘吁吁走上几天，也只能算走马观花吧。

> 螺髻山上，冰川屐痕处处可见

> 古老、沧桑的螺髻山色

《西昌县志》载：

> 大螺髻山，穹窿崔嵬，拔地干霄，其水绵绵遥逦如虹。亘一百七十余里，山中冰化源泉，烟霏林箐，露零芳草，水靡奇石，百鸟飞鸣，群兽啸舞，鳞介潜渊，虫豸时化，阳蒸阴郁，烟烟云云，静而为岚，动而成风，升而出云，降而作雨，朝霞暮露，洋洋育万汇成变化者，举于此神隩焉见之。其景物之佳，宝藏之富，形势之雄，苞奇孕灵，蕴精閟采，太始以来未之发也。

就是几年前，没有向导引路一般人都不敢贸然前去。我多次于不同季节进入螺髻山腹地，皆属于各种名目组织下一队人马艰辛的"浪漫之旅"。

宽约两米的登山栈道全部用经过特殊处理的进口木条搭建，走起来并不太吃力——当然，这仅仅是已开发景区的一条观光道路。

许多地方是根本无路可言的，大地上铺满了厚厚的腐殖质，人像是踩在地毯上，松软却不怎么着力。穿行于山中林间，需要懂得辨别方向或者跟着向导慢慢行走……

比较而言，查阅资料要容易许多。在地质史上，螺髻山处于"康滇古陆"中段东缘，陆地隆起出现于距今约8亿年的早震旦世。有强烈的火山口喷发，形成一层巨厚的早震旦世中酸性火山碎屑岩层，后受灯影海浸影响，大部分从水下隆起，在距今约4.4亿年的晚奥陶世，陆地面积已逐步扩大，以后从未被湖海淹没，为古生物的繁衍创造了条件。

谁能想象过于遥远年代地球的震撼？第三纪至第四纪初（距今约6500万年至260万年），由于受大规模喜马拉雅褶皱造山运动的影响，使其山体沿两侧断裂不断抬升，至第四纪升至雪线以上，地球上交替出现了若干次全球性的冰期和间冰期，当冰期到来，大量的古生物为了躲避寒冷气候，退至低山河谷一带。据化石和胞粉资料表明，在第四纪，冷云杉分布上限大至为现今海拔2 000米左右的河谷地带，随着冰期过去，植物分布上限已大大提高，使许多物种得以保存，这是螺髻山多珍稀物种的重要原因。

换句话说，特定的地理位置、地质条件和大自然环境，形成了螺髻山丰富多彩的地质生物样。1986 年，螺髻山被四川省人民政府列为省级风景名胜区，2002 年，被国务院列为国家级重点风景名胜区，2006 年 12 月，斩获 AAAA 级景区殊荣。

冰川屐痕处处

沿着栈道向西南方向行走，一块巨大的石头几乎就要挡住去路。"它可不是一般的石头哟"，听着日海补杰惹的介绍，仔细看去，冰川漂砾杂乱陈列与层叠的地层皱褶清晰可见。仰望右边高山，山腰上成片的冷杉林遮天蔽日，随着树梢往上，可见堆积的绵延的冰碛侧垅起伏着。我这才注意到，我们正穿行于一段东北－西南向长约百米的古冰川峡谷的腹地。

再向西前行大约 40 分钟，峡谷愈加逼仄，两边的山体呈刀削斧劈之势。清风一阵阵掠过峡谷，脚底传出一些奇怪的声响，时而叮咚浅吟，时而如闷雷轰鸣，分明是水流的声音，却不见一丝水流的身影。在这峡谷底部堆积着许多大石块，从雪山之巅汇流而来的清澈急流已成了暗河。这里叫空谷涧，"是古冰川强烈运动所致"。

似乎这里的一切都是冰川运动的结果。我感觉置身冰川世界，越往高处走，景观越奇异。

放眼看去，山中到处是尖峭林立的角峰，薄如刀口的刃脊，宽坦如盆的冰窖槽谷，形若瓜瓢的冰斗，貌似涧槽的"U"形谷，高低起伏的冰坎，光洁滑润的冰溜面、羊背石……罕见的冰川锅穴，集中在山北端的"U"形谷的侧碛。这种锅穴的形成是当年冰川从冰斗、冰窖流出时，夹杂有大量砂石碎块，在移动过程中对谷底基岩的刨蚀作用所形成的凹坑，待冰川融化后，现出一个个形如大铁锅

> 冰川运动形成的冰渍湖

> 冰渍湖中水草丛生，人们叫它仙草湖

的凹坑，所以被形象地叫作锅穴。

一些从高处崩落下来加入冰川流的巨大冰块流动到冰川两侧，融化后，其中含的岩石碎块则堆积成了一片片垅岗。

太阳快下山时，我们从黑龙潭出水口往东北沿清水沟而下。这条路被命名为李四光路。

人类从古至今一刻也没有停止过对未知事物的探寻和追问，地质学家普遍相信第四纪冰川直接影响了人类的生存环境。因此，研究和确认第四纪冰川既有特殊的理论意义，也有普遍的现实意义。

> 螺髻山古冰川刻槽

　　中国第四纪冰川的研究始于著名地质学家李四光。1921 年，他欣喜地在山西大同及河北太行山东麓发现了冰川漂砾，识别出冰川流动形成的擦痕。20 世纪 30 年代，他又在江西庐山发现冰川沉积物，在鄱阳湖边发现具冰川擦痕的羊背石，在安徽黄山发现"U"形谷削壁上的擦痕及具擦痕的漂砾。那时的李四光 40 岁出头，精力充沛，几乎成了山野之子。以许多重要发现作为学术支撑，他先后发表了《扬子江流域之第四纪冰期》和《安徽黄山之第四纪冰川现象》等论文，以后又出版了专著《冰期之庐山》，提出庐山冰川可分为三个冰期：最老的为"鄱阳冰期"，发生在早更新世；之后是"大姑冰期"，属中更新世早期；较新的是"庐山冰期"，属中更新世晚期。

　　李四光并非孤军奋战，第四纪冰川其实是一批地质学家研究的兴奋点。

　　中国地貌学及第四纪地质学的先驱、后来荣获瑞典皇家科学院"北极星奖章"的袁复礼教授，1938 年，以在西南联合大学任教的方便，克服极其困难的条件，对螺髻山第四纪冰川遗迹做出了考察报告。

　　生于四川仁寿县的著名地质学家、大地构造学家黄汲清，也于 1942 年领导新疆石油地质调查队对天山南麓第四纪冰川沉积物进行了研究，发表了两篇论文，阐述了冰期存在的证据。两项考察遥相呼应，引起学界瞩目。

　　颇有意味的是，早期曾经对李四光"庐山冰期"说提出质疑的另一位冰川研究重要人物、《地理知识》创办人之一的中国科学院院士施雅风，1966 年初夏，为完成成昆铁路定线的任务，带领十多个同事从西昌出发登上了螺髻山。云海蒸腾、花飞鸟鸣间，施雅风面对冰川冰碛、刃脊、角峰，沉醉着、考证着、思索着，久久不愿离去……

　　及至后来学者提出更晚的"大理冰期"，属晚更新世。这样，第四纪四个冰期正好与 1909 年德国科学家 A. 彭克和瑞士科学家 E. 布吕克纳根据阿尔卑斯山区第四纪冰川沉积物研究所提出的四大经典冰期一一对应。

　　1965 年，由地质部部长李四光组织的西南第四纪冰川考察队干脆把螺髻山列为重点，进行了综合考察。正是这次综合考察，他们兴奋地发现了可谓"国家级"巨

> 螺髻山最大的冰渍湖黑龙潭

硕的古冰川刻槽。李四光按捺不住激动，于1966年5月11日致信另一位地质学家段为倜，认为中国第四纪古冰川地质工作应该以螺髻山等"典型地区"作为依据。

1981年，中国科学院把《中国东部第四纪古冰川问题与环境变迁》及《攀西裂谷》研究列为"六五"期间国家重点科技攻关项目之一。在兰州召开的中国古冰川研究会上，有专家和学者提议在螺髻山上建立"中国第一个古冰川公园"。

据西南一隅的螺髻山，对地质学家来说充满迷人的魅力。

2007年，《中国国家地理》特聘编辑刘乾坤邀约我写螺髻山，几经改稿却在杂志即将付印前被"狠心"的执行主编单之蔷叫停。单先生还是不放心经四川地质矿产局攀西地质队专家审读过的文章，他决意让人在成都的张文敬立即飞赴西昌。

当时已六十开外的张文敬毕业于兰州大学地质地理系自然地理专业，当时为中国科学成都山地灾害所研究员。一上山，眼前的发现让他眼花缭乱，各种各样的古冰川遗迹令这位走遍了七大洲四大洋、考察过世界大部分地区冰川的学者非常惊叹。

他说，螺髻山是我国已知山地中罕见的保持完整的第四纪古冰川作用的天然博物馆。

冰川角峰、刃脊雄奇壮观，其他的围谷、冰斗、冰蚀洼地、冰蚀冰碛湖、冰坎、冰阶、冰溜面、冰川刻槽、羊背石、盘谷、冰原石山、侧碛垄等同样清晰可见。古籍中将螺髻山名胜归结为"十二佛洞、十八顶、二十五坪、三十二天池、七十二峰、一百单八景"，其中的"七十二峰"是指海拔4 000米高的主山脊上，排列成长龙一般的高大山峰群、峰丛和孤峰。据1980年卫星遥感资料表明，螺髻山山脊高出海拔4 000米的山峰有58座，峰之集中，规模之宏大，造型之奇异，实属罕见。海拔4 359米的主峰也俄额哈峰是一个典型的金字塔形角峰，与其他知名的骆驼峰、蓓蕾峰等一道，峰群叠翠，上临苍穹。这"七十二峰"有的四壁陡立，犹如擎天柱；有的绝壁万仞，深岩巨壑。特别是雄奇的角峰、刃脊，薄利如刀，形若鱼龙脊鳍，令人叹为观止。

冰川湖泊也是螺髻山一绝。我听过地质学家讲，螺髻山的绝大多数湖泊是第四纪冰川的巨大囤冰场所，冰斗底部经过长年累月的发育，形成冰蚀湖、冰碛湖，主要分布于海拔3 650米以上的各期冰围和冰斗中，所以称为冰川湖泊。当地人则来得简单一些，他们把螺髻山冰川湖泊叫作"海子"或"干海子"。前者全年积水，就是湖泊，后者在雨季积水成季节湖，冬春时节便是干涸的石窝、石坑。据1989年12月拍摄的TM专题绘图仪卫星照片资料，螺髻山共有冰蚀湖、冰碛湖33个，多数沿主峰山脊两侧呈群状分布，一般相距百米，呈圆形或椭圆形，水面宽度多数为二三百米，湖水深度七八米。冰蚀湖的湖底多为巨大的石条、石板平铺，部分为裸露基石；冰碛湖的湖底则以岩块、砂屑为主。部分湖泊有半岛或湖心岛，所有湖泊的湖周都保存有大量的冰蚀现象和各种冰碛物。湖水由于基

> 巨大伤口一般的冰川刻槽

岩颜色、湖周植被或腐殖质、湖中水草等不同，显现翠蓝、墨绿、草绿、褐红、铭黄等颜色。

具有考察意义和观光旅游价值的主要有珍珠湖群、五彩湖、叠翠湖、姐妹湖、干海子、黄龙潭、黑龙潭、温泉瀑布等。湖泊大都深藏在原始森林中，水边杜鹃环绕，四周冷杉密布，烟波浩渺。有的背靠山峰，峰群丛树倒映，天光云影，景色奇绝。

清水沟大冰窑口的大海子面积0.3平方千米，是螺髻山最大的冰川湖泊。水色褐红的干海子终年云蒸雾锁，变幻莫测。湖水绛红的驼峰海和五彩湖位于海拔4 000米的驼峰山麓，四周长满雪茶、草灵芝等稀有植物。位于主峰脚下的姐妹湖辉映着倚天雄奇的金字塔主峰，云影飞驰，神秘莫测。

还有一绝当属"国家级"的冰川刻槽。它是由古冰川带夹坚硬的岩块，以强大的力量刻碾冰川底部的两侧岩石，形成宽而深的刻槽。如清水沟源头大冰窑和

"U"形谷两侧,这种刻槽处处可见,仅"U"形谷两侧至少已发现5处,每处3—5条。这些刻槽从高处到低处,一般长数十米,宽30—60厘米,深10—20厘米。位于大海子下侧海拔3 550米处的一个长30米、宽3.5米、深2米的冰川刻槽,是螺髻山最大的古冰川刻槽,被冰川学家张文敬命名为"国家级",说明十分罕见。槽中遗有古冰川做螺旋式推进碾磨的清晰擦痕,显示了冰川运动巨大的自然威力。

眼前的美景,以及美景中的每一处细节,无疑都经历了地壳几百万年来的锻造、碰撞、撕裂和重塑运动。人类可以意想当中的惊心动魄,到头来,却依然会对大自然的鬼斧神工深表敬佩。

山中有温泉

从某种角度看,高原湖泊像是高山林立间精灵扑闪的眼睛。虽然螺髻山巨大的投影经常遮蔽了湖泊的光彩,湖水仍悄悄潜入雄峙的大山下,以清澈的溪流形成一个个小流域,汇聚成清水沟、小槽河沟乃至则木河,滋养当地的山民。

温泉也来源于大地,螺髻山冰川的深处竟是熊熊的火焰?温度恰到好处的温泉被城里人视为山珍,一看见就奇怪地大呼小叫,马上手脚并用脱去衣裤,奋不顾身冲进去,尽情享受螺髻山温泉的洗礼。

螺髻山东坡中段,从海拔1 600米的青杠坪上行到海拔1 800米的大槽河北岸,顺河水渠堤坎攀缘到水势汹涌的大槽河,即见青山环抱之中热气蒸腾、声响如雷的温泉瀑布。泉水分三台直泻而下,从喷口射出的泉水沿仙女池、水帘洞、鸳鸯池、青龙宫飞泻而下,形成长20米、宽15米、高5米的瀑布。夏日洁白晶莹,白练垂空,光射长虹;冬天腾腾蒸雾笼罩瑶池,真可谓"石壁高千仞,银河落九天"。

第二台喷口前面,天生一个长槽形大池,长约10米,宽1.7米,可同时容纳20余人沐浴,温泉从喷口坠入崖腔之中,蒸气四溢。姑娘们最喜欢攀崖爬壁来池中戏浴,如仙山瑶池,故称"仙女池"。池下有一凹形浅穴,温泉从仙女池泻下恰似银帘挂洞口，人称"水帘洞"，入洞沐浴别有情趣。水帘洞两边各并立一个水池，每池可容纳二人，戏称"鸳鸯池"。水帘洞泻下，洁白的水帘挂满凹岩，人在岩下洗澡如临龙宫，因之又叫"青龙宫"，便是男士沐浴的天然场所。

螺髻山温泉瀑布不仅是难得的温泉浴场，而且是天然的皮肤病防治所。东晋人常璩所著《华阳国志》记载："温泉穴，冬夏常热，下流洗澡，治疾病。"

这里的温泉属于构造泉，形成的地质条件为斜坡石灰岩构造。泉水从地壳深处沿南北走向的逆层出露，水温基本上在摄氏 42℃—44℃。枯水期流量为 37.84 升 / 秒，最大流量为 92 升 / 秒，矿化度为 0.762 克 / 升，硬度为 30.02 德国度，pH 为 7，属典型的重碳酸镁钙型温泉，含有铁、锰、氟、钾、氢等多种对人体有益的微量元素。据专家考证，该温泉泉水无色、无毒、无味透明，有治疗皮肤病、神经衰弱、风湿关节炎等功效，是不可多得的温泉沐浴疗养胜地，一年四季吸引着四面八方来的游客。特别是在冬季，凛冽的空气让人禁不住飕飕发冷，一进入温泉池中寒气顿时消失，热气蒸腾，心旷神怡。遇了雪花飘飘从天而降，温泉的氤氲袅袅升起，又是冰与火的两重境界。

和凉山其他的地方一样，普格县很长一段时间内也受到贫困的困扰。直到 20 世纪末，螺髻山一带的彝族人还过着简约、质朴的生活，只得将物质的需求简化到极致。院落用土墙围起来，院坝后面是土墙青瓦房屋。不少人家里只有一口大铁锅，由三块石头做成的锅桩支撑，铁锅下是火塘。

生长在凉山，又因职业的缘故，我对彝族人的生活如同对无数大山一样，既熟悉又陌生。

记得第一次接触螺髻山，是从认识一位名叫吉布惹哈的彝族人开始的。1988 年夏天，为完成四川美术学院的毕业创作，我利用暑假游历到后来改称螺髻山镇的拖木沟区，赶彝族人一年一度的火把节。普格县的火把节按惯例都在西洛区举办，不幸就在临近农历六月廿四日时，一场暴雨把火把场冲得稀巴烂，火把节只得临时易地举办。随节日源源不断而来的是四邻八乡的彝族人。

拖木沟区政府在一条穿越普格县的省级公路坎下几十米处，把三排平房的多数办公室作为客房。安顿下来后，我走到公路上，大约 200 米长的路两边集中了拖木沟几乎所有的简陋店铺，连路边也摆满了廉价伪劣的日用百货。本来只需要十几分钟就足以逛遍的街道，一个小时也挤不通。摩肩接踵的人群如潮水般涌动，耳畔是手提录音机用最大音量放出的彝族人清唱的歌谣和马布、月琴独奏的乐曲，只不过这美妙的音乐不时被大得刺耳的汽车喇叭声所打断。高原阳光直射下的热气蒸腾混合着扑鼻的酒味、汗味和兰花烟味。

一片身披黑毡的人群中，一只羽毛艳丽的锦鸡令人眼睛一亮。

吉布惹哈大约 60 岁，黑红肤色、鼻子挺拔，脸膛皱纹密布，双目炯炯有神，虽然上了年纪，但是宽肩高个，身板硬朗，矜持高傲的神态，满溢着阳刚之气。蹲在一家店铺的墙角，黑色"察尔瓦"把他双手紧紧握着的锦鸡衬托得非常漂亮。一拨人围过来看了散去，又一拨人围过来看，没有人问价，他也不急于出手，不露声色地让来来往往的人们尽情欣赏。

吉布惹哈的家在螺髻山半山处的补尔史村，"就是安哈坡（螺髻山）下头，山上比这个漂亮的多得很，你今天就和我一起去，可不可以？"慢慢聊开后，他试探性地向我发出邀请，并告诉我，父辈擅长打猎，因为螺髻山的动物实在太多了。

我没有答应吉布惹哈，可是我以这样的方式认识了螺髻山。这最初留下的美好想象，被后来身临其境的震撼一再渲染和涂抹，几乎要直呼"完美"了。当然，再美的景致也不能缺少人。比如螺髻山的葱茏山脉前，为我们引路牵马的彝族小伙那样生气勃勃又血气方刚，使山野风景更添几多分量。

说起螺髻山的动植物，日海补杰惹如数家珍："螺髻山是动物王国，高等动物就有近 400 种，已知兽类 60 余种，鸟类 252 种，爬行类 19 种，两栖类 29 种。"动物区系组成主要以古北界喜马拉雅山系种类为主，东洋界种类也有一定数量。属珍稀和国家重点保护的，有短尾猴、小熊猫、金猫、豹猫、黑熊、林麝、斑羚、赤鹿、穿山甲、红腹角雉、白腹锦鸡、灰头鹦鹉等 30 余种；还有宝兴树蛙、大凉疣螈、赤鹿、东坡墨鱼等。

他继续感慨："一山分四季，十里不同天，螺髻山真正是一个天然植物园。"

据中国科学院成都生物研究所调查，螺髻山旅游区内有森林 62.3 万亩，其中，冷杉等原始森林 11.4 万亩，计有高等植物 180 余科 2 000 余种。珍稀植物丰富，属于国家第一批保护植物的有扇蕨、攀枝花苏铁、长苞冷杉、丽江铁杉、棕背杜鹃、西康玉兰、银叶桂、香果树、康定木兰、大王杜鹃等 30 余种。大部分为我国四川、云南特有种，原始类型保存较好。

植物区系属中国喜马拉雅 – 横断山区。植被水平区属亚热带常绿阔叶林，但由于地势悬殊，森林垂直带谱完整自下而上，分别是南亚热带植被，分布高度为海拔 1 500 米以下地区，以攀枝花、红椿、余甘子、香蕉、酸角、木蝴蝶为代表；亚热带硬叶常绿阔叶林，分布高度海拔在 1 500—2 500 米，以云南松、杉木、云南油杉、华山松、干香白为代表；亚热带常绿阔叶林，分布高度为海拔 1 500—3 100 米，以滇石砾、多变石栎、高山栲、包槲、银木荷、银叶桂、光叶高山栎及樟科、山茶科为代表；温带暗针叶林，分布高度海拔 3 100—3 300 米，以高山栎为代表，间有少量冷杉呈小块分布；亚高山针叶林，分布在海拔 3 300—4 000 米，优势树种为长苞冷杉、川滇冷杉，灌木层中有多种花楸及杜鹃，有的杜鹃种类形成小乔木伸入乔木层；此外，还有部分高山草甸。

螺髻山区有丰富的野生花卉资源，以杜鹃花科、木兰科、山茶科、报春花科、百合科、龙胆科、兰科等植物观赏价值较高。彝语称杜鹃为"索玛"，意为迎客之花。赏花，号称螺髻山"第五绝"。统计显示，螺髻山区属杜鹃科的花卉就有 30 余种，分布在海拔 1 500—4 000 米的地带。年复一年，低山的报春花萌芽初绿，就绽放出色彩艳红的花朵，送来春的气息；中山的云南杜鹃、大白杜鹃、圆叶杜鹃、棕背杜鹃、乳黄杜鹃、大王杜鹃怒放于初夏，多系杜鹃古树，枝干扭曲，虬根裸露，棵棵皆似盆景高手，盛开时或红或白，或紫或蓝，满山遍野，五彩缤纷；姗姗来迟的高山乳黄杜鹃最为珍贵，天生丽质，花簇成球，华贵典雅，别具风韵。各类杜鹃花从低山到高山渐次开放，竞相争艳，万紫千红，把偌大的螺髻山装扮成了花的海洋，摇曳多姿，美不胜收。

　　吉布惹哈放下猎枪很久了，高山上的原住民得益于移民扶贫政策搬迁到了海拔低一些的地方，新的村庄有了模样。

　　火把比以往的更加火红，以此招揽更多的游客。凉山的旅游早在 20 多年前就开始了与彝族"火文化"有机结合的探索——面对开发与保护的难题，他们寻找着适宜的路径，小心前行，任重道远。

> 盛开的高山索玛（杜鹃花），大自然蓬勃的生命力

火把节发祥地

传说远古的时候，天神恩梯古兹派遣使臣则库雪虎到人间收缴租税，使臣四处敲诈勒索，欺压百姓，激起彝族人公愤。一位力大无比的英雄率领众人追杀使臣，使臣逃回天宫。恼羞成怒的使臣在天神面前搬弄是非，天神听信后迁怒人间，遣下无数天虫到地上糟蹋庄稼，危害人民。情急之中的彝家纷纷点燃火把，烧死了天虫，战胜了天神，使五谷丰登、六畜兴旺。这天刚好是农历六月廿四日，火把节成为"照田祈丰年"的传统节日保留了下来。夏日的大地上，从此有了火光冲天的不眠之夜。

火，带给人温暖，带给世界光明。

我在一个夏天的傍晚跟着朋友曲比解放去彝族人的村庄。在起伏的大地，彝族人的村庄几乎是敞开的。从远处眺望，通常给人空寂无人的印象，走到近处，才会看见宽阔的坡地蜿蜒的低矮的土墙围绕着院落、田亩和庄稼，就地取材的土墙与山岳大地浑然一体，只是在快要落山的阳光下拖出长长的影子。受光的一面墙在庄稼地里蓬勃生长的玉米与土豆的绿色映衬下，呈现出的红色比红土地更红了，视觉上仿佛燃烧的火。顺着土墙或者栅栏的是道路，无数道路把宽阔的大地与敞开的村庄联结起来，在庄稼地里忙农活的人顺着其中的一条道路就能回到自己的家。

在一条道路的终点是一扇半开的木门，脚步声的惊扰让看家狗汪汪直叫，曲比解放对它说了几句话便让它的叫声偃旗息鼓。踏进门是土墙围合出的一个院落，院落的左手边是简易的畜棚，右手边上再过两级台阶是住房，木门也是一半开着另一半掩着。说这是一间昏暗的房子，那也是眼睛慢慢适应了房子里的光线之后。尽管天色向晚，高原的阳光正在渐渐褪去，可刚踏进屋里的那一瞬间我还是感觉屋里一片漆黑，唯有一团火焰闪烁跳跃，亮黄继而火红的光芒焕发出光亮。

"哦——古立！"屋子里的人用彝语说快来坐。彝族人通常都用这样的话语打招呼，也算亲切的问候。他们没有把你当外人看，包括随后他们说起的"我们这个地方太落后了，路远又不好走"等，很快让外来所谓的客人卸下生分的包袱，情感上开始向他们还有他们坐着的大地靠拢。曲比解放的家人们都席地而坐，双腿交叉盘着，是最惬意的坐姿。曲比解放穿着一身低廉的西装，也盘腿坐下，他展开铺着的羊毛毡子让我垫着坐。夏天的二半山夜晚凉爽不冷，人们还是习惯围着火塘坐，所以说彝家火塘是永不熄灭的。即使白天全家人都下地了，火炭只是被柴灰掩盖着，待到回家，刨开火塘，挽一把枯草落叶，鼓起腮帮大吹几口气，火焰立即蹿起来。长年的烟熏火燎，屋顶已经漆黑，墙壁的泛红正在向黑色过渡。火光照红了火塘边人们的脸庞：阿普（爷爷）一口一口吧嗒着他心仪的兰花烟，不时侧过头去吐出一丝嘴中多余的清口水，头上的天菩萨（一绺头发）像枯草般已辨认不出发质和颜色，倒是有一种岁月积淀的沧桑感，满脸皱纹包围之中的眼睛却炯炯有神，火光在眼珠中跳个不停。阿姆（妈妈）头顶上蓝布做的头帕也早已看不出原先的颜色，头帕似乎戴上就没有取下，下巴下方的银制方形领牌是她身上唯一的装饰物，上面镌刻有动物或者植物的纹样图案，微微泛着光。她的双手密布皱纹，也不比脸上的少，并且粗糙。曲比解放作为这家的长子，在乡政府的工作让全家有一种说不出的荣光。他的弟弟是一个英俊的青年，当兵回来三年一直闲在家里，他穿着一件已经洗旧的军背心，黝黑的皮肤黑里透红，粗壮的大手鼓出肌肉，像一尊古罗马雕塑，连脖颈上的筋条都数得清楚。火光把人的身影放大后投射到墙上，还使房子中间悬挂的一盏 30 瓦的白炽灯光线变得黯淡。我隐隐约约看见用来装衣物的两只大木箱是家中唯一的家具，有一排玉米棒和红辣椒高挂在梁上，土豆散堆在地上。这些从土地上收获的农作物保持着来自大地的气息，当把玉米、荞麦磨成粉，冷水调和做成玉米粑、荞麦粑，用水煮熟，食物的原汁原味便给生命以勇气与信念。

　　无论中国传说中居住山林的古帝王燧人氏，还是古希腊神话中的普罗米修斯，虽然关于"火"的来源叙述各异，但是观念相同，都是源于对自然法则的理解。火，照亮了人类文明进步的阶梯。彝谚道："觉里都阿厄阿达，史里都阿厄阿达。"意思是人生在世时离不开火，去世时仍然离不开火——朴素的真理。

火把节为期三天，整个节日的文娱活动丰富多彩。凉山的彝族人都知道火把节最热闹的地方，要数普格县和布拖县。因为在普格县城东部耶底乡与甘天地乡的接壤处，也是布拖县拖觉镇与宁南县六铁镇的交界处，有一个名叫"日都迪撒"的地方是凉山彝族火把节的发祥地。

"日都迪撒"是彝语，意为"水草丰茂、能安居的地方"。它四面环山，围合中较平的盆地约有 6 平方千米。除了一块敞开的坝子，四周还有一些湿地和被当地人开垦的荞麦和燕麦地，其余绝大部分是平坦而又松软的草原，四周的山上生长着冷杉、柏树、青杠、黄栎等。一股清清的山泉从箭竹和杜鹃相间的灌木丛中溢出，真是天然形成的有舞台、有梯次的看台场所。

普格人非常自豪拥有发祥地，布拖人也不甘示弱，号称布拖是"火把节的故乡"，比拼的结果是两地都把节日气氛烧得红红火火。

盛大的彝族火把节开始了。人们穿着节日的盛装，带上坨坨肉、千层荞饼和饭团，簇拥着本村的摔跤手，赶着头角上扎挂各色绸带的斗牛、斗羊出门。姑娘们拿出珍藏已久、价值不菲的银饰，缀挂在身，撑着清一色的黄油布伞，繁花点点地涌向平坝，围成圆圈，悠悠地吟唱，跳起"朵乐荷"。骑手们拉着配有精美马鞍的骏马，神采飞扬地跃跃欲试，只等赛场内的摔跤、斗牛、斗羊等赛事接踵而至，再看他们一阵狂奔，骄傲地赢得上万人的喝彩……活动精彩纷呈，令人目不暇接，难怪彝族人自称火把节是"眼睛的节日"。众多远道而来的外国人没想到在大山中找到了感觉，干脆称之为"东方狂欢节"。

农历六月廿四日这天，节日的高潮来了。用蒿枝条捆扎好的火把，十天半月前早已备足，真的让人有些按捺不住。顽童们催促着阿姆赶紧生火做饭，生怕点火把晚了落在别人后边。很快，整个村寨家家户户的瓦板房上升起袅袅炊烟，在夕照的逆光中弥漫氤氲。这天晚餐前，各家男主人各显身手，将火塘里烧得通红的石块夹来放在锅庄石上，覆盖青蒿或杜鹃枝，以洁水淬火，把饭肉汤逐一端到腾起的水雾上转一圈祛秽洁净后，再端到神龛下供祭祖灵，祈祷全家安康。祭完祖灵，全家老少才围在火塘旁共进晚餐，尽享美食。

　　落日刚刚翻过山头，余晖才把天幕映红，暗夜还根本没有来得及跟上脚步，按捺不住的火把点燃了。也不知是谁第一个走出家门，高举火把，与余晖遥相呼应。村寨中很快响起了"噢嗬依，朵乐荷，朵格拉……"的呼喊声，此起彼伏，响彻旷野与星空。人们纷纷高举起燃烧的蒿枝火把，边走边喊，在房前屋后和庄稼地边的道路上奔走，然后汇聚成一列列长队，向历年焚烧天虫的地方行进，宛若一条条滚动的火龙。到了一处场坝，人们将火把堆放成一堆又一堆篝火，只见火焰升腾、火星飞溅，映红了山野。人们欢呼雀跃，神情也被火把点燃，激情饱满，容光焕发，生命的生机与活力强烈地迸发出来，热闹的场景和奔放的情绪给人以感染。

　　虽然在城市里举办的火把节少了一些原野之风，多了一些时髦做作，但旅游观光者也会情不自禁地鱼贯而入，融进狂欢的潮流。熟悉抑或陌生的人们友好地牵着手，围成大大小小的圈子，踏着高音喇叭传出的"达体舞"节拍，时而拍着巴掌，时而弹起脚步，边走边唱，甚至在舞曲的间隙疯跑，灰尘弥漫，人群旋转着光影舞动。人们都焕发出了人类本来的精神和样子，一个个无拘无束、生龙活虎、活泼可爱。

　　我在布拖县和普格县的火把场上，为彝族姑娘们的"朵乐荷"所迷醉。依然是围成一圈又一圈，她们右手撑着黄油布伞，左手拿着一根方巾牵连起舞圈，踩着缓缓的步子，悠悠地歌唱，悠悠地旋转。黑夜是她们的背景，月亮也在顾盼她们的风韵。看得出来，她们是从大地上生长出来的，她们的歌声确实也称得上是天籁。

　　情绪越来越激动的人群像涌进了沸腾的急流之中，红色火焰升腾在风口浪尖，引发了阵阵欢呼。如果说普格县"日都迪撒"火把节更多保持了乡野风情，那么西昌城的火把节显然把一座城市都推向了沸点。将要燃起篝火的宽敞大道从下午即实施交通管制，此时已拥挤有数十万人，狂欢的人们将这里变成一个盛大的舞场。火光照耀着男人们淌着汗水的脸，照耀着女人们耳边吊着的银耳环。因为曲比解放所在的美姑县不过火把节，所以到西昌过火把节让他颇为兴奋。我也挤在湍急的人群中，有些磕磕绊绊，有些恍恍惚惚。光影灵动中，我仿佛看见神祇从茂密的庄稼地里，从远山的树林中，从湖畔、河边、村寨而来，手舞足蹈、兴高采烈地露出天真的笑容。

炽烈的高原阳光，炽热的火把狂欢。神祇带领我们返回家园，岁月深处的家园。

乡镇上的集市

像凉山其他的集镇一样，20世纪末期，螺髻山镇的赶集由以往每十天一场"炼成"每周两场。人们按习以为常的规则划分出不同的经营区域，价格便宜的服装，花花绿绿的塑料盆、塑料桶等，后来水果还有蔬菜也出现在集市上。

一路望去，公路两旁人群像行军的队伍陆续向集镇靠拢，又是去赶集。太阳还不高，人影就拖得长。平日静默的大地因为有了这些人和他们的身影，不再那么懒洋洋，开始振作起来。

人与大地有着深切的关系。人站立在大地上，大地就有了生机。

集镇的热闹景象，在偏僻的山里似乎越来越受到重视。彝族并非家家都有一本日历，赶场的日子却被大家记在脑子里。几遍鸡鸣过后翻身起床，打着呵欠在清冽的空气中撒下一泡热尿。当太阳漫过山顶，几个土豆和着辣椒、酸菜已填饱肚子。抬头，粗糙的脸沾了第一缕阳光，抖抖皱巴巴的衣裳，一脚就踏在了路上……

山道和公路上都有人。你弄不清楚他们从多遥远的村庄走来，你只会看见他们从连绵山峦的缝隙间咯噔一下冒出来。他们都赶集去，朝着一个方向。

去的路上，人走得精神昂扬，身板挺直，步履坚定。男人的"察尔瓦"和女人的百褶裙摇曳出节奏和旋律，如同电视节目里的模特。从彝族人们走在路上的这种姿势，看得出他们的坚韧、自信，以及源于大自然和心灵深处的快乐。一张张天真而羞涩的笑脸，一副副镇定而从容的表情，都是他们淳朴、温厚的注解。尤其和那些偶尔来采风的外地人相比，艺术家的善于激动仿佛舞台上夸张的滑稽小丑，而彝族人们看也不看。他们不会把许多事情放在心上，他们早已听说岁月的漫长。

> 打柴的彝族人

　　他们一天天迎来日出、刮风、下雨、飘雪，他们一天天劳动、喝酒、聊天、睡觉。

　　走出一身热汗，人就挤进了集市密匝匝的人群中。

　　多数时候，尽管路两旁的商品琳琅满目，却没有什么东西非买不可。他们也没有什么东西好卖，家里的东西不值几个钱，那些摆满地卖的东西是从首府和县城批发来的。玉米、土豆、荞麦，基本口粮尚需留到下年，粮种、地膜、化肥，积攒的一点钱备耕还不够。但集要赶。

　　见了几个熟人，聊了一些家常。这一天就和昨天过得不太一样。

　　轻松的日子也是充实的日子。

　　愉悦的日子也是感怀的日子。

　　那谁又会说生活是单调的呢？

赶集待的时间一长，就会发现一些熟悉的面孔过去了又过来，对他们来说交易显然不是唯一目的，与熟人交谈时的温暖从心底漫溢在脸上。

集市上随处可见的是彝族人用玉米酿造的泡水酒，酒用坛坛或者瓶瓶灌装，摆放在路边的小摊点。在尘土飞扬的马路边，卖酒的小摊点仿佛就是一个小酒馆，围拢着人群，盛着酒的搪瓷盅或搪瓷碗在男人粗壮的大手中传递，你一口我一嘴地，烈酒随言谈中的家长里短和趣闻逸事畅快地倒进肚子里。

有时候在一群喝酒聊天的人群里，会加入一两个女人和孩子，话题跟着也会转移到他们身上。女人头顶上裹着艳红与翠绿图案的花巾，不时用手捂住笑得合不拢的嘴巴，因饮酒而绯红的笑脸沐浴着即将降临的暮色，质朴的模样煞是好看。我加入到他们当中时，起初引起了一阵不小的骚动，身边的几个男子沉重地挪动屁股，扯开披毡的一角让我，免得我直接坐到地上。我从衣兜掏出钱买了一件啤酒，啤酒是近些年风靡的饮品，由于比烈酒度数低，人不易喝醉，深受喜欢。我先把一瓶酒递给对面一位年龄看上去大些的男子，"曲波，紫都"（朋友，干酒）。自己拿起另一瓶，先咂了一口，顿时引来一片赞许的声音和认可的目光。很快，许多闪烁着野性的目光中就浸润了仁慈与关爱……

当伸向四面八方的道路上摇晃着人们回家的身影，一天的集市也就在还没有完全散发完的酒气中进入尾声。集散了，人群花开似的散向四面八方，公路和山道上再一次人影绰约，与去赶集的方向相反。虽然走在同一条路上，现在他们转身走向村庄，各自回家。

行人沉浸在暖红的余晖中，零散地洒落在路上，缓缓移动，像享受着赶集的收获，不愿走来时的一段长路。该说的话都在赶集时说了，该喝的酒都在赶集时喝了，还有什么重要的事情呢？回家天就黑了，还不是蒙头就睡嘛！

这样走路的人多半有了几分醉意。兜里没有几个钱，酒却有喝的。山风吹拂，醉意更浓了。但再怎么醉路也不会走错，只是人走得恍恍惚惚。你看见他蓬乱的头发粘着几根草叶，像是游走四野的侠客，脚下溅起一层薄薄的尘土。你上午还在路上和他打过招呼，但此刻他已经不认识你了。他把你遗忘了，他还抛弃了许多东西。他的神情和姿态都洋溢着无比的幸福。或许他眼前的现实变成了遥远的梦——妻子漂亮了，孩子长大了，玉米金黄了，羊儿肥壮了，村庄缀满缤纷的色彩……多想去撒撒野呀！可怎么使劲身子也无法动弹，双脚重得同石头一样。

旁观的人禁不住哈哈大笑——看，他醉了，醉了！酒醉的人管不了优雅或丑陋的姿势，也管不了是否走得回家，就当是在自己的家里散步吧！如果第二天听说自己出洋相，清醒的头脑努力搜索也捡不起任何回忆，大可质疑别人是痴人说梦，成心损害自己的名誉。

如果遗忘后又能重新回忆起的人与事，倒的确值得珍藏了。过去的人与事在新颖的注视中还像从前那样美好与可爱。时间改变了自己，时间没有改变铭记住的人与事。就是说这样的人与事已经融入阳光，阳光照在身上，心也就痒痒的了。

每一个行走的人们心中都怀揣故乡。村寨是无声的召唤，亲人是情感的牵连。即使是在山间形成的村寨，彝家大多也是分散而居的，一家一户相隔几十米或数百米。以往的房屋就地取土，夯实成墙，上架木梁，屋顶上再铺设木板，用南瓜大的鹅卵石压紧，以免滑落，只是每逢暴雨屋顶总会漏雨。房屋分上、下两层，下层供养牲畜，顺简易木梯登爬，上层才有供人睡觉的大床。从20世纪末开始，随着扶贫力度加大，中央财政大笔投入，人畜分居得到推广，避免了因卫生太差而致人患病。"形象扶贫"项目用彩钢瓦房取代木板房，砖墙的外表粉刷上雪白的石灰，再彩绘上彝族元素的美术图案。最近几年脱贫攻坚更是日新月异，易地搬迁的举措实施，新的村庄采用了小洋楼的模样。大致在螺髻山景区山门附近，马厂坪村仅依靠种植800多亩烤烟这一项收入就突破了200万元。人们的脸上多了笑脸，面对经常来拍摄的新闻记者或者渴望冲击奖项的摄影师的镜头不再刻意躲闪，轻松而自然。生活，就是今天这个样子。

就像高耸的螺髻山，品格坚韧，风度优雅。

甘洛·德布洛莫

德布洛莫是一座山。比起这个正式的名称，
彝族人的另一称呼更简洁、更广为人知——"鬼山"。
在彝文抄写的经书典籍中，在毕摩喋喋不休的诵经声中，
在寻常百姓偶尔的摆谈中，德布洛莫都是确凿的存在，
神秘、诡谲、邪恶。
它真实存在于凉山北部的崇山峻岭当中，
却人迹罕至。
即使民间专事祭司的毕摩也没有几人去过。
为什么要去那个"鬼地方"呢？

"什么？反正我是不敢去的！"电话那头的一位当地摄影师一听说我要去德布洛莫，毫不犹豫地打断了我的念头。"你咋个想到去那儿哟！"意犹未尽，他接连奉劝："你最好也不要去，人还是要有一点畏惧心才好。"

一年前，《中国国家地理》杂志特约编辑刘乾坤几番打来电话策划此选题，我答应采访写文。

我们执意要去一探究竟的德布洛莫是一座山。比起这个正式的名称，彝族人的另一称呼更简洁、更广为人知——"鬼山"。在彝文抄写的经书典籍中，在毕摩喋喋不休的诵经声中，在寻常百姓偶尔的摆谈中，德布洛莫都是确凿的存在，神秘、诡谲、邪恶。它真实存在于凉山北部的崇山峻岭当中，却人迹罕至。即使民间专事祭司的毕摩也没有几人去过。为什么要去那个"鬼地方"呢？

如果你在凉山看见人们听说"鬼山"时脸上浮现的惊恐与惧怕，你就会知道人们对它唯恐避之不及的心理。而这恰好增添了我们的好奇。

德布洛莫是一座怎样的山，"鬼山"之名的得来是因为那里真的有"鬼"吗，那里是否隐藏着令人恐怖的惊天秘密呢？

> 德布洛莫，传说中的"鬼山"

"鬼山"在甘洛

"五一"假期刚刚结束，趁山中的雨季还没有真正到来，我们计划实施探险。

早就与德布洛莫这座"鬼山"所在地的甘洛县政府取得联系，确认我们的行程时，他们慷慨允诺要多方面给予支持。我和报社的摄影师买锐沿 G5 高速公路从西昌直奔甘洛，聘请的登山摄影师吴冠炜独自驾车从成都赶来。抵达甘洛县城的那个夜晚大雨一直没有歇气。官方召集的长时间会议显得颇为正式，政府宾馆的会议室灯火辉煌。县长出面，带来了文化、旅游、林业、扶贫、交通、公安等部门负责人。大家七嘴八舌，现场气氛凝重。目的就是除了核准我们上报的规划行程，还为整个行程的安全做足预案。

"正好我们想，德布洛莫有没有开发价值呀？"县委常委、宣传部部长阿什此曲简洁的话语分量不轻。

多年来，这座孤寂、冷漠、恐怖的山，沉沉地压在他们的心头，成为他们的"心病"。我感觉得到当地人的矛盾心理，一方面认为这座山是一个宝，只是人未识；另一方面毕竟是"鬼山"，像烫手的山芋，如何着手是个大问题。之前当地电视台有两名记者去拍了一段视频回来，约 10 分钟的素材，被各方面的人翻来覆去地看，却看不出个究竟。而且越是看不明白，对未知的想象就越是困扰人。

"既然你们要去，就把它弄清楚。算是和'鬼'打个交道也好。"领导的鼓励，被雨水的哗啦声混合得模糊，但话语之中传导出的无形压力，竟让人有点毛骨悚然。决策者命令：由林业公安警察持枪上山，以防不测。

此时即使后悔，也已无法更改。箭在弦上，让箭飞一会儿——硬着头皮睡觉，失眠，辗转反侧。

天刚蒙蒙亮，雨势仍没有停止的迹象，给我们的冒险率先奉上难看的脸色。

带队的汪富顺是甘洛县委宣传部副部长，主事外宣工作。"我早就想去，一直没有合适的机会。"他抽了抽鼻梁上戴着的一副近视眼镜，显得文质彬彬。这是出发当天他对我说的第一句话，仿佛也是在对自己说。其他队员包括宣传部的新闻干事宋恩、当地电视台的一名摄像等在往皮卡车的车厢装载物资。

"会有收获的，我和你一样期待。"我这样为即将开始的行程打气，当然更是冀望。

"我来带路。"话音未落，他跨上前面的皮卡车。我们的车还在启动，前车就开出了宾馆停车场。

从甘洛县城出发，经斯觉镇到拉莫乡再到挖曲村，42千米的乡村公路蜿蜒曲折、盘旋而上。甘洛县号称凉山"北大门"，跨过大渡河就是雅安市汉源县，东面紧贴着乐山市峨边彝族自治县，离以神奇自然景观闻名的黑竹沟不远。

到拉莫乡挖曲村

一路风景，融合在小雨与云雾之间。

山峦起伏，沟壑纵横，河段与两侧山地相差悬殊，谷壁陡峭，河床狭窄，甘洛县地貌的基本特征是典型的高山峡谷。具体到拉莫乡范围，褶皱发育完整的斯觉向斜看上去并不险峻。立夏时节已过，满目的绿色像是水彩画笔刚涂抹上去，新鲜欲滴。沿着清澈淙淙的斯觉河逆流而上缓缓爬升，随山坡左突右拐的小道，遇有几处泥石流造成的滑坡体，但也并无阻断，似乎比预想的要轻松一些。尽管路途有些颠簸，但总觉得比成天坐在办公室里舒服。身心的愉悦，才是难得的享受。

如今的通乡公路已经是柏油路面，除了一些被滑坡或者泥石流损伤没有及时修葺，路途称得上比较顺畅。拉莫乡离甘洛县城并不遥远，成昆铁路的便捷使得甘洛县城到省会成都比到州首府西昌更近。而成都、西昌这样的城市愈现代、愈繁华，拉莫乡就显得愈偏僻、愈古老。在凉山的乡野采访中，我经常有在两个完全不同的空间和世界穿越的虚幻，仿佛在时间的两端，城市与村寨各表一枝。

山里人对山有一种朴素的情感。叙述宇宙变化、万物生长、人类起源、彝族迁徙的彝族古典史诗《勒俄特依》，讲天地形成开篇，沿途就经过了无数的山：吾则火施山、叶则火碾山、古鲁博杰山、姐阶纳杰山、麻补火克山、低曲博碾山……

> 神秘的德布洛莫，从不轻易露真容

> 甘洛县有不少旅游胜地

> 甘洛县的旅游开发正在起飞

> 探秘德布洛莫。领队汪富顺（右一）也是我们这支 15 人组成的探险队的后勤保障

葱茏的山脉，保持了大地的整体性，肃穆而生机。

在脱贫攻坚的众多项目当中，改善交通运输状况是省、州、县各级精准实施的重点。盘山公路的密集延伸，成为山中美妙的曲线。以往需要徒步几天半月的人际交往，因为乡村公路相接，价格低廉又可载客8人的面包车逐渐增多，很快拉近了彼此的距离。农民种植的玉米、荞麦、土豆、核桃等为数不多的农产品销售得到方便。他们采买地膜、化肥等农业材料，悄然改变着传统的农业生产方式。遗憾的是近些年，身披羊毛披毡和身着百褶裙的年轻人少了，他们模仿都市的时尚，改穿从街上购买的廉价时装。他们似乎缺少了从前的英俊或妩媚气质，独特的审美准则荡然无存。

公路到了尽头，两辆车开进一小型水电站。路途上，王福顺联系到的人马从乡村到电站内接应我们。33岁的彝族人杨海军是四川省冶金局派驻在挖曲村的"第一书记"，热情迎上来，招呼其他人将车上的全部物资卸下来，再分别绑在马匹上。

帐篷、睡袋、炊具、食品等一应分装马驮，3匹马，每一匹的背上都有了4个大口袋，均衡地分跨在左、右两边。小件的背包和摄影包由个人背负。不必有什么仪式，也没有出发令，一支15人的队伍尾随3匹马后，真正地开始了进发。

因为前途未卜，所以我姑且把这样一支队伍称为探险队。尤其是当3名森林警察穿插于探险队中，他们深蓝色的警服，头戴的警帽上和衣服左臂处的警徽，立马与我们的"花花绿绿"有所区别。其中两名警察身挎冲锋枪，锃亮的寒光令野物胆颤。不用说，警察的到来给予了整个队伍相当程度的安慰。钢枪、子弹，都不是闹着玩的。

队伍中的许多人平常里没有少走山路，包括我。到乡村采访，徒步几小时甚至一整天才到一个地方的情况并不少见。但是这一次实在独特。我不敢说每一个人心里都装着一个面目不一样的"鬼山"，事实上，每一个人都不知道行将看见的是一座怎样的山。也许是心理原因，我突然觉得这支探险队行进的气氛竟有一些压抑，即使当地向导也似乎有点不适应，他们平常的大声武气被抑制着，放低了说话的声音。交谈稀少，脚步急促。山间小道一直在爬升，不到半小时，人们气喘吁吁。负重的马匹仍然实力非凡，大致把我们拉开百米的距离，管马人只得时而小跑，跟上急速的节奏。

马蹄蹬踏山路的坚实，马匹颈项上摇曳的铜铃，在幽静而神秘的山谷间交织回响，声音忽隐忽现。困扰行路的讨厌的雨水，不知什么时候终于没有再追赶我们的脚步。云雾在连绵的群山之间缭绕，绷紧的心弦不知不觉放松下来……

两个毕摩同行

领队汪富顺几乎是我们这支 15 人组成的探险队的后勤保障。队伍开拔的头一天，除了夜晚的会议讨论细节以及可能遭遇事故的解决方案，整个上午和下午，他一面让宣传部从事新闻宣传的宋恩备齐猪肉、菜油、新鲜蔬菜等生活物资，一面与林业部门及乡村干部电话联系，请他们派人参与这次行动，做好必要的准备。

考虑得堪称周详的是，还从甘洛县彝学会请到两位毕摩。此番斗胆上山，为避免节外生枝，延请来两位彝族毕摩既是民俗顾问，关键时他们一显身手，又尚可御敌。

一位叫社尔沙撒，59 岁。过去他是干部，2017 年从县民政局退休。他熟悉毕摩文化，退休之后没有事情做，所以到彝学会重新捡起自己的爱好，研究彝族传统文化。在凉山，许多县市都有彝学会这样的社团组织。甘洛县彝学会 2017 年 11 月 19 日成立时，有会员 269 人。彝学会分设 10 个组，包括彝族文化研究、毕摩文化、苏尼文化、德古、克哲、民间歌舞、民间说唱、彝族艺术、摄影、饮食，分门别类，让那些有共同兴趣的人们发挥他们的长处，也为地方文化和经济社会建设出力。社尔沙撒精通彝语和汉语，正好担任翻译。

另一位叫木从政府，58 岁。他可是甘洛县大名鼎鼎的毕摩之一，活动范围不仅在本县，还远至周边的越西、美姑、峨边、石棉诸县。他自小就跟着父亲学习作毕，16 岁时已经能够独当一面，从此云游四方，无事可做时就在家誊抄和研习彝文经书，长久以往，练就了超常的记忆力。他除了作毕现场能随口而出各

> 摆脱贫困的凉山新面貌

式诵咒，竟然还清楚记得 42 年来共做了毕摩法事 203 场，其中，道场 142 场，牲牛的 42 场，用猪胛骨的 19 场。

关于木从政府的姓名，一般来讲，今天彝族人的姓名多由彝语音译为汉字。老一辈的不同，会选用一些当时的词语取名，比如"解放""政府""医生"等。

毕摩涵盖宽泛，内容博大，几本大书也写不完。作为彝学与彝族文化当中的核心部分，许多研究人员为之殚心竭力，出版专著。活态的毕摩文化，既为研究提供了观察的便利，也为分析带来了不少麻烦。为了叙述简便，我尽可能勾勒轮廓，为读者理解神灵做必要的铺垫。

在四川凉山等彝族地区，通常将祭师、巫师、经师统称为毕摩。用流行的话说，毕摩正是从这块土地上生长出的奇葩。虽然彝族及其先民的宗教信仰经历了

> 山里人离不开马帮

从原始宗教的以崇敬虎为中心的图腾崇拜，以崇火祀水为代表的自然崇拜，以祭祀祖先和制作祖灵为代表的祖先崇拜，还有英雄崇拜、鬼神崇拜、灵物崇拜等到向人为宗教过度和发展的过程，但是原始宗教的仪式及神话传说迄今在彝族社会中仍有保留。因此凉山彝族认为，人死后灵魂还在，存在于祖先居住的地方，在精神上与活着的人联系在一起。成为祖灵还是鬼灵，取决于死亡性质的正常还是非正常：正常去世的祖辈的灵魂仍未脱离自己的家庭和家族，会给后代以精神力量，所以当亲人死后都要请毕摩为其招魂、做道场念经超度，表示已将他们的灵魂送到祖地；非正常死亡之灵魂，无疑会变成荒野上四处游荡并作祟于生者的鬼，需要毕摩将鬼魂驱逐至"鬼山"。

按照毕摩木从政府的说法，在凉山主要有三座"鬼山"：位于甘洛县拉莫乡的德布洛莫、甘洛县吉米镇的阿勒洛莫、美姑县典补乡的格峨瓦普。

20世纪三四十年代，在甘洛彝族聚居区进行一系列改革的彝族上层人士岭光电先生就在《倮情述论》一书中写道："夷人日常一切，病死、跌伤、作战，甚至梦中见了奇蛇、陋鸦等都认为是在闹鬼，好似一切都像有鬼在作祟，离了鬼不出事。因此夷人的一生的时间都与鬼在周旋。周旋方法不是向鬼进攻，却是向鬼应酬。"

流传于四川境内大部分彝族聚居区和云南境内部分彝族聚居区的"凉山文献"（即彝语北部方言区的文献），内容虽有毕摩文献和民众文献之分，但毕摩文献占绝大多数，受外来宗教文化的影响较小。书面字形多保持圆体，笔直粗壮匀称，很少有笔锋。"用字通假代用现象突出，表音趋向明显。"纸书装帧多为"幼竹线订卷轴装"。美姑县的毕摩文献藏量最为丰富，内容最为完整，品类最为齐全，版本多样，许多还属古籍珍本。美姑县民间有毕摩誊抄文化典籍多达十几万册，令人叹为观止。这些文献对研究彝族历史文化的重要性不言而喻。据不完全统计，凉山散存于民间的彝文古籍文献藏量达500余种50万余卷，收藏于各级档案馆、图书馆、博物馆的有2 000余卷，仅美姑县就有各类彝族毕摩经书332种14万余卷。

因为美姑县毕摩人数领先于全州各县，据该县的毕摩文化研究中心调查，鼎盛时期多达数千人，所以美姑县是凉山公认的"毕摩文化之乡"，官方也曾举办文化节庆活动，目的是招商引资，助推地方经济。

2010年年初，国家档案局公布了第三批入选《中国档案文献遗产名录》的项目，"四川省凉山彝族自治州毕摩文献"名列其中。随后，国家档案局着手向联合国教科文组织推荐"彝族毕摩文献"申报《世界记忆遗产名录》。尽管我不懂古老彝文记述的种种，但那早已泛黄的纸片与竹简，明白无误地告诉今人时间的久远。仿佛过往正是在一笔一画的古老文字中生动地存在着，试图证明曾经的时空常态，虽然它默不作声，但随时可能让读懂它的人发出惊叹。

或许是早已打通了人和"鬼"的两个世界，毕摩木从政府没有避讳陪我们一起偏向"鬼山"行。坐进越野车后座，他悄悄告诉我，多年前他到过德布洛莫，但他没有谈具体原因。

"难道你不怕'鬼'吗？"我问。

他稍微想了一下："我还是不怕。"

木从政府口若悬河，那些从父辈口传听来的故事、经书中认识的道理，与社会现实的种种征象融会贯通。不难想象他司职毕摩时受欢迎的程度。但他汉语生疏，只会几句简单的日常用语，我也不甚听懂。

可以说，木从政府每一天都活在他的精神世界里，与各路神鬼频繁地打交道。彝族民众普遍相信，灵魂犹如人的影子，人的生命从母体诞生之后，一直相随相伴，生命之所以存在，是由灵魂决定的。既然万事万物都有灵魂，石有石魂，树有树魂，山有山魂，那么必然人也有人魂。灵魂一旦离开肉体，人的生命就随之终结。灵魂如果无处依附，就随时可能被鬼怪唆使而致祸于人，所以灵魂的保护便成为彝族民众生活中极为重要的事情。在彝族民间，婴儿夜半啼哭，被认为是鬼怪前来捉魂，父母总会大声嚷闹或者用恐吓的言辞来赶走看不见的邪祟；一人独自在路上遇见旋风聚起尘埃，被认为是鬼怪前来捉魂，也要毫不犹豫地边念咒语边用石头击打旋风；行走途中倘若不小心摔跤了，被认为会导致灵魂丢失，总要捡拾一小石子回家；每当为亲人送葬，与逝者最紧密而又宿命相关的人员总是

> 在山道上，经常看到马帮驮运的情景

被亲朋死死抓住，不让其为逝者送葬或者送灵，他们认为这种人的灵魂容易随逝者而去……诸多奇怪的现象，都是凉山彝族民众对灵魂信仰的诠释。

"溯源寻根是彝族人对待世界、对待社会、对待人生的一种思维方式，尽管有些溯源带着浓厚的彝族古代先民幼稚、直观的认识，甚至只是幻想的神话思维的认知，"美姑县毕摩文化研究中心主任阿牛史日认为，"但是这些认识也在一定程度上反映了彝族人世世代代对客观世界和社会现实的不断探索和总结，反映了彝族人对知识的重视和求知的愿望。"

在林林总总的溯源中，绝大多数是神话和传说。而有关"鬼"的起源神话，有一则是"紫孜妮楂"。它以两种形式在彝族民间广为流传，一种是口头传承，以故事的形式被人们所讲述；另一种是毕摩文献，有各种版本，内容大同小异。

古老的神话，讲述的是凄美的爱情悲剧。

我取中国社会科学院民族文学研究所研究员、联合国教科文组织保护非物质文化遗产领域专家巴莫曲布嫫《神图与鬼板：凉山彝族祝咒文学与宗教绘画考察》（广西人民出版社，2004 年）一书，摘抄如下：

　　天地混沌渐分明，六个太阳七个月亮的时代已经过去。雄鸡鸣晓，云雀飞旋，天色渐亮，在彝族贵族首领阿基君长的领地，小伙子们吆喝着猎狗踏上出猎的山路，向森林走去。随着一声狗吠，一只花白色的獐子被撵出了竹林。白獐在奔逃途中，碰上了举世闻名的英雄——阿基君长的武士罕依滇古，不论白獐怎么请求和劝说，还是挡不住罕依滇古的射杀之箭，白獐被射中，箭折其颈，直穿其尾。人们跑到白獐倒下的地方却不见白獐的影子，这时人们听到前方有猎狗的吠声，便顺着声音前去查看，发现猎狗群正围着一棵开着红花的大树在叫。罕依滇古认为这棵树中藏有东西，他连忙拉弓搭箭向树射去，树枝被射落了一枝后就不见了，而站在他面前的是一位美丽的姑娘，她就是容貌漂亮无比的紫孜妮楂。

　　一天，另一个部落的彝族贵族首领阿维尼库带着猎犬进山寻猎，与紫孜妮楂不期而遇，一见钟情，紫孜妮楂跟随阿维尼库来到他的部落寨子，两人幸福地生活在一起。第一年紫孜妮楂是一位花容月貌的美妻，第二年紫孜妮楂是一位聪慧能干的贤妻，但到第三年，紫孜妮楂开始变了，变得凶恶无情，寨子里开始莫名其妙地连续死人。第四年后阿维尼库生了病。一天他询问紫孜妮楂的家世和来历，她如实地告诉了阿维尼库。阿维尼库听后大为惶恐，开始谋计整治紫孜妮楂，便佯装病重。紫孜妮楂为了给阿维尼库治病，一天，变成一只赤羽的山鹊，瞬息间飞到大海中的小岛上寻回天鹅蛋；一天，变成一只花斑的豺豹，转眼蹿上高耸的大山，钻入黑熊的胸腔取回熊胆；一天，变成一只水獭，一溜烟潜入江底找回鱼心……但均无疗效。一天，阿维尼库说除了武则洛曲（即

四川境内的贡嘎山）雪山顶上的白雪能够治好他的病以外，什么也救不
了他了。紫孜妮楂救夫心切，便决心不论怎样也要去千里以外那关隘重
重的雪山采雪。

紫孜妮楂出门后，阿维尼库随即请来了寨头的九十位毕摩（祭司）
和寨尾的七十位苏尼（巫师）在家中念经作法。而此时紫孜妮楂已历尽
千辛万苦，正在从雪山归来的途中，因毕摩、苏尼的诅咒，她慢慢变成
了一只灰白身褐红尾的山羊，而她为阿维尼库采来的雪还夹在蹄缝中，
卷在皮毛里，藏在耳孔中，裹在犄角上……即使知道自己性命将绝，也
要驾着风从雪山上往回飞。她要把雪送回来，表达她对阿维尼库至死不
渝的爱情。而阿维尼库又遣来九十个青年，用箭射杀精疲力竭的山羊，
并将它捆缚起来丢入山头的崖洞里。没过多久，紫孜妮楂变成的山羊从
崖洞里被水冲到河中，落入乌撒君长家的三个牧人在河里布设的接鱼笼
里后，被不知情的人们剥皮而食。结果，吃了紫孜妮楂变成的山羊而致
死的人，又都变成了到处害人的鬼，乌撒拉且、维勒吉足、果足吉木、
笃比吉萨等部落支系的彝族人都被这些紫孜妮楂变来的鬼给害尽了，各
部落的毕摩、苏尼都在诅咒紫孜妮楂，千咒万诅，都说鬼的来源是紫孜
妮楂。

"鬼门关"

险恶，很快扑面而来。

各种各样的绿色被山雨清洗得干净。远近的青山绿得浓郁，层次呈现出深浅。
往山的深处走，树干的姿态讲述着岁月的浸淫。老树枝杆扭动着身躯顽强地伸向
高空，雨湿的树叶反射出天光仿佛白花，大自然没有吝啬美好的底色。

"小心头上，魔鬼要咬人了。"一句猝不及防的提醒，轰散了劳累却还放松
的心情。循着向导驳足什也伸出的右手指引的方向仰望，近处茂密的树木层叠往

上，山体最高处，巨大的"骷髅"狰狞地望着苍天又盯着山中的一切：眉骨凸出掩盖下的眼窝深陷，大而无当，鼻梁短促而鼻孔上翻，大嘴半张牙齿毕现。山崖剥露的灰色岩石，鬼斧神工般雕刻出令人瞠目结舌的巨头，逼真如人头骷髅，恰好头部之上又有树木藤蔓缠绕，形塑出披头散发、呼啸而来的姿态。

我倒吸一口凉气，莫名的寒意侵袭全身。汪福顺形象地解释，这里叫"鬼门关"。斯觉河从正前方迎面而来，左、右两山夹峙的空间逼仄，右方高处骷髅状的山崖明显高一截，"鬼门关"名副其实。它虎视眈眈，把守进出大山的通道；它保持嘶吼状，企图用无声的声音恐吓冒失的闯入者。

驳足什也，36 岁，是挖曲村巫石组的农民，需要帮扶的建卡贫困户。

驳足什也个子不高，却显得精干。5 月份的山中寒气不减，我们有的穿几件衣服，有的身着薄羽绒服，而他只穿两件，一件黑底带橘色图案的 T 恤衫打底，再一件浅米色外套。他手拿一把弯刀，不是用来壮胆，而是遇了枝丫乱草好挥刀辟路。

"别怕！那边哪儿有什么鬼哟！"他提醒我。

"真没有什么吗？"我加快步伐跟上，和他聊天。

"只要主山那儿不去住。白天不怕，晚上做梦也梦不到鬼。"他说的住宿条件，其实就是用一根粗木棒，一头靠在山岩，一头用两根交叉的木棒支撑，先覆盖好竹篾篱笆，再盖一层塑料布搭建的棚子。一家 6 口，4 个子女当中，大儿子 9 岁，在拉莫乡小学读二年级，幺女仅 3 岁。2017 年 9 月，他搬进两层楼的新房，新房总价 12 万元，他只出了 9 600 元，国家扶贫资金占了大头。新房不能空呀，他买来 3 个电饭煲，一台 32 英寸的海信电视机，可以看 110 个电视频道。积蓄来自勤劳。4 亩地，种植玉米、土豆，玉米粗糙，原先吃腻了，就用来喂猪，现在直接改吃大米，130 元买一袋 25 千克的。养殖挣的钱多，一个月以前刚卖出 20 头绵羊，收入 1.2 万元。家中还饲养有 60 只鸡，等到火把节时可以卖。8 头牛敞放在山上，这就是他要上山的原由。

"要拿盐巴喂牛嘛，上山去只住一两个晚上。"村里人多数不敢上山，他说自己从家到搭棚子的地方不远。入夏以后这一带青草茵茵，优良的天然牧场，每到夏天他大胆吆喝着七八头牛来此放养。牛不谙人事，只晓得饿了就吃吃饱了就睡。黑色的夜晚似乎总有不安全的因素，驳足什也还是显得小心翼翼，深夜盖的是羊毛毡子，白天吃的是玉米粑、荞麦粑和烧土豆。他把多带的食盐倒进塑料盆喂牛。去德布洛莫放牧来来往往相安无事，慢慢地，邻居知道那片山区草肥，近年有四五家人也开始麻起胆子上山分羹来了。

只不过大胆留在山上过夜的人，还是只有驳足什也一人。

所谓"鬼门关"，虽然并没有多少实际意义的威胁，但是我的预感告诉我，既然才走过"鬼门关"，是否意味着真正的威胁还在后头？果然，他们异口同声告诫我，必须提防的困扰即将到来。

面前是一条河流，之前已经涉水三次了，因为河道当中有大大小小的乱石，恰好可供铺垫跳跃而过。现在则不然：河面宽约7米，水深，可没至大腿，需要脱鞋挽裤缓慢趟过，山水冰冷刺骨，大家相扶而行。随后另一条河，虽然宽仅有5米，但是硕大的石头嶙峋，水流湍急，河岸较高，山民临时用两根捆绑在一起的树杆搭成便桥。被剥光树皮的树干有些弯曲，雨水淋湿以后比较溜滑，不吃脚力，只能采取平移双脚的办法过桥。我和吴冠炜是重点保护的对象，两头均有人伸长手臂接应，中间一段我们单手撑着一根支撑到河底的长树枝，助力勉强通过，有惊无险。

"哎呀，我遭了！"才走一段，惊魂未定，前面有队友叫嚷道。他不敢坐下来，只是将右脚鞋子脱下，抬起脚翘在一块石头上。褪下袜子，踝关节处流着鲜红的血，蚂蟥钻进皮肤里了！这一段"蚂蟥沟"长达一千米。蚂蟥长三四厘米，深褐色，附着在阴暗潮湿的乱草之中，根本看不清楚。它却像长有隐形的翅膀，飞也似的跳跃到裤脚和鞋子上，无声无息地向有温度的皮肉钻，待感觉到灼痒时，它已在欢快地吸血了。别看蚂蟥柔软，但它连厚实的户外登山鞋网眼布料都能钻进，一般的袜子更是不在话下。一旦它钻进皮肉，轻易扯不出来，而且把它扯断了更麻烦，它的头还会继续往肉里面钻。山民教给的土办法是用盐涂抹在脚上或者将点着的香烟熏烤蚂蟥攻击处，击退犯敌。一行人不由地加快脚步以尽快通过，却又不得不走走停停，以尽早发现果断采取措施。

> 山村静默，等待着远方的客人到来

　　难道真是撞见"鬼"了，难道"鬼山"真有"鬼"吗？

　　大约 25 千米路程，上午 9 时半出发，经过 5 个多小时艰难跋涉，下午 3 时终于到达德布洛莫核心地带。我们行进的路线是顺着山沟向高处走，山体植被良好，沿途绿水青山，凶险也许躲藏进了浓密的树林。

　　德布洛莫！德布洛莫到了！前面的人的欢叫声，让走在探险队靠后的我四顾茫然。我不知道哪座山是我们"冒死"来寻找的山。我们四周都是山，我们在山的怀抱之中。只是除了自己的体温，四周的山没有一丝温暖，反而还有隐隐的凉风。

　　闻名广大彝族聚居区的"鬼山"德布洛莫终于近在眼前。如果没有向导告诉你它就是德布洛莫，估计你也认不出它来。没有特殊的形貌可供辨识，本就是普通的山。这是一座圆锥体的山，山体外形和生长的植被与周边的山并无二致，甚至因为我们的露营地海拔 2 600 米，从那里仔细打量海拔 3 301 米的德布洛莫，真算不上高大雄伟。换句话说，它平常得不起眼，更谈不上惊心动魄。如果把圆形的山基视作表盘的话，我们靠近德布洛莫行走的结尾部分，大致是从 5 点钟的位置沿山腰小路顺时针绕行的，营地安扎在 12 点钟方位。德布洛莫，德布洛莫，我一遍又一遍地念叨这座山的名字，这座山的名字竟使得旁边的山没有名字。山中之山本是连绵层叠的，群山铺陈在大地上，基础部分不容易区分，只有山体耸立的山头部分才使得我们把一座一座的山分别出来。大多数山是无名的，它们已经屹立在那儿成千上万年。一般而言，山脉当中的最高峰才会获得命名权。山峰成为标识，就像灯塔，便于指认方位，让其他的山峦安分守己，不要混淆视听。我获得的地貌印象是周围多数的山比德布洛莫还要高，高大的冷杉成熟林和残次林，植被良好，也印证了《甘洛县志》记载这里曾是东部林区的一部分，20 世纪 80 年代有过小型森工采伐。呵呵，原来德布洛莫竟是这般毫不起眼。当然，它依然令我们每一个人刮目相看：山顶处冷杉树挺立，在灰白色的云雾衬托下，树干和伸展开的树枝树叶颜色变深成了墨绿色，不是死板的一片色，而是层次十分丰富，如色彩的晕染，湿润可见笔触，带出几分画意。冷杉树下山体的大部分腰间是杂树的绿色，没有墨黑的添加，绿得比较纯正，烘托了冷杉树的孤傲。近处的树叶在天光的作用下颜色更加明快了，是草绿色中调和了明黄的那种，树叶小，琐碎，跳动在细细的树枝周围，讨不期而至的我们的喜欢。我想，眼前的一切荒草、树木，还有周围的山，都是属于德布洛莫的。德布洛莫是主子，我们只是来认识它，没有理由来打扰它，所以我们这支探险队当中没有任何一个人冒昧地去它那里。我们只是保持一段合适的距离，选择一处坡地，按计划扎营休息。过一个夜晚，我们便会自动离去。这是一个难熬，天空还有细雨，不可能出现月亮或者星光的夜晚，但愿我们都相安无事。

探险队在临时选定的营地搭起六顶山地帐篷，紧挨着一字排开，担心山雨猛烈，又用蛇皮塑料在帐篷上面遮挡，营地两端挂上了充电照明灯。

傍晚，持续的降雨更为密集，而且毫不示弱。云遮雾罩仿佛又为德布洛莫和周遭披上了一层神秘的面纱。我们忘了身边"鬼山"的存在，在"鬼山"默默地注视下，饥肠辘辘地埋锅造饭，然后饱餐一顿。天黑尽时，围坐篝火聊起道听途说的各种鬼故事。本以为会被惊吓得不敢闭上双眼，或者被乱七八糟的噩梦扰得无法入睡，我竟然沉沉酣睡，连一个梦都没有。走乏了的睡眠实在香甜，据说鼾声在宁静的山中响彻夜空。唯有森林警察不敢大意，生怕夜黑风高有埋伏，两人轮番持枪守护，直至天明。

鸟鸣唤醒天明，睁开眼睛连忙庆幸一夜平安无事。我们没有急着下撤，摄影师吴冠炜想放飞无人机，拍下俯瞰的图片。整整一上午，盼望雨停日出的愿望还是惨遭落空。我们悻悻撤退，留给德布洛莫遗憾的背影。

漫长的修炼

到甘洛县踏访德布洛莫之前，我专程到美姑县采访，做必要的功课。欲知德布洛莫，得先了解毕摩；若要解释彝族文化信仰，毕摩也是一把开门的钥匙。

美姑县毕摩的木果人到中年，身强体壮，是美姑县毕摩文化研究中心9个在编制内拿工资的毕摩之一。通常而言，毕摩的家庭经济状况比一般农民要好许多，

> 跨越山溪

虽然请毕摩作毕支付的酬谢完全由主人意愿，但要准备的牲物就十分讲究了。要
准备鸡：鸡头、鸡肝，猪：猪头一半、舌头到胸脯肉一条、猪腰一个、猪肝一片，
山羊：羊头、羊皮、羊胛骨、扇子骨、一片羊肝、一个羊腰子、脾，黄牛：牛头、
牛皮、四蹄、扇子骨、牛肝一片、脾。

　　在研究中心接受采访的木果头一天晚上刚为美姑县城一个老板家驱鬼，"只
睡 2 个小时，要做到今晚 10 点钟才结束"。当天上午驱逐鸡秽，以赎魂和招魂；
下午会用山羊，当咒经诵读一个小时的时候，那只山羊会浑身发抖，如果不抖就会重新换一只绵羊，赎魂才能有效果。

我一边听讲，一边注意到的木果困倦的眼睛布满红血丝。他拿木制法器招魂钵给我看，说是做法事时主人家给的钱会放在钵里，干净的（祈福）给一点或不给都行，污秽的（治病或驱鬼）就要给多了。"过去有给一斤盐的，盐贵重；有给一坨银锭的，还买不到一条裤子，那时几个男人才有一条裤子穿。"他感慨："现在是给钱，是价值观念在发生变化。"言下之意，毕摩的技艺、内涵和外延并没有变。

绝大多数彝族毕摩为世袭，的木果也不例外。他5岁开始跟爷爷学，学了3年就参与实习。"爷爷喜欢把孙儿带在身边，哪一段熟悉让我来干（指诵经），一坐几个小时，小孩子想睡觉得很，爷爷伸手来揪大腿，痛醒了不再敢睡，休息5分钟接着作毕。"的木果记得清楚："15岁时第一次独立作毕，当时在跟叔叔学，就在叔叔家，叔叔把准备工作都做好了，自己还是有点心虚。"

第一次作小反咒，最基本的法事，耗时4个小时。

"毕摩仪式有300多种呢。小型的你可以独当一面，但以后够你学呢。"叔叔内心欣慰，话语间流露出对后辈的鼓励和期望。

直到28岁那年，他才尝试作送灵归祖。的木果仍记得，最长的一次作了7个昼夜，男主人的夫人40多岁病故，是患肺结核6年不治而亡。家人唯恐厄运纠缠，请毕摩诅咒鬼魂。

庸常的日子不知有多少不幸发生，我终于明白了毕摩木从政府的话："德布洛莫山的每一片树叶都有7个鬼魂附着在上。"

与所有学业一样，毕摩的修炼也是一个漫长而痛苦的过程。从《报人丁》《清进》《净牲》入门，到《地神》《驱业》《折断孜果》，毕摩经书浩繁，不但要熟读、背诵，还要领会、贯通，勤奋、悟性和超强的记忆、健强的体魄，对人的智力与耐力都是极大考验。何况时代变化太快，周遭充满诱惑。日复一日、年复一年地诵经修为，无疑是极其艰难的。受过现代教育的新一代看待毕摩的眼光多了几分理性的质疑。遍布山间乡村的便利医疗条件，促成小病吃药和大病送往县、

> 山路没有想象中陡峭，但仍然得随时提防蚂蟥偷袭

> 德布洛莫就在眼前，茂密的植被，洁净的空气，人间仙境

州医院，毕摩活动的市场需求愈发受到影响。

的木果司职毕摩已经是第 46 代，祖辈传承下来的事业继续得以发扬光大。的木果是家中长子，之后的三个兄弟还有两个同为毕摩，只有幺弟在县检察院当驾驶员。父亲去世多年，母亲只做简单农活。四兄弟都有收入，家境算得上中等。每当过彝族年时全家人欢聚一堂，其乐融融。幺弟开玩笑说："你们好好当毕摩，等你们做不动了，就让我来。"

拿一份固定的工资，的木果没有作毕时就得去毕摩文化研究中心坐办公室。和同事讨论的话题海阔天空，引得思绪畅想未来，的木果的隐忧慢慢浮现。

他担心"怕毕摩知识和文化教育有冲突"。的木果膝下四个子女，因毕摩传业传男不传女的习惯，他早有培养 8 岁幺儿做毕摩的想法。但他最想的还是子女读好书，如果能考上大学毕业后当教师或者医生，"能找到一碗饭吃最好"。他把在井叶特西乡的 7 亩地交给老婆种植玉米、土豆和荞麦，自己带着子女租住在县城，60 平方米房子每月 800 元的租金，他觉得容易接受。唯一不能接受的是耽误孩子的学习，这不，16 岁的长女小学毕业就不肯读初中，气得他瞪大眼睛。幺儿尚在县城关小学读二年级，的木果一边计划几年后送孩子去眉山或乐山读中学，一边又选假期带孩子去作毕。"没有特意教他，只是喊他看，如果以后读不得书，你说咋办？"他把问题抛给我，矛盾在心中像一团搅乱的羊毛线，理不清楚。

"不是说，兴趣是最好的老师吗？"我试探。

"哎呀，他确实不感兴趣啰。他感兴趣看电视动画片。"的木果说话的语气并不伤感，倒有几分孩子般的快乐。

背　影

　　山野之间——大路小道旁的树干枝丫上，坡坎甚至悬崖下，河流小溪的乱石当中，偶尔可以看见那些用稻草，或者稻草混杂彩色布条捆扎的各式奇形怪状的草偶，有的像猪，有的像鸡，有的像羊，有的像男人，有的像女人，其实全都是"鬼怪"。毕竟是"鬼"，怪模怪样的形状颇为抽象，一般人辨认不出来，毕摩讲解后才恍然大悟。不同草偶有不同的寓意，似乎肩负不同的使命，服侍于人类。

　　出没于荒郊野外的"妖魔鬼怪"出自毕摩之手，也是毕摩择事象而置放的。但它们不受人待见，人们唯恐避之不及，躲得越远越好。若是不小心撞见，会拣起小石子打砸，或朝它吐口水，以免污秽沾染上身，甚或鬼魂附身。

　　徒步去德布洛莫的路上，我记起毕摩做法事时要插神枝在地上，便向毕摩木从政府讨教："神枝不是随意布置的吧，那些神枝意味着什么呢？"木从政府摇了摇头，感觉为难："我不知道该咋个说了，太复杂了。"他试图比喻，可以把场域的神枝与缠绕的草理解为千万重山和千万条河，把亡灵送回祖地或者诅咒至"鬼山"要历尽千辛万苦。

　　乡间小道上，毕摩头戴黑色羊毛毡斗笠（法笠）、肩披飘逸"察尔瓦"、背负齐备作毕法器行走在蓝天白云与炽烈阳光当中，不辞辛苦，风尘仆仆。远远望去，毕摩像侠客，要为人间遭遇的灾难、病痛与不幸打抱不平；毕摩又像隐士，与山川对话，以不歇不止的诵经承续祖先流传下来的思想和智慧。

　　今天，即使许多神秘莫测已经现代文明与科学技术的洗礼而昭然若揭，毕摩，却仍然是带给山里彝族人精神抚慰的那个人。作为彝族社会特殊的文化现象，毕摩文化被视为一种保存完整的活态的原始宗教文化，是彝族文化研究者涉猎的内容之一。1996年，美姑县政府出资设立"彝族毕摩文化研究中心"的初衷即收集整理彝文古籍，研究扬弃的传统文化。

　　随着彝学得到越来越多的有识之士看重，研究彝族文化史正成为一个重要的课题，而这当中最绕不开的就是毕摩及毕摩文化。

有关毕摩文化的定义，国家民族事务委员会中央民族干部学院党委书记巴莫阿依认为："毕摩文化是由毕摩们所创造和传承，以经书和仪式为载体，以神鬼信仰与巫术祭仪为核心，同时涉及包容了彝族的哲学思想、社会历史、教育伦理、天文历法、文学艺术、风俗礼制、医药卫生等丰富内容的一种特殊的宗教文化。"这一定义揭示了毕摩文化的主体、载体形式、内容和性质。

"首先从文化的主体看，毕摩文化是彝族社会中特殊的神职群体毕摩们所创造和传承的文化。"巴莫阿依博士长期研究的课题是中国凉山彝族传统宗教与毕摩文化，她说："从其载体形式看，毕摩文化是一处不同于口承文化、日常文化的文字文化和仪式文化。从其内容来看，毕摩文化是一种以神鬼信仰和巫术祭仪为核心，同时涉及包容了彝族传统文化诸多方面的一种百科全书式的综合性文化。最后从其性质看，毕摩文化是一种不同于民众文化的特殊的宗教文化。"

但是随着时代的发展毕摩群体的流失一刻也没有停止。拥有毕摩人数最多的美姑县，1996 年有毕摩 6 850 人，四年之后第二次普查，只剩 2 913 人。近些年，随着脱贫攻坚力度加大，彝家新村、新寨拔地而起，住进新房的人们几乎每一天都通过电视了解到外面的世界。"一村一幼"开始让父母从小就把子女送进学校读书，过去缺医少药被"新农合"全覆盖，彝族群众热情地拥抱新颖的生活方式。乡村的文化活动广场，在不一样的星光与月色之下，翩翩起舞的舞姿伴随达体舞音乐，袅袅萦绕于辽阔的山野和温暖的心间。

如果你仍然对发生在这块土地上的心灵故事感兴趣的话，我倒是非常乐意推荐一位青年编导杨蕊的——即便单就其对大凉山彝族毕摩文化的展示来说，这也是一部充满理解力和尊重感的纪录片——《毕摩纪》。影片讲述了三位毕摩的故事：咒人毕摩，他家世代以咒人咒鬼闻名，是凶性法事的主持者，只要他念动咒语，就会有人伤病或者死去，但现在因为已被政府禁止做此类法事，他失去了他的职业；招魂毕摩，是人们尊敬的善性法事的毕摩，他为人治病招魂祈福，但他的内心有痛苦的往事，为了得到儿子把毕摩的事业传承下去，他先后娶了四位妻子，当 64 岁得到儿子时，前三位妻子都因被抛弃悲伤死去；村官毕摩，在彝族

> 祭祖仪式中的牵牲绕棚　摄影 / 阿牛史日

的神职人员里，他是少有的还担任村干部的角色，在人间神界都拥有权利，但他过于自负，终于在村主任选举中擅自做主违反了选举法而被政府免职……毕摩在时代演变的风中被动地摇摆，其实世界上的每个人又何尝不是如此。

　　毕摩喃喃自语，似乎又在跟神灵讲话。而人生的际遇是这样的变化无常，我后来听说在片子里总是依在妈妈怀里的村官毕摩的小女儿死了，在片尾和爷爷在床上细细说话的咒人毕摩的孙子也死了，连同曲布的爷爷、老师以且，但愿毕摩能够安妥他们的灵魂。祈愿毕摩的故事永远在大山中继续，如同连绵的山脉，作为一种文化生态，生生不息。

未来的旅游

此次德布洛莫探险，一路上最活跃的杨海军同时在职就读中国地质大学博士，一把地质队员必备的工具——锤子，常不离手，他的习惯性动作就是用锤子敲下几块石头，仔细地端详。现代教育使人的思想更为宽阔，所以对现代知识的掌握和对繁复事实的理解他都显得睿智而开明。和其他帮扶干部一样，从2015年9月来到这个与"鬼山"最近的地方的那一天起，他绞尽脑汁为这里的发展出谋划策、身体力行。尽管凉山的贫困状况普遍存在社会发育程度较低、基础设施薄弱、生产生活条件简陋、教育与医疗几乎空白、经济流通与积累严重不足等问题，但是具体到每一个贫困乡村，反映出的特殊性各不一样，因地制宜地解决沉重的贫困既急迫又棘手。

或许在他眼中，甘洛这里的山川溪流坡坡沟沟和我们看到的有一些不同。"汉族有'鬼城'丰都，彝族有'鬼山'德布洛莫，我一直有个愿望，想打造一个'鬼山'景区。"杨海军坦诚地提及自己的想法："我做了规划，以村落基础设施打造着手，第一期目标是建设彝族文化旅游新村。"他浪漫地设想邀请彝族的知名诗人上山，以民族诗歌会的形式提升德布洛莫的知名度。"我相信，如果他们（彝族）都不怕，热衷户外探险的驴友一定会喜欢的。"

事实上，企望以旅游资源开发来带动经济发展，是连续几届甘洛县委政府的工作着力点之一。该县自然旅游资源有世界最深峡谷、国家地质公园大渡河大峡谷，有省级自然保护区马鞍山、高山湖泊牛角海、大菩萨大佛寺，有南方丝绸之路上的大唐清溪关，有在彝族聚居区久负盛名的彝族神山吉日坡、"鬼山"德布洛莫等，是开发生态旅游、观光旅游、探险旅游不可多得的资源。

旅游多年前就已经被凉山决策层定位为"首位产业"，每到节假日鱼贯而至的游客逐年增加，"川A"大军占领某个景区的新闻是媒体乐于追逐的热点。不过脱贫奔康才是凉山工作需要花更大力气的重点。比起四川省内更具旅游魅力的"三九大"（三星堆、九寨沟、大熊猫）名片，乐山-峨眉山、都江堰-青城山

以及成都的宽窄巷 – 锦里，论热度都在凉山之上。凉山旅游如今广受追捧的只有西昌邛海、泸山和盐源县泸沽湖两处 AAAA 级景区，其余地方虽然各有亮点，但投入少、游客稀少，不温不火的状况已持续了很长时间。

"怎么样，德布洛莫开发有没有新进展？"汪富顺后来到州首府西昌参会，我试探地问他。

"精准脱贫任务太重、压力很大，去忙那头还顾不到这头来。"他接过话题："走了那么一趟，可以说对德布洛莫有了印象。我觉得它是具有开发价值的，即使现在还没有什么动作，以后的有识之士来做，可行性还是很大。"

"不虚此行。"说出这句话，汪富顺显得很开心。

"是的。长见识了。"我表示认同。没有说出口的是，内心对甘洛县相关单位和人员的感激。

德布洛莫千百年来矗立在凉山甘洛，连绵的山峦逶迤婉转。可以想象，它显得最为神秘的时候应该是冬季，漫天飞舞的绒雪覆盖，山色洁白如莹，肃穆宁静；而一旦春上山顶，索玛花争奇斗艳，鸟语喧闹，又会是美不胜收的景致。

凉山·高山

我更愿意在山中跋涉，翠绿的森林、烂漫的野花，

坎坷的小路绕着陡峭的悬崖，

生命凹凸的痕迹镌刻着说不尽的典故。

因为有了彝族人挥锄劳动，有了瓦板房上升起的淡蓝色炊烟，

这样的山就多了几分活力，与别的山有了质的不同。

它似乎成为人类意义上的标识，

如彝家永不熄灭的火塘，

温暖着人的灵魂，

牵引着出走的人回家。

如果你有幸看上一眼，那么我敢肯定，你从此不会忘记这片色彩纷呈的土地。

凉山到处是山。山在我们四周向各个方向伸展。"四根撑天柱，撑在地四方。"吟唱了千百年的彝族古典史诗《勒俄特依》至今仍在山中萦绕："东方这一面，木武哈达山来撑。西方这一面，木克哈尼山来撑。北方这一面，尼母大萨山来撑。南方这一面，大木低泽山来撑。"苍天之下，谁知有多少山？

祖辈与山相守，凉山的山，早已是支撑生命的脊梁。我们每天都在山里，在房屋和村庄里，守候着山下活动的人和奔流的河。彝族人说，山是有生命的。山有咚咚的心跳，匀称的呼吸；有丰富的情感，坚韧的禀性。山，令人热爱，更令人敬畏。

雄伟、险峻的高山是山神的化身，彝族人崇拜山。

打开一幅西南地貌图，凉山，被一片红褐色所覆盖，紧紧依偎在青藏高原的旁边。西跨横断山脉，东抵四川盆地，北负大渡河，南临金沙江。但凉山的诱人并未被轻易察觉。

大山的印象一次次地重叠进我的生命历程之中，闪烁的山，恍惚的山，焕发着迷人光芒的山。

坐着越野车跑了近一个月，山路的崎岖自不必说，仿佛在绕迷宫，时而往东，时而往西，车子不停地急转着方向。昏昏欲睡的人都知道，再怎么也是在山里，什么时候睁开惺忪的眼睛，看到的还会是山。

我们早已习惯了山里宁静的日子。

> 鸟瞰大凉山。"四根撑天柱，撑在地四方。"连绵的群山中，
  传承千百年的彝族古典长诗《勒俄特依》仍在吟唱

　　几十年来与山为伴，我的身心栖居在波涛般起伏的山中，我喜欢视野里充满绵延的高山，我喜欢高山在时光的游走中变幻着奇妙的色彩。高山常常引领我展开遐想，并挑拨起跋涉和翻越一座座山的冲动。换句话说，渴望理解山中事物成为我的追求。

　　我愿意仰望大山，作为一名朝圣者站在大山之下，为即将又一次走入梦境而兴奋与喜悦。

　　我经常乘坐飞机从成都往南直抵西昌，穿过四川盆地上空湿润的浓雾，天地豁然开朗。新鲜的阳光，刺目的光照，凉山是那样清晰明亮。一列列山脉被照亮了：碧蓝晴空之下，山川相连，群峰耸峙，峡谷纵横；江河如丝，蜿蜒于深切的山基。遇上洁白的云朵浮游聚散时，蓝天绿山红土间也平添了几许诗意。

不妨张开想象的翅膀，在凉山上空来一次翱翔——茂密的森林，陡峭的崖壁，斑斓的坡地，晶莹的雪峰……尽收眼底的一切，是一幅饱蘸历史沧桑的壮阔画卷。东有大凉山脉，西有大雪山脉，与安宁河、雅砻江相间并列，南北走向。两大山脉构成凉山高原与山地的基本骨架，太阳山、牦牛山、小相岭、碧鸡山、黄茅埂相呼应；分布其间的大小三十余条河流，在山中咆哮着向南汇入金沙江、向北冲向大渡河。

换一种视角，才发现脚下的大山大川沉郁而凝重，与不息的河流交织着苍天的期望。

我更愿意在山中跋涉，翠绿的森林、烂漫的野花，坎坷的小路绕着陡峭的悬崖，生命凹凸的痕迹镌刻着说不尽的典故。因为有了彝族人挥锄劳动，有了瓦板房上升起的淡蓝色炊烟，这样的山就多了几分活力，与别的山有了质的不同。它似乎成为人类意义上的标识，如彝家永不熄灭的火塘，温暖着人的灵魂，牵引着出走的人回家。

世代在山里繁衍生息的人民，骨子浸淫大山的禀性，硬朗、坚韧、豪爽。大山孕育无数艰难的生命，朴实流畅铺垫出凉山的底蕴。披一件"察尔瓦"，那身影就极似一座山，背景中的山更显层次，山与人更显融洽。历史上，人类一直是大山坚定的守望者。

他们守望着故乡山川，心也就安稳了，那是家园，情感上谁也不愿轻易离开寂寞的家乡。漫长的时光之中，收成再少，地头的庄稼还得一茬一茬地播种；日子再清苦，还得一天一天地度过。这种平和宽容，与天地万物共生同构的思想渗透血脉，充盈精神。

放眼望去，凉山大地浑然天成，辽阔奔放；仔细探视，陷落在河谷中的村庄和山原坡地上的农田显露出坚毅而顽强的生机——令人感怀和动情的生命，在大山的褶皱中静默根植。

从地理学角度，西部一直代表着遥远、静寂、陌生的异域，甚至是有些险恶的区域，这使得西部的凉山长时间笼罩在一片神异迷雾之中。然而，凉山从来就不是孤独的。凉山与大地相连接，彝族与汉族、藏族、回族等民族相团结。尤其作为中国西部的一部分，古老的凉山正艰难地脱贫攻坚，在实现小康的道路上一步一步地迎来发展的机遇，年轻的人们在互联网和全球化的今天，要么踌躇满志地学会了敞开怀抱，要么义无反顾地奔向四面八方。凉山人重新发现被遗忘的语言、历史、民族和文化，重新发现其珍贵的价值。这样的机遇不单属于凉山人，这样的机遇对实现文化多样性而言同样重要。

试着登高眺望，你会发现彝族文明虽然不是短时间内可洞悉的，却是走进真实凉山的唯一途径。打量的时日久了，理解的程度深了，你就会幡然醒悟，眺望，使你魂飞天外。

金色的龙头山

凉山，不是一座山。

许多个清晨，随着鸡鸣抬起头，就会看见彝语叫"硕诺阿举波"的龙头山，海拔 3 742 米的峰巅橘红，使凉山腹地的美姑县东北部黄茅埂山脉南端弥漫温暖。阳光迷幻，掩隐了大山的底色。一个有关龙头山的民间传说，也充满了迷幻的色彩。

说是远古的时候，有一家三兄弟好不容易开垦了一片土地，欲播种，却不知怎么的，白天犁好的土地到了夜晚总被人踏平。三兄弟于是在一个夜晚去守地，果然见半夜有人来捣乱，当即上前捉拿住。大哥说杀了他，二哥说痛打他一顿，三弟说问问究竟。那人忙申辩，说人间触怒了老天爷，准备放洪水淹没人间，他是来叫大家逃命的。听了那人指使，两位兄长躲在铜柜里，三弟则进了木柜。洪水泛滥时，两位兄长很快被淹死，唯有三弟顺水漂浮，漂到了一座山峰上。老天爷派人察看，听说一片浩瀚汪洋中只见几座山上还飘着断续的炊烟，其中硕诺阿举波山上仅能站一只黑狐狸了。老天爷这才关闭了洪水。

这么说，山神的力量又是上天赐给的。我们知道拔起的高山与地壳运动相关，却不知道龙头山是否真的曾被汪洋所包围。即使晴空之下，充满历史传说的"山神"都被笼罩着一层神秘的纱帘。叙述者讲述着一个个故事，斗转星移，传说积淀成为传统文化的一部分。在这样的传统文化中，当然还包括故事、歌谣等口头传承，及至有了文字，有幸被记载的仍是极少部分。文化使每个民族获得了一种立足于自然界生存的依附，人们从中发现了属于自己的生存世界。彝族就这样长年累月地居住山中，刀耕火种，织布穿衣。人们在关于本族的文化观念中，找到了与自然相处的方式。

岂止山神。神往往以天体和自然物体为本，还有天神、地神、水神……根植的神灵观念，多样的神灵信仰，亦如说不清道不明的神秘大山，在全部的生活中，给予无数的愿望以神明的暗示。只是，雄浑、刚硬、冷峻、裸露的岩石堆积起龙头山坚实的身躯，诱人神往，令人却步。龙头山终于被芸芸众生赋予了一层圣光。

我远远地眺望着。而我的朋友、地质学家杨勇，却鼓起了勇气去探望，他和伙伴们一起，第一次把越野车开到了龙头山的顶部。"站在山顶，感受是十分奇妙的。首先感到自己的渺小，仿佛已经被广阔的自然界所吞噬。龙头山顶部常有积雨云团环绕，在悬崖边界形成这样的旗云，龙头山顶也常能观看到云海。"连续几年，杨勇在大凉山中进行地理考察，我们多次在西昌聊天，其实是他给我讲授地理知识。"龙头山实际上是一座'船型断崖山'，俯瞰山体表面是一块近似于长方形的马鞍形高原面，一条河流从鞍部流过，沿西北方向缓缓上升至海拔4 000米的高原面黄茅埂，东南方向缓慢抬头至海拔3 500米龙头顶断崖。站在龙头顶，脚下是垂直深度500—1 000米的深渊，以及长度达10千米以上的断崖绝壁，断崖底部是与古里大峡谷对应的克觉大峡谷，峡谷里发育有'张家界式岩柱峰丛'，有的独立峰体高超过500米。置身于大凉山这个制高点，临空望去，层层峰峦一览无余，云贵高原比邻展现。云垂山腰，云涌翻滚似大海，美不胜收。"

龙头山仿佛是群山之中的坐标，在山野中穿行的时候，可以从不同的方向仰望，以此辨别方向，知道自己所处的大致位置。当然，那是在没有卫星定位的时代，人们只得依靠地图，并由当地人做向导。否则如果不幸迷路，遭受灭顶之灾不是危言耸听。

事实上，直到 20 世纪中叶以前，凉山一带的广袤大地极为封闭。除了安宁河谷和交通沿线有汉人居住，像在美姑、昭觉、布拖这样彝族聚居的腹心地区，非但外人进不去，连地方政府甚至中央政府的军队、官吏要进去，也颇费周折。当时的外国人把凉山彝族聚居区称为"彝族人禁地"。

　　　　当一名探险家独自一人处在群众中的时候，他是无能为力的。若有
　　一个下了决心的敌人拦在他面前时，他就要完蛋。而成功通过的人所遇
　　到的都是笑脸，这是理所当然的。如果不是那样的话，那他也肯定回不
　　来了。但是我们必须牢记，有些微笑并不是发自内心的，所有的探险术
　　就是要使平时凶恶的面孔露出微笑。即使是出于谦虚，也要善于观察。
　　如果在包围着自己的目光中不善于发现潜在的危险，那是有悖于探险队
　　队长的责任的。跟随他的人们也许就会蒙受灾难。

写下这段文字的人叫多隆。

作为一支远道而来的探险队的队长，多隆（Vicomte D'ollone）军人的身份多少给了他一些勇武志气，他还有少校军衔，把探险视为"厌倦了现代文明之平凡的探险家们的一种享受"。这支探险队成员有鲁巴吉大尉、胡勒莱尔中尉、波依乌军士 3 名法国军人，还有神父德·格布里安，以及临时选用的向导。

他们的主要目的是调查那些"独立的""未开化的""蛮族"。法国文化部、殖民地部、印度支那政厅、碑铭文学学会以及法属亚洲委员会等机构，对此次探险活动给予经费资助。上述人员均系军事人员，但多隆探险队的公开派遣机构是法国地理学会，以便对外宣称其考察的科学性质。而具讽刺意味的是，行程是从法国当时的殖民地越南出发，经云南渡过金沙江从会理北抵当时称宁远府的西昌。很快于 1907 年初又以西昌为起点，抵达被渲染得神秘可怖的"彝族的心脏部位"

昭觉和秋海（根据地理描述，我猜测"秋海"即今天的竹核）一带，并顺利穿越了"彝族禁地"——昭觉、美姑、雷波，再过金沙江到达宜宾城，历时半年。

多隆后来写了几部有关中国西南民族的书籍，其中文辞优美的 *Les Derniers Barbares：Chine-Tibet-Mongolie* 1911 年在巴黎出版，1999 年，这本书才翻译成中文《彝藏禁区行》，与中国读者见面。我从多隆"戏剧性"的记述中，窥见一页页沉重的历史暗影。那时的凉山，是一座神秘莫测却又对外界充满太多吸引力的"富矿"：

> 各个学科的知识在这里都可以发挥作用。例如，从地理角度看，有必要测绘出这三个民族（笔者按：在书中特指贵州苗族、四川彝族和西藏藏族）聚居区的地图，以便全面修正以前那些割裂开的、不完整的、不准确的地图。从民族学和人类学角度，有必要搜集各种传承、民俗、社会政治组织原理、人体体型、性格等资料。从语言学角度看，有必要研究这么多民族的语汇、文字、书法等。或许——因为我们没有必要抱有幻想——我们这一代人只能努力搜集有关这些大问题的基本资料，而纠正错误、填补不足的任务可能将留给后人。

龙头山显然也给多隆留下了深刻印象。书中，他几次写道了龙头山，称这座山"真是一个美妙的标志"：

> 我们登上了另一个海拔 3 100 米的山脉，然后从那儿开始下坡。松树、黄杨以及开着白色、玫瑰色的很大的杜鹃花簇，使芳草萋萋的山路变得像庭院一样。突然，秀回过头来高兴地喊道："我们成功了！"他一边说，一边指着地平线上一直延伸着消失在空中的玫瑰色的东西。
> 那就是汉人们所说的龙头山，彝族人说的乔诺来窝。这座山不是很

> 龙头山下的侵蚀岩溶峡谷　摄影 / 杨勇

有名，但它的形状很特别——随着眺望它的方向不同，会显现出各种不同的形状。若是从我们现在这个方向看，像一个尖顶的、形状很完美的金字塔，其令人吃惊的高度——根据我的估算，大约有海拔 5 000 米——使这座山格外引人注目。这是大自然伟大力量的表现之一。山激起了人们的想象力，由此也产生了一些传说。根据彝族的家谱，没有人不承认这里是他们祖先的故地，也没有关于这座山的故事，因此可以肯定，早先说故事的人在着手编故事之前，人们已经听说过这座山的名字了。

据说进入了彝族聚居区，从这里能看到这座山的话，说明以后会一帆风顺，因此我也从内心坚信这一点。之所以这样说，是因为有的事情已经顺利地过来了。在我的地图上，乔诺来窝山正处于彝族聚居区的对面一侧。所以我大致一看，可以知道我们将要到达的正确位置。

多隆一百多年前喟叹，让我知道了他获得了怎样的神示，心满意足地返回了他西方的家园。

我的兴趣当然不在种种传说中龙头山神秘的轮廓。它屹立在万山丛中，傲慢独尊。我曾从不同的角度眺望它，每一次都感到热血沸腾。真想有一天步履蹒跚走到龙头山下，将自己渺小的身影投入它宽阔的怀抱。

距多隆探险队穿越大凉山三十余年后，中国科学家进行了更加深入的考察。中国科学院院士曾昭抡先生在西南联大期间，率领了"川康科学考察团"，成员大多是二、三、四年级的学生，有化学系的李士谔、裘立群、陈泽汉、戴广茂，地质地理气象学系的黎国彬、马杏垣，历史系的柯化龙，物理系的周光地，生物系的钟品仁，政治学系的康晋侯十人。

他们于1941年7月2日由昆明步行出发，渡过金沙江经会理抵达西昌。在西昌停留了12日。8月4日，考察团自西昌出发深入大凉山腹地，9日到达昭觉县城，10日至竹核，11日在竹核分为甲、乙、丙三组，乙、丙两组折回西昌，由西昌循越西富林大道，先后翻越小相岭和大相岭，到达雅安。曾昭抡和学生裘立群为甲组，选择的是最艰难也是此行最主要的考察路线。他们雇请当地彝族人带路，顶风冒雨，攀上大凉山绝顶黄茅埂，在牧羊人的临时羊圈里过夜。半夜大雨倾盆，衣被皆湿，只好起来围着火塘坐了一夜。自黄茅埂下山后抵雷波县，然后取道屏山到宜宾。9月1日抵成都，参加刚刚召开的中国化学会第九届年会。10月10日甲组最终返抵昆明。

远方的田野景色，给人以精神的愉悦，增添了前行的脚力。

"川康科学考察团"结合所学专业，尤其是对沿途矿产资源进行了普查，成为后来西南地区重要的钢铁工业基地攀枝花矿区开采的重要资料。

考察主要的成果，是曾昭抡撰写的《滇康道上》和《大凉山夷区考察记》两本专著，分别于 1943 年 10 月由桂林文友书店、1945 年 4 月由重庆求真社出版。前者分为引言和鲁车旧道、会理及其附近、西会道上三篇，详细地记述了考察团从昆明到西昌沿途的所见所闻；后者分为西昌见闻、凉山夷区概况、昭觉途中、横越黄茅埂、雷波剪影、凉山尾声、东下叙府共七章，详细地记载了考察团从西昌经昭觉等地到大凉山的过程，并对凉山彝族聚居区的地理、交通、生活、家庭、习俗、社会制度等进行了详细论述。

尤其是《大凉山夷区考察记》对大凉山彝族聚居区的历史由来和现时状况做了全面、详细的记述和分析，"其观察角度之多样，记述内容之广泛，细节描写之真实，思考问题之深刻，堪称曾昭抡旅行记中的精品。它既是中国现代有关大凉山地区的地理学、民族学、历史学、社会学著述，也是描述准确、文笔生动的游记作品"，具有重要的学术价值和文学价值。

> 打开四川省的老地图一看，该省西南角上，是一片高山地带，这片地方，几千年来，几乎纯由夷人居住，汉人很少插足。那便是在西南各省很有名的凉山夷区。西康建省以后，川省这只角，大部分划归康省管辖，即成目下所谓宁属区域。自该时起，凉山区域，分属川康两省，成为川省西南角与康省东南角的一片特殊区域。两省分界，即在南北直贯该区的大凉山山脊……狭义说来，则康省境内，只包括觉昭（笔者按：有误，应为昭觉）县城以东；四川境内，只包括雷波县城以西。按照此种狭义说法，凉山夷区，又可分作大凉山与小凉山两个区域，二者以大凉山脉南北走向的山脊为界（笔者按：这条山脊的最高峰，大道由之通过的地点，称为黄茅埂）……至于"凉山"一名的由来，大约系因此片山地，海拔颇高，气候寒冷的缘故。

　　经过昭觉，从美姑前往雷波的路途，翻阅大凉山脉的黄茅埂，曾昭抡很容易看见了龙头山："宽平的凉山绝顶，这条海拔三千四百米的山脊，上面平坦异常……从北东北伸到南西南，这片山顶草原，平得像纸一般，由西至东，展开三十华里左右的宽度。爬到上面，从各种方向，一望无际，全是这种绝好的天然牧场。"他甚至进行了计算："黄茅埂上，应可养羊一千万只，牛二百万头。"这话虽然不免有点夸张，但是此处发展畜牧事业的可能性却是值得注意的一件事。

　　正如曾昭抡两本著作的整理者段美乔在导读中所说，一方面，于抗战大背景下，在学界和文化界之外，普通民众对大西南充满好奇。西南地区的独特性，既表现在自然地理上，也表现在人文历史上。最直观也最吸引人的是它的自然景致，山高水深，"险"与"美"的结合极富诗意，让人不禁慨叹造物者的神奇。然而比山水风光更为吸引人的是西南地区的人文特性，边地人民生活中的恐怖与战栗、挣扎与奋斗，让踏上这片土地的人们凝神结思。生活的困难有些来自自然环境的困囿，更多则来自思想的蒙昧、知识的贫乏、强权统治以及民族歧视等。然而在这样的苦难中，却可以看见民众强健、自然、自由、乐观的价值观。另一方面，西康地处西南交通要道，进可为西藏后援，退可为四川屏障，左右则能与青、滇策应。早在明清时期，该地就已经是中央政府控制滇、藏、青等边远民族地区的军事战略要地。但因为地处偏僻，交通不便，再加上民族和文化的差异，所以与之隔阂甚深，西康地区也就成为一处神秘地带。民国之后，先是北洋政府在此设立川边特别区，不久国民政府又改建为西康省。随着抗战爆发，大西南由边防要地变成了抗战大后方，西康更成为全国的焦点。

　　正是在这些知识分子怀揣"铸成祖国的将来"责任心感召下，西南边区人民生活的样貌郑重地呈现在中国现代知识分子面前，更多的人才了解到曾经陌生的文化蕴含强大的生命活力。

　　今天的杨勇看到的是："龙头山的表面被各种类型的植物地毯式地包裹着，小叶杜鹃和刺竹是主力群落，大叶杜鹃也有分布，在不同季节展示其异彩。在黄茅埂一带,看到大面积的采伐迹地,一米以上的树桩依稀可见。"他说:"我想起来了,这就是以前那个采伐林场——凉北森林工业局,成昆铁路大部分铺轨枕木就来自这里,我们现在看到的应该是次生林了。但是在龙头山断崖下还保存着粗壮、浓郁的原始森林,如今这些原始森林成为与大风顶连片的大熊猫和小熊猫栖息的嘛米泽自然保护区。"

杨勇非常肯定,黄茅埂和龙头山是大凉山的地理标志。

这些年,被外界广泛报道的凉山"悬崖村",就在与龙头山对望的山崖之上,中间只隔着一条美姑河峡谷。2018 年年初,这一位于昭觉县支尔莫乡阿土勒尔村的旅游开发正式动工,6.3 亿元资金,是目前昭觉县投资最大的旅游项目。开发商设想,将把这个曾经创造人类生存奇迹的偏僻山顶小村,建设成"山地旅游胜地"。

久居山中的日子使我们的语言中增添了许多现实与梦想。只要面对山,任何人都会触景生情。而我想,面对一座山,或许正是面对这条山脉绵延的历史。这样面对,巍峨的龙头山就泛出一层吉祥的光芒。

攀登俄尔则俄

俄尔则俄在哪里?俄尔则俄在远方。

在凉山,不知名的山和数不清的山峦一样多。俄尔则俄从皮特木嘎口中蹦出时,我承认是被朗朗上口银铃般动听的山名摇醒的。眼前这位爱好登山和摄影的彝族青年自己先陶醉起来,简直有些眉飞色舞。我们驱车从西昌赶到喜德,从一幅手绘地图上知道了俄尔则俄是小相岭的主峰之一,海拔 4 500 米。及至登山前的那几夜,我时常被这个高度弄得兴奋难眠。其实,4 500 米的海拔在凉山并不值得大惊小怪,但俄尔则俄朗朗上口,新鲜无比。它矗立在喜德、越西、冕宁三县交界处,我们知道了它的存在,我们想亲近俄尔则俄。

我们不想仅仅是在梦中与它相遇。

快跨进 21 世纪门槛时，凉山高层决策者发现了山中的处处美景。因为贫瘠，这里的人尝遍了苦涩和寂寞。认识民族的发展先从认识自然开始，这是一道题，也不知解开这道题需要付出多长的时间和多大的代价。

夏季的阳光开始变得强烈，考察队 13 名队员，逐一喝过喜德县主人捧上的壮行酒。我仰起头来，却看不见俄尔则俄。除了青蓝色的晴空和时有时无的飘云，我知道俄尔则俄就在头顶。周围的群山簇拥着最高的山峰，也设置了崎岖坎坷的屏障。前面的山遮挡了视线，也遮挡了美景深处的险恶。从九营盘出发，我们跟着向导，沿着牧羊人踩出的小道往高处走。看不见什么庄稼了，近处是杂生的低矮灌木丛，远些的树木郁郁葱葱，间或有遭遇砍伐的伤痕。弯曲的小道上零星的畜粪连向附近的村庄，山中的彝族村庄散发出人类栖居的诗意。只是，生活清苦的滋味只有他们自己咀嚼。我的眼前是高山，身后隔着一条峡谷也是高山，四周全都是高山。与山对视，相互打量，同时感到生命的脆弱与渺小。我们一路寻找某种与山对话的方式，倾诉、忏悔、祈愿，暂时忘记一切，融入山之怀抱。

小相岭是凉山著名的山脉之一，位于大凉山以西，山体呈南北走向，由焦顶山、铧头尖、俄尔则俄等山峰组成，最高峰为冕宁县与越西县交界的铧头尖，海拔 4 791 米。小相岭受第四纪数次冰川作用，在基岩山峰和山谷中形成了一套完整的冰川侵蚀地貌——角峰、刃脊、漂砾、冰蚀湖以及冰川刻槽。特别是俄尔则俄峰一带，角峰峥嵘，岩石裸露，气候寒冷，积雪难融，险路重重。《冕宁县志》载："高入天无际。矛戴列群峰，石齿何坚砺。"俄尔则俄在彝语中，是"神龙出没的冰雪之巅"的意思。

小相岭南北长约 147 千米，东西宽约 107 千米，是一处生物资源丰富的基因库。200 万年来的地质作用与延续的物种，在这里得以完整保存。这里山势险峻、断层发育、河流深切、沟壑纵横，特别是在俄尔则俄一带。

当我们走到峨舍呷，就再也没有路了。

峨舍呷，意指"熊出没的地方"。我们并不害怕真的遭遇熊，反而还有一丝期许。眼前山势陡峭，马也望而却步，我们干脆给它取了一个直白而形象的名字——望天坡。今天的望天坡已看不见昔日熊群的踪迹，唯见从这面 75° 陡坡望过去的天空有一只苍鹰在悠闲地盘旋。攀登无路的望天坡，只得摸着夏季雨水冲刷的小沟，手脚并用地爬行。上面的人小心谨慎，生怕一脚踏空就摔下山坡，下边的人吃力地抬头盯着，警惕坡上随时可能滚落的飞石。零乱的队伍散贴在几乎笔直的坡上，踽踽缓行。正午的风轻轻吹拂，泥土的馨香使人清爽，却不知已有多少汗水滴落。

　　爬上望天坡顶，是一片宽敞的高山草甸。我们瘫坐在舒软的草地上，回望脚下的山坡、无边无际的群山和山间村落，辉煌的风景中写满无尽的传说。此时，我胸中悠然交织着疲惫与快乐。阅读大地，应被视为阅读一个时代的文化和精神，穿越历史与现实的审美情感，赋予生命蓬勃的生机。

> 龙头山悬崖顶部，巍峨雄壮　摄影 / 杨勇

　　顺着一条山涧溪流溯源而上。两旁因光照的不同生长着迥异的植物，山南坡是墨绿的冷杉林，北坡铺满绿黄的箭竹林，空气中弥漫植物特有的美妙气息。在滋润的气息中，在天朗星烁的夜里，我们睡了一个好觉。俄尔则俄还屹立在比我们想象更远的地方。

　　一阵清脆的鸟鸣，荡漾在高原寂静的山谷中，把天唱亮，又轻柔地落到正在倾听的大地上。原野飘浮薄蔼，像一条白色幻影，低低地滑过。原定登上宿营地山顶看日出的计划，也被蒙上了一层薄纱。

　　高山上的气候变化多端。攀缘过光秃秃的峭壁，走近十二个高山湖泊中最上端的一个，俄尔则俄终于出现在眼前。

　　俄尔则俄，俄尔则俄！

　　同样是这座山，在山的另一面，有一处响当当的灵山寺。

　　冕宁县的灵山寺隐秘在幽静之中。不管从成都南来还是由西昌北去，沿 G5 京昆高速在冕宁灵山服务区出口前往灵山，就进入灵山景区了。

　　现在的景区全名为彝海 – 灵山风景区，是凉山整合旅游有意为之。彝海，因红军长征时北上先遣队司令刘伯承与彝族人首领小叶丹在此歃血结盟而著名。西昌卫星发射基地同处冕宁境内，与彝海、灵山相得益彰。

　　灵山寺兴建于清乾隆四十八年（1783 年），嘉庆二年（1797 年）竣工。主体建筑大雄宝殿宽敞宏大，结构庄严，前殿正中供奉释迦牟尼，两边是十八罗汉，后殿供奉灵山寺开山祖师梧真和尚杨学信木刻偶像。面对大佛是坐着的韦陀护法神像。据说，天下的韦陀都是站立姿势，唯有灵山寺的韦陀是坐像。因为灵山寺本来清净，不劳韦陀虎视眈眈地站着护法。寺庙在灵山山麓的椅形台地上，坐南朝北，以灵山为背，药沟山为屏，布局合理，蔚为大观。正殿与前殿及中厢之间为大天井（大院）；左右中厢、边厢与正殿及前厅、前殿之间构成 4 个小天井；殿门与前殿及中厢、左右下厅之间构成 3 个小天井。7 个小天井环抱大天井，故称"七星抱月"。山门为琉璃瓦盖的双层飞檐，雄踞于 99 级台阶之上屏风后，与门前绿树相映，异常幽深，同寺后的灵山并峙，极为壮观。眉批下，"灵山寺"

三个大字醒目。屋脊双龙戏珠，深绿色宝鼎正好与灵山"人"字山顶相对应。朝云晚霞及夜间七彩灯光下，十分雄伟辉煌。山门前苍劲挺拔的 5 棵古松，高五六米，直径都在一米以上，据说是杨祖师建造灵山寺竣工时栽植的。这座深山中的古老寺院，以风景优美、香火鼎盛，吸引着天南海北的游人和香客。

灵山面向安宁河，背靠小相岭。寺庙周围层峦叠嶂，绿阴青翠欲滴，清泉石上飞流。登临山顶，北可望阳糯雪山雪景，西眺牦牛山雄姿及安宁河两岸千顷沃野，南看卫星发射基地，东瞰绵亘百里的大凉山千峰浮沉及星罗棋布的彝家山寨。

1993 年，灵山景区被四川省林业厅批准为省级森林公园；1995 年，被四川省人民政府批准为第三批省级风景名胜区。景区包括两大部分：前山景区以灵山寺为中心，含鹦哥山嘴、洗脚河等多个人文、自然景观，约 20 平方千米；后山景区指灵山寺背后，以冰川湖泊群、杜鹃林带、原始森林等自然生态风光为特色的秀美山水，约 30 平方千米。

到了灵山，后山不可不去。后山主峰海拔 4 140 米，高山湖泊点缀其间，宁静而神秀。这些高山湖泊属于第四纪冰川遗迹，夏天水体清澈透明，冬日湖面结冰，与周围的雪景相映成趣。但是因为后山尚未开发，到那里并不容易，一般的游客就只能"望山兴叹"了。

本来我们设计的是登顶俄尔则俄，当我们登上俄尔则俄之后，发现灵山后山正在山脚下，这就有了第二年的后山之行。两次分别循山两边的路线而上，虽然看到的仍只是大山的几个侧面，但是绵延无边的美景，定格于心底不会散去。

事实上，整个灵山后山均属于小相岭。那是一个初冬，尽管西昌还艳阳高照，但灵山后山已经开始积雪，并且越往高山攀登积雪越深。挑战从登山一开始就来临了，几乎是刚离开灵山寺，寺庙外围的红墙才隐去，面前的山坡陡然增加到约45°。在当地向导的带领下穿行于山中，沿途峭壁直立，硕大的冰碛物随处可见，堆满典型的"V"形峡谷当中，冷幽深远。顺着山谷向上缓慢而行，不知不觉爬了 3 个小时后，抵达一处由多块巨石组成的通道。这里十分陡峭，其中一块最大的长条形巨石斜插在小路的最上方，就像一个张开的大口，后来人们给它取了一个形象的名字，叫"张口石"。从巨石的"舌部"通过，路面变缓了，积雪裹挟下的冷杉和大叶杜鹃林随处可见。蒸腾的云雾、冰雪与山林交织成难以名状的美景，神秘莫测又洁净空灵。

令人叹为观止的还有高山湖泊。再顺着山脊往上走，丛林中的湖泊便开始若隐若现。第四纪造就了众多的冰川湖群，星罗棋布，形色各异，有的似珍珠镶嵌于锦绣，有的若明珠映照于秀色。有水色如金、赤彩耀眼、雍容华贵的红海；有水色似墨、恰如巨砚存墨的墨海；有相携相连、缀若珠串、随山势展布的连三海。千百年以来，这些冰川剥蚀、移动、融化所形成的湖泊，静静地躺在灵山怀中，映照着日月星辰，如诗如画，如梦如幻。

> 小相岭是凉山著名山脉之一　摄影 / 王伟

如此美景，怎样才能不错过？冕宁县旅游部门设想：从灵山寺旁专门开辟一条上山甬道，供游人深入箭竹林、杜鹃花带，探访高僧修炼处，拜会红海、墨海和连三海等湖泊，进行以探寻第四纪冰川遗迹为主要内容的高山探险、野外露营。

徒步后山，单程就需要四个多小时，还要有向导引领，路途遥远而难行。如果没有露营的准备，最好不要个人贸然登顶。据冕宁县旅游部门透露，该县投资16亿元的灵山景区建设进展迅速，目前，景区至索道站点公路已经完工，索道建设完成了设计、规划、报建工作，待建成后上山只要十几分钟。同时，冕宁县欲将灵山景区打造成为国家 AAAAA 级旅游景区。目前，灵山景区总体规划完成并通过了设计评审。灵山景区总体规划开发范围包括灵山寺景区、红海、墨海、连山海等灵山后山及白瓦桥至鹦哥山嘴平坦区域，规划建设旅游综合服务中心、山地圣境灵山国际度假区、灵光高照祖师文化体验区、颐神养气森林游憩养生区、绿色激情高山生态区五个旅游功能区。

第一次看不清晰的俄尔则俄，像一座沉睡的神秘城堡，隔断了一个时空。伫立在幽深莫测的湖泊旁，逶迤而冷峻的高山，连接空蒙的天际，岩石蕴藏灵性，经受着风霜雨雪一层层的锻打。

我们欣喜，却不敢张扬。浓密的大雾翩然而至，湖泊以上的山体渐渐藏匿于雾中。这里海拔 4 000 米，那 500 米悬崖转瞬即逝。

我久久仰望，俄尔则俄不断地变幻着光亮与轮廓。出于安全考虑，我们中的大多数人都静静地仰望着它，无力去登上最后的顶峰。我们徘徊在山中一隅，深情仰望，喜悦随着浓雾的来临悄悄离散。我们的确已经忘记了许多琐碎的忧虑，但轻轻浮上来的遗憾又使我们感到纯洁的悲哀。

难道这是俄尔则俄折磨人的方式？它高高矗立的壮美，闪烁着迷人的诱惑，冰冷地拒绝我们这些远道而来的跋涉者。要踏上一条危险的道路，勇气与理智缺一不可。

皮特木嘎背起沉重的登山包，仍在往上登去，同行的还有队医和向导。当他们的身影融入岩石，就该我们提心吊胆地等待，焦虑与企盼煎熬着这份等待，直

> 俄尔则俄的日出　摄影 / 王伟

至天色渐晚，三个人影缓慢移动着出现。经三个多小时的艰难攀登，他们成功登顶，这个消息令我们振奋不已。

　　山巅的狂风和雨雪不是我们能想象的。只要看看悬崖，我们就知道徒步登山的艰险。正因为如此，我从内心深处对在峭壁乱石间身手如猿似猱的向导佩服不已。果基拉哈，一位 20 岁的彝族小伙，当我用"勇敢""厉害"之类的词表达我的敬意时，他腼腆，并无声张，也许他对我们想以"壮举"来证明自己的行为不以为然。他的家就在山下的村庄，他无数次赶着羊上山来过。此前他和几个伙伴登顶过一次，可顶峰上狭窄、乱石嶙峋，不怎么好玩。站在最高峰，果基拉哈也成不了英雄。上山只是如他这些辍学在家的彝族青年生活的一部分，勤于放牧，羊可肥壮，他们是这高原上命中注定的游子。

傍晚下起急雨，天地在云雨中合为一体。山泉水从山间漫流下来，渐成瀑布。经过一夜的"沐浴"，我们被迫提前撤退。云层彻底掩隐了俄尔则俄，甘霖亲切地洒向我们，有节奏的雨声和流水声奏鸣，大地如同生命一样真实地呼吸。山石、树木、草地、动物和我们，已让我们分不清谁才是大地的主人，我们只能获得沉浸其中的快感，以及相互依存不可分离的统一感。

只见过一眼俄尔则俄的样子，俄尔则俄已驻心间。

朝圣夏诺多吉

从西昌—木里一线北行，到云南与西藏的交界地，穿行在号称香格里拉大环线的腹心地带，其实是从"世界屋脊"延续下来的高原。

地图上的夏诺多吉，被当地藏族亲切地称为"恰朗多吉"。它的名气之大，在很大程度上是因为海拔 5 958 米的高度，是凉山最高的山峰。同时，因为与另两座高山——央迈勇、仙乃日——构成终年积雪不化的三座护法神山圣地，藏族人民心中神圣的"念青贡嘎日松贡布"，让四面八方的人心怀虔诚朝圣而来。2004 年秋天，我和画家宋光明、曹辉、韩东明，摄影家钟源，企业高管杨通富、谷大丰，以探险之名穿越香格里拉，跋涉崇山峻岭、茂密森林、高原牧场、海子河流，一连 22 天，愈靠近"恰朗多吉"，心中愈是敬重，仿佛此行也是为了朝圣。

作为全国两个藏族自治县之一的木里，境内世居的藏族和部分蒙古族、纳西族信奉藏传佛教中形成最晚的一个教派，俗称黄教的格鲁派。它的创始人是 15 世纪西藏佛教史上著名的宗教改革家宗喀巴。宗喀巴得意弟子中的俄顿曲古活佛的转世所巴却杰·松赞嘉措，于 16 世纪 80 年代来到木里传播教义，这一片神秘的土地上自此佛事甚隆。

一离开木里县城，就开始回味从西昌到木里 250 千米柏油路的平坦。司机米各各开着他新买的福田轻卡，一高一低地爬行在路上。路实在太窄了，刚好与车身一般宽。窗外不是悬崖就是深渊，连车带人仿佛都在云中漫步。38 岁的米各各开车 8 年，"还是早先在林间转运木材时这样走过，"他的声音开始颤抖，"我5 年没有（感觉）那么危险了。"汽车慢得只比步行快一点，可他神情紧张，大眼盯着前方，双手用力捏着方向盘。我们更是吓得心惊肉跳。每当汽车倾斜时，大家不约而同地往相反方向侧身，似乎想用自己的重量来保持平衡。而坐在靠边位置的人，上车后握着门把的手就再没松开，随时准备夺门逃生。

翻越屋脚梁子时，轻卡在雨中抛锚多次。有一次我们都下来使劲推，汽车岿然不动，推了半天才知米各各在驾驶室紧张得忘了松手刹。大家骂他，他颇感委屈："我今天一半的精神都用光了。"今有毛坯路勉强能行车已是万幸，木里大多数地方根本不通车。步行，是生活在这里和走进这里的人唯一的选择。

山上的路，除了村庄附近有人为修过，也就是还有山溪冲刷出来的乱石嶙峋中时隐时现的一道印迹，以及在白浪滔滔、汹涌奔流的江河畔，或者浓密丛林中扭曲延伸的一条缝隙。马帮们就是寻觅这样的痕迹，沿着这一条条弯弯曲曲的羊肠小道，踏着无数的马蹄印、无数人的脚印，不停地走啊，走啊。我们一行几乎每天都要吃力地爬上一两座海拔三四千米的大山，翻过垭口，沿着陡峭的山坡盘旋而下，急速直下几千米，又陷入一个更幽深的峡谷之内。

那一次几乎每天行走 30 多千米，共走了 500 余千米。

每天走上前行的道路，就开始了一次真正的冒险。

这些年，越来越多的旅行者来到木里，而且离木里越远的人，似乎对这里越感兴趣。我知道，这和一个名叫洛克的美国人有很大关系。美籍奥地利学者约瑟夫·洛克，这个以研究植物起家的博士，后来之所以成了很有名的人类学家、探险家，与他在丽江和泸沽湖、木里一带的游历紧密相关。

早在 20 世纪 20 年代，他三次走访木里，并在美国《国家地理》杂志上发表了图文并茂的《中国黄教喇嘛之地——木里王国》。后来，没有来过中国的美籍英国作家詹姆斯·希尔顿凭借洛克的这些素材写出了《消失的地平线》。从此，神秘的"香格里拉"吸引了许多人来游历、探险、考察。

当年，洛克率领的探险队是由云南丽江经永宁进入四川的。具体路线是由永宁越云南和四川的省界后，经木里的利家嘴、屋脚，翻越西林山海拔4 309米的几坡垭口，经帕色隆贡沟尾，翻帕色隆贡和瓦厂之间的山梁，到达瓦厂（当时木里设治在瓦厂，而不是现今木里县城所在地乔瓦镇。现在的瓦厂已更名桃巴镇，而木里大寺就在桃巴镇附近2千米处）。随后，洛克向南到过博科，折返瓦厂北上水洛，沿水洛河谷上行，经都鲁、沾固、固滴，到达呷洛。从呷洛西行，按黄教传统的转经方式，绕夏诺多吉、央迈勇、仙乃日三座神山，下行至冲古寺。

我们徒步穿越香格里拉的线路，有很长一段并不是洛克路，因为我们更愿意探索一些新线路，并访问沿线藏族、蒙古族、纳西族等少数民族的生存状态。我们的行程是乘车从西昌出发至木里县城，转车经桃巴南下到屋脚乡，然后一直徒步，从屋脚经依吉到俄亚，在俄亚参加俄亚纳西族乡建立20周年乡庆活动后，北上经宁郎至水洛，由水洛走洛克路经呷洛村到呷咙牛场，翻越雪山下行到冲古寺，乘车由亚丁经稻城、理塘、康定，最后返回西昌。

在木里大寺，我们一行受到喇嘛们的热情欢迎，隆重的仪式带着浓郁的宗教色彩。新建成的大寺背后，兀然矗立着旧寺庙的残垣断壁，在金色的夕阳下，依然闪烁着迷人的辉煌。洛克曾这样赞美："卡帕提寺院坐落在海拔10 260英尺高的一片高地上，俯瞰着卡帕提山谷……一条平坦的小道引导我们来到这里。寺院里茂盛的杉树一直生长到后面的山巅。在我们来到的时候，几个住持的喇嘛和木里王的随从在种植着小树和玫瑰的寺院入口处列队欢迎。喇嘛们没有和我们握手，而是鞠躬向我们致意。尽管卡帕提寺院是地球上最与世隔绝的地方之一，但我们惊讶地发现我们身处的房间装饰着精美的壁画和雕刻的门窗。"那时的木里有18座寺庙，其中著名的三大寺是康乌大寺、瓦尔寨大寺、木里大寺。木里大寺地处理塘河中游，海拔2 637米，由木里藏传佛教三世活佛兼第二代大喇嘛松登桑布主持兴建，历时12载，于1661年建成，命名为嘎登喜祖·郎巴吉韦领。全盛时期的木里大寺整个建筑群占地8

万余平方米，是凉山境内最宏大的格鲁派寺庙。

　　以前，还没有任何关于这个神秘地区的报道，过去100年中到过这个地区的欧洲人也屈指可数。

　　2年前，我曾经派人给木里的喇嘛王送去一封信，告知我很想在几周后动身前往木里。这个从未离开过木里的喇嘛王非常有礼貌地给我回了一封信，告知我最好还是不要去。因为在木里地区有很多土匪，他不能提供足够的安全保障。

　　……

　　我非常尊敬木里王的良好愿望，所以那个时候没有成行。但是到了1924年的1月份，即中国新年(春节)的前一个月，我决定率队进入木里，对这个神秘且文明的地区进行一次探险。

　　一个寒冷的清晨，在玉龙雪山脚下一个名叫雪嵩村的地方，寒冷的北风卷起片片雪花漫无边际地落下来。几个纳西小伙子早起开始准备骡马和行李。直到天已大亮，洛克马帮的11匹骡子和3匹马准备出发，丽江的官员派遣护送的10个士兵才姗姗赶来。望着几个稚气未脱的士兵，和几条快散架的奥地利步枪，洛克大失所望，只挑选了其中6人和他的随从一道匆匆出发。

　　西北风刮得特别猛，马帮在逼人的寒冷中沿玉龙雪山东麓踽踽前行，这是通往永宁的必经之路。洛克和他的纳西小伙子们两年来曾几次到这些地方采集植物标本，但冬天干海子枯黄的景象，使人很难想起夏天的繁花似锦。从地图上看，丽江距木里只有100多英里（编者按：1英里约等于1.6千米），但据说，至少要在崇山峻岭间长途跋涉11天才能到达木里。

　　显然，洛克的心情随着山路的曲折而跌宕起伏。

　　他时而闲情逸致欣赏沿途美丽的自然风光：

从这里眺望丽江的雪域景色，真是美不胜收，特别是像城垛子一样的玉龙诸峰的无限风光更是令人为之倾倒。我们后来在山顶上的一间小木屋里过夜。太阳落山后，灿烂的霞光从山垛间倾泻下来，雪峰像一条冰清玉洁的蛟龙浮游在空中，而深谷中则弥漫着白茫茫的迷雾，满月的银光映照着清冷的雪峰和冰川。

时而深感高山峡谷中崎岖小道的险恶：

道路很差，小道上的石灰石像刀片一样锋利。
旅程是艰难的，我们不得不在荆棘丛中以及岩石上蹒跚而行。

历时 5 天，洛克一行到达永宁。永宁土司热情地款待了他们，他们此时才得知老木里王已经死于水肿病，他的弟弟即位才 4 个月。新木里王为人更加和蔼。从永宁到木里的路崎岖难行，更加艰险，绕过泸沽湖那汪清澈的湖水，爬过高高的山峰，才到达永宁与木里交界的一个小村子，而这里距木里王的大寺还有两天的路程。

当雪停的时候，我们已经在海拔 15 000 英尺（编者按：1 英尺约等于 30.5 厘米）的地方了，这时太阳已经出来，照在我的身上，比先前觉得暖和了一些。在我们右侧是一面峭壁，冰柱从峭壁上垂下，像一串串珍珠，在阳光的照射下，闪闪发亮……我们继续下行，看见一个很深的山谷，木里河从山谷中流过。我的一个士兵用手向北方指着，我顺着他手指的方向远眺，木里便坐落于一个小山的山脚下，正沐浴在阳光之中。

> 木里县的原始森林

　　第一次到木里，洛克心情大好。在随后的一星期里，他几乎走遍了大寺的各个角落，除了忙于给木里王及其保镖、总管、活佛等人拍照，还拍摄了许多佛像和寺院的照片。特别是那些巨大的转经筒，引起了洛克的兴趣。经筒上镌刻着经文，借助手摇和风力转动经筒，被视为向空中散播亿万条咒语。木里王项此称扎巴热情好客，相当大方，给洛克送去了鸡蛋、白米、面粉、火腿、羊肉干、粗盐、牦牛奶酪，以及喂马的豆子等给养。洛克则送给大总管三块香皂，送给寺里的其他一些喇嘛银币等物。

离别之际，依依不舍的木里王又送给洛克一个金碗、两个佛像和一块豹皮，并邀洛克往后有机会再来木里。尽管前途茫茫，洛克还是许诺会重访木里。

洛克后来在美国《国家地理》杂志发表文章时，附有两张木里的照片，其中一张是远眺理塘河谷的壮丽景色，木里大寺像一个白色的亮圈，影影绰绰地斜放在半山坡上；另外一张是大寺挺拔屹立的近景，图说写道："虽然没有北京皇宫那种宏大巍峨的气势，但木里王宫殿的正门高耸，依然显示着王权的神圣与威严。"

1928 年 5 月 26 日，洛克再次踏上木里。这一次，他干脆把这里作为据点，去探访附近的几座高山，包括夏诺多吉（他的书中称为贡嘎雷松贡巴，又称贡嘎岭），以及位于四川康定的"蜀山之王"贡嘎山。云南美术出版社 1999 年出版了洛克的著作《中国西南古纳西王国》，我在书中看到他拍摄的夏诺多吉雪峰，我十分惊讶的是与我攀登当天见到的场景非常相似，只是照片显得肃穆而冷静。那种夺人心魄的震撼气势，唯有身临其境才能感受得到。

尽管是洛克第一个向世界介绍了木里，但是我敢保证，并不是他首先发现了包括夏诺多吉在内的三座神山。

那么，是什么人最早发现了这三座神山？我们不得而知，只是猜想自从人类发现了它，就把心中的希冀寄予了它。藏族人民普遍相信水晶石般傲然耸峙的夏诺多吉为金刚手菩萨；邻近像一尊大佛安详地端坐于莲花宝座上的北峰仙乃日（海拔 6 032 米）为观世音菩萨；山峰陡峭、线条优美、尖韧的峰顶直指天空的南峰央迈勇（海拔 5 958 米）为文殊菩萨。传说在 8 世纪，莲花生大师为这三座雪峰开光，并以佛教中三怙主加以命名。

> 木里大寺遗址

> 木里藏族自治县。藏族民居特色鲜明

行走在著名的青藏高原东缘，这片神灵之地令人心旷神怡。这里是走向世界"第三极"的起点，这块高原启示着"高极"的一切。众多雄伟险峻的高峰都是大地的奇迹，你只要看它一眼，就会灵魂出窍，物我两忘。

随着世界性的对香格里拉的反复炒作，一场经久不衰的寻访香格里拉热高潮迭起。在长达半个世纪里，印度、尼泊尔等国都先后声称已在其境内找到了香格里拉的真实所在。位于印控克什米尔的喜马拉雅冰峰下的巴尔蒂斯坦镇，于1957年由印度国家旅游局公开宣布为"香格里拉"。数十年来，这个过去不为人知的小镇为印度创造了近7亿美元的旅游收入。尼泊尔的木斯塘，1992年也以"香格里拉"命名，甚至在旅游点摆放一架老式飞机，注明那就是小说中康韦一行乘坐过的飞机。

在詹姆斯·希尔顿的描述中，香格里拉至少拥有如下特点：这个地方汉藏文化能够糅合在一起，形成独特的文化；这个地方被高山环绕，映衬着青青草地，一座雪山巍峨屹立于群山之中，主峰如埃及金字塔；夜间，月光映照，发出一片静穆的蓝色光辉，这个山谷因而被称为"蓝月亮山谷"；沿着山谷的溪流，点缀着鳞次栉比的玩具式的房舍，其中还有茶馆酒楼；这里有基督教、苯教、伊斯兰教、喇嘛教、景教、儒教、道教，却从未发生过纷争，人们和平共处，严格遵守中庸之道。

抛开岁月的沧海桑田和一个外国人眼里的少见多怪，这样的地方，在中国辽阔的版图上何止一处？

26岁的藏族小伙边马扎西是我们此行的"马队长"。他在山东济南当过3年坦克兵，1996年底退伍回乡务农。在家里他排行老幺，却比两个哥哥都有钱，原因正在于他赶马帮，每年能挣到2 000多元的收入。来往方便，他还在家里开有一个小商店，只是买东西的人实在太少，有时1个月还卖不到30元，所以到农忙时干脆关门。边马扎西见过世面，人又实在，我们这队22匹骡马组成的马帮，在他和6名伙伴的照料下秩序井然，戮力前行。

有马帮随行，人却不是任何时候都可骑马的。上坡能骑，下坡尤其是下大坡，赶马人出于安全考虑，不让再骑。骑马也有讲究，上坡时身向前倾，略弓背，下坡身子则往后仰。初骑时脚蹬放在脚底前端，熟练后脚蹬放在脚底中间。"骑马最好要自然，不要硬撑着腰，"才仁多吉提醒，"不然，一天骑下来就腰酸背痛，像小娃儿一样，不会走路了。"

才仁多吉是我的坐骑"降木"的主人，青春洋溢，幽默风趣。虽然才17岁，但一年前就结婚了。才仁多吉只有小学文化，看电视学会了说普通话，知道了外界许多东西。为骡马取名"降木"，藏语意为"黑色"，但才仁多吉乐着告诉我："它还有一个名字叫'周星驰'。"还指着后边的两匹马说它们分别叫"林心如""范冰冰"。

从艰难的生活中寻找乐趣，从看似玩笑的言谈中，一缕阳光朗照纯洁的心灵。

我于是逗他："看来，你一定喜欢林心如、范冰冰吧！"

走得气喘吁吁的他，朴实地回答："我一个山里人，没有愿望。"

接着话题，我问："你的媳妇漂亮吗？"

才仁多吉毫不犹豫："在我眼里她是最漂亮的，其他人怎么看我就不知道了。"

在漫长的路途上，"马队长"其实很辛苦。马帮的各项工作由他分工并且协同完成，所以他既具备赶马人应该具备的本事和能耐，懂得天时地利、选择道路，看天气变化，还会宿营架帐、砍柴生火、找草喂料等。只是在来自城里的不少游客眼中，马帮长期漂泊于大山之间，风餐露宿，头顶蓝天白云的生活充满浪漫而传奇的色彩。

那一天的激动简直按捺不住，才凌晨3点就有人喊起床了，同伴昏沉沉打开头灯看了手表说太早，大家才又睡去。5点起床收拾帐篷，7点出发向夏诺多吉前面的一座山攀登，以赶在日出前架设好照相机，拍摄到第一缕阳光照射夏诺多吉神山。山高路陡，背负沉重，气喘吁吁，心跳咚咚，吃力登上山腰，除了低矮的灌丛和坚硬的乱石，眼前唯有一层厚厚的烟云，遮蔽了脚以上的全部视野。冷风带着冰雪的清凉和松林的清新吹来，人却像是站立在白云密布的空中，守候着与天外来客亲密接触……静静地，大约过去了两个小时。突然，正前方的云絮聚散之间，有一片晶莹的东西闪烁，就像天外忽地飞来一块什么，让人惊心动魄。惊魂未定，又隐约看见天空里寒光闪烁，有东西隐藏在乱云之间。雪山，夏诺多吉神山！确切地说，那是夏诺多吉神山隐隐约约呈现出的一部分，更多的部分还被变幻迷离的云遮蔽着。那景象非常恐怖，某种巨大的东西在那样高的天空中，旁边蓝得发黑的天空也只是一闪而过，云飞速地变化，大地忽明忽暗，冰山在向上移动。一会儿，近处的云也开始向高空升腾，被寒冷的风吹得麻木的脸慢慢被阳光灼热，光辉把植物上的露珠照耀成星星点点。我们站立的大地像是被撕开了，两边的斜坡好似展开的巨翅，我们就在中间，守在三脚架支撑的照相机后面，每个人都不知拍了多少胶卷。及至整个天空没有了一丝白云，主峰慢慢露出来，雪白、坚挺、完美地呈现出来。那塔形王冠坚实地嵌入它雄浑的身躯，在它那冠顶上万年浇铸之晶莹透明的冰雪覆盖下，裸露的岩层疏密错落，把它的冷峻、刚硬、雄浑和人类赋予的圣光一并呈现给世界。这大自然的神奇创造酷似神的刻意雕琢，湛蓝天穹中的夏诺多吉非常圣洁，如藏族人民吉祥之愿的哈达，在暗红色草灌丛铺展开的大地之上，伟大的雪峰岿然不动地高耸于万物之上。这山峰如此神奇，看见它的人，立即害怕起来、沉默起来、谦卑起来、虔诚起来、尊重起来。从那以后，仿佛唯有夏诺多吉看着它面前的一切，世界由此黯然。我们的藏族向导念诵着经文纷纷跪下，叩首。我们也纷纷跪下来，叩首，心怀无尽的感激与爱意。

这是一个让人顿生虔诚的宗教感情和泛起各种奇思妙想的地方。在这儿，轻易地便可深入一种超然的静寂，并在静寂中听到自己的呼吸、心跳和热腾腾的血液在体内奔涌的声音。面对圣洁的大山，人自然地忘记了时间，忘记了地点，甚至会忘记了名利。这个时候我才深知，无论是天是地，是云是山，是它是我，都本为一体。或许有一天我们会变成云变成山，云或山会变成我们。这都不重要，重要的是我们踏入了这个境界。

云南的中甸、迪庆、丽江，西藏的芒康和四川的稻城，都争取过"香格里拉"

的所有权。最终，2001 年 12 月，经国务院批准，民政部同意中甸县更名为香格里拉县。2002 年，一直不甘罢休的稻城县，也经四川省政府批准，将其日瓦乡更名为香格里拉乡。

　　在险峻的大山之中跋涉，马帮无疑是人们最有力的助手和伙伴。由于木里许多地方至今不通公路，穿行在崎岖险道间驮运货物的马帮，千百年来一直辛勤地奔波。

　　当宁静的山间回荡起清脆、悠远的铃声，远远望去，便会看见一队马帮逶迤盘桓在起伏的山道上。

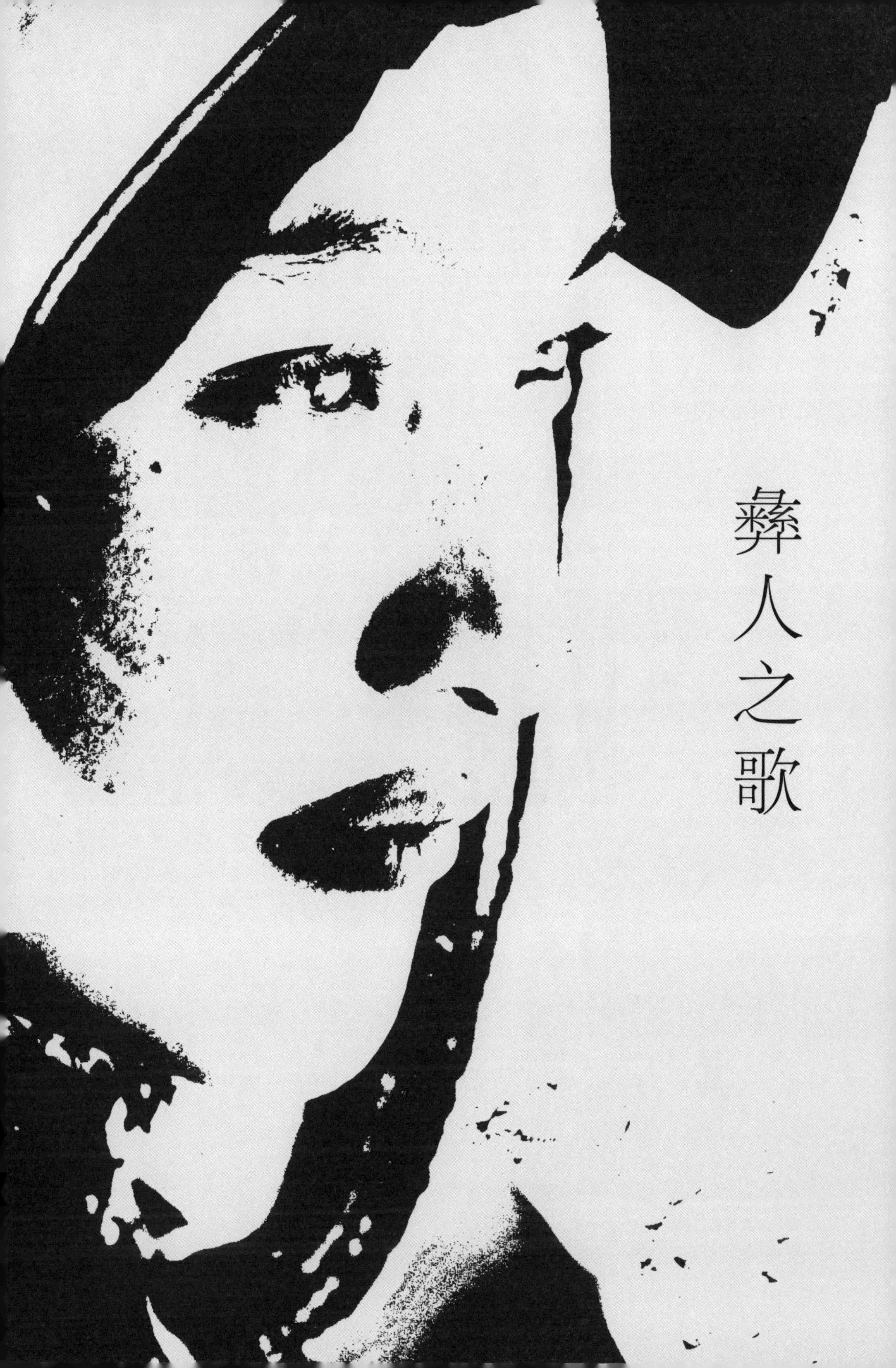

彝人之歌

从最早走出大凉山的曲比阿乌、苏都阿洛算起，
到后来的山鹰组合、彝人制造、太阳部落，
以及如今走红的吉克隽逸、莫西子诗、
阿依洛组合……这是一份长长的名单。
我在这份并不完整的歌手名单中，
似乎找到了一条音乐的谱系。
他们各有特色，却又有相同的底蕴——天高地远，
群山浑厚。

在历史遥远的尘烟中，凉山彝族创造了一种朴实的文化，可是它没有引来外界更多的关注。这是一种神话、民歌、古代仪式和爱情格言的文化。

每当月上东头，年轻的彝族人在月色掩映下隔山对唱情歌、倾诉衷肠，这一时刻意味着幸福美妙以及娱乐生活。一些彝族人把这些浪漫的山歌收集整理，将原来只流传于山野的音符和遗失于草丛里、深山间的乡村语言，稍加修饰呈现在我们面前。于是，晚近的文明以貌似宽容的姿态，给它贴上民俗的标签，企望用改良的方式来保护与传承。

很多年过去，当邰正宵那首与《彝族舞曲》毫无二致的流行歌曲进入凉山的卡拉 OK 厅，一些彝族人操起了吉他。他们都有一头从小就蓄起的长发，丰富的对唱经验，还有那些往心窝窝里钻的音符。情窦初开的"索玛妹妹"忍不住在他们黧黑的面颊，留下最初的一吻。

幸运的是，新一代年轻彝族人拥有比我们想象中更多的对外来文化的强烈感知、更好的判断能力。这些天生歌手对音乐的狂热犹如他们的生命，与生俱来的乐感流淌在他们的血管里，那天然的和声共鸣、对复杂声部的统筹能力令人惊叹，驾驭民歌歌词里的谚语、格言、淳朴的比喻轻车熟路。

唱着歌谣走出大山

绵延的群山，层层叠叠至天边；淡蓝色的氤氲辽远，清澈的歌谣鸣响……

20世纪90年代，几乎是华语歌坛最繁荣的"黄金时代"，用"百花齐放、百家争鸣"来形容当时的盛况可谓贴切、恰当。

以老狼为代表的校园民谣，以崔健和黑豹为代表的摇滚，以"四大天王"为代表的港台歌曲，以草蜢和小虎队为代表的青春组合。

邰正宵先生那首广为传唱的《九百九十九朵玫瑰》，在抒情的高潮部分，虽然与王惠然先生创作的著名琵琶曲《彝族舞曲》"重合"，但那一段旋律却与凉山彝族关系不大。

就像外界给予的许多标签一样，彝族也会被认为天生能歌善舞。这没有什么不妥，于是大家乐于接受。我们都学会了在赞美民族性格的文章中轻松写上一笔。

早在1953年夏天，四川省军区在成都、遂宁、剑阁、泸州、乐山军分区调集了32名文艺骨干，经过半个月的艰苦行军，到达了凉山雷波县，宣告凉山前线指挥部文工队成立。这就是1956年成立的凉山歌舞团前身。后来，《人民日报》曾以"凉山一枝花"为题，赞誉"民族歌舞，北看延边、南看凉山"。作为民族文化的传播者，他们带着彝族歌舞，曾出访英国、希腊、德国、日本、马耳他、土耳其等国，被誉为"中国民族艺术之花"。

舞蹈《快乐的诺苏》旋律生动、节奏明快，发自内心的喜悦，表现的是彝族翻身奴隶的快乐生活，1959年选送北京参加国庆十周年献礼，轰动全国。从此，这支歌舞也伴着凉山人民一路走向幸福和快乐。

改革开放以后，当党的政策让凉山生机勃发、经济社会蓬勃发展，凉山新生代的歌舞创作如雨后春笋竞相勃发，如金沙江水天上来，滔滔不息……

1993年2月，吉克曲布、瓦其依合、奥杰阿格组建"金丝鸟"艺术团，开始在本地演出，他们歌唱的时候，身后有12个舞蹈演员伴舞。吉克曲布回忆，当时艺术团走的是"乡村路线"，没有想到会发行正规的唱片。

> 凉山群众文化活动丰富多彩。图为新春"三下乡" 供图/美姑县委宣传部

次年，凉山彝族自治州副州长巴莫尔哈将他们正式定名为山鹰组合。鹰是彝族人的图腾，巴莫尔哈希望他们能像山鹰一样，飞得更高更远。山鹰组合发行的第一张专辑《我爱我的家乡》和紧接着发行的第二张专辑《大凉山摇滚》，或许是因为彝语歌曲接受面较窄，加之毫无名气等原因，没有火起来。1994年，山鹰组合在贵州毕节参加杜鹃花节，机缘巧合之下，认识了著名音乐制作人陈小奇，之后与广州太平洋影音公司签约，推出第一张国语专辑《走出大凉山》，一炮走

> 凉山的广场舞，民族特色十分浓郁　摄影／邹森

红。随即在广州、南京、武汉等各大城市举办"山鹰歌迷会"，"中国首支少数民族原创音乐组合"名满天下。三个留着长发、抱着吉他、来自大凉山的年轻人，各自也多了一个名号——"老鹰""黑鹰"和"小鹰"。专辑《走出大凉山》成为某种象征，而《七月火把节》每一年都会在农历六月廿四日的火把节上响起。专辑当中的多首歌曲广为传唱，中国流行音乐自此增添了独具魅力的凉山色彩。

　　其实，《走出大凉山》这首歌在他们的创作中已有彝语版，叫作《心想事难成》。"当时创作这首歌曲，是因为我和父亲吵架了。"吉克曲布的父亲并不支持儿子唱歌，而是希望他能够当公务员或者工人，父子为此意见不合。

　　彼时，吉克曲布留着一头长发，"周围的人都不喜欢，说这种装扮唱歌跳舞是'二流子'行为，"吉克曲布回忆，"差一点，我就没能当成歌手，因为全部的人都反对。"他为毅然辞工的事"和父亲吵得不可开交"。父亲一怒之下，将吉克曲布的吉他摔了，6 根弦只剩下 3 根。他抱着断弦的吉他，冲到了楼顶上，用剩下的 3 根弦，声嘶力竭地唱道："如果我能心想事成，我要到北京，去看那堵老墙。如果我能心想事成，我要坐上飞机，我要去看宇宙……"

让吉克曲布意外的是，山鹰组合一鸣惊人：三个彝族青年扎实的唱腔和不羁的造型，结合来自大凉山的原创音乐，令人耳目一新。《走出大凉山》专辑销量达到了 80 万张之多。

山鹰组合当年有多火？吉克曲布回忆，当时他们的唱片销量是太平洋影音的第一梯队，全国各地歌迷写来的信用几个大麻袋装起来，看都看不完。

吉克曲布出身于美姑县一个毕摩世家，从 4 岁起就背经文，一直到 12 岁，后来在工厂里面做了七八年的工人，电工、钳工、挖矿、装炮眼儿，什么都会。

当年在昭觉县的矿上务工，因为孤独和对未来的迷茫，吉克曲布抱着一把吉他写了一首彝语歌《想妈妈》。歌写好后，他和朋友找来一台录音机，自弹自唱，将歌录了下来。没想到，这首歌很快就传遍了昭觉县的大街小巷，被视为彝族地区第一首流行歌曲。大家争先恐后地用录音机翻录，传播开来。据说翻录的人都赚了不少钱。

尽管如此，年轻的吉克曲布也没有想过会以唱歌为生。文化的市场化，离凉山太遥远了。那时，彝族只有一个出名的歌唱家曲比阿乌，她生于雷波县，招到美姑县宣传队做歌手，后来从凉山歌舞团调往中央民族歌舞团。"她是被官方认可的，去各种晚会上演唱，代表一个彝族的形象。"山鹰组合的另一个成员瓦其依合说。

看到自己写的歌被越来越多的人喜欢，吉克曲布有了新的想法，或许可以出去闯闯。于是他找到瓦其依合等人，一拍即合组建演唱组合。带着彝族风味的旋律，铿锵的国语加彝语的说唱，他们奇迹般地火了，火得一塌糊涂。尽管他们很不习惯广东的生活，但这里是中国音乐的第一市场。

当时流行一句话：在凉山，每个司机都有两盘"山鹰"的磁带。从此以后，组合成了彝族歌手最常见的表演形式。

2020年，新冠肺炎疫情乌云笼罩。在凉山西昌的工作室里，"老鹰"吉克曲布抱着吉他拨动琴弦，哼唱的，依然是大凉山的歌谣。

从当年走出大凉山，到如今回到大凉山，这个当初青涩的长发年轻人鬓角已有了白发。

作为凉山第一代彝族流行音乐歌者，吉克曲布将凉山的高山、河流、人物，甚至蓝天、白云都写成了歌，他被称为"彝族流行音乐教父"。如今，他正致力于凉山民族音乐的传承与保护，在凉山打造彝族音乐基地。

吉克曲布的工作室位于大凉山民族文化创意产业园内。闲暇时，他喜欢倒上一杯茶，戴上墨镜，懒懒地斜坐在编曲室的椅子上，抱一把吉他，任思绪翱翔，寻找一些旋律。"凉山彝族音乐，一大把都是在这儿诞生的。"一曲弹毕，吉克曲布突然有些感慨："时间，过得太快。"

而恰恰只有时间，可以见证万物生长。

山鹰组合的成功像一粒种子，埋植于大凉山无数青年音乐人的心田，激励他们走出大山。凉山的音乐层出不穷，诗人吉狄马加的出名，又带动了凉山每一个拥有文学梦的人都发奋练习诗歌，成为彝族文化勃兴的第二个可观现象。

1995年，彝人制造组建。1997年，他们出版了一张纯彝语专辑《传说中的英雄》，在西南少数民族地区引起较大反响，"当时盗版无数"，事迹被列入《少数民族民俗大辞典》。

成立于2005年的太阳部落组合，2006年就夺得了中央电视台"第十二届CCTV青年歌手电视大奖赛"银奖。

天菩萨组合、声音碎片、奥杰阿格、吉狄康帅、吉杰、太阳部落、俄木果果、吉克隽逸、莫西子诗、海来阿木、南玛子呷、秋风、阿夏组合、南方叶子、阿诺乐队、老彝腔组合……越来越多的彝族音乐人在国内的舞台各领风骚，凉山本土音乐的创作生机无限。那些源自民间的熟悉的音乐元素与现代流行音乐融合之后，别有特色。彝族歌者登上耀眼舞台，将凉山的歌，唱给世界听。

凉山彝族慷慨将"走出大凉山"并把凉山唱给外界听的歌手统统视为"民族英

> 原山鹰组合成员之一吉克曲
布，人称"彝族流行音乐教父"
供图 / 吉克曲布

> 山鹰组合是"中国首支少数民族原创音乐组合"。
专辑《走出大凉山》发行超过30万盒，创造了一
个音乐奇迹　供图/吉克曲布

雄"。中国有 900 多万彝族人，四分之一就在凉山。音乐本身属于文化的一部分，歌曲也起到传承民族文化的作用。虽然歌曲所能承载的文化内涵得具体分析，但利用流行歌曲的方式来吸引某些注意力并非没有可能。凉山官方曾广发"英雄帖"，谁要是能创作出如《青藏高原》《天路》等传唱神州的好歌，重奖十万元。全国有名的词曲大腕小心来试过身手，但均无所获。把悬念留下去吧！倒是应该为山鹰组合、彝人制造、吉克曲布、瓦其依合、吉克隽逸、莫西子诗颁奖。其实，每一个漂泊在外的彝族歌手都是进入主流社会的楔子，至少使得彝族文化不再那么边缘化。

把凉山和彝族唱给你听。

在异乡歌唱故乡

早在 1987 年，甘阳在《文化：中国与世界》第一辑上发表了《八十年代文化讨论中的几个问题》。文章认为，八十年代文化讨论的根本任务是要实现中国"文化的现代化"，文化讨论的根本问题并不在于中西文化差异有多大，而在于中国文化必须挣脱旧的形态走向"现代文化形态"。他认为，当前文化论争的核心理论问题是传统问题，传统并不等于"过去已经存在的东西"，而是永远向"未来"敞开着无穷的"可能世界"。

但是九十年代的文化冲突并非始于这一年代，在它的初始时期，思想文化领域一度出现空白，知识分子在这一时代大都表示了无言的沉默，知识分子独步的领域由于主角的退场而如沉寂的荒原。这时，极少数政治色彩的、集中突现娱乐性功能的文化乘虚而入，并迅速、全面地占领了文化市场。当中国的市场文化获得了生产能力后，便如洪水泄闸，以排山倒海的气势不断更新换代，成为时代的文化主流。孟繁华在著述《众神狂欢》中指出，九十年代的文化冲突，市场文化以被动的方式成为矛盾的主要方面。"无处不在的大众文化从民间萌发，一直体面地走上了国家的权威传媒，它在不同程度上宣告了这一冲突的结果。"

　　这种文化冲突显而易见。一方面我们出于民族尊严感，要求在文化上维护我们的民族性，强调现代化进程中的民族差异；另一方面，我们难以设想具有民族性的现代化究竟是一种怎样的情形，如何描述出它的合理性。

　　况且后来的文化冲突已不单纯地表现在文化形态和观念之中，还存在于人们的行为方式和实践性的选择中，"自我塑造"已成为一个相当普遍的文化信念，个人化与个性化的倾向越来越突出……

　　对喜欢彝人制造的歌迷来说，彝人制造来自神秘的大凉山，同时，他们在创造一种神秘的音乐——新民乐。在流行音乐占主导地位的年代，彝人制造的音乐是新颖的、前所未有的。与其说三个小伙子是歌手，不如说他们是布置迷境的乐林高手，或者说是穿越音乐时空的行者。彝人制造既是一众彝族音乐人当中的成员，也是他们当中的代表。这个现在中央民族歌舞团的演唱组合的三人是曲比哈布、曲比哈日、吉里日曰。

　　都是年轻人，青春洋溢。他们熟悉各种牛仔裤品牌，喜欢甜蜜的饮料和外烟的味道，当然，最厉害的是对流行音乐过分敏感。经过一段时间的磨合及等待，这一代年轻的彝族人足够的音乐天赋与外界音乐大潮相撞的火花使他们逐渐自信起来：新一代彝族人的责任是创造一个市场品牌，一个流行神话，从而进入所有人的生活。

　　草创时期，主创曲比哈布辞去了他在美姑县一个小电站的工作，领着同样对音乐还很懵懂的弟弟，流浪到凉山州首府西昌的街头，开始了最初的音乐生涯，随后吸收那些有共同兴趣的伙伴成立演唱组合。初具雏形的"黑虎"有五位成员，演出在小范围内有了反响，也感动了官员巴莫尔哈。他力促"黑虎"在成都发行了首张彝语专辑《传说中的英雄》。但势利的市场保持着它的矜持，沉不住气的"黑虎"终于只剩下曲比哈布和曲比哈日两兄弟。一天晚上，曲比哈布在西昌听到了甘洛人、曾当过文艺兵的倮伍阿木唱的几首歌。

　　1998 年，巴莫尔哈把他们三人带到了北京。鸟人艺术推广有限公司的老总周亚平先生慧眼识珠，一纸签下，"黑虎"华丽更名为彝人制造，闪现曙光。

> 彝人制造是流行音乐的一个民族品牌　供图 / 彝人制造

　　走红的时候，即使在北京，采访彝人制造也不是一件容易的事。与其他一线的演员别无二致，彝人制造四处出击，频频在各地的晚会、演出中放声歌唱。"感觉每一天都在路上。"曲比哈布以这样的一句话来形容他们当时的状况。

　　有一次我去北京之前给彝人制造打电话，他们在昆明演出。此后短暂的一周里，他们接连又去了贵阳和济南两地。当我在首都国际机场打电话向他们告别时，他们又在广西演出了。

　　北京寒冷的冬季来得比凉山还早，好在年轻的歌迷对歌手的热情不减。2004年11月22日晚，北京西五环外八大处附近的一处"影视基地"录影棚里灯火辉煌，人声鼎沸，广西卫视综艺节目《唱山歌》在此录制。作为特邀嘉宾，彝人制造以一曲《美丽姑娘》赢得满堂喝彩，我身旁的节目监制喜不自禁："太棒了！太棒了！"接受主持人采访环节，他们谈到博大精深的彝族文化给予的馈赠，谈到根深叶茂的本土文化对他们音乐创作的引领……

　　而我的采访是在曲比哈日开着车去"影视基地"参加节目录制的路上。塞车，迷路，一路两个小时，采访也正好是两个小时。

　　一台接一台的晚会，一场接一场的演出。作为一个当年颇具神秘气息的歌唱组合，在表面热闹市场低迷的歌坛，居然能细水长流地坚持，几乎可以算作一个小小的奇迹。正如曲比哈布所说："在北京，我们还是说得起话的。"这句话，道出了彝人制造的自信。

　　想当初，彝人制造没有强势宣传，单凭沉郁、淳美的情歌打动了无数圈内大腕的寂寞芳心，传出上佳口碑，并颇为幸运地获得央视的垂青。在多次有影响的舞台演出中，凭借山歌流动般的复杂而天然的和音表现赢得了观众的喜爱，终于在2000年度的CCTV-MTV音乐盛典颁奖典礼中捧获大奖，并获得MTV（音乐电视网）总裁的特别褒扬，一时风光无两，由此奠定了中国有史以来最为成功的少数民族歌唱组合之一的地位。

　　高潮迭起时，困难不期而至。唱高音的倮伍阿木携着他的恋人，也是彝人制造的经纪人小米，开始单飞。此时，彝人制造与鸟人艺术推广有限公司签约期满，他们亦与"鸟人"告别。

成长的道路充满了坎坷与荆棘。我知道，他们吃过太多的苦。很快，木乃七斤加入，没多久吉里日曰到来，彝人制造稳固至今。他们于 2011 年推出的《回归》专辑，即与新成员磨合熟稔的代表作。

后来彝人制造见到的大场面越来越多。作为演出实力与官方认可的象征，上央视春节联欢晚会演出成为大家心照不宣的成功标识。2001 年，彝人制造首次登上"春晚"舞台演唱《彝人回家》；次年，与王力宏等合作《美丽新世界》；2017 年，在"春晚"四川凉山分会场与太阳部落演唱《阿惹妞》。

如果从音乐角度来评判，我认为 2003 年 1 月 19 日彝人制造荣获第九届全球华语音乐榜中榜值得备注在案。毕竟，全球华语音乐榜中榜有"中国格莱美"之称，并且已经成为一项具有国际水平的音乐盛事。当年获奖的演唱组合还包括羽泉、五月天、F4，影响可见非同一般。

从《彝人制造 I 》《彝人制造 II 》到《妈妈》的音乐积累，《看见了》2005 年面市，给人耳目一新之感，成为彝人制造音乐创作与发展进入成熟期的里程碑。7 月，央视第三套推出《中国新民歌》节目，彝人制造登台歌唱，一曲风靡。

真正的艺术必须关注人间冷暖、社会现实，还有时代潮流。这是具有责任感的艺术创作者必须具备的素质，也是赋予自身艺术生命力的关键。《看见了》这张专辑更加贴近生活，《看见了》这首歌曲就可以解读为一首旨在冀望和平、呵护家园的公益歌曲。除了创作，彝人制造还是"行动派"，一直热心公益事业，特别关注和帮助了许多失学儿童重回校园。2003 年 7 月火把节时，他们到云南省宁蒗彝族自治县义演，捐资 13 万元在当地设立了一所"彝人制造希望小学"。如今，他们每年还作为"未名奖助学金"的长期捐助人，与朋友们一起，在云南的少数民族地区资助 90 名学生。

著名音乐人郑钧的"灯火文化"对彝人制造厚爱有加。《看见了》唱片的制

> 彝人制造是汲取本民族音乐谋求发展的榜样　供图 / 彝人制造

作费用超过百万元人民币，10 首歌中有三首拍了 MTV，其中两首用 35 毫米电影胶片拍成，一首为 16 毫米的胶片所拍。

曲比哈布坦言："从某种意义上，这张专辑对我们来说是历史性的。彝人制造以前出过四张专辑，每次制作差不多就一两个月，这张专辑却用了整整两年，里面有传统和时尚的各种音乐元素，但总的说来，沿袭了组合的原生态音乐风格，应该是组合的一个新的高度。"

彝人制造没有减少过一丝对音乐的热忱，没有停止过一秒对生活的感悟，他们一直寻找自己最理想的音乐状态。从他们的歌里，可以清晰感觉到那种来自内心深处最真切、最原初的诚挚和质朴，感受到磅礴大气具有王者风范的震撼，以及多元文化因素交融中绽放出的绚烂花朵。

彝人制造汲取自身民族音乐的榜样，打造出他们对音乐独特的感悟，传递出柔美无暇的情感。生活中的每一个篇章都成为他们拨动心弦的音符，让他们的音乐充满让人无法抗拒的神秘魔力。

"不要怕"作为自信的个性

同样来自四川凉山的彝族歌手吉克隽逸，2012 年从《中国好声音》中脱颖而出。她第一次站在灯光璀璨的舞台上实现自己的音乐梦想，便一发不可收拾，短短几年，已经成长为中国流行音乐实力非凡、拥有粉丝无数的闪耀明星。

如今的吉克隽逸，完美融合了少数民族的情调和最前沿的时尚装扮。她频繁出现在各种时尚文化的高光场合，以新潮的衣着和标签般的黑色皮肤，赢得如海浪般的欢呼与众多媒体的广泛关注。她高亢略带沙哑的嗓音、富有感染力的声线与独具风格的演唱方式，以及花朵似的笑容，直观诠释了"这位彝族女孩不仅拥有东西方都接受的嗓音，在外形上更契合时尚的审美和流行度"的评价。

人海茫茫，艺途闪亮。大凉山和彝族，毫无疑问都是带给她辨识度的美好认证。

"不要怕"的民族性格，塑造了她作为歌手，愿意不断尝试音乐丰富性的大胆与果敢。"每一张专辑我都希望带给大家新的东西，说挑战也好，就是要让大家看到我的变化和成长。"

吉克隽逸给人的感觉一直是努力和自信的，正如她透着黝黑肤色带给人的感觉，健康阳光并且充满能量。有人干脆直言，肤色就是吉克隽逸的标签。一次群访，她和记者聊到肤色的话题："我想并不是因为我的肤色让观众记得我，而是通过我的歌声让观众记住我。"她大方得体地袒露心扉，很快拉近了与陌生人的距离，给人许多好感。

吉克隽逸的音乐呈现为想唱就唱的表达方式，由一颗直爽的内心支撑，真实可贵。如此直率、真诚的性格，和她从小生活在大凉山少数民族的环境中有直接的关系。

吉克隽逸对自己的演艺发展道路规划得很清晰，专心发展歌唱事业：从电视选秀胜出到签约唱片公司，从保持高频的唱片发行节奏到开个人演唱会，她逐渐认识到在演艺圈扎稳的秘诀，除了实力和运气，还"要真诚真心地对待每一个人"。

她在音乐上的长足进步有目共睹，已经推出四张异彩纷呈的专辑；演唱了许多电影、电视剧的主题曲，还为一些品牌演唱广告曲；她荣获许多有分量的奖项，比如亚洲新歌榜年度盛典最佳音乐突破歌手奖、亚洲音乐盛典年度最佳女歌手奖、入选福布斯中国"30位30岁以下精英榜"（音乐领域）等；她的时尚表现赢得许多品牌青睐，多次成为时尚大牌的宠儿，出席各类时尚活动；她也涉足大银幕，尝试以自己的独特气质和形象出演符合自身条件的角色。

当然，音乐还是她的最爱。"我们彝族人没有不会唱歌的。"她越是在意，越是害怕做不好，对音乐的认真和较劲几乎达到了苛刻。她喜欢音乐的变化万千和无限可能，形容自己的音乐符合"可甜可盐可国际可民族"的期待。她不喜欢用某种概念来定义音乐，以"世界公民"再三为专辑命名，强调音乐应该拥有无限的自由，并具体诠释了音乐的自由和尊重不同的音乐文化。"我想给予不同种类的音乐尊重，模糊固有风格的界限，摘掉刻意的人为标签，尊重自己的内心，回归音乐本身。"她诚恳地阐述她的音乐理想。

不拘一格的探索，形式多样的尝试，吉克隽逸对"民族化"与"国际化"这样严肃的话题也有自己的理解："我觉得国际化不一定是完全跟随国外的流行趋势摒弃自己原本的特色，还是要坚持一些自己本民族的东西，中国音乐是很有特色的。"她认为："要站在国际的视野上，也要立足于本土的音乐审美，创作出

> 吉克隽逸，当下最闪耀的彝族明星之一。
  她说："要真诚真心地对待每一个人。"
  供图 / 吉克隽逸

一些新的东西，把传统的文化融入现代的内容里来，找到相对完美的平衡。音乐作品既要有传承又要有创新，还要具有全球化的传播潜质。"

2012 年，被吉克隽逸视为正式进军歌坛的元年。那一年，她 24 岁。

青春洋溢的年纪，我猜测当年她其实也很在意一个根本不为自己所掌控的结果。

初来乍到，青涩胆怯，选秀舞台，一切都是新鲜的。包括我等凉山的绝大多数观众遇见《中国好声音》上的吉克隽逸，知道她出生于甘洛县，成长在西昌市，读大学熟练掌握了英语，性格活泼、阳光上进，就像熟悉的邻家姑娘，我们乐意把她当成亲戚。

我清晰记得总决赛当天是中秋节。下午我在重庆参加一个艺术展览，晚上守着浙江卫视看电视直播。巅峰之夜，重庆的夜空连绵的雨水冲刷着看不见的月光，我的心却如凉山月亮般明亮，祈愿来自家乡的歌手好运眷顾，过关斩将，拿下桂冠。那个清晰的夜晚，吉克隽逸也许梦想过获得冠军？我真心希望她和我一样，山里人骨子里总是抱有一种对美好事物的信任。

开始她唱《情深谊长》，接着是耳目一新的《不要怕》，还有英语歌曲。年轻、时髦、青涩、自由，可以美丽和优雅，也可以野性和率真，总之，她不同凡响。不过，有人质疑吉克隽逸是为赶时髦故意"漂黑自己的皮肤"，读到报道我差点笑喷饭——哈哈！我孩子有一要好的彝族同学，全身都黑，连脚板底都是黑的呢！

那个不可思议的夜晚，梁博、吴莫愁、吉克隽逸分获冠军、亚军、季军。我写到这里时不停地复盘，依然可以感觉到《中国好声音》进行到后来阶段，吉克隽逸的民族加国际范儿越来越清晰。那段难忘的时光，吉克隽逸身穿民族服装、戴大耳环，唱着山歌出现在评委面前，令人眼前一亮。她励志拼搏的故事不仅打动了赶到现场的母亲，也打动了评委和电视机前的万千观众。

> 获奖无数，是吉克隽逸努力与自信的结果
供图 / 吉克隽逸

出道仅一年，有媒体盘点，吉克隽逸代言的品牌超过 13 个，其中包括哈根达斯等国际品牌。早在 2012 年年底，她就登上了包括《男人装》在内的时尚杂志的封面。

和音乐一样，吉克隽逸理解的时尚，从不是随波逐流的跟风，而是听从内心的召唤。她试图打破大众习以为常的审美，以偏小众的特别格调丰富审美的内涵。她美得既自信又自我。

生活中，健身是吉克隽逸刻意的自律。如果条件允许，她每天都会去健身房运动，风雨无阻。她饱含热情，一旦有闲暇，就会邀约好朋友来家里玩，奉上美食款待大家。

那场选秀节目为所有热爱音乐的人敞开了一个舞台，也彻底改变了包括吉克隽逸在内一群年轻人的青春和命运。

如今的吉克隽逸冠冕加身。从光芒万丈的娱乐舞台出发，她很好地把握住了事业起航的关键时期，迅速投入到一个沸腾的娱乐场：先是签约公司，后来拥有自己的公司。每一个圈中名人都在分秒必争，稍有停歇很快就会被大众遗忘，被人补位。在快速奔流的流行文化节奏中，努力保持专注和提升专业水准是不断前行的不二法则。

她一步一个脚印，勤勉地奋斗在人才济济的星光舞台上。

2017 年央视"春晚"，数亿华人的目光汇聚在四川凉山分会场，以"火"为主题的表演非常惊艳。从凉山"飞"出去的"百灵鸟"吉克隽逸回来，如众星捧月款款走向舞台。她的身后，手举火把的彝族老乡走出木屋，踏着乡间小路，

> "民族化"与"国际化"典范 供图 / 吉克隽逸

闻歌而来。一曲《情深谊长》，将观众带回到峥嵘岁月。1935 年 5 月，中国工农红军长征经过凉山彝族聚居区，与彝族人民结下了深厚情谊。吉克隽逸融合彝族空灵唱法，再次唱响这首歌曲，充分展现了彝汉人民的深情厚谊和凉山跨越发展的美好图景。

全新的改编和演绎，吉克隽逸的演唱迅即被朋友们设为手机铃声。她不无激动："这次在家乡的演出，我自己觉得很满意。毕竟是自己的'地盘'，感觉也更亲切。"当天，她穿的百褶裙是由羊毛编织的，材质、用料、染布的技术都很古老；佩戴的银饰是纯手工打造的，一身行头，足足十几斤，与现场挥动的火把一起，彝族文化的万千魅力生动地呈现在全球观众眼前。

吉克隽逸一直很强调自己的彝族身份，每每谈起民族文化对自己的熏陶，从不遮掩，非常自信。"少数民族是我最宝贵、最自豪的身份。用彝语演唱的时候，我脑海里的画面是家乡熟悉的一切。我相信音乐是相通的，即使语言听不懂，音乐里的情感也是可以打动人的。民族文化给了我的音乐最深厚的底蕴、最强大的共情能力、最真实的情感和最磅礴的力量。我希望大家通过我的音乐能感受到火把节的狂欢热情，感受到索玛花的纯洁美丽，还有万物有灵的神秘和彝族人民的热情。"

她确认，作为一名土生土长的彝族姑娘，凉山的一切给予她关于音乐的最初的灵感和体验，并赐予她继续勇往直前的力量。

用吉克隽逸的话说，凉山，就是最温暖、亲切的存在。

只有山歌敬亲人

犹记得彝人制造 2000 年年初推出首张同名专辑《彝人制造 I》的时候，内地歌坛有一种特殊现象，那就是台湾大量的少数民族流行组合引人瞩目，最有代表性的当属动力火车。虽然动力火车的两位成员是少数民族歌手，但是在他们的作品中却难以找到民族音乐元素。他们体现的仅仅是制作人的音乐理念，制作人也只是在利用他们的丛林歌喉。

如果做一个横向比较的话，彝人制造拥有与这些人几乎相同的生存环境乃至身份，但彝人制造创造了比他们更好的音乐。在彝人制造血管里流淌的是民族的血液，特有的民族情感激发着其创作灵感。他们把本民族的毕摩音乐、RAP（说唱）、乡村 BLUES（布鲁斯）、西班牙的弗拉门戈、拉丁音乐及摇滚乐融为一体，从而以古典与现代、民族与流行、原始与前卫的完美结合创造了彝人制造的音乐。

在流行歌曲同质化倾向十分明显的潮流中，彝族音乐人的创作很容易分辨出来。彝人音乐的灵性和天赋，流动着只有山歌才有的纯朴的优美，而且声部繁多。有些歌曲不同于五声调式，经常随心所欲地转调，而且对节奏有足够的重视。他们的音乐遵循的是自身的神秘法则，充斥着只有在凉山山、水、地之间才能酿造的情绪。当然，最令人激赏的是慢歌中那忧郁和沉思的美，它拒绝歇斯底里，拒绝抄袭煽情，拒绝莽撞地推进到歌的主音，而快歌中洋溢着最原始的喜悦和对自然的崇拜，没有丝毫都市纷乱的痕迹。

莫西子诗在 2014 年年末推出首张专辑《原野》，收录的 12 首歌都是原创，以纯粹的彝族原生态音乐为主线，演唱语言全是彝语，甚至呓语。有评论称，他坚持的自由任性让听众经历了一场彻底的听觉洗礼：歌曲中，中文架设的安全堡垒和直观画面开始崩塌瓦解，眼前的一切开始摇晃着不可控起来。

他把这样的民间歌谣定义为"原生态"，旋律线很明显，节奏上很少讲究，有时原始而散漫，有时野性而昂扬。

"原生态"这样的词已经泛滥了，不过，到底什么是原始呢？

"你听过口弦吗？口弦那个音色就是原始。" 莫西子诗在短暂的迟疑之后接着说，言辞里带着一点小孩子的为难："你让我说苍凉到底是个什么感觉，苍凉就是苍凉哪还有什么感觉。苍凉就是让你置身于一片空地、一处荒原，让你在那里的时候就会很清晰地认知到自己。"

莫西子诗把他在西昌的工作室命名为"荒原留声"。"我之前做过'荒原计划'，把凉山比作荒原，主要是说它在思想、精神、文化上的进程要慢一些。在

> 原山鹰组合成员之一瓦其依合（右）已是彝族
著名音乐人　供图 / 西昌市文学艺术界联合会

外面见多了以后，凉山拥有的地理位置、气候条件和传统文化，很有希望成为文化多姿多彩又生命强盛的地方，像已经很'热'的大理一样。只不过现在凉山缺一个出口，缺文化的交流平台。"

当年参加《中国好声音》的吉克隽逸，以一个纯朴彝族姑娘的形象走进大众视野。谁也没想到，这一位来自大山深处的彝族姑娘，竟能在日后成长为一位独当一面、极具国际范的女歌手。

这些年来，她通过自己的努力，颇具个人风格的表演让人印象深刻，将歌曲里的狂野和劲爆的舞台完美融合，将个性展现得淋漓尽致。她的每一场演唱，对观众们来说，都是一场不可多得的视听盛宴。

2020年开年，吉克隽逸来到湖南卫视《歌手·当打之年》的舞台，用几首不一样风格的歌曲，展现了那个多样的吉克隽逸。无论是奇袭时台风炸裂的歌曲《Power to Forgive + Looking for Trouble》，还是女王范爆棚的歌曲《直来直往》，抑或守擂时那首对她个人极具意义的首支单曲《彩色的黑》，都体现了这一位流行歌手的魅力。劲爆的舞台效果和吉克隽逸激情的演唱，总能让你随着她的音乐而感到热血沸腾。

彝族歌手的歌唱天赋，使每一位听过他们歌声和欣赏过他们表演的人都留下深刻、难以忘怀的印象。

彝族流行音乐人才辈出，瓦其依合在感到欣慰的同时，开始提携更多年轻的彝族音乐人。2017年，他与五位彝族青年音乐人一道，组建了"瓦其依合与空行者"组合，并推出首支单曲《出云之月》。在五位音乐人之中，有出自毕摩世家的年轻毕摩，有出身专业音乐院校、擅长彝语创作和即兴演唱的歌手，也有演奏吉他、键盘、打击乐、口弦等的专业乐手。"相比个人或乐队创作的方式，这样的组合能碰撞出更多可能。"

不过在瓦其依合看来，尽管彝族流行音乐前景光明，也不应成为认识彝族文化的唯一途径。"除了音乐，提到彝族题材的文艺作品，人们往往只能想到舞蹈《快乐的诺苏》、歌剧《彝红》等，这也是我参与《我呼吸——博什瓦黑》的重要原因。"瓦其依合希望以更多样的文艺形式为载体，将原汁原味的彝族文化传播、介绍给人们。

舞台剧《我呼吸——博什瓦黑》由西昌市文学艺术界联合会和西昌市音乐家协会合作、四川人民艺术剧院有限责任公司出品，2017 年 5 月在成都黑螺艺术空间持续上演。原版本超过两小时，因受邀参加法国阿维尼翁戏剧节，应主办方要求精简至 46 分钟。这部长度只有 46 分钟、演员只有 7 人的小剧场舞台剧，几乎每场演出观众都爆满，不少人为之感动落泪。

在剧中，瓦其依合不仅担任演员，还负责音乐监制及现场演唱。他认为，彝族文化的当代传播，需要寻求更多的载体。

博什瓦黑位于凉山昭觉县西南部，这里保存有南诏大理国的彝族石刻岩画，也是瓦其依合的故乡。机缘巧合，瓦其依合从一开始便见证了这部舞台剧的创作，最终受邀负责音乐环节。

由于该剧全部采用彝语对白及演唱，瓦其依合认为如果完全采用彝族民间音乐，非彝族观众可能难以产生共鸣。于是，他大量运用了苏尼鼓、摇铃等音乐元素。"节奏感是一种人类共通的语言，观众会随着节奏的起伏融入舞台剧的情绪变化。尽管听不懂对白或者歌词，却能够感受那种文化氛围。"

对彝族文化的传承，吉克曲布同样有自己的看法："这么多年来，我们凉山音乐广受欢迎，很重要的原因是我们每个县的音乐风格都不一样，所以凉山盛产音乐。"吉克曲布说，他之所以选择从北京回到凉山，就是想在凉山打造一个彝族音乐基地，培养更优秀的歌者，让更多的人感受到彝族音乐的魅力。

大凉山磨砺了彝族人民坚韧的性格，大凉山滋养了彝族人民挚爱的胸怀。

从最早走出大凉山的曲比阿乌、苏都阿洛算起，到后来的山鹰组合、彝人制造、奥杰阿格、阿木、太阳部落、南彝组合、日沙尔特、吉杰、吉布红英、吉狄康帅、吉木喜儿、尔古阿呷、俄木果果、吉胡阿依、吉克隽逸、莫西子诗、阿依洛组合，以及吉克皓、海日乌芝……这是一份长长的名单。我在这份并不完整的歌手名单中，似乎找到了一条音乐的谱系。他们各有特色，却又有相同的底蕴——

天高地远，群山浑厚。

行文至此，读者可以见证彝族的能歌善舞了。场面热闹的火把节、彝族年不用说了，我曾两次在彝族人家的瓦板房里，火焰跃动的三锅桩旁，听着歌谣通宵达旦。那是新娘即将远嫁他乡的前夜，哭嫁歌的曲调悠扬婉转，娘家的亲人以歌唱挽留心爱的女儿，舍不得长相离别。高原之中，山寨之上，繁星闪烁的夜色空阔与辽远，房屋里的黑色紧紧包裹着一屋子的亲朋好友。房屋中间的光亮——火塘，燃烧的火焰，映红脸庞。无人高声喧哗，多在静静地聆听，一抑一扬的旋律始终反复，一起一伏摇动心潮拍岸。形式简洁单纯，数千年来的传统一直保持着，传统的古歌就没有停下来过。歌谣节奏缓慢，歌词娓娓道来。我听不懂她们在唱什么，我大致猜测到故事梗概。从眼前的篝火唱到祖先的灵地，从孩子呱呱落地唱到她长大成人，从太阳雷雨唱到荞花盛开山坡……无穷无尽的故事。唱累了，休息片刻，喝一口米酒或者凉水，湿润一下喉咙，用手抹干净嘴唇，歌声再起。动情处，眼睛泛出光亮，眼眶有些潮湿了。唱歌的人并不看周围的一切，唱歌的人脑海中拥有一切。唱歌人背后的土墙上是巨大的身影，她们沉浸在往昔的岁月里，隐约看见那一幕一幕复活在歌谣中的人与事，回忆与想象。我默默地看着歌唱的人，慢慢地，仿佛看见了远方，目光漫过层层叠叠的大山。

这就是凉山。

民歌手的抒情诗

阳光下的莫西子诗下意识地仰起头，阳光瞬间把一张年轻又有一些过早成熟的脸照亮。享受高原的清新，深深地吸气，气息是那样熟悉。山里人的生活散漫自由得毫无拘束，成长阅历和前行的勇气来自脚下的大地。人类，本来是大地上的漫游者。一支自称"诺苏"的彝族部落，正是从遥远的古代漫游而来，栖居在这个后来叫凉山的地方。凉山成了彝族人的故乡之一，和其他民族一样亲切地视生存的大地为故乡。迁徙的长路真的很遥远了，祖辈的模样也早已模糊不清，家

> 歌手莫西子诗　供图 / 莫西子诗

谱则幸运地在他们的歌谣和经书中获得保存，延续记忆，精神向往。

山中的石头可以保持对大自然的永久沉默，人却少不了语言、诉说、交流、歌唱。在凉山，歌手无处不在。穿云破雾传来的歌声，是放牧孩子唱的；寂静夜晚散落在山间小道的歌声，是热恋小伙唱的；忧伤得泪水长流的歌声，是为痛失老人的告别仪式唱的……歌声无处不在。

舞台上的莫西子诗取得了成功，舞台背后却是危机四伏。本来，莫西子诗是一个追求自由的人，你听他在不同的场合或者不同的地方唱歌，没准他就随意地拉长音调或者随意地切进了旋律。他不喜欢受到节拍束缚，习惯通过听音分辨进度，只有听到那个敏感的音色，他才能进入旋律。

在歌唱这件事上，他是典型的感情用事。

"引用谭维维的一段话吧，"莫西子诗拿着麦的右手，扶了扶眼镜，"当最基础、最灵魂的词、曲、表达都在诞生时，就像一把刀子一样扎在你心里之后，再发生的一切都会被允许，因为最初已经坚不可摧了！"我没有去查谭维维的原话，可我听得出来，这是他个人的表述方式。

慢慢地，习惯了面对媒体，他也会在节目中感慨："我更想表达的是一种'稀巴烂'的生活状态，能够勇敢地去面对生活中的一切，去奋斗，去战斗，去轰轰烈烈地做自己想做的事情，而不是不痛不痒地活着。所以我想继续'稀巴烂'地活着，继续做'稀巴烂'的音乐！"

一个春天，惊蛰刚过的周五晚上，我照例守着电视机看央视三套的《中国好歌曲》。同一时段，本来还有更好的湖南卫视《我是歌手》——专业素质确保了对歌曲把握与诠释的质量，编曲与配器总有新颖之处并恰到好处，连舞台灯光的布置与镜头推拉切换都技高一等，但我还是选择看回放。因为《中国好歌曲》上有莫西子诗参赛——蓬松的长发，瘦削的脸庞，挺拔的鼻梁，黑框的眼镜，牛仔衣着装，怀抱一把木吉他，自言自语般地吟唱《要死就一定要死在你手里》，大胆的爱情宣言——他最初"闪亮登场"的形象，是我熟悉的彝族才子的气质。腼腆，汉语表达不甚顺畅；质朴，与生俱来带有土地和大山的味道。如此本真，久违的朴素，置身于华丽的舞台、媚俗的社会、金钱的时代，顿时赢得众多粉丝痴狂。

这个夜晚，《要死就一定要死在你手里》，莫西子诗还是唱这首歌，仿佛他只愿意唱这一首歌。只是伴奏换了，日本女友坐在钢琴前，音符从细长的指间流淌出来，直往他的心里去，他的歌声则从心灵深处发出来，与之应合、呼吸、缠绵：

> 不是你亲手点燃的 / 那就不能叫作火焰 / 不是你亲手摸过的 / 那就不能叫作宝石 / 你呀你，终于出现了 / 我们只是打了个照面 / 这颗心就稀巴烂 / 整个世界就整个崩溃 / 不是你亲手所杀的 / 活下去就毫无意义 / 你呀你，终于出现了 / 我们只是打了个照面 / 这颗心就稀巴烂 / 整个世界就整个崩溃 / 今生今世要死 / 就一定要死在你手里

想起来，当初拿到俞心樵的词，"旋律 5 分钟就完成了"，莫西子诗有点得意。歌词几乎就是他爱情故事的翻版。歌词只是种子，撒在他爱情的心田，长出来的就是歌曲。清澈的前奏，牵引出开始部分的诉说；高潮的掀起，似乎有了哽咽，要死要活的，不肯放手。当初他是一名导游，因工作的缘故和女友相识，滋生跨国恋情，7 年的时间聚少离多，一年只见一两次面，但两人都一往情深，故事也成为歌唱的背景。即使节目组并不反对他带女友上节目，女友还是问："如果我在那里会不会对你有帮助？不是电视效益，而是我在那个场合，在你身边，会不会能够给你加油？"你听，多么动听。

莫西子诗被誉为"民谣诗人"。当然，他也写歌词，写得最出名的一首叫《不要怕》：

> 风起了 / 雨下了 / 荞叶落了 / 树叶黄了 / 春去秋来 / 心绪起伏 / 时光流转 / 岁月沧桑 / 不要怕，不要怕 / 无论严寒或酷暑 / 不要怕，不要怕 / 无论伤痛或苦难 / 不要怕，不要怕

> 莫西子诗的音乐，来源于他脚下的凉山大地　供图 / 莫西子诗

原先的词是用彝语写的，朗朗上口，意境丰富。好在汉语翻译得不错，让更多的人懂得了大山中的感情。

唱红这首歌的人，正是前文讲到的吉克隽逸。

漂在北京的莫西子诗在和窦唯做音乐。说起《不要怕》："这本是一首年轻打工者思乡的歌，我们增加了一些意境。"瓦其依合第一次在北京音乐台听到这首歌，是他不懂彝语的云南彝族妻子深夜将他推醒，"这是一首多动人的彝语歌啊！"2009 年，瓦其依合在他的首张个人专辑《黑鹰之梦》中用彝语演唱了《不要怕》，但即使在凉山，这首歌也没有引起注意。坦率地说，是吉克隽逸才让这首歌变得家喻户晓、广为传唱的。而当我找出当年凉山电视台导演黄志刚为瓦其依合拍的 MV（音乐短片），每每都为 5 分多钟的黑白影像感动不已。瓦其依合深沉的吟唱，与土地上躬身劳作、高原上放牧牛羊的场景穿插叠化，恰好衍生出民族文化如大地上生长的根脉主题。"阿杰鲁，阿杰鲁——这本是彝语里无词的叹息，我却迷迷糊糊误听为不要怕，不要怕，"依合对到凉山采访的《生活》月刊记者邹波说，"后来将错就错。"

西昌市大箐乡白庙村，那是多年前中央领导来视察时选的点，现在市政府着力打造的彝族风情特色旅游集镇。莫西子诗随央视节目组特意回来拍家乡日常生活的 VCR（录像），以备在决赛时播出。"跟着他跳达体舞，有一种跟着'火'的感觉。"莫西子诗的朋友马莫莫显得兴致高昂。但看着子诗的家人和乡亲在电视拍摄的镜头前正襟危坐的样子，倒让人很容易看出那样的姿态根本不是轻松时刻。临时组织围着篝火跳的达体舞很快满足了摄制组的需要。月牙和星光已经布上夜空，从半山的白庙村向北望去，山下湖边一度停满了好车的邛海陷入了宁静，紧邻的西昌城一片灯火辉煌，标志着凉山唯一像样的城市仍在成长——披上新绿的泸山遮挡不住背后工业基地不停生产的炽热，房价保持四川省内第二高的排名，大都市来的游客和本地的矿老板进一步抬高了物价。

如果说音乐欣赏与音乐创作有着相同的基础的话，那就是在虚幻时间中对形式的认识。在这种形式中，充满了全部艺术的生命含义，充满了人类的情感方式。

"由于歌唱很自然地与文学结合在一起，唱往往使祈祷和巫术中的语调更有力，所以歌唱很可能就是由说话的语调发展来的。"苏珊·朗格在美学专著《情感与形式》辟出相当篇幅说明：音乐是比任何艺术传统更为普遍的艺术形式。"歌唱在音乐表现力方面，依靠着不断的形式化，不断地向器乐声音的靠拢而有所发展，而其他所有的音源发声，在注意到人声——歌唱的形象之前，多少流露出死板与无生命的意味。这一事实显示了一个有关总的音乐现象的特有的辩证法，它或许说明了两种特殊才能的存在——创意才能：精熟于音乐抽象；解释才能：集中体现在创造具有完整意图的，控制的声音的那种能动的音乐想象上。后一种才能，是从心灵与声音的自然关系之中推导出来的。"从这一层面上理解彝族音乐人创作的歌曲，我们很容易判断出歌曲与凉山的亲密与疏离。

音乐的具象意义是可以期待的产物。一旦审美态度发挥作用，只要听众对作品的风格具有潜在期待——只要能够产生愉悦的刺激，听众就会尽最大努力去理解它的情感意义。

在"现代性"与"都市化"的"主流文化"眼光中，彝族音乐人创作的表达或许多少显得"边缘化"，甚至"异质化"。其中神秘的诱惑，一方面恰恰成全了彝族新民歌斑驳色彩的迷人之处，表现为文化多样化的一种注解；另一方面，在流行音乐风起云涌、变幻莫测的时尚之中，存在某种文化差异带来的障碍被容易接纳及至受宠。所谓的走红，很可能是一时一地的，要想更大范围地传唱乃至在音乐发展史上留有一席之地，仍很困难。

"可能是时代发展迅速，猝不及防，听 CD（激光唱片）的人已经很少，都在快速地消费，我的歌接受起来有难度，一是彝族语言，二是音乐风格上有点怪。"莫西子诗告诉我，"但是就像买书还是去书店一样，我更乐意到大自然的环境中，跟大地连接。"

一个人的凉山

　　一个人要到达一个地方几次才能算懂得那里？有人问过我这个问题。"至少三次吧。"我随口回了，但那显然是不负责任的。

　　之所以脱口而出，或许"三"代表多吧。但读懂一个地方、一本书、一个人，是因为次数吗？我们每天生活的地方，就是我们最懂的地方吗？我不敢说。比如我出生、成长的茂名，我回望时发现记忆一片模糊，很多外地人与我谈及茂名的某个地点，我常常一脸尴尬，愚蠢地以不作回应来掩盖自己对家乡的无知。比如我工作后待得最久的上海，当我要写它的时候，却发现怎么写都不对。上海在我的笔下似乎变成了一个又一个的小点，支离破碎，我想它是不愉快的。当我想要翻阅上海"这本书"的时候，发现"这本书"已经要"高"过浦东那幢最高的楼。要说中国当代被写得最多的地方，无疑就是上海。在上海的人写，比如王安忆、陈丹燕，外地的人也特地来看、来写，比如毕飞宇、虹影。

　　"在全意大利，也许找不出一幅名画，或一尊著名的雕像，未被堆积如山的研究论文轻而易举地掩埋。"这是狄更斯面对意大利时的苦恼，但不是我的。我面对上海的苦恼如同村上春树《刺杀骑士团长》里的画家，他专门给人画肖像，面对一个女孩，见的次数也许已经是最多了，却苦恼一直还没有抓住那最重要的神韵。那些堆积如山的上海画卷，如同小马宝莉拷贝了无数的自己，然后每一个都在告诉自己"我是真的""我才是真的"！

其实一本书、一个人、一座城，只有一个魂。你认出来了就懂了，就记住了，并且永生难忘。如果见面不相知，见了再多次还是徒劳。

我还没有去过凉山。但是每当读到何万敏描写凉山文字的时候，我竟然不假思索地说自己今后首选要去的地方就是凉山，而不是那些我去过的地方。

凉山是什么模样？对我而言没有选择障碍。凉山就是一个人的凉山，这个人就是何万敏。

几年前，我们的"头号地标"公众号在征集各地的文章。一天，已经为我们写稿的南桥琴跟我说："我介绍我的师傅何万敏给你吧，他的稿件比我好多了。"

南桥琴是一位喜欢写诗的作者，在我的心中她就是一位诗人。诗人，是那些对文字更加敏感、更加挑剔的写作者。南桥琴的师傅并不多，一位是真的师傅，她早年在郑州大学进修中文的导师单占生，还有一位就是何万敏了。单占生也是一位喜欢写诗的诗人，南桥琴最常说起他的一句是："往那讲台上一站就是一部风雅颂。"她喜欢强调与人的心气相投，她说："我师傅何万敏与我也心气相投，都纯净。他是那凉山金色光芒的一部分，他就是凉山之子。"

汉族人何万敏在凉山出生和成长，中间只去重庆读书，在成都《华西都市报》工作两年半，然后回到了凉山，再没有远离。他常自诩"半个彝族"。

20 世纪 60 年代，何万敏的孩提时期在凉山美姑县侯播乃拖度过。从牛牛坝沿着连渣洛河逆流而上，侯古莫、采红、侯播乃拖一线小道，隐约起伏于山间。童年的何万敏喘着粗气翻山越岭。回望，他隐约感觉到生命一定与层叠万变的自然有某种神秘的契合。"大凉山腹地古拙雄浑的风景，焕发着斑斓深邃的迷人光芒。"

何万敏称他并不写诗。不过我最早读到他的书籍是《光闪烁在你的枝头》，这本书写的是凉山，书名却并没有任何凉山的字眼。这个书名是来自里尔克的同名诗歌，书里的诗意一片蔓延。

何万敏说他取这个书名，首先是表达对林耀华先生的敬意。当林耀华先生计划深入西南诸民族做调查的时候，从成都出发，首先选择了凉山。当时的凉山还处于奴隶制社会，外面的人常常被掳掠进去做奴隶，并且很难逃出来。林耀华带着燕京大学的考察团，6 个人，考察了 87 天。随后在一年内写出了《凉山夷家》，掀开了凉山尘封已久的冰山一角，引起了学术界的广泛关注。

2017 年 11 月 23 日晚上，我组织了一次《光闪烁在你的枝头》的线上朗读分享会，实时参与的有作者何万敏先生与读者们，特地邀请了南桥琴作为朗读者。

在现代德语文学中，里尔克是个杰出的、具有独创性的诗人，被认为是现代德语文学中颇有影响的诗人之一。他的早期创作含有布拉格的地方色彩和波希米亚的民间音调。他的诗歌被认为有世纪末情调，神秘、梦幻和哀伤。在线上，我问何万敏，这是否也是他心底凉山的模样。

"神秘不用说，这个地方很远，很多人没有来过。说到西昌大家还知道，可说到凉山很多人就感到很陌生了，所以有人说只知西昌不知凉山。梦幻也是这样，你来凉山以后会感到它给你的感受确实是非常梦幻的。至于哀伤其实是凉山的一个基调。我们经常听彝族人唱歌，他们的歌很多都是很忧郁的，有点淡淡的伤感。这是因为凉山这边绵延的山阻挡了很多沟通，他们在跟外界的接触当中是有一些淡淡的忧愁在里边的。但是凉山到处都是阳光灿烂的，所以我用了这个书名。"何万敏这样回答我。

从此，凉山的阳光住进了我的心底。我承认，我更想去接触这样的凉山。

光闪烁在你的枝头

光闪烁在你的枝头，

万物的脸庞显得灿烂而又高傲。

只能在黄昏，它们才会发现你。

耀眼的时刻，

敏感的空间笼罩着众人的头脑和双手，

他们在哪里安身，神奇都会唤起虔诚。

凭这温柔的姿容，你可以把握整个世界。

用别的方式肯定不能这样。

自遥远的天际，你俯身钟情于这片地域，

并在披风的褶层间抚摸它，

你如此亲切地展示着自身。

当他们开始祈祷，并高声念起你，

他们并不知道你就在近旁。

你的手悬浮在我们头顶，

高高在上，像是在你那里翱翔。

颁布我们的感官所必需的准则铁黑的浓眉，

衬出你不容置疑的权利。

里尔克一生漂泊，始终在找寻故乡。何万敏认为，他用内心的激情正视生存的精神困境，光照闪烁，在今天同样属于稀缺。

里尔克的诗歌被翻译进入中国，在我的印象中最大的功劳应该归冯至。虽然冯至的大众熟知度比起徐志摩差远了，但是在我大学有限的阅读中，不知怎么就遇见了冯至，并且把他的诗歌列为当时的心头爱。或许是他与里尔克的风格有些近似，梦幻、哀伤。

至今，冯至仍不见在当下主流知识分子中引起讨论与流行。不过里尔克似乎成了很多主流知识分子谈及国际诗人的一个标志。

凉山彝族腹地，山顶繁多，阳光充足。何万敏仿效大凉山放牧的彝族人："置身山峦重叠的原野，时常会用双手抵在眉骨的位置，以手的影子遮挡高原炽热的阳光。时常眯起的眼睛，眼角过早堆积的皱纹，安静守候心爱的牛羊——的确，光亮刺得人睁不开双眼，眼力还得尽可能放得远些，更远一些。"他喜欢在凉山腹地莽莽群山中独自发呆。

路德维希·维特根斯坦说："在山顶上赏月……如果只有月亮就好了，那就不用阅读和写作了。"

2018 年 11 月 12 日 21 时 25 分，何万敏在朋友圈发了一条消息：

今天在山上游离。从乡道去扶贫乡，迷路了，晚上 8 点才到。

—— 丘眉　高级记者，传媒人，

曾任《第一财经日报》特稿部主任

在我遥望的注目里，何万敏把凉山一分为二——出生之前和出生之后，出生之前的凉山被出生之后的何万敏扩充增容。在我的定义中，何万敏似凉山本土的马可·波罗，当然，我指的是对凉山注目的先验性、痴迷感。

他的文字超级耐读，这正是在纸媒上编写文字几十年磨砺修为出的功夫或叫正果，当然禀性也是根本，还与凉山有关。

"我也挤在湍急的人群中，有些磕磕绊绊，有些恍恍惚惚。光影灵动中，我仿佛看见神祇从茂密的庄稼地里，从远山的树林中，从湖畔、河边、村寨而来，手舞足蹈、兴高采烈地露出天真的笑容。炽烈的高原阳光。炽热的火把狂欢。神祇带领我们返回家园，岁月深处的家园。"这一刻，这个清凉之地的智者，迷失于天堂的乐园。

所有人对出生地的眷恋和驯顺都是一样的痴妄，除非是不被天恩顾念的少数受伤害控诉派。何万敏显然是前者，"我不敢轻言牛牛坝不美。整体而言，它融入了凉山的美，不张声色，却常常诱惑着有心人犹入梦境。我无数次穿越了牛牛坝，它成为我生命旅程的中转站，伫立于我生长的侯播乃拖与谋生的美姑县城之间。我走过许许多多的路，这条路却是我人生中最富有意味的一段。沿着蜿蜒绵长的小路，稚嫩的脚步踽踽而行。被山风吹拂和骄阳照射的通红脸庞，不知什么时候沾染了泪水，可如若谁提了牛牛坝，勇气霎时倍增，走得气喘吁吁，像是山里的彝族人。"何万敏生于彝族腹地，他把生命深深根植于凉山深处，是凉山的宏大磁场把亘古不变的神力融入何万敏的血管脉动中。这种人与生存环境的通灵运转，需要敞开的纯净心灵，需要佛性的灵悟，这两样何万敏都不缺少，他的文字里满含悲悯的情怀和对凉山、对人间炽热的爱。

我很清楚，这种回到天然秘境的满足感由来已久，那是留存在基因链条上的性灵终于回溯到滋长生命的原初地，惊喜相认后终于宁释安然的记忆复活感，是一具肉体凡胎消融于神话场域，并加入神话剧情的生命扩张及畅游。

张定浩的《既见君子：过去时代的诗与人》，杜甫在写给李白的诗里讲"遇我宿心亲"。张定浩说："这是说遇到一个和自己一般好的人，却不要合二为一，也不要取而代之，你还是你，我还是我，只是心里多了一份没来由的欢喜……李、杜的相遇犹如梅列日科夫斯基在形容托尔斯泰和陀思妥耶夫斯基的关系时所说的：'像是两块对立竖放的镜子，无限地反射对方、深化着对方。'"这本书我买来寄给何万敏，谢谢他在成都开会时还惦记着寄给我《阿来的诗》和关于凉山的书籍。何万敏与凉山，相互知遇，相互深化。

就如我在诗里写的，正是在大凉山，他得以获取鹰的视角鸟瞰横断山脉的悬壁裂谷如微景观，获得了世界性的宏阔胸襟，他笔下的文字随机可见大凉山的神奇恩赐。有出世的禅静，有入世的温暖，在悲悯襟抱的温暖里，让人对这个世界生出宽坦的安全感，觉知到人性的无虞。

有时，世间的相遇并非全都如此旷达安恬。毕竟，人各有命。

何万敏曾经因为患急性脑膜炎在成都的华西医院住院治疗，耽误了报考四川大学中文系新闻专业的机会，康复后转而参加四川美术学院绘画专业考试，从美院毕业后仍是做了新闻记者。从西昌到成都再回到西昌，采写编辑，几十年如一日的磨砺叠加，功不唐捐。在另一本《光闪烁在你的枝头》书里，何万敏披肝沥胆几乎要手把手地告诉我们非虚构的特稿如何写才是好的纪实。伍松乔先生诚恳评价："本书中，万敏引述了大量中西方从宏观到微观对媒体写作的经典阐述，其意思或许也在于树立从本源着眼的某种标杆，毕竟中国的媒体其生也晚，先天不足，命运多舛。"相惜与嘉许都化为厚重的哀矜。伍松乔先生更有见地讲到媒体写作对何万敏的加持。

事实上，读到何万敏文字的人，都会被字里行间的神性笼罩，已经很难分清凉山与何万敏之间双向流动的力量循环是经由什么带动传导的。解析这个谜团并非一件易事，我对何万敏出生前的凉山怀有遥深的兴趣。

何万敏以探索未知的劲头借着马可·波罗的眼睛痴迷于金色西昌，但他心底下是费孝通先生深入田野调查的学术精神。凉山这本大书，何万敏自信沉稳地翻动书页，将他解码后跃出的神迹和人文故事指给我们看。

写什么、怎么写、为什么写的设问，是潜藏于每位写作者内心深处的秘密钥匙。四川省由于独特的地理位置和人文环境，我感觉是出正典作家、诗人的灵性之地，走出的作家、诗人更浪漫天真、纯粹朴实，更接近天道。我注意到法国探险家多隆把凉山彝族人描述为："特别是那种说不出来的开放的、直率的、富有阳刚之气的表情。那眼神很沉静，没有任何挑战的神情。"

在何万敏的文章里，沉静的气息柔顺清澄，有一种清辉舒展普照着，一行行往下读，你会沉入一种明朗，一边徜徉，一边感觉满目琳琅。何万敏如何缔造了这种文字胜境？首先他知道正典写什么。就像受马可·波罗启示的卡尔维诺，在他的《看不见的城市》中写道："在地狱中寻找和学会认识谁和什么不是地狱，然后使他们忍耐，给他们空间。"

6万多平方千米的凉山有4万多平方千米是贫困地区，何万敏用他的笔力增强着自我，也扩大了凉山："大地充盈一种秩序感和恬静感……阳光照射着农民，照射土地、种子、耕犁和铁锄，而他们身上的光亮也都回射给太阳。最终人类也会像一粒种子掉进土地，就像人们播种时踩着松软的土地，土地也会黏附在双脚上并向上流进身子——万物都在节奏中协调。"这绝非一种美化，而是珍稀的审美，是谛视大道存于世间的呢喃，犹如屋梁之于乳燕。

怎么写的问题，何万敏用二十余年的面壁早已破除迷障。从媒体人的角度，何万敏是把自我的灵性和天赋切割打磨为闪光的钻石镶嵌到了新闻特稿上；从作家的角度，纸媒炼字术练就了何万敏真金足赤的贵重行文风格；从文字作者的角度，何万敏的绘画性思维力，在文字视野里彰显出绘画视角的夺目性。然而这都还不是我看重的，我看重的是写作如何塑造了何万敏的生命，文字如何添加了何万敏的灵魂重量。

再写下给他的诗句：

默诵你闪着圣光的文字
那该是座蜂窝状建筑的神秘宝库
东巴文散落于"藏彝走廊"的石刻、陶器
对一座迷宫的神往
牵引我眺望，奔赴
魂与梦早已涉足
以对待一位诗人的礼遇
我愿意执弟子之礼

因为与何万敏年龄接近，他还没有誉满天下，所以我便敢叫他师傅，而他也是应许的。这个应允意义重大，那就是他心里清楚能够给我以有益的影响。有次张定浩先生在回复我的邮件里说："你写的'人的一生都在寻找大于自己的东西'，说得很好。"我跟何万敏老师心里都清楚，他是大于我的，他没有虚谦地推辞，是一种担当和热诚。

在此我特地为他的新书"带盐"。倘若您还喜欢读我写的文字，何万敏的书您大可放心期待！为什么这样说呢？并非别的老师书那么好，我却不卖力吆喝，而是因为西昌太偏远了，何万敏又谦逊过度。虽然当下文艺圈互捧常有哂之之举，但是光明磊落如我，不在文学圈，他的文章我不吹捧也是棒棒的。

岁月流光，在悠远的回声里，焉有不期待佳话清辉和喜悦笑声之人。

然而人性中的深渊，存在于哪里呢？

虽然二分法不足取，这世上的人也千差万别，但在两个极端的形态是如此泾渭分明。如何万敏先生，自我的人格被强健地纳入了寥廓的宇宙，自带岁月宏大的生命背景，宽坦磊落，对世界拥有恒定的悲悯和温暖拥抱的情怀，是一种向外向远的捧出和给予，表现于文字，关注的是世相大美和被忽略的弱者。表现于文字，关注的是自我情调的暗喜或自怨自艾的哀叹。

依旧回到人性深渊的论域上来。一个人究竟能走多远，才能从深渊处飞升？

作为文学作家和新闻记者，何万敏以沉静的内心和超脱的灵魂抛却繁华的浮光喧闹，呈现给读者的是照拂心灵的亮光。读他的作品就如同让视线拂过一行行闪着清辉的文字，静寂、光洁，犹如早七点透过雾霭的光波，如同倏然置身苍茫凉山大地忽得一种神性的照抚，想要呢喃：沐此光，人圣洁！正是这凉山之地的凄清旷远，养育了他内敛沉实的诗人风骨，寻着诗人对这一地域的悲悯视角，凉山的门帘是掀开的！

他知道为什么写。每一次写都是一次审美的历程，唯有高贵的灵魂才能把审美推向极限，这灵魂必须从最为纯真的心田里升起。不得不说何万敏身上有极为温婉的明亮气息，这是他常年被自己写出的文字清辉润泽透了才呈现出的光泽，他谦卑至深。写下那些卷帙浩繁纪实文字的何万敏说："'非虚构'也许是如我这样庸常的记者终究够不着的华丽吊灯！"但他还是愿意向着那散发出迷人光亮的"吊灯"而去，就如那个了不起的盖茨比。

写作，不仅塑造生命，还将诞生自我信任的心灵！何万敏现在该承认自己是非虚构作家了，这本书，串起破译凉山的密码。

—— 南桥琴 诗人、专栏作家